Red
Hot

Red Hot

초판 1쇄 찍은 날 § 2004년 2월 29일
초판 1쇄 펴낸 날 § 2004년 3월 9일

지은이 § 지호
펴낸이 § 서경석

편집장 § 문혜영
편집 § 이종민 · 신혜미
마케팅 § 정필 · 강양원 · 이선구 · 김규진 · 홍현경

펴낸곳 § 도서출판 청어람
등록번호 § 제1081-1-89호
등록일자 § 1999. 5. 31
어람번호 § 제5-0014호

주소 § 경기도 부천시 원미구 심곡1동 350-1 남성B/D 3F (우) 420-011
전화 § 032-656-4452 팩스 § 032-656-4453
http://www.chungeoram.com
E-mail § eoram99@chollian.net

ISBN 89-5831-036-7 03810

hungeoram romance novel

Red Hot

레드 ················· 핫

지호 지음

도서출판
청어람

벌써 한 달이 흘렀다.

대헌의 몸은 태어난 이래 가장 왕성한 활동을 하고 있고, 마음은 종잡을 수 없는 잡동사니로 가득한 혼란에 빠져 있었다. 밥을 먹는지 술을 마시는지 분간하지 못했고, 이런 생활은 학교에서도 예외가 아니었다. 수업할 학년을 잘못 찾아가는가 하면, 수업 도중 무슨 얘기를 했는지 학생들이 떠드는지 복도에서 교장 선생님 어깨를 치고 눈을 치켜떴는지, 도통 사리 분간을 하지 못하고 있었다. 다만 몽롱하면서도 반쯤은 흥분된 육체를 질질 끌고 다니는 게 그가 요즘 하는 일의 대부분이었다. 그리고 나머지 시간에는 한 여자를 찾아 무작정 길거리를 헤매 다녔다.

어느 날 우연히 그의 인생이 바뀌었으니 그 우연을 믿어볼 수밖에……

이런 일이 생기리라고는 그 자신조차 예상치 못했다. 아니, 아예 희망을 버렸었다는 말이 더 옳을 것이다. 그의 몸은 여자를 절실히 원하는데 정신이란 놈이 그것을 방해했다. 24년을 살면서 여자와 사랑을 나눈다는 생각만으로도 오싹 불쾌한 소름이 돋지 않은 경우는 철모르던 고등학교 2학년 때 이후로는 없었다. 그리고 자그마치 6년이란 세월을 뛰어넘어 이 한 달이라는 경이적인 시간 이외에는 없었다. 그녀를 꼭 찾아야 한다. 어쩌면 이번이 그에게 주어진 마지막 기회인지도 몰랐다.

그녀의 얼굴을 제대로 보지도 못했다. 그 일은 그냥 자연스럽게 일어났다. 당연히 일어날 일이라는 듯 눈이 마주치고 잠깐의 시간이 지난 뒤 그들은 뒤엉켜 있었다. 그리고 정신을 차렸을 때 여자는 이미 그의 눈앞에서 사라지고 없었다. 그는 따라갈 엄두도 내지 못했다. 그 짧은 시간에 그녀가 그에게 남겨놓고 간 것은 지금까지 그가 상상할 수도 없었던 해방감과 힘이 풀린 두 다리뿐이었다.

일상처럼 그날도 그녀를 처음 만났던 곳에 갔지만 역시나 허탕을 치고 말았다. 그녀를 아는 사람이 하나도 없다는 게 의아할 뿐이었다. 짐작조차 되지 않는 그녀의 정체가 그를 더욱 초조하게 만들고 있었다. 이러다가 영영 찾지 못하는 것은 아닌

지, 다시 예전의 반응없는 몸으로 돌아가는 것은 아닌지 불안했
다. 사실 지금까지는 반응은 있었으되 너무나 비참한 반응인 것
이 문제였지만 말이다.

　극도의 여성 혐오증에 결벽증까지 가지고 있는 그가 한 낯선
여자의 손길에 의해 열락의 기쁨을 맛보았다. 그것은 기적이었
다. 그 여자의 손이 강력한 여파로 그를 뒤흔들었다. 평소의 구
토 증세나 두드러기가 아니었다. 짜릿한 전율이 온몸을 휘감았
고 그 손의 움직임에 따라 그의 몸은 기쁨에 허덕였다. 이제 그
는 여자가 주는 쾌락을 알게 되었고, 그것을 다시 되찾고 싶었
다. 예전의 지옥 같은 상태로 다시는 돌아가고 싶지 않았다.

　꽤 오랫동안 그녀를 찾을 수 없자 혹시나 그의 병세가 없어진
것은 아닌지 의구심을 갖게 되었다. 그저 완치된 상황에서 처음
터치를 하게 된 여자가 우연히 그 여자였을 수도 있었기 때문이
다. 그는 그것을 확인하고 싶었다.

　결과는 참담했다. 결국 그 여자만이 예외였던 것이다. 이유
같은 것은 중요하지 않았다. 무슨 수를 쓰던 그의 옆에 그녀를
찾아 데려오는 수밖에 다른 방법은 없었다. 그것만이 그가 살길
이었다.

제1장

그 여자, 혹은 그 남자

가을이 훌쩍 지나고 세상은 유난히 춥고 눈이 많이 오는 겨울을 맞이했다. 지독한 절망감과 외로움에 빠져 있던 대헌에게도 겨울이 왔다. 그렇게 스산한 시간은 흘러 크리스마스를 며칠 앞둔 어느 날, 이제 거의 포기 단계에 와 있던 차에 우연한 장소에서 그녀를 다시 만나게 되었다.

"대헌이 넌 좋겠다. 군대도 면제고 게다가 이미 어엿한 직장인이니."

친구 찬규의 목소리엔 부러움이 가득했다. 아직 어리다면 어린 나이에 직장 생활을 하는 그를 모두들 부러워했다. 대헌은 그저 잔을 들어 건배를 청했다.

　　마시던 술잔 너머로 바에 들어서는 한 사람을 보는 순간 동작을 멈췄다. 격한 정열에 사로잡혀 제대로 보지도 못했던 얼굴이지만, 본능적으로 한눈에 알아볼 수 있었다.

　　벌써부터 몸이 흥분하기 시작했다. 묵직이 올라오는 온몸의 근육과 뒷목덜미에 느껴지는 끈적끈적한 땀방울, 술잔을 들고 있는 손의 떨림, 술기운이 아닌 짜릿한 저림으로 느껴지는 근육의 통감, 달아오른 얼굴. 이 모든 반응이 방금 들어온 사람이 그날의 그 여자라고 주장하고 있었다.

　　정말 숨이 막히게 아름다운 사람이었다. 그녀가 바에 들어서자마자 사람들의 시선이 그녀에게 집중되었다. 언뜻 보기에도 175㎝는 족히 될 듯한 늘씬한 키에 블루 블랙의 빛나는 짧은 커트 머리가 장난꾸러기 같은 인상을 풍기고 있었다. 선이 진하고, 모양 좋은 눈썹 아래 아몬드 형의 커다란 눈과 작지만 오뚝한 코, 주먹만한 작은 얼굴, 어디 하나 나무랄 데 없는 외모였다. 특히 입술은 정말로 특이한 모양을 하고 있었다. 얇은 아랫입술과 달리 윗입술은 굴곡이 섬세하게 휘어져 도도하게 치켜 올려져 있고, 아랫입술보다 훨씬 풍만했는데 그 모양이 우습다기보다는 매우 개성있고, 섹시해 보였다. 그녀가 바 안을 둘러보며 혀를 내밀어 입술을 빠는 모양새에 지켜보던 몇몇의 입에서 신음이 흘렀다.

　　우스운 것은 그 신음의 주인들의 성(性)이 남녀 모두였다는 것이다. 그들 모두가 그녀를 이성으로 의식하고 있었다. 너무나

아름답고 주의를 집중시키는 사람이었지만 성(性)을 구분하기가
애매모호했다. 검은색 아르마니 정장에 넥타이를 하지 않은 실
크 셔츠, 굽 낮은 유니섹스얼한 구치 신발을 신고 있는 그 사람.
다만 남자들은 여자라 생각하고, 여자들은 남성이라고 느낄 뿐
확신하지는 못했다. 아마도 그들의 마음속 깊은 곳에서 이성이
기를 바라는 마음이 더 큰 건 아닐까 싶다. 그녀는 이성으로서
너무나 매혹적인 존재이나 만약 동성이라면 그들이 절대 따라
갈 수 없는 비범한 외모와 힘이 느껴지는 사람이었기 때문이다.

그녀는 아직 일행이 오지 않은 듯, 바 바로 앞의 스툴에 걸터
앉았다. 그리고는 어깨에 걸치고 있던 가죽으로 된 고급 서류
가방을 열고 담배를 꺼내 물었다. 기다렸다는 듯이 바텐더가 라
이터를 내밀어 불을 붙여주었다. 담배를 입술에 물고 한입 깊이
빨고 뱉어내는 모습이 지극히 섹시해 보였다. 만들어지고, 꾸며
진 영화 속 한 장면도 저런 멋진 모습은 연출할 수 없을 것 같았
다. 다시 한 번 실내가 술렁거렸다. 바텐더가 그 순간 의미심장
한 웃음을 지으며 그 사람에게 뭐라고 속삭였다. 장난스럽게 주
위를 돌아보던 눈동자와 대헌의 눈동자가 허공에서 만났다. 한
순간 그녀의 얼굴에 흠칫 놀라는 빛이 스치고 지나갔다고 확신
했다.

'빙고.'

그녀도 그를 기억하는 것이다. 이제 확실해졌다. 대헌이 그녀
에게 가기 위해 몸을 일으키는 것을 그 사람은 냉정하게 등을

돌려 무시했다. 그가 그녀의 외면에 상처받고 주춤하는 사이에 어디서 본 듯한 남자가 그녀에게 가까이 다가갔다. 남자는 그녀의 뺨에 살짝 키스를 하고는 옆에 앉았다.

그 순간 그가 느낀 감정은 이 세상에 존재하는 그 어떤 언어로도 표현할 길이 없었다. 명치 끝에 극심한 고통이 몰려오면서 숨을 들이쉴 수가 없었다. 그는 아직 이름조차 모르는 사람 때문에 살인 충동까지 느끼고 있었다. 옆에서 찬규가 크게 숨을 들이쉬는 소리가 들려왔다.

"이런, 지금 그 사람 제이미 선이잖아? 너도 알지? TV에도 자주 나오는 그 유명한 국제 변호사!"

'그래서 낯이 익었던 거로군. 그럼 한 사람의 이름은 이제 알았고, 나머지 한 사람 그녀는 대체 누굴까?'

그는 가까이 가서 다짜고짜 나 모르겠냐고 그때 연습실의 그 남자라고 말하고픈 충동을 간신히 억제하며 친구의 얼굴을 바라보았다.

"어억! 그렇다면 저 옆에 있는 사람은 여자가 아니라 남자구나!"

대헌은 친구의 아쉽다는 감탄사에 가슴이 철렁 내려앉았다.

"남자라고? 그럴 리가 없어!"

그는 경악하며 저도 모르게 소리를 질렀다. 찬규는 그런 그를 의미심장하게 바라보았다.

"너도 첫눈에 반했냐? 하긴 나도 혹했었으니까. 아깝다, 정말."

　찬규는 진정 미련이 남는 시선으로 다시 한 번 그쪽을 바라보았다.

　"제이미 선은 게이야. 그 사실을 그다지 숨기지도 않아. '자신의 성 정체성에 남이 왈가왈부하는 것은 있을 수 없는 일이며, 부끄럽게 생각하지도 않는다' 그게 저 남자의 신조지. 그러니 그의 옆에 있는 저 사람은 남자가 틀림없어. 딱 보기에도 연인 사이 같잖아. 이거 정말 실망인데. 저렇게 아름다운 사람이 남자라니 말이야. 쯧쯧."

　대헌은 더 이상 온전히 듣고 있을 수가 없었다. 자신이 무려 4달 동안이나 그리워하며 애끓게 찾던 여자가 남자라니, 이 얼마나 빌어먹을 세상이냔 말이다. 일생에 처음 가슴이 두근거리고, 육체를 흥분의 도가니에 몰아넣었던 그의 구세주가 남자라니……. 이 자리를 피해야 한다. 대헌은 문득 절실히 그 사람에게서 도망치고 싶은 욕구에 사로잡혔다.

　찬규가 부르는 소리를 뒤로한 채 그는 뛰다시피 그곳을 빠져나왔다. 거리로 뛰쳐나오면서 그의 머리 속을 스친 깨달음은 여자의 손만 닿아도 부작용을 일으키는 그가 남자의 손에 의해 짐승처럼 울부짖으며 몸부림쳤다는 사실이다. 여자가 아니라 남자라서, 그래서 부작용이 없었던 것이다. 대헌은 밀려오는 구역질을 씹어 삼켰다. 결국 그에게 구세주 따위는 없었던 것이다. 그저 남자에게 흥분한 변태가 있었을 뿐이다. 세상을 저주하고 싶었다. 그러나 치욕과 분노 속에서 깨달은 하나는 그 사실에 대해 그의 육체와 정신이 아무런 거부 반응을 일으키지 않았다는 것이다.

순간 대헌은 그대로 멈추었다. 거리의 인파 속에 이리 밀치고 저리 밀쳐지며 한참 동안 그렇게 우뚝 서 있었다. 비참하고 처절한 마음뿐이었다. 가까스로 찾아낸 그의 반쪽 몸뚱어리가 남자라니. 헛웃음이 터져 나왔다.

대헌은 그렇게 지나가는 다정한 연인들의 막대한 주목을 받으며 외로운 연말을 화려하게 장식하고 있었다.

그녀

진은 스물여섯 해를 살면서 후회할 만한 일을 거의 하지 않았다. 무슨 일에도 열심이었으며 비록 잘못된 선택일지라도 후회가 없도록 그 위치에서 최선을 다했다고 감히 자부했다. 아주 주체적인 성격—가족들의 눈으로 보자면 강력한 독재자였지만—이라 스스로 결정한 일은 천하 없어도 꼭 하고야 마는 행동파에 지극히 공명정대한 사람이었다.

아마도 그런 성격이 사회부 기자라는 직업을 가지게 된 여차의 동기가 되었는지도 모르겠다. 억울한 일이나 시시비비를 가리는 일에 참견하기를 좋아하고 가부간 그 끝을 보고야 마는 무대포의 추진력은 주위에서도 인정하는 바였다.

그런 그녀가 지금 후회라는 걸 하고 있는 중이었다. 방금 죽을 것처럼 얼굴을 일그러뜨리며 정신없이 뛰쳐나간 남자가 그 원인이었다. 앞으로 그 여파가 상당히 클 거라는 데 애지중지하는 미끈한 자신의 차를 걸라면 걸 수도 있었다.

'남의 일에 쓸데없이 참견하더니 꼴 좋다. 그나저나 잠자는 사자의 코털을 건드려 놨으니 이제 어쩐다?'

한숨이 절로 나왔다. 그녀는 좋아하는 데킬라를 두 잔째 마시며, 자신의 옆에 앉아 있는 잘생긴 남자에게 고개를 돌렸다. 그와 알게 된 지가 벌써 2년이 다 되어간다. 국제 법률 컨설팅 업체인 IM그룹의 국제 변호사인 그는 노근리 양민 학살 사건, 일제 강제 징용 문제, 고엽제 피해자 문제 등 주로 한국인이 연관돼 있는 국제적인 사건에 대한 소송을 이끌고 있는 팀의 일원이었다. 그들은 취재차 알게 된 후로 서로에게 호감과 존경을 표하며 가끔씩 만나는 사이가 되었다.

"당신 오늘 기분이 별로인 거 같은데? 무슨 일이 있는 건가?"

제이미의 질문에 진진은 그저 씁쓸한 미소만 보였을 뿐이다.

"제이미, 당신 애인이란 사람은 어떤 남자예요?"

제이미의 얼굴이 잠깐 창백해졌다. 그녀는 그저 약간의 호기심으로 물은 말에 그가 너무 민감하게 반응하자 미안한 마음이 들었다. 그러나 미소가 돌아온 제이미의 입가를 보면서 그녀는 자신이 착각했나 하고 생각했다. 제이미는 언제나 자신이 게이임을 떳떳이 밝히는 주의였기 때문에 그런 질문 따위에 안색을 바꿀 리가 없는 것이다.

"아주 아름다운 사람이지. 몸도, 마음도 말이야."

제이미의 얼굴에 황홀한 표정이 가득했다. 지금의 애인을 무척 사랑하고 있는 것이 틀림없었다. 그녀는 그런 그를 놀리듯 바라보았다. 그러나 마음 한구석에 사랑을 하고 있는 제이미가 그렇게 부러울 수가 없었다.

"내가 당신을 존경하는 이유를 알아요? 당신의 당당함과 솔직함이 좋아요. 누가 뭐라 해도 자신의 소신껏 사는 당신이 좋아요."

제이미가 그녀에게 잔을 들어 보였다.

"Thank you."

그녀도 그에게 잔을 들어 건배를 했다. 사실 오늘 그녀가 제이미를 만난 건 취재를 겸해서였다. 그녀는 2002 솔트레이크시티 동계 올림픽에서 안톤 오노의 할리우드 액션의 희생양이 된 김동성 선수를 대상으로 연작 기사를 실을 예정이었다. 몇 해 전부터 꾸준히 온 국민의 뜨거운 관심을 받고 있는 SOFA 전면 개정 시위와 맞물려 반미 감정이 최고조에 달하고 있었다. 그런 의미에서 반미 감정의 불을 지폈다고 해도 과언이 아닌 쇼트트랙 스타 김동성을 같은 맥락에서 기사화하려고 하는 것이다.

김동성이란 인물을 중심으로 블루 히어로스, 현역 쇼트트랙 선수들의 노력과 활약상, 미약한 한국 스포츠 외교의 현실, 2002 세계 선수권 전관 왕의 위업, 무릎 부상과 2006 토리노 올림픽을 위한 김동성의 훈련과 노력, 그리고 김동성과 한국 국민을 비하하고, 웃음거리로 만든 NBC-TV 투나잇 쇼 진행자 제이 레노 법정 소송 사건 등등을 심도있게 다룰 예정이었다. 그리고 그 제이 레노 법정 소송 사건을 다루고 있는 사람이 바로 그녀 앞에 앉은 제이미를 중심으로 한 10명의 전담팀인 것이다.

그는 아무리 봐도 서른일곱이라고 하기엔 무리가 있는 얼굴이다. 그가 가지고 있는 카리스마나 진중함이 담긴 표정으로 보자면 어느 정도 무게있는 얼굴을 가지고 있기는 하지만, 보고 또 봐도 서른 안짝으로밖에 보이지 않는 것이 신기할 뿐이었다.

그녀와는 정치적 성향이나 출신 배경, 기타의 취미 등등 거의 완벽하게 들어맞는 사이였으나 이상하게도 이성으로 끌리지는 않았다. 물론 그도 그녀를 여동생 취급하지만 말이다. 어떨 땐 그녀를 보는 그의 눈빛에 알 수 없는 그 무엇이 있다는 생각도 들지만, 그건 어디까지나 짐작일 뿐 그것에 대해 심각하게 고민해 본 적은 없었다.

"그래, 그 정도 자료면 되겠지?"

이미 그녀의 가방 속으로 들어간 서류를 눈짓하며 물었다. 제이미는 술 취향까지도 그녀와 같았다. 그는 술잔에 묻은 소금을 혀로 핥고는 단숨에 맑은 데킬라를 들이켰다. 그들 앞에 서서 유리잔을 닦고 있던 바텐더가 움찔 몸을 떠는 것이 시야에 잡혔다. 그녀는 앞 접시에 놓인 레몬을 얼른 그의 입에 물려주고는 거 보란 듯이 웃었다. 제이미는 레몬 즙을 빨며 자기 의도는 아니었다는 뜻으로 어깨를 으쓱했다.

　토니라는 이름을 가진 저 바텐더는 게이가 아니었음에도 이성인 그녀에게 관심을 보이기보다는 제이미에게 목을 매고 있었다. 그녀를 앞에 두고 다른 사람에게 관심이 집중되는 일이 흔치 않음에도 그 상대가 제이미라면 수긍하게 되는 그녀였다. 그만큼 제이미가 같은 성에게 미치는 영향력은 대단했다. 실제로 그가 게이라는 사실을 알고 나자 이런 상황을 이해하게 되었다.

　"진진, 설마 이걸로 입 씻으려는 건 아니지? 이번엔 절대 호락호락 넘어가지 않아. 내 입으로 말하긴 뭐하지만 나같이 잘나가는 변호사를 이깟 레몬 한 조각으로 부려먹으려는 당신 같은 악덕 기자가 있기 때문에 신문이 안 팔리는 거야."

　그는 그녀의 회사 신문 판매 부수가 조금씩 줄고 있는 것을 빗대어 슬그머니 그녀의 약을 올렸다. 그녀는 순간 파르르 타올랐다. 그러나 그가 속으로 웃음을 참고 있다는 것을 깨닫고는 헛웃음을 지었다. 그녀나 그나 평생 이렇게 배포가 잘 맞고, 호감 가는 사람은 처음이었다.

　진진은 제이미의 놀림에 입술을 비죽이고는 술잔을 기울이며 생각에 잠겼다.

　카페를 뛰쳐나간 그 남자를 만났던 바로 그날, 진진은 동생을 만나러 그의 연습실에 갔었다. 커다란 연습실의 불이 모두 꺼져 있고 공동으로 사용하는 로커 룸에서만 희미한 불빛이 새어 나오고 있었다. 어린 학생들은 다 돌아가고 동생인 진하만 있을 것이기 때문에 그녀는 아무 거리낌 없이 로커 룸에 들어섰다. 샤워 부스 안에서 희미한 그림자가 비춰 보였다.

그녀는 동생이 나오기를 기다리면서 나란히 놓여 있는 로커 중에서 동생의 로커를 열어보았다. 아래 칸에 타월 몇 장과 그녀가 준 비타민 케이스가 있고, 윗간에는 여벌의 발레 슈즈 6켤레와 함께 아름다운 분홍색의 포인트 슈즈가 들어 있었다.

"포인트 슈즈? 진하가 연애를 하나?"

여자 무용수들이 신는 포인트 슈즈(토슈즈)를 가지고 있는 걸 보니 관심이 가는 무용수가 있는가 보다. 어느새 커서 연애를 하는 동생이라니, 실감이 나지 않았다. 24살이나 되는 동생이 연애를 한다는 사실에 다 키운 아들 빼앗기는 어머니 심정이 이해된다면 너무 심한 비유일까? 그녀가 포인트 슈즈를 손에 들고 멍하니 생각에 잠겨 있는 사이 인기척이 느껴졌다. 그녀는 미소를 띠고 뒤돌아섰다. 당연히 동생이려니 생각했는데 물기 어린 몸을 보는 순간 한눈에 진하가 아니라는 걸 알아차렸다.

남자는 그녀의 기색을 느끼지 못했는지 고개를 숙인 채 타월로 열심히 머리를 털고 있었다. 18년 가까이 하루 24시간이 모자랄 정도로 발레 연습을 해댄 동생의 몸에 비할 바는 아니지만 상당히 발달된 근육을 가진 남자였다. 체격도 동양인 같지 않게 크고 균형이 잡혀 있었다. 부끄러움없이 천천히 남자의 몸을 눈으로 훑어 올리던 그녀는 커다랗게 떠진 남자의 눈과 정면으로 마주쳤다.

시간이 정지된 듯 한순간이 지나고 남자의 얼굴이 잘 익은 토마토처럼 붉게 물들기 시작했다. 들고 있던 타월을 뒤늦게 엉덩이에 걸치며 남자는 한 발 뒤로 물러섰다. 뭔가 할 말이 있는 듯 입만 벙긋벙긋하는 남자의 모습이 순진하기 그지없어 보였다. 그녀는 장난 삼아 한 발 앞으로 내디뎌보았다. 그러자 남자가 얼른 뒤로 물러섰다.

'이거 봐라!'

재미가 들린 그녀가 한 발 더 가까이 다가서자 남자는 또다시 한 발 물러나며 손사래를 쳤다.

'더 이상 가까이 오지 말라고?'

그녀는 눈썹을 치켜 올렸다. 오랜만에 남자에게 흥미가 생겼다. 언젠가부터 매일 그렇고 그런 닳아빠지고, 약은 남자들만 보다가 순진하다 못해 순결에 보이기까지 하는 이 남자를 보니 자꾸만 장난을 치고 싶어진 것이다.

남자는 다시 한 발 다가서는 그녀를 피해 물러나다 뒤에 있는 의자에 걸려 넘어질 뻔했다. 간신히 중심을 잡고 의자에 주저앉았으나 엉덩이에 걸쳐 있던 타월은 이미 바닥에 떨어진 후였다.

그녀는 그 순간 남자의 반응에 고개를 갸웃했다. 흥분해 있는 자신의 몸 상태를 그녀에게 감추기 위해 애쓴 흔적이 역력했으나, 한편으로는 발기한 자기 모습이 기쁘고 경이롭다는 표정을 숨기지 못하는 남자를 보면서 그녀는 놀라지 않을 수 없었다. 진진은 천천히 남자의 얼굴을 의심스럽게 살펴보았다. 정황을 볼 때 여자와 사랑을 나눈 지가 오래되었거나 경험 자체가 거의 없어 보였기 때문이다.

갑자기 남자의 표정이 돌변했다. 그녀는 남자에게서 애원의 빛을 보았다. 무언가를 갈망하고 급박해 보이는 모습이 간신히 버티고 있던 그녀를 무너뜨렸다. 그녀가 손을 내밀어 젖은 머리카락을 살짝 쓰다듬자 남자는 격렬하게 몸을 떨었다. 기대 이상의 반응이었다. 어쩐지 남자가 안쓰러워진 그녀는 그의 몸을 천천히 쓸어 내렸다.

머리에서 귓불로, 다시 목덜미에서 어깨 선까지 부드럽게 쓰다듬는 그녀의 손길과는 반대로 남자의 몸은 심한 추위를 느끼는 사람처럼 덜덜 떨고만 있었다. 여과없이 자신의 느낌을 그대로 내보이는 남자에게 자극 받아 그녀는 남자의 목덜미에 얼굴을 묻었다. 벌써부터 배어 나와 있는 땀을 혀로 닦아주자 남자의 몸이 벽돌처럼 굳어지는 게 느껴졌다.

진진이 손으로 가슴의 작은 돌기를 애무하자 의자를 붙들고 있던 남자의 날씬한 손이 뼈마디가 드러날 정도로 꽉 쥐어졌다. 그녀는 갑자기 이 남자를 쾌락의 정점까지 이끌어주고 싶다는 충동을 느꼈다. 말간 흥분이 온몸에 퍼져 갔다.

"아…… 아……."

그의 입에서 쾌감을 호소하는 신음이 흘러나왔다. 그녀는 그녀의 손에서 요동 치는 그것을 살살 어루만지며 달래주었다. 이제 시작인 것이다. 처음부터 너무 강한 반응은 그로서도 허탈해질 뿐이었다. 그러나 천천히 진행시키려는 그녀의 의도와는 다르게 그의 표정은 너무나 다급해 보였다. 손에 힘을 주어 리듬감있게 피스톤 운동을 해주자 남자는 그녀의 손 안에서 몸부림치며 폭발하고 말았다.

"으악!"

그녀는 당황한 남자의 신음을 모른 척하며, 바닥에 떨어진 수건으로 손을 닦고 일어서려고 했다. 그런 그녀를 남자가 다급하게 다시 잡았다. 달아오른 얼굴에 몽롱한 눈빛, 고르지 못한 호흡, 땀으로 번들거리는 나신. 그 모든 것이 남자가 철저히 즐겼다는 것을 여실히 보여주었다. 그녀의 옷깃을 잡은 손의 힘이 거의 느껴지지 않을 만큼 남자는 소진되어 있었다.

그녀는 걸러지지 않은 그의 반응이 갑자기 귀엽게 느껴져서 이마에 맺힌 땀방울을 살짝 닦아주었다. 가벼운 터치에 다시 반응하며 또다시 생동하기 시작했다. 그녀는 고개를 설레설레 흔들었다. 한 번 안 쾌락은 남자를 급속도로 흥분시키고 있었던 것이다. 다시 소생한 생명력으로 남자가 그녀를 잡아끌었다. 그녀의 몸을 안으려는 남자의 팔을 양손으로 붙잡고 그녀는 천천히 고개를 내렸다.

"하악."

로커 룸 안에 남자의 진한 신음과 여자의 혀가 내는 할짝거리는 소리로 가득했다. 그녀는 쓰다듬고, 두드려 보고, 핥아주고, 깊이 감싸 안아주면서 그를 다시 한 번 절정에 몸부림치게 했다. 짐승의 교미처럼 욕정에 몸부림치는 남자와 어린아이 다루듯 조심스럽게 절정을 이끄는 여자. 남자는 이성이란 놈을 가진 적도 없었다는 듯 어린아이가 엄마의 젖을 빠는 본능으로 여자가 주는 질펀한 욕망의 노예가 되었다. 그리고 그런 자신을 부끄러워하지도 않았다.

성인 남자의 반응이라고 하기엔 다소 무리가 있는 어린애 같은 반응도, 마냥 신기한 듯 단비를 빨아들이는 대지처럼 그녀에게서 모든 것을 얻어내려 했다. 그렇게 그녀의 입술과 혀만으로 그는 다시 한 번 절정에 올랐다. 그녀는 넋이 나간 듯 축 처진 그의 몸을 뉘어주고 조용히 일어섰다.

그리고 다음날 동생에게서 전화가 왔다.

"진진!! 대헌이라고 내 친구 혹시 알아?"

직감으로 그라는 것을 알았다. 진진은 더 이상 그 남자와 엮이고 싶지 않았으므로 모르는 사람이라고 부정했다.

"이상하단 말이야? 누나, 어제 연습실에 들르지 않았어? 온다고 했었잖아. 어제 그 시간에 짧은 머리의 키 큰 여자라면 누나밖에 없는데? 혹시나 해서 우선은 모르겠다고 했지만……. 아무래도 누나가 틀림없어. 그렇지?"

진하가 그녀에게 나무라는 말투로 캐물었다.

"잘했어! 앞으로도 그렇게 말해. 귀찮은 일 만들고 싶지 않으니까."

단호한 그녀의 목소리에 잠시 멈칫하던 진하가 짐작되는 바가 있는지 그녀를 다그쳤다.

"누나, 내 친구에게 무슨 짓을 한 거야? 도통 넋이 나간 놈 같단 말씀이야. 지금 누나를 찾으려고 혈안이 되어 있어. 경고하는데 대헌이는 누나 같은 바람둥이에게는 한입 거리도 못 돼. 도대체가 언제까지 그렇게 아무 남자나 울리고 다닐 거야? 남자라고 다 상록 형 같은 줄 알아? 왜 애먼 사람은 잡고 그래?"

"하야!"

저도 모르게 곧바로 날선 목소리가 날아갔다. 그녀가 '하야'라고 부를 때는 단단히 화가 났을 때뿐이었다. 말이 심했다고 느꼈는지 진하는 잔소리를 그쳤다.

"누나, 사랑해. 세상에서 제일 사랑해."

진하가 화제를 돌려 애틋하고 걱정이 가득 실린 목소리로 말했다.

"그래, 나도 세상에서 너를 제일 사랑해."

언제나 그렇듯이 남매의 대화는 그렇게 끝이 났다.

진진은 한숨을 내쉬었다. 동생의 마음을 모르는 바는 아니지만 어린 동생으로부터 이제는 그만 하라는 충고를 듣고 있자니 그리 즐겁지만은 않았다. 그리고 오늘 진진은 몇 개월 만에 피하고 싶었던 그 남자를 다시 만났다. 그녀는 깊은 한숨을 내쉬었다.

'골치 아픈 일이 생기겠군.'

제3장

슬수한 남자로서의 권리

역지 출발, 그 여자의 의무

 밤은 깊어가고 거리의 네온사인은 더욱 휘황찬란하게 빛나고, 지나가는 연인들의 하는 양도 보기 민망할 수위에 올랐다. 시린 겨울 싸늘한 밤바람이 대헌의 옷 속을 파고들어 등줄기를 날카롭게 쓸고 지나갔다. 그 사람이 나오기를 기다리는 이 몇 시간 동안 대헌은 많은 생각을 했다. 그리고 그가 내린 결론은 어이없게도 너무나 간단했다. 그 사람의 성별은 그에게 중요하지가 않다는 것이다. 다만 안에 같이 있는 저 잘난 변호사양반을 버리고 그를 받아줄지의 여부가 지금 이 시점에서 그를 더욱 묵직하게 짓누르고 있었다.

 대헌은 단 한 번도 동성애에 대해 생각해 본 적도 없고, 그 자신이 동성애자일 거라고 의심한 적도 없었다. 그런 그가 단 몇 시간 만에 간단히 그런 결론을 내렸다는 것이 어불성설이지만 사실이 그러한 걸 어쩌겠는가. 여자라고 생각했던 지난 몇 달간 그의 육체의 병을 고쳐 줄 유일한 희망으로 그 사람을 찾아 헤맸다면, 다시 만나고 남자라는 사실을 안 후에 느낀 고통과 절망에도 불구하고 그는 지독한 질투와 포기할 수 없는 소유욕을 느끼고 있었다.

그래서 그가 깨달은 것이 있다면 그 사람만이 그의 마음과 육체, 그리고 영혼까지 치료하고 보듬어줄 유일한 사람이라는 것이었다. 사회 통념이나 그 어떤 비난도 다 이겨낼 만큼 곁에 있고 싶은 유일한 사람이라는 것이다. 영원히 함께할 그의 유일한 인연이라는 것이다.

추위와 기다림에 심신이 지쳐 갈 즈음, 건물 입구 쪽에서 기다란 그림자가 흔들리며 나타났다. 곧 이어 두 사람이 다정히 팔짱을 끼고 나오는 모습이 뒤따라 눈에 들어왔다. 대헌의 처음 계획은 그 사람 뒤를 따라가 집을 알아둘 생각이었다. 그러나 다정한 두 사람의 분위기에 그만 이성을 잃고, 저도 모르게 그들 앞을 가로막고 말았다.

먼저 대헌을 발견한 사람은 제이미인가 뭔가 하는 그 재수 없는 변호사였다. 그 남자가 무슨 일이냐는 듯 눈썹을 치켜뜨는 모습을 무시한 채 대헌은 옆에 있는 사람에게 시선을 돌렸다. 술에 취한 듯 발그레한 얼굴을 남자의 어깨에 얹고 뭐라고 조그

맣게 옹알거리고 있었다. 그 모습이 또 어찌나 귀여운지 그는
잠시 넋을 잃었다.

"무슨 일이지요, 젊은이?"

매끄러우면서도 중후한 목소리로 예의 남자가 물어왔다.

'젊은이? 아니, 누굴 애송이 취급하는 거야, 지금.'

상대의 선방에 휘청대며 대헌은 자신이 진짜 애송이가 돼버
린 기분이었다. 저 남자는 허세가 통할 사람이 아니란 걸 금방
알 수 있었다.

'그렇다면 스물넷의 건장한 젊은이의 저돌적인 패기를 보여
주마!'

대헌은 호기롭게 다짐했다.

"내가 왔으니 당신은 사라져 줬으면 좋겠군. 이제부터는 내가
맡지."

대헌은 그의 팔에 매달려 있는 그 사람을 고갯짓하며 진짜 애
인이 왔으니 가짜는 꺼지라는 제스처를 해 보였다. 변호사의 얼
굴에 언뜻 비웃음이 스쳐 지나갔다. 그는 대헌에게 시선을 맞춘
채 천천히 고개를 내려 그녀의 귀에 입술을 댔다.

"헤이, 허니! 누가 당신을 찾는데? 당신, 언제부터 베이비시
터로 직업을 바꾼 거지?"

이로서 대헌은 저 남자를 싫어할 충분한 이유를 가지게 되었
다. 제이미라는 남자는 정말이지 지독히도 싫은 놈이었다. 쥐를
가지고 노는 고양이처럼 몇 마디 말로 가볍게 대헌을 처참하게

만들어 버렸다.

움켜쥔 주먹을 그의 잘난 면상에 후려치려는 순간 옆에서 느껴지는 조그마한 움직임이 대헌을 멈추게 했다. 긴 속눈썹을 자랑하듯 감겨 있던 눈이 살포시 떠지고 귀찮다는 듯 짧은 머리를 손으로 헝클면서 굳은 표정으로 서 있는 대헌을 힐금 바라보았다. 그 눈을 바라보면서 어떤 확신이 대헌을 일깨웠다.

'여자야. 분명 여자의 눈빛이야.'

여자가 남자를 바라볼 때의 자신감과 부드러움이 그 눈 속에 담겨 있었다. 그 순간 대헌은 온 세상을 다 얻은 기분이었다. 그녀가 그를 부인하지 않은 것이다.

카페에서의 그녀 반응으로 볼 때, 그녀에게 그를 인정하게 만들기까지는 상당한 고전을 면치 못하리라 예상하고 있었기 때문에 이 상황에 무척 고무되었다. 그러나 대헌의 막 부풀기 시작한 기대와는 달리 그녀의 입술 사이로 작은 한숨이 새어 나오자 그만 실망감에 가슴이 철렁 내려앉았다. 대헌을 바라보는 그녀에게서 느껴지는 부정적 반응에 또다시 초조해졌다.

'이러다가 영영 시작도 못해보는 건 아닐까.'

잠시 들떴던 마음이 저 밑바닥으로 곤두박질치고 있었다.

"제이미, 오늘은 여기서 헤어져요. 지금부터의 시간은 이 남자에게 저당잡혀 있거든요."

그녀는 그렇게 말하며 대헌에게 천천히 손을 내밀었다. 대헌은 주체할 수 없는 희열을 애써 감추고 그녀의 손을 잡아 그의 팔에 단단히 끼웠다. 그리고는 제이미를 의기양양하게 쳐다보았다. 제이미라 불린 남자가 불쾌한 얼굴을 하고 있으리라 짐작했으나 제이미의 표정에서 싫은 기색은 없었다. 다만 깊은 생각에 잠긴 듯 그녀를 잠시 바라보았을 뿐이다. 그렇게 한참을 있던 제이미가 대헌에게로 돌아섰다.

"여기서 5분 거리에 그녀의 집이 있지. 집에 들어가거든 커피를 진하게 내리고 식탁 위에 있는 꿀을 한 스푼 넣어서 연거푸 두 잔을 마시게 하게나, 젊은이."

대헌은 원색적인 욕설이 튀어나오려는 것을 간신히 참았다. 그녀의 평소 습관을 잘 아는 제이미에 대한 질투로 온몸이 빳빳이 굳어왔다. 눈꼬리에 그런 대헌을 가소롭게 바라보는 제이미가 들어왔다. 그의 반응을 찬찬히 살피며 피식 웃는 면상에 또다시 피투성이가 되도록 주먹질을 해대고 싶었다.

그 순간 차가운 손이 옆구리에서 꼼지락거렸다. 대헌은 언제 그랬냐는 듯 표정을 풀고 그녀를 바라보았다. 그녀는 망아지 같은 눈을 똑바로 뜨고 대헌을 바라보고 있었다. 그리곤 툭 하니 한마디를 던졌다.

"당신에게 배당된 시간이 자꾸 가고 있어. 어떻게 할 거야? 여기서 추위에 떨며 마냥 서 있을 거야, 아니면……."

말끝을 살짝 흘리는 그녀. 그것은 명백한 초대였다. 그 순간 건방지고, 아니꼬운 변호사는 대헌의 머리 속에서 완전히 지워졌다. 대헌은 겨울밤의 추위를 견디기에 너무나 얇은 그녀의 옷

차림에 혀를 차며, 그의 코트를 떨고 있는 어깨에 걸쳐 주었다.

말없이 대헌의 하는 모양을 지켜보던 그녀가 뒤돌아서 제이미의 얼굴을 손으로 쓰다듬었다. 그녀는 급속도로 얼어붙고 있는 대헌을 무시하고 다시 제이미의 뺨에 키스를 하고는 작별 인사를 했다.

"그렇게 신경 곤두세울 필요는 없어요, 제이미. 나를 해치거나 할 사람은 아니니까. 이 남자와는 해결해야 할 일이 있으니 오늘은 그냥 가요. 그를 너무 놀리지도 말고요. 이제 보니 당신, 생각보다 짓궂어요."

그녀의 말이 끝나기가 무섭게 남자가 호탕하게 웃었다. 그리고는 그녀의 귀에 대고 뭐라고 조그맣게 속삭였다. 그러나 대헌에게 들릴 만큼 충분히 큰 소리로 말했다. 일부러 그러는 것임은 의심의 여지가 없었다.

"어디서 저런 천연기념물을 구했지? 저렇게 감정을 질질 흘리고 다니니 놀리는 재미가 솔솔 하군 그래."

제이미는 어깨를 으쓱하는 그녀와 그녀에 대한 불타는 소유욕을 드러내는 대헌을 길거리에 세워두고 유유히 멀어져 갔다. 물론 뒤에 남겨진 대헌의 완패였다.

그녀의 아파트는 그녀만큼이나 개성적이었다. 그리고 혼자 살기에는 너무 넓었다. 거실은 탁 트인 전면 유리창에 하얀색의 똑같은 디자인의 로만 쉐이드 5장으로 장식했는데 들쭉날쭉 걷어 올려진 모습이 오히려 멋스럽게 보였다. 체리 목의 최고급 장식장에 아무렇게나 빼곡히 들어 있는 갖가지의 아름다운 술병들, 침대로 사용해도 좋을 만큼 크고 안락해 보이는 가죽 소파, 둥글고 폭신한 예쁜 카펫, 그리고 벽걸이 TV.

이것이 그녀의 집에 들어서서 바라본 거실의 모든 것이었다. 그 흔한 액자 하나 걸려 있지 않고, 여자의 집이라고 하기엔 장식품 하나, 오밀조밀한 소품 하나 없었다. 그저 있어야 하는 기본적인 것만 덩그러니 놓여 있을 뿐이었다. 삭막하리만치 간결한 집 안이 그녀의 성격을 대변해 주고 있었다.

대헌이 호기심 어린 눈으로 이리저리 집 안을 둘러보는 동안, 그녀는 거실 왼편으로 길게 나 있는 복도로 사라졌다. 고개를 내밀어 살펴보니 복도 양 옆으로 3개의 문이 나 있었다. 살짝 열린 문 사이로 빛이 새어 나오는 걸로 봐서 그곳이 침실인 모양이다. 그는 따라 들어가고픈 충동을 억제하며 현관 옆의 반투명 유리로 된 문을 옆으로 밀고 들어갔다.

'여기가 주방일 줄 알았지.'

대헌은 회심의 미소를 지으며 커피 메이커를 찾았다. 그 재수 없는 변호사가 일러준 대로 커피를 내리면서 갑자기 너무나 즐거워졌다. 정말 정신없는 하루였다. 오늘 몇 달을 목매어 찾던 그녀를 만났고, 또한 그녀를 남자로 오해하는 해프닝을 벌였다. 그리고 그녀를 남자로 생각하면서도 현재 애인을 따돌리고 그녀를 차지할 결심을 했었다. 일이 어떻게 되었든 결과적으로 그는 운 좋게도 그녀의 게이 친구를 따돌리고 그녀의 집에 와 있는 것이다. 천국과 지옥을 몇 번씩 넘나든 파란만장한 하루의 끝이 이곳이었다. 그녀의 집에서 그녀를 위해 커피를 내리고 있는 자신이라니. 휘파람이 절로 나왔다.

한참 만에 그녀는 무릎 바로 위까지 축 늘어진 인디언 핑크의 사랑스러운 니트 셔츠로 갈아입고 거실로 나왔다. 대헌은 얼른 커피를 가지고 나갔다. 온 거실이 향긋한 커피 향으로 가득 찼다. 거실 바닥에 주저앉은 그녀 옆에 조용히 쟁반을 내려놓고 머그컵에 뜨거운 커피를 따라 스푼으로 여러 번 공들여 저은 후 그녀에게 내밀었다. 그녀가 말없이 그것을 받아 한 모금 마시고는 그를 올려다보았다. 그녀의 표정으로 봐서 입에 맞았나 보다. 컵에 미리 꿀을 넣어놨으니 당연한 일이었다. 대헌은 행복감에 가슴이 뛰었다. 그녀는 의외라는 듯 그를 바라보았다. 그런 그녀에게 미소 짓고는 다 마신 컵을 내미는 그녀의 손에서 컵을 받아 다시 한 번 꿀을 넣고 커피를 따라주었다. 그녀가 두 번째 잔을 다 비울 무렵, 대헌은 불쑥 말을 꺼냈다.

"맛이 어때요?"

그녀는 대답을 기다리는 그를 무시하고 천천히 음미하듯 나머지를 다 마셨다.

"저, 내 이름은 강……."

"대헌."

그녀의 입에서 자연스럽게 대헌의 이름이 흘러나왔다. 그의 흑갈색의 눈이 경악으로 휘둥그레 떠졌다. 몇 달을 그리도 찾았건만 상대방은 이미 그의 이름을 알고 있었던 것이다. 처음의 놀라움이 의아함으로, 그리고 분노로 서서히 변해갔다. 대헌의 이름을 알고 있었다는 사실은 그녀가 그를 만나려고 마음만 먹었다면 언제든지 다시 만날 수 있었다는 얘기다. 그것은 그녀는 대헌이 그녀를 찾고 있다는 것을 알면서도 지금까지 그를 모른 척 무시하고 있었다는 것을 의미했다. 만약 오늘 우연히 다시 만나지 않았다면 지금도 그는 아무것도 모른 채 그녀를 애타게 찾고 있을 것이다. 그녀는 어쩌다 일어난 일에 당황해서 사라져 버린 것이 아니라, 그때의 일이 그녀에게는 한순간의 장난에 불과했던 것이다. 불쾌했다. 대헌은 자신이 가질 자격도 없는 배신감에 몸을 떨었다.

"내가 찾고 있다는 걸 알고 있었죠?"

그는 간신히 끓어오르는 감정을 억제하며 조용히 물었다. 아무 말 없이 무심한 듯 그를 바라보는 그녀가 너무 얄밉다는 생각이 들었다. 대헌은 거짓은 용납하지 않겠다는 눈빛으로 대답을 촉구했다.

"그때는 그 어떤 복잡한 상황도 만들고 싶은 생각이 없었어. 그 생각은 지금도 변함이 없고."

그녀는 간단명료하고도 냉정하게 말했다. 그러나 뱉어내는 입이 무색하게 그녀의 얼굴은 미안함으로 물들어 있었다. 그녀는 뒤늦은 후회를 되씹고 있는 것이다. 대헌은 잠시 안도의 한

숨을 내쉬었다.

"미안하게 생각해. 변명 같지만 그날 당신에겐 내가 절실하게 필요해 보였고, 나 자신도 모르는 사이에 일이 거기까지 진전된 거야. 순전히 내 실수였지."

그녀는 차분하게 그때의 일을 이야기하고 있었다. 실수란다. 미안하단다. 그는 그 따위 말을 듣기 위해 여기에 있는 것이 아니었다. 이런 배신감을 맛보기 위해 그렇게 오랫동안 그녀를 찾아 헤맨 것이 아니었다. 그녀의 말을 끝까지 듣기 위해서는 무한한 인내심이 필요했다.

"뭐가 미안하다는 거죠?"

"진하 친구라면서? 내 이름은 진진. 진하 누나야. 진하는 나 때문에 너에게 말하지 못한 거야. 그러니 그를 너무 원망하지는 마라. 우리 첫 발은 잘못 디뎠지만 앞으로 잘 지내자. 진하 친구면 내 동생도 되니까."

그녀는 그가 어떻게 느끼는지 조금도 생각하지 않고 자기가 하고 싶은 말만 다 했다. 그날 일은 실수고 앞으로 그를 만날 생각은 꿈에도 없으니 꺼지라는 것. 그것이 그녀가 하고자 하는 말의 핵심이었다. 한계였다. 대헌은 이를 바득바득 갈았다.

"하!"

콧방귀가 절로 나왔다. 당장이라도 키스하고 싶은 요염한 입에서 말 같지도 않은 언어가 쏟아져 나오고 있었다.

'누가 동생이라는 거야? 당신은 나를 잘못 봤어. 귀찮은 동생

떼어내듯이 하면 내가 뒤로 물러서리라 생각했나 보지? 지금까지는 그런 식으로 남자를 쫓아보냈는지 몰라도 이 강대헌에게는 안 통해. 왜냐고? 궁금하면 나를 계속 보는 수밖에.'

이번에는 그가 말할 차례다. 그는 시작도 해보지 못한 관계를 여기서 끝낼 생각이 추호도 없었다. 비록 여자에 대해서 무지하기는 하지만 그도 이성과 본능이 날카로운 어엿한 남자인 것이다. 그녀에게서 일말의 감정이라도 얻어낼 수 있다면 그는 포기할 수 없었다. 그리고 그녀는 그를 완전히 무시할 수만은 없을 것이다. 왜냐하면 그녀의 흔들리는 눈빛에서 미묘한 감정을 느꼈기 때문이다.

대헌은 그녀에게서 희미한 흥분의 진동을 정확히 잡아냈다. 희망이라는 단어가 저만치서 손짓하고 있는데 어느 놈이 그깟 몇 마디 말에 제 여자를 포기한단 말인가. 대헌에게는 그녀를 옭아맬 계획이 필요했다. 보통 이런 계획은 여자들의 전유물이 아니던가? 대헌은 자신이 한심해지는 동시에 기발한 생각이 떠올랐다.

'그래, 바로 그거야. 시대가 변해도 아직까지 여자가 남자를 묶어두는 첫 번째 무기. 비록 그가 여자는 아니지만 그 자신도 가지고 있는 무기.'

대헌은 소파에 머리를 기대고 있는 그녀에게 다가앉았다. 그리곤 뒤로 젖힌 목덜미에 입술을 가져다 댔다. 아무런 반응도 보이지 않았다. 환영하지는 않았지만 적어도 거부하지도 않았다. 그는 천천히 두 손을 그녀의 목 뒤로 돌려 뒷머리를 움켜쥐고 섹시한 그녀의 입술에 키스를 했다. 그녀의 입에서 가벼운 한숨과 함께 체념의 기운이 흘러나와 공기 중에 열기를 흩뿌렸다. 그녀는 마치 끝내지 못한 숙제를 하는 듯 의무적인 동작으로 팔을 들어 그의 목을 껴안아왔다. 대헌은 그녀를 사뿐히 안아 올려 침실로 향했다.

처음이었다. 이런 기쁨은 상상으로도 해본 적이 없었다. 이렇게 충만한 느낌이 있으리라고는 꿈에라도 짐작하지 못했다. 또한 그의 인생에 이렇게 격렬한 오르가즘이 있으리라고는 상상도 하지 못했다. 이렇게 산뜻하고 들뜬 즐거움도 상상하지 못했다. 실제로 여자와 궁극적인 의미의 사랑을 나눈 것도 처음이었다. 대헌은 그날 밤 그녀에게서 이 모든 것을 받았다.

대헌은 휘파람을 불며 집 청소를 하고 있었다. 그녀와의 관계는 한마디로 경이로웠다. 그녀를 붙잡기 위한 무기를 꺼내지도 않았는데 또 하나의 무기를 그녀가 자진해서 그에게 건네주었다. 놀랍게도 그녀는 그와 나누는 사랑을 꽤 흡족하게 생각하는 듯했다. 경험도 없고, 테크닉도 없는 그 자신을 생각할 때 그녀의 반응은 그를 매우 들뜨게 했다. 사내로서의 자긍심이 물씬 부풀어 올랐다.

대헌은 그녀를 붙잡기 위해 이성에 호소하고, 동정에 호소하고, 그래도 통하지 않으면 협박이라도 불사할 생각이었다. 그만큼 그 스스로가 너무나 절박한 심정이었고, 이제 그녀와의 사랑이 얼마나 엄청난 쾌락과 기쁨을 주는지 알아버린 이상 그녀를 포기한다는 것은 곧 암흑을 의미했다.

밤새 지치도록 사랑을 나누고 서로를 탐닉한 후, 그녀는 사랑의 여운에 취해 있던 그를 남겨두고 갑자기 일이 있다며 출근해버렸다. 일요일 아침에 출근한다는 것도 미심쩍은 데다 그녀의 옷차림새 때문에 그의 마음속에서 작은 의심의 덩어리가 생기기 시작했다.

그녀는 붉은색의 성긴 브이넥 니트 셔츠와 그레이의 체크 무늬 팬츠를 입고 팔에 호화로운 검정 폭스 털 코트를 걸쳤다. 저런 걸 어떻게 신고 다니나 할 정도로 높고 뾰족한 하이힐로 마무리하고 도발적으로 걸어나갔다. 화장기 없는 얼굴에 유니섹스얼한 옷차림, 굽 없는 신발을 신고 있던 전날의 모습과는 판이하게 다른 지극히 여성스러운 모습이었다. 오늘은 그 누구도 그녀에게서 중성적인 매력을 찾을 수 없을 것이다.

그녀는 얼떨떨해 있는 그를 남겨두고 집을 나섰다. 그는 황망한 시선으로 회색 빛 현관을 노려보았다. 남자와 지독히도 격렬한 밤을 보낸 후 태연히 나가 버리는 모습에서 어쩐지 익숙한 냄새가 났다. 그가 아닌 다른 남자와도 이와 똑같은 장면을 수도 없이 연출했을 것 같은 불쾌한 생각이 그를 휘청거리게 했다.

그녀가 집을 나선 지 몇 분, 아니, 몇 초 만에 철의 장막 같던 현관문이 다시 열렸다. 그녀가 돌아온 것이다. 현관에 기댄 그녀는 거실 한가운데 우두커니 서 있던 그를 현관 앞에서 손짓으로 불렀다. 대헌은 끈에 의해 조종되는 인형처럼 부자연스런 걸음으로 그녀에게 천천히 다가갔다. 불쑥 내밀어진 손에 최신식 휴대폰이 들려 있었다. 무슨 뜻이냐는 듯 눈썹을 치켜 올리자 그녀가 싱긋 웃었다. 갑자기 가슴 언저리가 저려왔다. 그 웃음에 적응하려면 오랜 시간이 걸릴 것이다.

"전화번호 입력해. 0번이 비어 있어."

대헌은 아무 말 없이 떨리는 손으로 그의 전화번호를 입력했다.

"내일 전화할게."

그리고 잠시 망설이다가 덧붙였다.

"부엌 싱크대 맨 위 서랍에 비상 열쇠가 있어. 앞으로 그걸 쓰도록 해. 그리고 나는 기다리는 건 질색이니까 전화하면 첫 신호에 받아."

조금 전까지 아파트 현관에 우두커니 서서 버려졌다는 비참한 기분에 망연했던 그였기에 지금 진행되는 상황에 어리둥절했다. 그의 뇌세포가 제대로 발동을 시작하자 차츰 스며드는 기쁨에 얼굴이 환해졌다.

그의 변하는 표정을 잠시 보고 있던 그녀가 그의 목에 팔을 두르고 깊은 키스를 해왔다. 키스가 길어지고 그들의 숨소리도 거칠어질 즈음, 그녀가 이제는 정말 가야 한다는 말과 함께 대헌에게서 벗어났다.

제4장

방황하는 남자들

진진은 대헌을 다시 만나 같이 집으로 오면서 오늘 밤 그와 사랑을 나누리라 결심했다. 그날의 일방적이고 반쪽짜리 관계로는 그가 미련을 떨치기 어렵다고 판단했기 때문이다. 그로서 그들은 온전히 연인이 될 것이고, 또한 온전히 남남이 되는 것이다. 남녀의 사이란 그런 것이다. 그들 또한 그저 잠시잠깐 서로에게 육체적으로 끌렸을 뿐인 것이다. 사랑이라는 이름으로 포장하는 자기기만은 하지 않을 생각이었다. 이 세상에 사랑은 없다. 그저 남녀 간의 육체적 화학 작용이 있을 뿐이다. 그도 저도 아니면 미적지근한 약간의 정(精) 정도가 있을까.

진진은 부엌에서 신나게 휘파람을 불며 달그락거리는 소리를 내고 있는 대헌을 생각하며 이 상황을 어떤 식으로 말해야 할지 고민했다. 시작한 일은 끝을 보는 그녀지만 매정하게 잘라 버리는 잔인한 일은 정말이지 하고 싶지 않았다. 어쩌다 그렇게 엉켜 버렸는지 모르겠다. 평소의 그녀는 아무 남자하고나 관계를 가지는 문란한 사람은 아니었다. 물론 청순가련형의 순결한 처녀는 더 더욱 아니지만 말이다.

잠시 후, 대헌이 어디서 찾았는지 돌아가신 할머니께서 쓰시던 멋들어진 골동품 쟁반에 커피를 들고 나왔다. 그녀는 그런 남자를 보며 저 순진한 눈동자가 일을 이 지경에 이르게 했다는 생각이 들었다. 그 맑은 눈으로 그녀를 바라보던 시선에 잠시 끌렸는지도 모르겠다. 그리고 그 눈 때문에 그녀는 오늘로서 모든 상황을 종료하고 싶은 것이다. 동생 말이 맞았다. 그는 그녀 같은 바람둥이가 손대서는 안 되는 순도 100%의 진짜 남자였다. 그를 위해서도, 그녀의 지친 몸과 마음을 위해서도 그것이 최선이다.

처음이었다. 이렇게 충만한 느낌은 처음이었다. 이렇게 격렬한 오르가즘은 처음이었다. 이렇게 육체가 공중에 부유한 듯 나른함을 느낀 적도 처음이었다. 그녀의 욕구를 완벽하게 채워준 남자도 그가 처음이었다. 그 모든 것이 처음이었다.

진진은 방 안을 비추는 강렬한 태양 빛에 눈이 떠졌다. 흘깃 바라본 시계는 1시를 가리키고 있었다. 그녀는 흐느적거리는 육체를 간신히 추슬러 남자에게로 몸을 돌렸다. 고단한 듯 입까지 벌리고 엎어져 자는 그의 모습이 귀엽기도 하고, 미안하기도 했다. 단 한 번으로 끝을 보겠노라 결심했던 것이 무색하게 그들은 밤새도록 사랑을 나누었다.

진진은 지금까지 한 번도 육체적으로 만족한 적이 없었다. 심지어 사랑했던 상록과도 이런 만족감은 없었다. 그녀의 파트너는 한 번도 그녀가 만족할 때까지 버티지를 못했다. 예전에 사귀던 한 남자는 그녀보고 남자 잡아먹는 요물이라고 말한 적도 있었다. 그녀가 유별나다는 것은 첫 경험 때부터 알고 있었다. 남자를 무한정 이끌어 생애 최고의 쾌락을 선사하나 정작 본인의 욕구는 항상 불만족스러웠다. 만족을 향한 본능으로 요구하고, 또 갈구하지만 어느새 남자는 나가떨어져 버리곤 했다. 남자들은 진저리 칠 만큼 거대한 쾌락을 얻었지만, 모든 기력을 상실하다 보니 어느새 그녀를 무서워하게 되었다.

그녀가 원하는 만큼 따라와 준 사람은 대헌이 처음이었다. 아니, 사실은 놀랍게도 그녀가 먼저 지쳐 항복하고 말았다. 지금 그녀의 상태를 표현하자면 고양이가 바로 앞에 놓인 생선을 한입에 집어삼키고, 접시에 남은 생선의 비린 맛까지 마저 핥고 난 후 만족스럽게 야옹거리는 기분이랄까?

눈을 감고 나른하게 미소 짓는 입술에 한숨과도 같은 가벼운 터치가 느껴졌다. 뒤따라 시트가 내려지고 가슴 언저리에도 스치듯 뜨거운 입술이 닿았다. 그녀의 입에서 저도 모르게 작은 신음이 새어 나왔다. 두어 시간 전에 겨우 잠이 들었던 그들이지만 하루를 시작하는 가장 좋은 방식을 생각해 내는 데 둘 다 큰 어려움이 없었다. 빛나는 토요일 오후를 지나 일요일 아침이 밝을 때까지 그들은 그렇게 서로를 탐닉하면서 보냈다. 그렇게 그들은 연인이 되었다.

진진은 대헌을 만났던 몇 달 전 이후로 동생 진하의 연습실에 처음 들렀다. 그녀는 지금 한 달에 한 번 있는 가족 모임에 함께 가기 위해 진하를 기다리고 있는 중이었다. 그의 로커 룸에 앉아서 구석에 덩그러니 놓여 있는 긴 의자를 보며 대헌을 생각했다. 어젯밤의 대헌은 정말 대단했다. 그녀는 정력의 화신쯤 되어 보이는 그를 생각하며 피식 웃었다.

그녀의 착오였다. 그는 그리 순진한 남자는 아니었던 것이다. 그렇다면 그리 부담을 가질 필요도 없을 것 같았다. 정상적인 욕구를 갖고 있는 청춘 남녀가 굳이 서로를 피할 이유가 없는 것이다. 그에게 집 열쇠를 준 것이 잘한 일인지는 아직 모르겠지만 적어도 이번 관계는 한동안 지속되지 않을까 싶었다.

진하가 그날의 대헌처럼 머리를 털면서 샤워 룸에서 나왔다. 허리에 두른 하얀 타월이 대헌과 다른 점이었다. 문득 그녀는 대헌이 당황하며 치부를 가리던 모습이 떠올라 미소 지었다.

"동생 벗은 몸을 보면서 군침 흘리는 여자는 누나밖에 없을걸?"

그녀는 동생의 몸을 의도적으로 쭉 훑어보며 윙크를 보냈다.

"누가 아니래~ 너 갈수록 멋져진다. 이제 제법 남자다운데?"

진하가 못 말린다는 표정으로 바라보았지만 진진은 그저 어깨를 으쓱하며 미소 지을 뿐이었다.

"우리 나라 여자들이 다 눈이 삐었나? 왜 너같이 멋진 남자를 가만둔다지?"

"그건 누나의 눈으로 나를 보니까 그런 거지. 요즘은 내게 접근해 오는 여자들도 없어, 누나."

진진은 동생이 옷을 입을 수 있도록 자리를 피해주면서 슬쩍 동생의 엉덩이를 톡톡 두드렸다.

"어이구, 귀여운 내 새끼."

진진은 언제나 동생이 자랑스러웠다. 진하는 여섯 살 어린 나이에 발레를 시작해 지금은 어느 누구도 부정할 수 없는 최고의 발레리노로 인정받고 있었다. 3년 전, 아버지의 병이 깊어지자 영국의 〈로얄 발레단(The Royal Ballet)〉의 수석 무용수로서 활동하던 그는 창창한 장래를 접고 아버지 곁으로 돌아왔다. 그때 나이 겨우 만 21세였다.

그녀와 동생 하야는 일찍이 아내들을 잃고 홀아비로 살던 할아버지와 아버지의 품에서 유년 시절을 보냈다. 유독 부부 금실이 좋았던 두 분은 재혼은 생각조차 하지 않으셨다고 한다. 아버지가 열 살 때 할머니가 돌아가셨고, 그녀가 3살 때, 그리고 하야가 태어나던 그해에 그들의 어머니가 돌아가셨다. 두 진가

부자의 손에 성장한 그녀는 꼬맹이 시절에 유치원 친구들을 모두 한 손으로 휘둘렀고, 순순히 고개 숙이지 않는 애들은 주먹으로 굴복시켰다. 진진은 동생과 함께 파랑새를 찾으러 간다는 쪽지를 남기고 청량리역에서 종착역도 모르는 기차를 타고 떠나기도 했던 당차고, 엉뚱하며, 극히 남성적인 성격의 아이였다.

할아버지와 아버지는 그런 그녀를 보면서 남자들 손에서 자라다 보니 그리됐다 한탄하시고, 고민 끝에 발레를 배우게 하셨다. 그런데 정작 그녀는 별 재능을 보이지 않는 반면 그림자마냥 어디나 쫄래쫄래 따라다니던 하야가 눈에 띄게 두각을 보였다. 6살의 어린 소년이 누나를 따라다니며 어깨 너머로 배운 동작을 너무나 완벽하게 따라 하는 모습을 보신 발레 선생님이 본격적으로 하야를 가르치기 시작하셨다. 어린 그녀가 보기에도 동생은 정말 아름다운 무용수였다.

결국 그들은 각각 초등학교 5학년과 3학년이 되었을 때 영국으로 유학을 가게 되었다. 동생의 천부적인 재능을 키워주기 위해서였다. 비디오 테스트로 오디션에 통과한 후, 세계적으로 유명한 발레 학교인 〈The Royal Ballet School of Dancing〉에 입학하게 되었다. 그녀는 동생이 저학년 반에서 고학년 반으로 진급하면서 바뀌는 기숙사 위치에 따라 학교를 옮겨 다니며 동생 가까이 있기 위해 노력했고, 나중에 옥스퍼드에서 언론 매체를 공부했다. 그렇게 서로를 의지하면서 외로운 유학 생활을 버

터냈고, 목표를 향해 열심히 공부하고 노력해서 오늘에 이르렀
다. 동생이 그녀와 함께 해외 활동을 접고 귀국했을 때 그녀는
안타깝기도 했지만 가족 품에서 사랑받고, 보살핌받는 것도 그
못지 않게 중요하다고 생각하고 있었다. 그녀에게 동생은 언제
까지나 귀엽고 어린 꼬맹이였기 때문에…….

진하의 연습실을 나온 그들은 30여 분간의 드라이브 끝에 도
시 한복판에 고즈넉이 서 있는 한 채의 기와집 앞에서 한숨을
푹 쉬었다.
"오늘은 또 어떤 남자가 대령해 있을까?"
진하가 그녀의 마음을 짐작하는지 놀리듯 물었다. 벌써 여섯
달째 두 어른들은 가족 외의 사람을 대동하고 나타났다. 요즘
두 분의 관심은 온통 그녀의 결혼에 집중되어 있었다. 그녀가
워낙에 개방적이고, 솔직하다 보니 두 분도 그녀의 이성 관계에
대해 대충은 알고 계신다. 오래 지속되는 법이 없는 그녀의 연
애를 보면서 그들은 초조함을 이기지 못하고 직접 천생배필을
그녀 앞에 대령하기에 이른 것이다. 두 분이 오늘은 어떤 나무
토막을 대동하고 있을지, 귀찮기도 하고 한편으로는 재미있기
도 했다. 안으로 들어서는 그녀의 얼굴에 문득 웃음이 묻어났
다.

'대헌은 지금 뭘 하고 있을까?'

　세 시간 뒤 진진은 가족과 함께 집으로 가는 대신 오늘의 남자와 드라이브를 즐기는 중이었다. 두 분이 소개하는 남자들은 하나같이 할아버지, 아버지와는 천지 차이였다. 늘상 그녀에게 휘둘리는 두 분인지라 그녀를 이끌어 줄 강하고, 진취적인 성격의 남자들을 잘도 골라 오신다.

　사실 객관적으로 보자면 다들 괜찮은 남자들이었다. 그렇다고 평소의 그녀대로 행동하기엔 두 노인네에 대한 그녀의 사랑이 너무나 컸다. 함부로 대했다가 두 분에게 실망을 드릴 수는 없었다. 그래서 그저 예의상 한 두어 번 만나서 자연스럽게 친구가 되든지 아니면 그것으로 끝이었다. 진진은 옆에 앉은 남자를 보면서 이 사람은 만만치 않겠다는 생각을 했다. 아주 샤프하게 생긴 외모만큼이나 신랄한 유머 감각을 가진 그가 그녀도 썩 마음에 들었다.

　"진이라고 불러도 불쾌하진 않겠지? 어차피 예의상으로라도 몇 번은 만나야 될 사이에 내외할 필요가 있을까?"

　남자가 거만한 태도로 툭 하니 말을 던졌다. 진진은 싫어야 마땅한 상대의 오만한 태도에 오히려 즐거워졌다. 알 것 다 알고, 따져 볼 것 다 따져 보고 나온 자리에서 내숭이나 겉치레는 오히려 상대를 기만하는 행위일 뿐이다. 상대의 명쾌하고 솔직한 성격에 그녀도 평소의 자신의 모습을 거르지 않고 보여주었다.

　"그냥 진진이라고 불러요. 영화 '정무문'에 푹 빠져 있던 어린 시절부터 내 이름은 언제나 진진이에요. 한동안은 쿵푸를 배우겠다고 야단법석을 떨어댔었죠. 그 시절이 그리운 건 내가 너무 늙은 탓인가?"

그녀의 말에 유쾌하게 웃어 젖히는 그를 보며 좋은 친구가 한 명 더 생길 것 같다는 예감이 들었다. 몇 살 연장자인 그에게 반말을 해대는 그녀를 그가 마냥 귀엽다는 표정으로 바라보았다. 눈가에 잔잔한 호감이 어려 있었다.

'어디, 저 웃음이 언제까지 가나 한번 시험해 볼까?'

진진은 평소의 지랄맞은 장난기―언제나 그것은 문제를 일으키곤 했다―가 발동하고 있었다. 그녀는 자그마한 손가방에서 휴대폰을 꺼내 단축 버튼을 눌렀다. 정확히 한 번 벨이 울리자 저쪽에서 응답을 해왔다.

[진진? 아직도 일이 끝나지 않았어? 집에 언제 돌아오지?]

대헌의 목소리에는 다급한 갈망이 잔뜩 묻어나 있었다. 그녀는 눈살을 찌푸렸다.

'내일 전화하겠다는 말뜻을 도대체 뭘로 들은 거야? 주인도 없는 집에서 뭘 하는 거냐고? 이거, 이 남자 어젯밤의 일을 생각보다 심각하게 받아들이고 있는 건 아닐까?'

다시 의심스러워지는 순간이었다. 이렇게 되면 본래의 장난에 또 하나의 의도를 실을 수밖에.

"아직 집이야? 아침에 열쇠 줬잖아. 문단속 잘하고 가. 그리고 내일 밤에 만나."

그녀의 눈꼬리에 표정없는 남자가 비쳐졌다. 핸들을 잡고 있는 그의 손에도 힘이 실려 있었다. 진진은 그런 남자를 속으로 비웃었다.

"대헌 씨, 내 침실에 들어가면 드레스 룸으로 통하는 문이 있어. 거기에 갈아입을 남자 옷 몇 벌 있을 거야. 당신 옷은 놔두고 깨끗한 옷으로 갈아입고 가."

순간 전화기 너머에서도, 옆 자리에서도 급속한 냉기가 흘렀다.

'진하가 가끔 자고 가기 때문에 준비한 옷이지만 뭐 어떠랴. 생각하고 싶은 대로 생각하라지.'

이런 반응이라면 두 사람 다 그녀의 원주율 밖으로 내보내는 수밖에 다른 방법이 없었다. 두 남자만큼이나 그녀의 마음도 차갑게 얼어붙고 있었다. 두 번 다시 감정에 휩쓸려 상처받지는 않을 것이다. 비록 그녀와 딱 맞을 것 같은 남자라 해도 예외는 아니었다. 모험을 할 수는 없었다. 진진은 잘 알고 있었다. 남들이 그녀더러 뭐라 말하든 그녀는 지독한 겁쟁이였다.

진진은 대문의 초인종을 연속적으로 눌러댔다.
[왔어?]
진하의 목소리가 들리고 커다란 철제 문이 요란한 소리와 함께 열렸다. 그녀는 기세등등하게 문을 밀쳤다. 현관에 들어서서 도끼눈을 뜨고 주변을 살펴보았다. 거실 저쪽에 시치미 떼고 바

둑을 두는 척 고개를 숙이며 그녀를 피하는 두 노인네가 눈에 들어왔다. 그녀는 분노했다.

"흥, 오늘은 못 참아요! 어디서 그런 개뼈다귀 같은 놈을 물어 와 가지고……."

진하가 그녀의 모습을 보고 놀라서 뭐라고 하려는 것을 손으로 저지하며, 이를 악물고 스산한 목소리로 입을 열었다.

"거기 거 귀머거리 양반님들!"

일순간 움찔하던 두 남자는 다시 모르는 척하고 바둑에 몰입하는 연기를 계속해서 선보였다.

"경고하겠어요. 고개를 들고 똑바로 이 몸을 봐주시죠."

그녀는 서로 눈빛을 교환하며 신호를 보내는 노인네들 때문에 비교적 곱게 넘기려던 마음이 싹 가시고 말았다.

'으드득, 더 이상은 못 참아.'

"할아버지, 아버지, 그러실 때가 아니에요. 누나 몰골을 좀 보시라고요!"

진하의 경악에 찬 외침이 거실에 쩌렁쩌렁 울렸다. 끓어오르는 분노를 감출 길 없었는지 진하는 숨까지 몰아쉬고 있었다. 그제야 두 노인네는 주춤거리며 그녀를 바라보았다. 그리곤 곧바로 소리를 버럭 지르며 벌떡 일어나셨다.

"아니, 어떻게 된 일이냐, 아가!"

한 입인 듯 두 사람이 똑같이 소리치며 후닥닥 달려나왔다. 이런 상황만 아니라면 낡은 코미디 쇼를 보는 것만큼이나 우스

꽝스럽고 재미있을 모습이었다.

분을 삼키며 현관 앞에 서 있던 진진은 현관 거울에 비친 자신의 모습에 인상을 더욱 찡그렸다. 한마디로 가관이었다. 짧은 머리카락은 일부러도 그렇게 흐트러뜨릴 수 없을 만큼 헝클어져 있고, 입술은 터져서 피가 난 흔적이 역력했다. 멋지게 스타일이 살아 있던 니트 셔츠는 다 늘어져 가슴을 아슬아슬하게 가리고 있었으며, 무엇보다도 화가 나서 걷어 올린 손목엔 시퍼렇게 멍이 들어 있었다. 그런 자신의 모습에 입만 벙긋거리는 두 부자에게 진진은 톡 쏘아붙였다.

"그놈!"

그녀는 다시 올라오는 화를 가라앉히며 숨을 내쉬었다.

"최고의 신랑감이라는 그 시러배 아들놈! 내가 좀 손봐줘도 이의없겠죠?"

그 후는 난리 속도 아니었다. 그녀의 말이 끝나기가 무섭게 세 남자는 죽여 버리겠다느니, 사지를 갈기갈기 찢어서 광화문 사거리에 뿌려도 시원찮을 놈이라느니, 아버지가 고른 놈이니 아버지가 책임지라는 둥 순둥이 같던 세 남자가 어디서 들어본 적도 없는 욕을 마구 해대면서 핏대를 세웠다. 진진은 그들이 하는 양을 내버려 두다가 잠시 후, 크게 박수를 세 번 쳤다. 그러자 마치 잘 훈련된 애완견들처럼 벌게진 세 남자가 동시에 동작을 멈췄다. 그녀가 어려서부터 부단히 애쓴 성과였다.

"뭘 잘하셨다고 큰소리들이죠? 잘 들으세요, 두 분. 오늘 이후로 강요된 맞선은 없습니다. 또한 지겨운 손자 녀석타령도 용납하지 않습니다. 그리고 그 개자식은 내 하이힐에 박살났으니 여러분은 신경 쓸 것 없어요.”

정말이지 한심하기 짝이 없는 작자였다. 대헌과의 통화로 그녀를 '꽤 노는 년'으로 판단한 놈은 애초의 계획과 다르게 목적지를 벗어나 으슥한 샛길에 차를 세웠다. 그는 순순히 응해주지 않는 그녀를 강제로 밀어붙이고 니트 셔츠 안으로 더러운 손을 침투시켰다. 격렬한 몸싸움이 있었고, 전세는 그녀에게 불리하게 돌아갔다. 구역질나는 입술을 가슴에 대는 순간 그녀는 하이힐로 놈의 등을 찍어 내렸다. 한 번, 두 번, 세 번.

남자의 움직임이 멈추자 그녀는 재빨리 뛰쳐나와 도로변에서 그녀 생애 가장 치욕스런 히치하이크를 해야만 했다. 진진은 그녀의 몰골에 즉각적으로 차를 세워주는 남성 운전자들을 무시하고 간신히 여자가 운전하는 차를 얻어 타고 돌아올 수 있었다. 그놈은 오늘 약간의 상처만 입고 살아난 것을 후회하게 될 것이다. 이 치욕은 두고두고 갚을 것이다. 우선 그놈이 다닌 다는 회사부터 집안 사업에까지 온전한 것은 없을 것이다.

'감히 나를 건드려? 국제그룹 후계자의 힘이 어디까지 미치는지 내 몸소 보여주마. 네놈 인생에서 나를 만난 것을 가장 후회하게 만들어주지.'

결심을 굳히고 고개를 든 그녀의 시선 앞에 세 남자의 무시무시한 얼굴이 있었다. 권선징악의 신봉자요, 남의 일에 나서기

좋아하는 집안 내력답게 앞으로 어떤 일이 벌어질지 눈에 훤히
보였다. 그녀가 손을 쓰지 않아도 저 세 사람이 가만히 있지는
않을 것이다.

　진진은 갑자기 가족이란 울타리가 그녀에게 주는 힘을 새삼
느꼈다. 이제 그 김동우란 놈의 명복을 빌 뿐이었다. 심기일전
한 그녀는 기분이 너무나 좋아졌다. 식구들의 가라앉은 기분을
풀어줄 사람은 그녀밖에 없었다. 그녀는 너무 오버하지 않는 선
에서 밝게 웃으며 말했다.

　"지난달에 내가 너무 잃었어. 뭣들 하고 서 있는 거예요. 판
준비해요. 난 아줌마에게 야식 좀 부탁하고 올게요."

　그녀는 주방 쪽을 향해 걸어가면서 엄한 말을 구시렁댔다.

　"애가 들어섰나? 갑자기 매운 낙지볶음에 소면을 비벼 먹고
싶네그려."

　그녀의 뒤로 의미심장한 시선들이 오가고 있음은 뻔했다. 그
소란 속에서도 판 벌리자는 소리에 모두들 피가 끓고 있을 것이
다. 가족 모임 날에는 모두 한집에 모여 화투에서부터 바둑, 장
기, 포커까지 밤새 판이 벌어진다. 대대로 이런 종류의 유흥을
좋아하는 집안답게 제법 큰돈이 걸린 승부라 모두들 바싹 긴장
하는 것이다. 거의 대부분 그녀가 싹쓸이를 하지만 지난 주는
그들이 짜고 치는 고스톱으로 그녀를 빈털터리로 만들었었다.
그렇게 딴 돈은 다음날 그들이 후원하는 한 고아원에 보내는 기
부금에 보태어진다.

그녀는 제법 술렁이는 거실 분위기에 안도의 미소를 지었다. 심약한 노인네들이 그녀 때문에 혹여 몸이라도 상할까 걱정하지 않을 수 없는 것이다.

'그나저나 그 썩을 놈을 어떻게 손봐주지?

진하는 대헌의 이런 한심하기 그지없는 모습을 처음 보았다. 하긴 크리스마스이브에 이 녀석 투정이나 받아주고 있는 그도 한심하기는 마찬가지지만 말이다. 초저녁부터 대헌에게서 전화가 왔다. 크리스마스이브라는 특별함 때문인지 이미 연습실에 남아 있는 학생은 하나도 없었다.

진하는 요즘 콩쿠르에 나가기 위한 안무를 검토하고, 연습하고 있는 중이었다. 4년에 한 번 열리는 모스크바 국제 발레 콩쿠르 시니어 부분 듀엣에 응시하기 위해서다. 발레 올림픽이라고도 불리는 이 대회에 파트너와 함께 하는 듀엣 부분에 참가할 예정인데 아직 파트너도 정하지 못하고 있었다. 안무로 이름을 날리고 있는 뱌체슬라브 고르디에프의 안무는 독특하고 소화하기 어려운 기술로 짜여져 있어서 파트너 찾는 데 더욱 어려움을 겪고 있었다.

이런 때 그는 일에 전념하지는 못할망정 엉뚱하게도 어떤 사람의 전화를 기다리고 있었다. 전화 벨이 울렸을 때 그는 가슴이 두근거려 주체할 수가 없었다. 그러나 정작 그것이 대헌의 전화라는 것을 알았을 때의 실망감은 조금 과장하자면 세상이 무너지는 듯한 기분이었다. 그만큼 그 사람은 진하에게 의미 깊은 존재였다.

'내가 왜 이러는 것일까.'

이런 감정은 있을 수도, 있어서도 안 되는 것이었다. 문득 진하는 자신도 대헌이처럼 왕창 취해 버리고 싶다는 기분이 들었다.

그렇게 해서 남 보기에 부러울 것 없어 보이는 매력적인 두 남자가 그 밤에 무너져 내리고 있었다. 이제 겨우 9시. 두 사람은 벌써 거나하게 취한 상태로 어깨동무를 하고 고성방가를 하며 길거리를 쏘다녔다. 그리고 발견한 초라한 포장마차. 또다시 의기투합한 그들은 그곳에서 다시 술판을 벌렸다. 쓰디쓴 소주 한 잔을 들이킨 대헌이 원망 섞인 소리를 내뱉었다.

"야, 네 누나라는 사람 그렇게 잘났냐? 순진한 총각을 버려놨으면 책임을 져야 할 것 아냐, 책임을!"

'이런! 이거 웬 뚱딴지 같은 말이지. 어쩐지 이놈 하는 짓이 영 마음에 안 들더니 또 누나가 원인이었군. 어쩌다 남자 후리는 그런 마녀에게 걸려 가지곤.'

대헌의 하는 꼬락서니를 보아하니 그 스스로의 힘으로 누나의 마수에서 빠져나가기는 이제 너무 늦어버린 듯싶었다. 진진의 질긴 거미줄에 걸려 허덕이고 있으니 희망은 없었다.

"내 말 들리냐, 진하야? 네 누나라는 여자가 말이다. 숫총각을 한입에 먹어치우고는 뻔뻔하게 다음날 외박을 하다니 이게 될 법한 말이냐?"

대헌이 또다시 술을 들이키며 소리를 질렀다. 진하는 대헌의 노골적인 말에 민망한 표정을 지었다. 누나와 다시 만났다고 했을 때 적어도 두 사람이 잠자리를 같이 했을 거라는 짐작은 했었다. 그렇지만 대헌이 순진한 놈이라는 생각은 있었으되 숫총각일 줄은 꿈에도 몰랐다.

"야, 더 말이 안 되는 게 뭔지 아냐? 설사 네 누나가 다른 놈과 붙어먹었어도 나한테 돌아오기만 한다면 애원이라도 하고 싶다는 거다. 이런 내가 정말 웃기지 않냐?"

대헌은 자조하듯 말하고 울음인지 웃음인지 구분이 가지 않는 이상한 소리를 내며 어깨를 들썩였다. 그는 그런 대헌의 모습에 한숨이 나왔다.

'여기 나보다 더 불쌍한 인간이 있었군.'

동생으로서 듣기 거북한 소리를 해대는 대헌이 밉지 않은 까닭은 아마도 그 자신이 누나에 대해 너무나 잘 알고 있기 때문일 것이다. 보통내기가 아니면 누나를 감당하기는 역부족이다. 그리고 순진하기 그지없는 대헌은 그런 노련한 남자와는 거리가 멀었다.

'아니지, 아니지. 그래서 더 대헌이라면 가능할지도……. 잘났지만 비열했던 그 상록이라는 놈의 배신에 상처 입은 누나도 대헌의 순수하고, 맹목적인 사랑 앞에서는 조금쯤 누그러들지 않을까?'

진하는 잠시 고민한 끝에 진진에게 전화를 걸었다. 결자해지(結者解之)라 하지 않던가. 그는 수화기 저쪽에서 들리는 누나의 목소리를 확인하고 대뜸 말했다.

"진진, 여기 누나의 애인 좀 데려가지? 나는 할 일이 있어서 말이야."

"너 지금 뭐라는 거야? 그 여자 꼴은 조금도 보고 싶지 않아!"

대헌이 옆에서 호기있게 소리치고 있었지만 오늘 그를 만난 후 처음으로 말똥말똥한 눈동자를 하고 있었다. 당장 그녀가 눈앞에 있기라도 한 듯 자세까지 가다듬는 모습이 애처로울 정도였다.

'저런 게 사랑인가?

진하는 전화기 너머의 무반응을 느끼며 고개를 설레설레 저었다.

"누나, 대헌이가 많이 취했어. 올 거지?"

저쪽에서 전화를 끊어버렸는지 발신음이 들려왔다. 당황해서 힐끔 대헌을 돌아보자 희망이 가득한 얼굴로 그를 바라보고 있었다.

"어…… 어. 지금 신호가 끊기는 걸 보니 어디 지하에 있나 봐."

그의 빈약한 변명에 대헌이 애써 아무렇지 않은 척 기를 썼다.

"야, 그러지 말고 우리 오늘 죽이는 데 갈까? 기분이다, 내가 쏜다. 가자!"

그는 실망하는 대헌을 억지로 일으켜 세웠다.

대헌을 이끌고 들어간 곳은 어두컴컴하지만 호화롭기 그지없는 곳이었다. 들어서자마자 두 사람을 재빨리 훑어본 매니저가 그들을 조용한 룸으로 안내했다. 진하는 여자를 권하는 매니저에게 호기롭게 큰소리쳐 놓고 조금 당황스러웠다. 얼떨결에 들여보내라고 말은 했지만 사실 이런 곳은 처음이었기 때문이다. 대헌은 술에 취해 해롱거리면서 아늑한 소파에 머리를 기대고 눈을 감고 있었다. 그 얼굴에 배인 절망이 손에 잡힐 듯 눈에 보였다. 누나의 외박이 그를 비롯한 가족과의 모임 때문이었음을 말하지 않은 것을 뒤늦게 후회했다. 처음엔 그저 대헌의 하는 양이 재미있어서 모른 척했는데 어째 이제 말하기는 좀 모호했다.

요란한 소리와 함께 룸의 문이 열렸다. 이 추운 겨울에 얼어 죽을 것 같은 살랑거리는 짧은 슬리브의 원피스를 걸친 두 여자가 자리에 앉으면서 호들갑을 떨었다.

"어머! 오빠들, 끝내준다. 너무 멋져, 너무 멋져."

간드러지는 목소리로 칭찬을 해대며 몸에 착 달라붙어 팔짱을 끼는 여자를 피해 대헌 쪽으로 몸을 기울이던 진하는 깜짝 놀랐다. 대헌이 갑자기 비명을 지르며 벌떡 일어났기 때문이다.

"으악! 우욱! 우…… 웩웩. 캑!"

대헌이 자신의 손을 잡고 있는 여자를 격렬하게 밀치면서 구역질을 하기 시작했다. 진하는 공포에 질린 대헌의 얼굴을 보면서 재빨리 그에게 다가갔다. 달아오른 얼굴에 불그죽죽한 반점들이 피어나고 있었다. 부들부들 떨며 발악하는 대헌을 보고 여자들도 비명을 지르며 달아났다. 그는 안절부절못해 당황하며 대헌을 붙잡았다. 동공이 돌아간 그의 뺨을 살짝 치는 순간 대헌이 의식을 잃었다.

진하는 병실 문이 열리는 소리에 문 쪽을 향해 돌아섰다. 진진이 멈칫멈칫 문 앞에 서서 안쪽을 바라보았다. 그런 진진을 보면서 진하는 놀라지 않을 수 없었다. 그가 전화한 지 20분도 안 된 시간에 그녀가 여기에 와 있다. 이것이 무엇을 의미하는지, 그녀에게 있어서 대헌이 어떤 존재인지에 대해 생각하게 하는 순간이었다.

'대헌아, 이놈아. 너에게 행운의 여신이 함께하고 있는 것 같다. 너라면 어쩌면…… 어쩌면 할 수 있을지도.'

진진은 못 올 곳에 와 있는 것처럼 어색해하면서도 누워 있는 대헌을 향한 흔들림없는 시선을 보내고 있었다. 떨리는 손을 꼭 부여잡은 두 손에서 대헌에 대한 걱정을 읽을 수 있었다.

"빨리 왔네. 대헌이는 안정제 맞고 잠들었어."

진진이 천천히 대헌에게 다가갔다. 아직도 대헌의 얼굴 여기저기에는 얼룩처럼 반점이 올라와 있었고, 목이며 손목이며 보이는 곳은 온통 화상을 입은 것처럼 붉게 달아올라 있었다. 그

녀가 천천히 손을 들어 대헌의 흐트러진 머리를 쓸어주고는 입
을 열었다.

"도대체 무슨 일이야? 왜 이렇게 됐는데?"

"자세한 것은 나도 잘 몰라. 근데 의사 선생이 이상한 말을 하
네."

"응?"

"일종의 알레르기래. 여.자. 알.레.르.기."

그가 강조하듯 한 단어씩 끊어서 말하자 무슨 엉뚱한 소리냐
는 듯 진진의 눈이 찌푸려졌다. 그도 처음에 의사 선생에게서
대헌이 여자의 피부와 접촉을 하면 발작을 일으킨다는 말을 들
었을 때 믿기지가 않았다. 상식적으로도 그런 일이 있을까 싶었
고, 누나와 관계를 가졌다고 한 대헌의 말을 빌리자면 도저히
이해할 수도, 믿을 수도 없는 말이었기 때문이다. 그러나 불행
하게도 대헌의 병력은 확실한 것이었고, 진하 자신도 곧 죽을
것처럼 힘들어하는 모습을 두 눈으로 똑똑히 목격한 상태였다.

"장난하지 말고 솔직히 말해! 도대체 무슨 일이야!"

진진의 화난 목소리에 의식이 돌아온 듯 대헌의 눈꺼풀이 흔
들렸다. 그리곤 무거운 눈꺼풀을 들어 곧바로 진진을 바라보았
다. 대헌의 그 소리없는 움직임에도 민감하게 반응하며 진진이
얼른 대헌에게 한 발 다가섰다. 진진은 진하를 노려보고 있었는
데 날카롭게 곤두섰던 감각은 대헌을 향해 있었나 보다. 진하는
자신이 생각했던 것보다 누나의 대헌에 대한 마음이 크다는 사

실을 또 한 번 깨달았다.

진진이 마음을 가라앉히려 노력하며 대헌의 이마를 만졌다. 대헌이 다시 가만히 눈을 감더니 그런 그녀의 손길을 즐겼다. 대헌의 입술에 그녀의 위로하는 따뜻한 속삭임이 들리는 것처럼 평온한 미소가 떠올랐다. 잠시 후 안심하고 다시 스르르 잠이 드는 그의 표정은 좀 전과 다르게 부드럽게 풀려 있었다.

진하는 그들의 하는 양을 보며 깊은 생각에 잠겼다. 누나는 조금 전에만 해도 매정하게 전화를 끊어버리더니, 지금은 또 다친 자기 새끼를 돌보는 모성애 짙은 어미 새 같았다. 그리고 그의 친구는 여자 알레르기라더니 누나의 손길에 꾀병을 앓는 개구쟁이처럼 어리광 서린 애처로운 눈빛을 보냈다.

'허 참, 잘들 놀고 있군.'

천상 그들은 서로의 짝일 수밖에 없었다. 가슴 한곳이 따뜻해져 왔다. 그리고 한편으로는 그런 그들을 보고 있자니 더 더욱 쓸쓸하고, 외로워졌다. 그는 주머니 속의 전화기를 만지작거리며 전화를 할까 말까 망설이는데 기도에 응답하듯 벨이 울렸다. 그 사람이었다.

'그냥 만나는 거야. 아무 뜻 없고, 이런 날 짝 없는 사람들끼리 위로하는 의미로 만나는 거야. 그것뿐이야.'

진하는 스스로에게 변명하듯 다짐하며 목을 가다듬었다.

"여보세요?"

제5장

지금은 연애할 때

연애란 남자가 단 한 사람의 여자에게
만족하기 위해 치르는 노력이다?!

대헌은 크리스마스 아침을 따뜻한 온기와 함께 맞았다.
그는 깨어나는 순간부터 진진을 의식하고 있었다. 살짝 눈을 떠
보니 하얀 벽과 천장이 한눈에 들어왔다.

'아! 또다시 발작을……'

어젯밤의 일이 모두 떠올랐다. 한숨과 함께 조심스레 고개를
돌려보니 진진이 그의 등에 달라붙어 잠들어 있었다. 밤새 여기
있었나 보다. 그는 곤하게 자고 있는 그녀의 입술에 살짝 입을
맞추었다. 그때 마침 병실에 들어서던 간호사의 눈이 휘둥그레
졌다.

"쉬."

　대헌은 검지를 입술에 대고 뭔가 말하려는 간호사를 저지했다.

　"조금만 더 자게 하고 싶어요, 순영 씨."

　간호사인 순영은 눈짓으로 알았다는 신호를 보냈다. 그녀는 체온계를 그의 입에 물려주고는 그를 한참 동안 바라보았다. 순영은 몇 년 전부터 이 병원에 근무하고 있었고, 그가 발작을 일으킬 때마다 그 소란을 지켜본 간호사였다. 그런 사정이고 보니 대헌이 여자와 한침대에 누워 있는 모습이 생소하고도 황당한 일일 것이다.

　"이제 이건 필요없는 건가요?"

　순영이 손을 흔들면서 놀란 목소리로 물었다. 그녀의 손에는 반투명의 라텍스 장갑이 끼워져 있었다. 그를 치료하기 위해서는 꼭 필요한 조치였다.

　대헌은 고개를 흔들었다. 순영은 체온계를 체크하고는 어떻게 된 일인가 궁금해서 죽을 지경인 얼굴로 그를 바라보았다. 대헌은 그녀의 심정을 충분히 알 수 있었다. 정말 독특한 병명이어서 처음 병원에 실려왔을 때부터 호기심을 가지고 있던 그녀인지라 그는 순순히 순영이 원하는 대답을 해주었다.

　"이 여자는 괜찮아요."

　능숙한 간호사답게 놀라움을 감추며 순영은 다시 한 번 잠자는 진진을 바라보며 조용히 고개를 끄덕였다. 처치를 끝낸 순영은 행운을 빈다는 사인을 보내고 병실을 나갔다.

“잘 아는 사람인가 봐?”

어느새 깨어났는지 진진이 조용히 물었다.

“몇 년 동안 이 병원 단골 환자였으니까요.”

대헌은 오늘 모든 것을 말할 생각이었다. 진진이 경멸해도 좋고, 동정해도 좋았다. 그녀를 그의 옆에 붙들어놓을 수만 있다면 그는 무엇이든 할 것이다. 자신의 치부를 드러내는 것 정도는 그것에 비하면 아무것도 아니었다. 그의 마음을 읽었는지 한동안 생각에 잠긴 듯하던 그녀가 먼저 입을 열었다.

“내가 들어야 하는 이야기라면 어디 한번 들어볼까?”

그 말은 그녀가 할 수 있는 일이 있다면 돕겠다는 뜻을 담고 있었다. 가능하다면 그의 곁에 있어주겠다는 간접적인 허락이었다. 그것이 비록 한시적인 약속일지라도 말이다. 그리고 대헌은 단언하건대 그녀와의 관계를 그저 한순간의 연애로 그칠 마음이 눈곱만큼도 없었다.

“어제 무슨 일이 있었는지 진하가 말 안 해요?”

대헌은 갑자기 그녀에게 죄스러워졌다.

‘룸살롱에서 여자와 있었다고 하면 뭐라고 할까? 화를 내줄까? 질투해 줄까? 흥, 아니지. 먼저 외박한 주제에 무슨…….’

생각이 거기에 이르자 갑자기 화가 치밀어 올랐다. 감정은 주제에서 자꾸 벗어났다.

“어제 어디 있었죠? 누구랑 뭘 했냐고요?”

얘기가 엉뚱한 방향으로 흘러가자 어리둥절해하던 진진이 알

만하다는 표정을 지었다. 그는 질투하는 자신에게 짜증이 났고, 머쓱하기도 했다. 붉어진 낯빛을 가리기 위해 슬쩍 고개를 돌려야만 했다.

"그제는 진하와 아버지 집에서 보냈어. 왜 지레 상상의 나래를 펴고 난리니? 자, 실없는 소리 말고 본론으로 들어가."

진진의 담백한 한마디에 모든 것이 풀렸다. 다른 놈과 같이 있었던 게 아니란다.

'그러고 보니 진하 이놈은 왜 진작 말하지 않았지? 내가 그렇게 난리를 치는데도 묵묵히 내 꼴사나운 모습을 보고만 있었단 말이지? 만나면 가만두지 않겠어!'

"얘기가 길어요."

그는 고등학교에 들어간 후 사귀는 친구의 범위가 달라졌다. 그의 아버지는 3대독자의 몸으로 15살에 사고사로 부모를 잃고 고아가 되었다. 쥐꼬리만한 보험료와 보상비로 생활하면서 겨우 대학에 들어갔다. 아버지는 거기서 잘나신 그의 어머니를 만나 연애라는 것을 하게 되었는데, 그 대단하신 어머니는 국내 굴지의 화장품 회사 사주의 무남독녀 외동딸이었다. 집안의 반대를 무릅쓰고 기어이 사고를 쳐 어머니는 외가와 의절하고 두 분은 결혼을 하셨다.

하지만 그가 자라면서 보아온 부모는 결코 사랑에 목숨 걸어 결혼하신 분들 같지 않게 삐걱대며 살았다. 저명한 문학 박사인 어머니는 일류대학의 정교수로 단대 학장을 재임하고 계신 반면, 아버지는 대헌처럼 조그마한 초등학교의 평교사일 뿐이었다. 언제나 기가 죽어 어머니 뜻대로 사시는 아버지를 볼 때마다 그는 사랑이란 것이 참 부질없는 것이라고 생각하곤 했다.

그가 고등학생이 되던 해 겨울, 그때까지 살아 계시던 외조부께서 돌아가셨다. 의절한 딸에게는 한 푼도 남겨주지 않았지만, 하나밖에 없는 손자인 그에게 모든 재산을 남기셨다. 한 번도 본 적 없는 할아버지에게 물려받은 재산은 실로 어마어마했다. 물론 그가 서른 살이 될 때까지는 손댈 수 없는 돈이었지만 그것으로 인해 평범하게 살던 그에게 새롭게 꼬이는 친구들이 있었다. 소위 재벌집 자식들, 지식인층, 벼락부자 자식들과 어울리게 된 것이다.

처음에는 그들의 틀을 벗어난 행동과 자유로움에 매료되었다. 몇 달을 어울려 다니는 동안 그는 한 여학생을 알게 되었다. 너무나 청순하고, 깨끗해 보이는 그 애에게 푹 빠져서 한동안은 사리 분간하지 못하고 헤헤거렸다. 그리고 세상은 어느 날 그가 처한 현실을 뼈저리게 느끼게 해주었다.

그날은 한 친구의 빈집에서 파티가 열렸다. 하지만 마침 부모님의 결혼기념일이었기 때문에 그는 참석할 수가 없었다. 그 친구들과 어울려 다니는 몇 달 동안 자정 전에 집에 들어간 적이 거의 없었기에 부모님께 죄송스런 맘으로 꽃다발을 들고 집에 일찍 들어가기로 마음먹었던 것이다. 아파트 문을 열고 들어서

자마자 이상야릇한 냄새가 진동을 했다. 그리고 거실 저 끝에 부모님이 계셨다.

"이게 무슨 냄새요? 갈비찜인가?"

아버지가 소파에 몸을 기대고 앉아 다리를 탁자에 떡하니 올려놓은 채 어머니를 향해 부드러운 목소리로 묻고 있었다.

'이 비위 상하는 냄새가 갈비찜 냄새라고? 보나마나 어머니 솜씨로군.'

평소에 어머니의 잔심부름을 도맡아하시던 아버지가 저런 자세로 앉아 있는 것도 낯설었지만, 어머니가 음식을 했다는 것에 더 놀라울 뿐이었다. 어머니의 음식 솜씨는 가히 숨이 넘어갈 정도로 극악이었기 때문에 주방에서 제외된 지 이미 십수 년이었다.

"냄새가 너무 좋아 그런지 시장기가 도는구료. 난 당신이 해주는 음식이 세상에서 제일 입에 맞아."

'웩! 아버지 그게 대체 어디서 나온 거짓말이란 말입니까. 어머니 음식은 먹고 죽을 때나 입에 넣을 수 있는 것이란 말입니다.'

어머니는 귀에 생소하고 거슬리는 목소리로 호호거렸다. 대헌은 간드러지는 웃음소리를 내며 아버지의 발에 뺨을 비비는 어머니의 모습에 그만 숨을 멈출 만큼 경악하고 말았다. 어쩐지 오늘의 두 분은 평소와 사뭇 달랐다. 저런 애교를 부리는 어머니라니 상상도 못해본 일이었다. 어머니는 아버지의 발톱을 하나씩 하나씩 정성 들여 깎으면서 시종 웃으셨고, 아버지는 그야 말로 진시황제 따로 없는 표정으로 어머니의 시중을 받으며 행복해하고 있는 것이다.

그제야 대헌은 어머니, 아버지의 사랑을 조금은 느낄 수 있었다. 부부간의 일은 아무리 자식이라도 그 속까지는 모를 수밖에 없나 보다. 모처럼 정성을 다한 음식과 사랑스런 표정으로 아버지에게 웃고 계시는 어머니. 그는 마음이 따스해져 옴을 느꼈다. 아버지의 얼굴에는 이 여자가 나를 사랑하다니 믿어지지 않는다는 표정이 가득했다. 사십 줄을 훨씬 넘은 연세의 아버지가 너무나도 뜨거운 눈빛으로 어머니를 바라보고 있었다. 십 몇 년을 살고도 저런 눈빛이라니…….

대헌은 조용히 아파트 문을 닫고 밖으로 나왔다. 두 분을 위해 기꺼이 자리를 피해주고 싶었다. 처음으로 부모님의 사랑을 확인했고, 그렇게 살고 싶다고 느꼈다. 그리고 바로 그날, 그의 빛나던 청춘은 막을 내렸다.

집을 나서면서 대헌은 여자 친구를 볼 생각에 들떠 있었다. 행복한 마음으로 파티 장소에 들어선 그는 차마 감당하기 힘든 광경을 보게 되었다. 집 안은 온통 뿌옇게 흐려 있었고, 들큰한 연기 냄새가 맴돌았다. 나중에 안 사실이지만 그들은 마리화나와 술에 취해 이성을 상실한 상태였다. 몇몇 애들이 서로 엉켜서 몸을 부비고 있었다. 나체로 뒹굴고 있는 애들도 있었다. 그 경악스런 무리에서 그의 여자 친구를 찾아내는 것은 그리 어렵지 않았다.

그의 친구 허리에 올라타 격렬하게 몸을 흔들어대고 있는 여자 친구의 모습에 구역질이 올라왔다. 다른 놈 둘이 그들을 바라보며 박수를 쳐대고 있었다. 그녀는 그것을 더욱 즐기듯 벌거벗은 상체에 두 놈들의 손을 가져다 댔다.

"아이, 뭐야~ 좀 더 자극적으로 만져 달란 말이야. 니들은 구경만 할래?"

헐떡이며 앙탈하는 목소리가 녀석들을 재촉했다. 그러자 두 놈 중 대헌과 같은 학교의 한 놈이 여자의 가슴에 얼굴을 묻었다.

"아앙, 그…… 그렇게. 좋…… 아…….."

질퍽한 신음 소리가 울려 퍼졌다. 그렇게 그가 보는 앞에서 세 남자와 한 여자가 거리낌없이 짐승만도 못한 짓을 하고 있었다.

발작적으로 그곳을 뛰쳐나온 뒤 다시는 그들과 어울리지 않았다. 그리고 다시 착실한 아들이 되어 평범한 학창 시절을 보냈다. 몇몇 놈들과 그 여자애가 다시 그들의 패거리로 끌어들이려 했지만 그는 경멸과 비웃음만 던졌을 뿐이다. 겉으로는 모든 것이 제자리를 찾은 듯 보였다. 그러나 그 이후로 결코 예전의 그로 돌아갈 수 없었다.

대헌은 가족들만 아는 심각한 정신병을 끌어안고 저주받은 생활을 시작하게 되었다. 현실은 냉혹했다. 그 추잡하고, 더러운 짓거리를 본 다음날, 학교로 가는 밀린 버스 안에서 여학생들과 부딪치면서 스친 손길에 최초로 그 증상이 돌출했다. 아무 의미 없는 스침에도 발작을 일으켰다. 비참하게도 어머니에게조차 똑같았다. 예외는 없었다. 그렇게 어둠 속에 갇혀 있던 그에게 기적 같은 어느 날 한 여자가 다가왔다.

대헌은 진진에게 그 모든 것을 말하면서 일종의 카타르시스를 느꼈다. 아무에게도 함부로 밝힐 수 없는 치부를 7년 넘게 속으로 품어온 그였다. 진진이 그의 말을 듣고 비웃거나 동정하는 것이 아닌 이해하는 얼굴로 그를 바라보자 안도감에 가슴을 쓸어 내렸다. 몸을 일으킨 그녀가 그의 얼굴을 두 손으로 쓰다듬었다. 대헌은 천천히 다가오는 그녀의 입술을 뜨겁게 받으며 살며시 눈을 감았다.

병원에서 퇴원한 후 그들은 대헌의 집으로 갔다. 아직 완전히 정상으로 돌아오지 못한 듯 몸이 나른했다. 대헌은 소파에 앉아 있는 진진의 무릎에 머리를 대고 편안히 누웠다. 머리에 부드러운 손길이 와 닿았다. 기분 좋은 느낌에 취할 때 즈음 진진이 조심스럽게 말했다.
"앞으로 내가 어떻게 했으면 좋겠어?"
그녀의 말이 귀에 거슬렸다.
"당신이 아니라 우리겠지!"
자기도 모르게 목소리에 날이 섰다. 두 사람의 문제로 인식하지 않는 진진에게 화가 났다. 긴장하는 그와는 다르게 그의 머리를 쓰다듬는 진진의 손길은 여전히 부드럽게 움직이고 있었다.

"우선 내 얘기를 들어줄래? 그리고 나서도 우리라고 말한다면 그런 거겠지."

진진은 가라앉는 목소리를 가다듬고 이야기를 시작했다.

"왜 내가 당신에게 대헌 씨라고 하는지 알아? 그건 내가 당신을 남자로 의식하기 때문이야. 보통 다른 남자들을 부를 땐 성을 같이 붙여서 불러."

대헌은 그녀의 말에 허벅지에 얼굴을 묻고 미소 지었다.

"그리고 내가 이름에다 '씨' 자를 붙여서 부르는 남자가 당신 하나는 아니야."

그는 미소를 지웠다. 몸이 돌처럼 굳어졌다.

"사실 여러 명이지."

선전 포고하듯 덧붙여 뱉어내는 말에 대헌은 안간힘으로 천천히 몸을 일으켰다.

'지금 이 여자가 무슨 말을 하고 있는 거야? 내가 제대로 듣긴 들은 건가?'

대헌은 온몸에 소름이 돋아나는 것을 느꼈다.

"나 말고도 또 있다고? 그래서? 그래서!"

그는 이를 악물고 그녀의 다음 말을 기다렸다.

'날 가지고 놀 생각이라면 가만두지 않겠어!'

"당신도 내가 그동안 남자가 하나도 없었다고는 생각하지 않겠지? 그건 앞으로도 마찬가지일 거야. 난 그때그때 만나고 싶은 사람이 생기면 만날 거야. 세상에 호감 가는 남자가 한 번에 한 사람뿐일 리가 없잖아. 널린 게 멋진 남자고 여자야.”

그녀는 숙제하듯 하고 싶은 말을 일제히 쏟아냈다. 그리곤 그를 바라보았다. 그 눈엔 어쩐지 변명하듯, 애원하듯 물기가 출렁거리고 있었다.

“뭘 어쩌라고? 이해해 달라고? 나더러 다른 놈 만나는 걸 허락해 달라고?”

그는 어이가 없었다. 당장 관계를 정리해도 시원찮을 말을 주저없이 늘어놓고는 저 눈빛이 뭐란 말인가. 절대 이해할 수도, 용서할 수도 없었다. 폭력의 갈망에 손이 근질근질했다. 감히 여자에게 폭력을 휘두르고 싶다고 느낄 만큼 그의 분노는 거셌다.

그의 표정에서 대답을 얻었다고 생각했는지 진진이 천천히 일어섰다.

“당신의 그 특별한 도덕관으로 볼 때 내가 혐오스럽지? 어떻게 해서 내가 당신의 결벽증을 피해갈 수 있었는지는 나도 몰라. 하지만 이것 하나는 알지. 내가 어떤 사람인지 미리 알았다면 아마도 다른 여자들 때보다 더한 거부 반응을 일으켰을 거란 사실.”

그녀는 반박하려는 그를 제지하고 마저 이야기를 했다.

“한 번에 서너 명을 만난 적도 있어. 물론 그 남자들과 모두 잠을 잔다는 것은 아니야. 단순히 데이트를 한다는 의미지. 오래 지속된 관계는 거의 없고. 내가 싫증을 잘 내거든."

진진이 말을 하면 할수록 그의 인내심은 바닥을 들어내고 있었고, 그녀도 스스로에게 혐오감을 드러내듯 얼굴이 일그러지고 있었다.

"한 2년 정도 오래간 사람도 있긴 있었지. 하지만 그도 지쳐서 떠났어. 이게 지금의 내 상태야."

그리고는 그의 반응을 보기 전에 얼른 조심스럽게 덧붙여 왔다.

"그렇지만 그럼에도 불구하고 만약 대헌 씨가 나를 원한다면, 당신과 만나는 동안 내 연인은 오직 당신뿐일 거야. 가끔 다른 남자를 만나는 것까지는 나도 어쩔 수 없어. 제 버릇 개 주겠어? 하지만 내 침실에 들어올 수 있는 사람은 당신뿐일 거야. 그것으로도 만족할 수 있다면……."

진진은 조용히 말을 마치고 초조하게 거실을 왔다 갔다 하면서 그의 답변을 기다렸다. 지금 당장 그와 헤어지고 싶어하지 않는 그녀의 마음이 눈에 잡히듯 보였다. 그는 굳은 결심을 한 듯 결연한 표정으로 두 손을 불끈 쥐었다. 그러나 차마 입이 떨어지지 않았다. 몇 초인지, 몇 분인지 모를 긴 시간이 흐른 후 간신히 자신의 의지를 피력했다.

"그럴 순 없어."

진진의 고개가 아래로 떨어 내려졌다. 아무렇지 않은 표정을 지으려 하지만 그것은 실패로 돌아갔다.

'그녀는 진정 어떤 대답을 원했던 것일까.'

그녀의 얼굴에 어린 감출 수 없는 실망감에 그의 분노도 조금씩 가라앉았다. 그녀는 두 팔로 몸을 감싸 떨리는 몸을 다독이더니 숄더백을 들었다. 애써 태연한 표정으로 집을 나서는 진진을 보면서 그는 다시 솟구치는 화를 참느라 얼굴이 벌게졌다.

'겨우 그 정도의 노력으로 자신의 이해를 구했단 말인가.'

"당신은 너무 이기적이야. 어떻게 그럴 수가 있지? 당신이 아니면 안 되는 남자 앞에서 선택하라고? 어떻게?!"

결국 대헌은 폭발하고 말았다. 움츠러드는 그녀를 거칠게 돌려 세워 마구 흔들어댔다.

"내가 병신으로 보여? 제 여자가 다른 놈 만나는 것을 허락하는 등신 같은 놈이 세상천지에 어디 있어! 어? 말해 봐. 어디 그 뻔뻔한 입으로 다시 한 번 말해 보라고!"

갑자기 그녀를 만지는 것 자체가 혐오스러워졌다. 저도 모르게 잡고 있던 그녀의 몸을 밀쳐 버렸다. 그녀의 무게에 소파가 출렁거렸다.

"미안해, 대헌 씨. 나도 어쩔 수가 없어. 숨이 막혀. 한 사람에게 매인다는 생각만 해도 숨을 쉴 수가 없어. 있지도 않는 사랑 타령이나 해대면서 위선을 떨고 싶지도 않아. 자유롭고 싶어. 노력해 봤지만 언제나 실패하고 말았어. 그리고 그때마다 상처받는 건 다른 누구도 아닌 바로 나야."

그녀의 말이 끝나기가 무섭게 대헌은 벽을 내려쳤다. '꿍' 하는 둔탁한 소리와 함께 고통이 밀려왔다. 그러나 육체가 느끼는 고통은 지금 가슴 저 밑바닥부터 휘젓고 다니는 칼날의 아픔보다는 덜했다. 진진이 깜짝 놀란 표정으로 얼른 그에게 다가와 주먹을 두 손으로 잡았다. 매몰차게 뿌리치는 그를 안타깝게 바라보며 깊은 한숨을 내쉬는 그녀의 모습은 죽이고 싶을 만큼 그를 뒤흔들었다.

성큼 걸어가 냉장고에서 맥주 캔 하나를 따서 거칠게 들이키며 그런 그녀를 노려보았다. 그녀는 그의 눈길을 피하지 않았다. 또다시 그 표정이었다. 애원하듯 사랑을 담은 그 눈빛.

'이해해 줘! 날 떠나지만 말아줘. 노력해 볼게.'

그녀의 무언의 애원에 대헌은 고개를 획 돌려 버렸다. 괴로웠다. 너무나 고통스러워 차라리 죽고 싶었다. 그는 차마 그녀를 보지 못하고 고개를 돌렸다. 어떻게 이렇게 잔인하단 말인가. 그가 어떤 상태인지 알면서.

"아니야, 아니야."

그녀는 자신의 존재가 그에게 어떤 의미를 부여하는지 다 알지는 못하는 것이다. 그는 단순히 발작을 일으키지 않는 유일한 여자라서 그녀가 필요한 것이 아니다. 그녀를 사랑하기 때문에 그녀와 함께하고 싶은 것이다. 어쩌면 그녀는 그의 감정을 오해하고 단순히 생각하는지도 모른다. 그저 육체적 끌림에 의한 관계라고, 부작용을 일으키지 않는 유일한 여자라서 같이 있으려

한다고 생각하는지도 모른다. 어쩌면 그도 처음엔 그랬을지도 모른다.

그러나 사람을 사랑하는 데 이유 같은 것은 없다. 한눈에 반한 것이었다. 그저 사랑하게 된 것이다. 이유도 없고, 조건도 없는 맹목적인 사랑이었다. 사랑한다고 말하리라. 그녀를 놓치기 전에 그의 사랑을 보여주리라.

'병신, 사랑한다고 말하면 진진이 믿을 것 같아? 사랑에 저리도 냉소적인데?'

그녀가 설사 그 말을 믿는다고 해도 그래서 오히려 더 빨리 도망쳐 버릴지도 모른다.

생각에 잠겨 있던 그의 의식 저편에 그녀의 움직임이 잡혔다. 가슴이 철렁 내려앉았다. 그녀가 떠나려 하고 있었다. 그의 모든 사고가 정지했다. 다만 그녀가 떠난다는 현실만 인식했을 뿐이다.

"책임져."

그의 외침에 잠시 멈칫하던 그녀가 그대로 현관문에 손을 댔다.

"책임지라고! 남자의 순수를 버려놓고 그냥 도망치면 끝인가?"

대헌은 절규하듯 소리쳤다. 그 어떤 상황이든 그녀를 떠나보낼 수는 없었다.

"당신이 다른 남자를 만나고 다니는 걸 용납할 수는 없지만,

나를 떠나는 것은 더 더욱 참을 수 없어. 두고 봐, 내가 다른 놈들을 다 떼어내고 말 테니까. 지금부터 우리 관계에 페어플레이는 없어. 나를 피해 재주껏 한번 만나보시지.”

천천히 그녀가 몸을 돌렸다. 아름다운 얼굴이 온통 눈물범벅이었다. 그녀가 두 손을 들어 천천히 그에게 내밀었다. 대헌은 그녀에게 다가가 힘껏 껴안았다. 안도감이 온몸을 휩쌌다. 잠시 후 조그만 소리로 그녀가 속삭였다.

“정말…… 고마워.”

진진과 함께 깨어나는 아침은 참으로 황홀하다. 따뜻한 온기와 싱그러운 그녀의 향기가 코끝을 자극했다. 대헌은 등을 돌리고 자고 있는 그녀를 바싹 끌어안으며 투정 섞인 신음을 흘렸다. 간밤에 그녀는 정말 놀라웠다. 그는 다른 여자를 경험한 적은 없지만 그녀가 특별하다는 것을 알 수 있었다. 우선 그 자신이 몸으로 느꼈고, 친구들에게 들은 말이라든지 영화나 책을 통해 알고 있는 상식으로 볼 때 그녀와의 관계는 대단했다.

그리고 어젯밤을 보내면서 한 가지 더 깨달은 것이 있다면 어쩌면 과거의 남자들은 그녀를 감당하지 못하고 어쩔 수 없이 떠난 것은 아닐까 하는 생각이었다. 그녀의 격렬함이 남자를 주눅들게 한 것인지도 모른다. 그나저나 오늘부터 당장 떨어져 있어야 하는데 이 일을 어쩐다? 그는 오늘 일직이라 학교에 가봐야하고, 그녀도 신문사에 출근해야 하기 때문에 저녁에나 만날 수 있는 상황이었다.

그녀의 전적으로 볼 때 낮이라고 안전한 건 아니었다. 어디서 어떤 놈이 달라붙을지 누가 알겠는가. 그는 한심스런 자신의 상태에 스스로를 비웃었다. 하루 24시간을 감시할 수는 없는 것이다. 설혹 그럴 수 있다 해도 그런 믿음이 없는 관계는 오래 지속될 수 없었다. 그녀 없이 살지 못하는 한 그는 어쩔 수 없이 그녀에게 끌려 다니게 되어 있었다. 상호 동등한 관계가 되려면 그녀 또한 그를 필요로 하고 사랑해야 하지만 아직은 어림도 없는 일이었다.

우선 진진이 그 한 사람만 있어도 만족할 수 있도록 할 수 있는 모든 힘을 다 기울일 것이다. 그러면 어느새 사랑은 그들 곁에 와 있을 테니까. 그는 아직 잠에 취해 있는 그녀의 입술에 입 맞추고 침대에서 일어났다. 주방으로 들어서는 그의 입술 사이로 저도 모르게 노랫가락이 흘러나오고 있었다.

'우선 커피를 내리고…… 앗, 오늘 저녁에는 잊지 말고 꿀을 사다 놔야겠구나.'

커피에 꿀을 넣어 마시는 희한한 버릇조차 진진답다는 생각이 들었다.

진하는 흐르는 땀방울을 무시하고 호흡을 가다듬었다. 그리곤 그가 할 수 있는 최고의 발롱(Ballon)을 시도했다. 도약해서 마치 공의 바운스처럼 공중에 머물러 있는 듯 보이는, 점프에서 내려오는 동작까지 완벽했다. 같은 발롱이라도 춤을 추는 무용수에 따라 수준 차이가 나기 마련이었는데 진하는 명실상부(名實相符)한 최고 중의 최고였다.

그의 동작이 끝나자 요란한 박수 소리가 그의 귀를 때렸다. 연습실 출입구 쪽을 돌아보니 무용수답게 단아하게 쪽진 머리와 연습복을 입은 아름다운 여자가 서 있었다.

"아, 영희 씨, 어서 오세요."

진하는 반가운 마음에 한달음에 그녀에게 다가가 손을 덥석 잡았다. 그는 수줍게 고개를 숙이는 여자를 보며 다시 한 번 기쁨의 미소를 지었다.

"결정하신 거죠? 오늘의 방문을 수락의 뜻으로 받아들여도 무방하죠?"

기대에 차서 연신 묻는 그에게 영희는 고개를 살포시 끄덕였다. 정말 다소곳하고 여성스러운 사람이었다. 이런 사람이 어떻게 사람들 앞에서 그렇게 열정적으로 춤을 추는지 불가사의할 뿐이다. 여하튼 이제 그에게 파트너가 생겼다. 앞으로 6개월 동안 죽어라 연습해서 꼭 그랑프리를 차지하겠다는 각오를 다지며 그는 영희의 어깨를 감싸 안았다.

"이틀 후에 뱌체슬라브 소르고에프 선생님이 서울에 오실 거예요. 본격적인 연습은 그때부터 하기로 해요. 그동안은 몸을 풀며 서로 적응하면 될 거예요."

"진하 씨, 정말 저랑 듀엣을 하기 원하세요? 유럽 쪽에 더 훌

류한 파트너들이 많이 있잖아요. 진하 씨라면 일류발레리나를 파트너로 삼는 데 어려움이 없을 텐데요."

"그런 말씀 마세요. 영희 씨는 훌륭한 무용수예요. 영희 씨가 자주 국제 대회에 참가했다면 지금쯤 세계가 놀랄 만한 새로운 마돈나의 탄생이라고 난리도 아니었을 걸요?"

"그래도……."

그는 자신없어하는 영희의 말을 제지하며 단호히 말했다.

"난 당신하고만 추고 싶어요!"

그녀의 얼굴에 미소가 피어올랐다.

"아, 잠깐만요. 당신에게 줄 게 있어요."

진하는 그녀의 맘이 변하기 전에 얼른 로커 룸에 들어가서 포인트 슈즈를 가지고 왔다.

"당신을 위해 파리에서 주문해 온 거예요."

분홍색의 아름다운 토슈즈를 받으며 영희의 얼굴에 환한 미소가 피어올랐다.

'정말 고아한 아름다움을 지녔어. 진진하곤 아주 딴판이야.'

그는 진진을 생각하며 피식 웃었다. 터프하고 강렬한 카리스마를 풍기지만, 어쩌면 눈앞의 영희보다 더 연약한 가슴을 가진 누나였다. 그렇게 두 남녀가 토슈즈를 사이에 두고 손을 맞잡고 있을 때 갑자기 인기척이 들렸다.

그가 고개를 돌려보니 무표정하고 낯익은 남자의 얼굴이 보였다. 진하의 연습실엔 거의 오지 않는 의외의 인물의 출현에 활짝 미소 지었다. 그러나 상대는 마주 웃어주지 않았다. 뭐가 그렇게 싫은지 잔뜩 굳은 표정으로 말없이 두 사람을 바라보고 있을 뿐이었다.

"연습실엔 웬일이죠?"

"이렇게 바쁜 줄 알았다면 오지 않았겠지."

상대는 영희를 바라보며 비아냥거렸다.

'일부러 여기까지 왔을 땐 진하 자신을 보기 위함일 텐데 왜 저렇게 불퉁거리는 거야? 하여간 나이 든 사람은 상대하기가 곤란해.'

그를 본 기쁨도 잠시 진하는 왠지 예민해지는 자신을 느끼며 영희의 어깨에 손을 얹었다.

"아, 여기 이분은 제 파트너 이영희 씨. 이쪽은 잘 알겠지만 그 유명하신 제이미 선 변호사님."

서로를 소개하자 영희가 평소 제이미의 회사가 하는 일에 적극 지지를 표하며 매우 감명 깊은 표정을 지었다. 싫은 표정이 역력했던 제이미도 그 정도가 되자 낯빛을 바꿨다. 진하는 안도의 한숨을 쉬며 따뜻한 눈빛으로 제이미를 바라보았다.

"똑똑."

언제 왔는지 진진이 입으로 노크 소리를 내며 연습실에 들어섰다. 제이미가 얼른 그녀의 허리에 팔을 둘렀다. 진하는 갑자기 기분이 쫙 가라앉았다.

"통화 중이었어."

진진이 늦은 이유를 말하며 그를 바라보았다. 그리고 영희를 보더니 '아하' 하는 표정을 지었다. 영희의 손에 들린 발레 화가 모든 걸 말해 준다는 듯이 의미심장한 미소를 띠었다.

"처음 봬요. 진진이라고 해요. 진하의 하나뿐인 사랑스런 누나죠. 호호, 오늘 오길 잘했네요. 그 발레 슈즈의 주인이 누군지 무척 궁금했거든요. 역시 내 동생답게 눈이 높네요."

진진은 줄줄이 수다를 늘어놓으며 모두를 몰아쳐서 같이 점심을 먹을 것을 종용했다. 진진을 제외한 그곳에 있던 세 남녀의 표정은 하나같이 굳어 있었다.

"한겨울 냉면은 정말 맛있어."

진진은 열심히 먹으며 입을 오물거렸다. 어색해진 분위기에 아랑곳하지 않고 큼직한 만두 하나를 덥석 입에 물었다. 이런저런 얘기를 자꾸 해보지만 분위기는 더욱 불편해졌다. 모른 척 열심히 먹던 그녀도 이제는 화가 나기 시작했다. 참을 만큼 참은 것이다.

"당신들, 뭐야?"

진진은 말똥거리는 세 쌍의 눈을 향해 요란하게 손짓까지 해가며 나무랐다.

"왜들 그래요? 싫으면 오질 말든지 맘에 안 드는 사람이 있거든 돌아가든지. 어정쩡하게 앉아서 아무것도 모르는 사람 체하게 할 일 있어요? 어?!"

　진진의 걷힐 것 없는 질타에 세 사람은 서로 합의를 본 듯 일제히 열심히 먹기 시작했다. 진진은 그런 모습을 실눈 뜨고 잠시 바라보다가 마지막으로 한마디를 던졌다.

　"진작에 그럴 것이지. 까불고들 있어!"

　그녀가 의기양양하게 말했다. 그리고는 속으로 킥킥거렸다.

　'저 세 사람 사이에 이상 기류가 흐른단 말이지.'

　또다시 발동하는 장난기를 억누르려 애를 썼다. 때맞춰 전화벨이 울리지 않았다면 기어이 일을 저지르고 말았을 것이다.

　"안녕, 달링~"

　그녀의 가르릉거리는 목소리에 냉면 먹던 세 사람의 움직임이 딱 멈췄다. 서로 어색해하던 모습은 어디 가고 하나같이 닭살이라는 표정을 짓자 진진은 그만 웃음을 터뜨리고 말았다.

　[진진, 무슨 일이야?]

　대헌의 물음에 간신히 웃음을 참으며 대답했다.

　"아, 지금 막 제이미의 카리스마가 무너지는 순간을 목격했거든. 하하하."

　[뭐라고?!]

　그녀의 말이 끝나기가 무섭게 윽박지르는 대헌의 소리에 얼른 휴대폰을 귀에서 떼어냈다.

　'이 사람은 또 왜 이래?'

　"아이, 진정해. 진하랑 아름다운 숙녀 분이랑 여럿이 같이 있어."

[어디야?]

그녀는 단도직입적으로 묻는 대헌에게 한껏 부드러운 목소리로 말했다.

"점심 먹는 중이야. 저녁에 봐! 그때 그 카페."

당장 달려올 기세인 대헌을 갖은 애교로 간신히 달래서 전화를 끊고 좌중(座中)을 둘러보았다. 아직도 멀뚱히 앉아 있는 그들을 보며 그녀는 일소했다.

"남 사생활에 그렇게 관심들이 많으신가?"

뻔뻔스럽게 씩 웃는 그녀를 누가 미워할 수 있겠는가. 어쩔 수 없다는 듯 고개를 저으며 남은 사람들의 표정이 풀렸다. 그 후로는 식사 내내 웃음이 흘렀다.

대헌은 카페에 들어서자마자 진진을 보았다. 그녀는 바에 앉아 턱을 괴고 바텐더와 얘기를 주고받고 있었다. 그는 그녀의 옷차림에 고개를 설레설레 저었다. 아니, 이렇게 추운 겨울에 저런 차림으로 다니다니. 여하튼 못 말리는 여자다.

붉은 가죽 재킷은 짚업 스타일로 가슴 언저리까지 패어 있었고 속에는 아무것도 입지 않은 것이 확실했다. 거기다 스커트라고 하는 것은 한 장의 천을 뒤쪽에서부터 가려 앞에 큰 단추 두 개로 여며져 있었다. 다리를 꼬고 앉은 자세에 허벅지가 다 드러나 보이고, 치마는 옆으로 처져 있어 의자에 대고 있는 부위를 제외한 속살이 허벅지 뒤쪽까지 훤히 다 보이고 있었다. 대헌은 그녀를 흘끔거리는 놈들의 눈을 다 뽑아버리고 싶은 충동을 느끼며 결연히 앞으로 한 발 내디뎠다.

"나 왔어."

볼멘소리로 인사를 하는 그를 돌아보는 진진의 웃음은 한없이 아름다웠다. 그녀는 바에 기대고 있던 몸을 일으켜 조금의 망설임도 없이 그의 목에 팔을 둘렀다.

"안녕."

진진은 자극적인 목소리로 나른하게 속삭이고는 진한 키스를 했다. 대헌의 기분은 단번에 달라졌다. 사내들의 시선을 한몸에 받고 있는 진진을 봤을 때 느꼈던 불쾌감과 짜증이 금세 뿌듯한 자부심으로 바뀌었다. 대헌은 키스를 되돌렸다. 자신이 이런 대담한 행동을 하게 되리라고는 꿈에도 생각지 못했다. 모든 것이 진진이기에 가능한 일이었다.

"보고 싶었어."

그녀는 그의 예민해진 귀에 입술을 대고 조그맣게 속삭였다. 그리곤 실수인 듯 혀끝으로 살짝 귓불을 쓸었다.

'헉.'

그는 숨을 깊이 들이마셨다. 진진이 씩 웃었다. 그는 장난스런 도발에 놀아난 것이 부끄러워 얼굴이 뜨거워졌다. 게다가 바텐더가 아는 체를 하며 진진과 눈짓을 주고받는 모습에는 정말이지 기겁을 하고 말았다. 대헌은 모든 것이 짜여진 각본대로 이루어졌다는 사실을 뒤늦게 깨달았다.

진진은 화가 나서 벌게지는 그의 손을 잡고 천천히 쓰다듬으며 고개를 내저었다.

"화내지 마. 정말 보고 싶었어. 단지 여기 토미가 당신이 그저 그런 남자일 거라고 자극하는 바람에 내가 그만 넘어갔지 뭐야. 대헌 씨는 절대 그런 별 볼일 없는 남자들과 다른 진짜배기라고 내가 단단히 큰소리를 쳤지."

그녀의 스킨십에 마음이 누그러지고 있던 것이 그녀의 다음 말에 그만 완전히 녹아내리고 말았다.

그는 손으로 얼굴을 훑어 내리며 한숨을 쉬고는 바텐더를 향해 감당하기 어려운 여자라는 제스처를 했다. 갑자기 의기투합한 두 남자가 양손을 다 들어 하이파이브를 하곤 그녀를 의기양양하게 바라보았다. 그러자 이번에는 진진이 허리에 손을 대고 협박했다.

"당신들이 그렇게 나오면 그냥 가버리는 수가 있어요?"

그녀의 말에는 깊은 웃음이 배어 있었다. 그는 그런 그녀를 한없이 바라보았다. 그렇게 그들의 첫 데이트가 시작되고 있었다. 그렇게 황홀한 밤이 깊어가고 있었다.

그들은 특별히 서비스로 나온 치즈 샌드위치로 저녁을 마무리하고 바에 그대로 앉아 술을 마셨다. 주로 맥주를 마시는 대헌—맥주보다 독한 술은 잘 마시지 못한다—은 연거푸 두 잔째의 데킬라를 마시는 진진을 놀란 눈빛으로 바라보았다. 그녀는 마치 막 나가는 술꾼 같은 동작으로 거침없이 손을 놀렸다. 뭐는 평범할라고. 그는 새삼 깨달았다.

술을 마신 후, 그녀가 손등의 소금을 핥는 모습도, 레몬 조각을 입에 무는 자태도 지극히 자극적이었다. 그는 이 여자가 내 여자라는 생각에 갑자기 무한한 자부심이 솟아올랐다. 동반해서 극심한 공포심 또한 그를 점령했다. 언제 떠날지 모르는 여자. 주위의 남자들이 누구나 욕심 내는 여자. 남자 자체를 무시하는 여자. 그를 대수롭지 않게 생각하는 여자. 그의 사랑 또한 무시하는 여자. 그녀는 그런 여자였다. 그리고 그는 그런 진진에게 지독히도 매혹되어 있었다. 타는 속을 시원한 맥주가 달래주길 바라며 병째 벌컥벌컥 들이켰다.

"그렇게 맥주만 마시지 말고 이거 한 잔 마셔봐요. 대헌 씨도 중독되고 말걸?"

그녀는 뭔가 속셈이 있는지 의미심장한 미소를 지으며 데킬라를 그 앞에 떡하니 내밀었다. 대헌은 한참 동안 그녀를 바라보고 나서 아무 말 없이 내미는 잔을 단숨에 들이켰다. 그러자 진진이 자신의 손등에 소금을 뿌려 대헌의 입가로 가져다 댔다. 그가 뜨악한 표정으로 그녀를 바라보자 진진은 붉고 자극적인 혀까지 내밀어가며 핥아먹으라는 시늉을 해 보였다. 순간 온몸으로 퍼져 가는 술기운과 더불어 그녀가 불어넣는 욕망에 목 주변부터 벌겋게 올라왔다. 사람들이 보고 있는 트인 공간이라는 생각이 잠시 떠올랐으나, 유혹이 그의 소심함을 눌렀다. 그녀의 눈을 바라보며 천천히 고개 숙여 그녀의 손을 앞으로 끌어 손등

위의 소금을 조심스럽게 핥았다. 진진은 잘했다는 듯 그 손으로
그의 입술에 레몬 한 조각을 물려주었다. 그러고 나서 다시 토
미에게 손짓을 했다. 토미는 곧바로 그의 앞에 데킬라를 한 잔
을 내놓으며 이보다 더 급한 일은 없다는 듯 흥미진진한 표정으
로 그를 바라보았다.

"마셔."

그녀가 명령조로, 그러나 뜨거운 눈빛으로 말했다. 그는 그녀
를 바라보며 '에라, 모르겠다' 하는 심정으로 두 잔째의 데킬라
를 들이켰다. 눈이 핑 돌고, 목구멍이 얼얼한 게 역시 그는 맥주
이상은 안 되겠다 싶었다. 그녀가 깊이 패인 옷깃을 어깨 쪽으로
더 밀어내더니 일직선으로 곱게 뻗은 섹시한 쇄골에 소금을 뿌
렸다. 그 동작이 무엇을 의미하는지 몽롱한 가운데 깨달은 그와
그의 발칙한 몸은 터지기 직전의 풍선처럼 잔뜩 부풀어 올랐다.

자신의 반응을 혹여 누가 알아챌까 봐 여러 번 헛기침을 했
다. 그리곤 눈앞의 달콤한 천상의 맛을 향해 몸을 숙였다. 매끄
러운 살맛이 소금과 어우러져 짜릿한 맛을 더했다. 그녀의 쇄골
을 따라 혀를 놀리자 그녀가 움찔하는 것이 느껴졌다. 그 혼자
만이 느끼는 쾌감은 아니었나 보다. 그는 회심의 미소를 지으며
나머지 소금기를 샅샅이 핥아먹었다.

그가 번뜩이는 눈빛으로 바라보자 그녀가 다시 바텐더에게
손짓을 했다. 그는 벌써 한계를 넘어선 상태였지만 그녀의 다음
행동을 상상하자 기대에 찬 표정을 감출 수가 없었다. 사람들의

시선이 노골적으로 그들에게 머물고 있었으나 그는 주변을 의식하는 따위는 생각도 할 수 없었기 때문에 그것을 알아차리지 못하고 있었다. 그의 모든 주파수는 오직 그녀에게만 맞추어져 있었다.

또 한 잔의 데킬라가 그의 앞에 떡하니 놓였다. 그는 망설임 없이 잔을 들어 그녀에게 건배의 시늉을 한 다음 단숨에 입에 털어 넣었다. 그리고는 상품을 기다리듯 기대에 찬 눈빛으로 그녀를 바라보았다. 그런 그를 애태우며 그녀는 아무런 움직임도 보이지 않았다. 실망감이 몰려오고 있었다.

주위에서도 약간의 술렁임이 들려왔다. 아마도 그녀의 대담한 다음 행동을 기대했던 것 같다. 그때 그녀가 천천히 그녀의 손에 소금을 뿌렸다. 처음처럼 손에 소금을 뿌리자 그는 실망하고 말았다. 잔뜩 기대했기에 실망은 그만큼 컸다. 그러나 그녀의 다음 동작은 그 모든 것을 일순간에 확 바꾸어놓았다.

그녀가 혀를 내밀어 자신의 손등에 있는 소금을 달게 빨았다. 그런 후에 그의 목에 두 팔을 감고 그의 입술에 진한 키스를 했다. 혀가 들어오고 그녀의 타액과 함께 짠 소금기가 느껴졌다. 그는 두 팔로 그녀의 허리를 으깨어 버릴 것처럼 안고 몸서리쳤다. 이렇게 에로틱한 키스는 처음이었다. 그나마 남아 있던 이성은 사라지고 오직 그녀를 안아야겠다는 생각만이 그를 지배했다. 격렬하게 키스를 하면서 손은 이리저리 그녀의 노출된 피부를 찾아 방황했다. 훤히 들어난 허벅지를 애무하고 더 안쪽으로 손을 집어넣었다. 엉덩이를 바싹 당겨 그의 무릎에 그녀를 올려놓는 순간 옆에서 토미가 '흠흠' 거리는 소리로 그들이 어디에 있는지 일깨워 줬다.

순간 좋이 20명은 될 듯한 사람들의 시선을 한꺼번에 느꼈다. 그 평생 이렇게 당황한 적은 처음이었다. 노골적으로 휘파람을 불고 야유를 해대는 사람들을 애써 외면하며, 그는 벌떡 일어나 진진의 손을 잡고 맹렬한 기세로 그곳을 빠져나왔다. 진진은 그를 따라 뛰면서 토미에게 다음에 계산한다는 입 모양을 하고 깔깔 웃어댔다. 한동안 바에 그녀의 웃음소리가 여운처럼 메아리쳤다.

밖으로 뛰쳐나온 그들은 한참 동안 숨을 고르며 서로를 바라보았다. 안에서의 기운을 그대로 담은 뜨거운 눈빛을 교환하며 그들은 다시 격렬하게 서로를 껴안았다. 이가 부딪칠 정도로 거칠게 입술을 부비며 서로의 입속에서 오래 머물기 위해 애를 썼다. 그는 그녀의 섹시한 윗입술을 혀로 덧그리고 깊게 빨아들였다. 억눌린 신음이 그녀의 입술 사이로 흘러나왔다. 더 이상 진행했다가는 길거리에서 만인 앞에 돈 주고도 못 볼 생쇼를 하고 말 것 같았다.

"뛰자."

대헌이 그녀에게 속삭이며 손목을 잡아끌었다. 그러나 그녀는 고개를 흔들며 오른쪽 발을 들어 올렸다. 허리에 두른 것 같은 야한 스커트 아래로 곧고 아름답게 뻗은 긴 다리가 다 드러나 보였다. 그의 눈에 도대체 저렇게 가늘고, 높은 것을 신고 어떻게 걸을 수 있는지 불가사의하기 짝이 없는 검은색 하이힐이 보였다. 그가 바에서 막무가내로 끌고 나올 때 넘어지지 않은 것이 기적일 정도였다. 그는 몸을 돌려 무릎을 꿇고 앉았다. 그리곤 그녀를 향해 뒤로 손을 내밀었다.

"업혀!"

다른 여자 같으면 '정말?' 이라든지 '괜찮아' 라든지 '무거울 텐데 그래도 돼?' 라든지 여하튼 어떤 반응을 보인 후 못이기는 척 업히련만, 그녀는 또다시 예상을 깨고 그의 말이 끝나기가 무섭게 기다렸다는 듯이 덥석 업혀왔다. 그런 후 큰 소리로 외쳤다.

"달려~!"

마음이 급했던 대헌은 그녀의 말과 동시에 뛰기 시작했다. 집까지의 몇 분 동안 그녀는 온갖 비명과 휘파람과 웃음소리를 내었다.

"야~호."

"우리 집 강아지는 복슬 강아지~"

"헤이, 보이! 더 빨리, 더 힘차게~ 깔깔깔."

그녀는 심지어 영화배우 장미희처럼 한 손을 번쩍 들고 상큼하게 소리치기까지 했다.

"여러분~ 아름다운 밤이에요."

아마도 그런 그들을 보며 미친 사람들이라고 고개를 저은 사람이 많지 않았을까 싶다. 그렇게 이제 막 시작하는 두 사람은 서로에게 완전히 사로잡혀 그들 자신도 깊이를 모르는 심연의 바다 속으로 한 발 내딛고 있었다.

집 현관 앞에서 지쳐 헐떡이는 그에게 업힌 채로 진진이 문을 열었다. 막상 그녀의 집에 도착하자 그는 손가락 하나 움직일 힘도 없었다. 못하는 술을 억지로 마신 몸이 이제야 피치를 올리고 있었고, 그녀를 업고 뛰어서 체력이 한계에 달한 데다 온몸이 땀투성이였다. 급기야 그는 신발을 벗으려고 몸을 숙이다가 그녀와 함께 바닥에 그대로 곤두박질치고 말았다. 깔깔거리는 그녀의 웃음소리와 무릎을 현관 콘크리트에 정통으로 부딪친 그의 고통에 찬 신음 소리가 뒤엉켰다.

"꿍!"

애써 고통을 삼키며 누운 채로 무릎을 손으로 만지며 대헌은 그녀를 올려다보았다. 그녀는 섹시한 포즈로 그의 다리 사이에 두 다리를 벌리고 일어섰다. 그리곤 턱에 오른손을 대고 그를 그윽하게 내려다보았다. 순간 고통은 사라지고 그 자리에 다시 잠시 물러갔던 욕망이 되돌아왔다. 그녀는 그 상태에서 그대로 허리를 곧게 내려 몸을 기역자로 꺾더니 다시 그대로 내려 그의 다리에 손을 댔다. 두 손으로 장딴지를 쓰다듬어 내리곤 그의 구두를 하나씩 벗겼다. 그 손으로 다시 그의 몸을 거슬러 올라오며 허리에 대더니 온몸을 실었다.

그의 입에서 쾌락의 신음이 흘렀다. 여자의 유연한 몸이 그의 몸에 밀착되자 그는 온몸에 퍼지는 짜릿한 전율에 몸을 떨었다. 그녀의 몸이 그의 몸을 스치고 올라와 그의 눈과 그녀의 눈이 마주치는 위치에서 몸을 고정시켰다. 그리고는 그녀가 묘한 미소를 지으며 팔로 중심을 잡더니 두 다리를 뒤로 꺾어 들어 올렸다. 한때 발레로 다져진 유연한 몸이 진가를 발휘하는 순간이었다. 그러자 그와 그녀는 상체만 맞붙어 있고, 그녀의 하체는 공중에 부유하는 자세가 되었다.

현관 옆 거울에 비치는 그들의 모습이 얼마나 에로틱하게 보이던지 그는 거울에서 눈을 뗄 수가 없었다. 그렇게 거울을 통해 서로의 눈을 바라보며 그는 손을 들어 그녀의 지독히도 섹시한 하이힐을 벗겨냈다. 그녀의 이 에로틱한 동작은 순전히 누워 있는 대헌이 그녀의 힐을 벗겨내도록 하기 위함이었다. 정말 못 말리는 여자였다.

보통 사람과는 확실히 다른 특이한 사이클을 가진 여자였다. 그녀의 개성과 그녀의 특별함에 점점 깊이 빠져들고 있었다. 이제 헤어나오기는 어려울 것 같았다. 사실 벗어나고 싶은 생각도 없었다. 그런 여자가 지금 그의 몸 위에 있었다.

대헌은 몸을 돌려 그녀를 안아 내렸다. 이제 자세가 바뀌어 그녀의 허리에 그가 올라타는 자세가 되었다. 그는 오늘 그녀를 처음 본 순간부터 궁금했던 것을 먼저 해결했다. 그녀의 깊이 패인 가죽 재킷 속에 무엇을 입고 있는지. 지퍼를 천천히 내리는 그의 손이 가볍게 떨렸다. 그는 훤히 드러나는 가슴을 보며 짐작한 대로 아무것도 입지 않았다는 걸 알 수 있었다. 한겨울에 퍽이나 대담하고, 무모한 행동이었다. 지퍼가 조금만 내려가도 금방 들통날 일인데 그녀는 겁도 없이 그 차림새로 태연하게 돌아다닌 것이다.

그는 드러난 가슴의 정수리에 입을 가져다 댔다. 달고 말캉한 열매를 혀로 굴리며 한 손으로 다른 쪽 가슴을 덮었다. 한 손에 딱 들어오는 작고, 아담한 가슴은 탄력있게 솟아 그의 오감을 자극했다. 젖꼭지를 핥는 입 사이로 격정의 소리가 흘러나왔다. 그러자 진진이 길고 미끈한 다리를 들어 그의 허리를 감쌌다. 그는 더 이상 참을 수가 없었다.

그는 그녀를 안은 채 그대로 일어나 침실로 들어갔다. 검은색 리넨 시트가 덮여 있는 침대에 그녀를 누이고 서둘러서 바지를 벗어 내렸다. 뜯어내듯이 셔츠를 벗는 그의 눈에 그녀의 움직임이 잡혔다. 그녀는 그의 눈을 도발적으로 바라보며 허리를 들어 스커트 밑의 속옷을 아래로 내렸다. 엄지와 검지에 팬티를 걸어 휘휘 돌리며 입으나마나 한 스커트 사이로 살짝 비치는 그녀의 엉덩이를 위아래로 천천히 흔들며 그를 유혹했다.

그는 그녀를 향해 무작정 달려들었다. 들어 올려진 엉덩이를 두 무릎으로 받치고 한 번의 동작으로 그녀의 몸에 깊숙이 파고들었다. 뜨겁고 꽉 죄어오는 그녀의 몸은 천국이었다. 그녀가 그의 어깨에 다리를 올리자, 그는 그녀의 몸속으로 더욱 깊숙이 파묻혔다. 격렬하게 흔들어대는 두 남녀의 몸에서 나오는 열기가 침실을 가득 채우고 있었다. 욕망의 질퍽한 소리가 진진의 향기 짙은 신음 소리와 어우러져 그의 쾌감을 증폭시켰다. 그는 끝내 참지 못하고 울부짖으며 절정에 도달했다. 그가 두어 번 몸을 떨며 사정하고 나자 그녀가 어깨에 걸쳐 있던 두 다리로 그의 목을 끌어 내렸다. 그는 그대로 그녀의 샘에 얼굴을 묻었다. 혀로 그의 흔적을 깨끗이 닦아내고 그녀의 깊숙이까지 부드럽게 애무했다. 허리를 들썩이며 요구하는 그녀에게 맞춰 그는 혀를 더 깊이 들이밀었다. 더 깊이, 더 강하게, 더 샅샅이 애무하는 아래서 그녀도 절정에 도달했다. 그녀의 몸이 격하게 꺾이더니 움직임이 멎었다.

"흐음, 멋져. 나 죽을 것 같아."

한참 후에야 내뱉는 그녀의 만족스러운 어조에 흐뭇한 미소를 지었다.

"당신은 나를 명실공히 남자로 만들어. 당신과 있는 동안은 내가 남자로 태어난 것이 너무나 자랑스럽게 느껴지거든."

그는 침대에 누워 그녀를 그의 위로 끌어 올렸다. 그는 흐트러진 짧은 머리를 쓰다듬어 주며 가벼운 한숨을 내쉬었다.

'이런 게 행복한 삶이야. 내가 사랑하는 여자와 사랑을 나누고 이렇게 여유있게 여운을 즐기고……'

어느새 그는 태평스러운 잠의 나락으로 떨어지고 있었다.

"야옹, 야옹."

그녀가 장난스럽게 고양이 소리를 냈다. 그의 입가에 언뜻 미

소가 스치는 듯 떠올랐다 사라졌다. 그는 그대로 행복한 잠에
빠져들었다.

그렇게 두 연인은 매일같이 만나 여느 연인들처럼 데이트를
즐겼다. 대헌은 내심 안도하고 있었다. 진진은 그와 만나는 동안
일과 관련한 시간을 제외하고는 언제나 그와 함께하고 있었고,
따라서 그녀가 다른 남자를 만나지 않고 있었기 때문이다. 어쩌
면 그녀가 과장된 경고를 했을지도 모르겠다. 아니면 그 나머지
남자들을 포기할 만큼 그가 그녀에게 더 큰 의미를 부여하는지
도. 대헌은 조금씩 싹트는 희망이라는 놈을 눈앞에 보고 있었다.

오늘 그는 새해를 이틀 앞두고 진진에게 줄 선물을 사러 백화
점에 들른 참이었다. 유난히 추운 겨울에 너무나 노출이 심하
고, 얇게 입는 그녀의 습관 때문에 보는 사람이 더 추위를 느낄
때가 많았다. 그는 도톰하고 따뜻한 외투를 살 생각이었다. 그
녀에게 어울리는 겉옷은 단연 모피였다. 다른 건 생각할 수도
없을 만큼 모피는 그녀를 위한 옷이었다. 뜨겁고 섹시한 게 딱
그녀다.

할아버지가 남기신 유산은 신탁에 묶여 배당금으로 매달 얼
마의 돈이 통장으로 들어오고 있었는데, 그는 지금까지 한 번도
그것에 손을 댄 적이 없었다. 필요한 적도 없었다. 그러나 오늘
그는 돈의 필요성을 조금은 느끼고 있었고, 할아버지께 감사한
마음도 조금은 들었다.

　칠흑같이 검은 롱 스타일의 밍크를 사고, 흐뭇한 마음으로 에스컬레이터 앞에 선 그는 반대 편 아래에서 올라오는 진진을 보았다. 그녀는 아침에 출근할 때 입었던 블랙의 스커트 정장이 아닌 니트로 된 붉은 원피스를 입고 있었다. 거기다 허리엔 크리스찬 디올의 마크가 선명한 호화로운 금속 체인을 늘어뜨리고 있었다.

　그가 아는 체를 하려는 순간 그녀 뒤에서 한 남자가 한 계단 올라서며 그녀의 허리에 손을 얹었다. 그녀는 고개를 돌려 다정히 그 남자에게 미소 지었다. 순간 대헌은 배신감에 치를 떨었다. 아니, 이미 그녀가 선언한 바 있는 사실에 대해 배신이라고 말할 순 없었다. 따지고 보면 그가 그녀에게 화낼 근거는 없었지만 그의 감정이 그러한 건 어쩔 수가 없었다.

　이제 겨우 일주일도 채 넘기지 않은 상태였다. 벌써부터 다른 놈을 만나고 있다는 사실이 도무지 믿어지지 않았다. 믿고 싶지 않았다. 하지만 그녀는 미리 경고했었다. 그리고 그는 그것을 적어도 그 순간만은 인정했었다. 그녀는 다른 놈들을 만날 것이고 그는 방해할 것이다. 이런 일이 반복되다 보면 둘 중 하나는 지쳐서 포기하게 될 것이고 그건 그가 아닐 것이다. 그러길 바랐다. 그가 지치기 전에 그녀가 끝을 내주기를 그는 간절히 바랐다. 이제 겨우 첫 번째 남자가 등장했는데 밀려오는 고통은 벌써부터 감당하기가 어려워지고 있었다.

　대헌은 얼른 뛰어내려 그녀를 따라 에스컬레이터에 올랐다.

남성복 코너에 들어서는 그들을 간신히 따라잡을 수 있었다. 단골 손님인 듯 샵마스터가 그녀를 반가이 맞고 있었다. 잠시 후 점원이 가죽 재킷을 한 벌 가지고 나왔다. 그러자 그 남자가 재킷을 걸치고 그녀에게 두 팔을 벌려 보였다. 진진이 천천히 일어나 남자에게로 다가갔다. 어깨를 고쳐 주고, 등을 쓸어 내린 후 한 발 물러나 남자의 옷맵시를 자세히 바라보았다.

'거기까지!'

더는 참을 수가 없었다. 진진은 분명 지금 입고 있는 드레스를 선물받고 답례로 저놈에게 옷을 골라주고 있는 것이다. 그는 끓어오르는 화를 감추고 태연하게 진진을 불렀다.

"진진! 여긴 어쩐 일이야? 쇼핑 나온 거야?"

대헌은 차갑게 말하며 그녀에게 다가가 어깨를 껴안았다. 그곳에 있던 세 남자가 일순 멈칫하더니 장사하는 사람답게 샵마스터가 먼저 웃음을 띠며 말을 걸어왔다.

"진진 양, 이분이 혹시……?"

마스터는 대헌을 위아래로 천천히 훑어본 후 고개를 끄덕이곤 점원에게 뭔가 속삭이자 점원은 어디론가 사라졌다. 진진은 어깨에 놓인 그의 팔을 풀었다. 굳어 있는 대헌을 무시하고 그 남자에게 다가간 진진은 그 남자의 손에서 가죽 재킷을 받아 들곤 미안한 표정을 지었다.

"태석 씨, 내가 먼저 도와달라고 했는데 일이 이렇게 됐네. 미안. 내일 파티에서 만나. 아직도 우린 파트너 맞지?"

태석이라 불린 남자는 진진에게 진지한 미소로 답했다.

"당신이 원할 때는 언제든지."

그리곤 대헌을 흘깃 바라보았다. 남자의 눈에 서린 적대감은 대헌 못지 않았다. 그러나 그 남자는 아무렇지 않은 척 대헌에게 고개를 끄덕여 보이곤 돌아서서 유유히 나가 버렸다. 화가 머리끝까지 올라왔으나 차마 다른 사람이 보는 앞에서 진진과 싸우고 싶진 않았다.

남자가 가고 나자 진진이 굳은 표정으로 잇새로 조용히 말했다.

"마치 바람난 마누라 바라보듯 하지 마. 누가 보면 정말인 줄 알아."

옆에서 꾹꾹거리던 마스터가 대헌의 일갈에 웃음을 멈췄다.

"그럼 내가 본 건 뭐지? 내일 파티는 또 뭐고?"

따지듯 윽박지르는 그에게 그녀는 화를 냈다.

"잘 알지도 못하면서 나에게 주홍 글씨를 덮어씌우지 마. 그리고 설령 그렇다고 해도 당신이 간섭할 일은 아닐 텐데."

그녀는 야멸치게 내뱉었다. 그러나 화가 나 뛰쳐나가려는 그를 붙잡으며 그녀는 금방 후회하는 표정을 지었다.

"미안해. 오해야. 당신에게 선물할 옷을 고르는 중이었어. 태석 씨는 백화점에 볼일이 있다고 해서 회사에서 같이 나온 거고. 마침 그의 사이즈가 당신과 비슷해 보여서 내 부탁으로 모델을 서준 것뿐이야."

"그럼 파티 얘기는 뭐야?"

그녀는 계속되는 그의 질책에 못지 않은 딱딱한 말투로 말했다.

"태석 씨는 우리 신문사 기자야. 파티는 망년회와 신년회를 겸한 회사 파티를 말하는 거구. 이제 됐어?"

그는 더 이상 캐물으면 폭발할 것 같은 진진의 표정에 한 발 물러섰다. 그러나 그녀의 말을 곧이곧대로 믿을 수가 없었다. 그녀의 허리에 손을 대고 있던 남자의 모습이 자꾸 떠오르면서 그런 단순한 사이는 아닐 거라는 느낌이 들었다.

'분명히 뭔가가 더 있어. 회사 동료라고 하기엔 남자의 눈빛이 심상치 않았어.'

그가 생각에 잠겨 있는 사이 마스터가 호들갑을 떨며 박수를 쳤다.

"김 군아, 이리 가져와."

마스터가 옷 커버를 벗겨내자 옷 안쪽이 너무나 아름다운 붉은 여우 털로 덮여 있는 감청색의 가죽 재킷이 나왔다.

"진진 양, 이거예요. 저희 집 VIP 손님이 특별 주문하시고 완성되기 전에 유학을 가서서 아깝게 된 물건인데, 여기 미스터라면 안성맞춤이에요."

마스터가 대헌의 가슴에 재킷을 대보며 연신 고개를 끄덕였다.

"보세요. 내 이럴 줄 알았어요. 미스터를 본 순간 이 옷이 확 떠올랐어요. 남자치곤 너무나 깨끗하고 하얀 피부 하며 군더더기 하나 없는 미끈한 바디 라인이 이 옷의 원주인보다 훨씬 이 분께 어울리는 옷이에요."

대헌은 이렇게 화려하고 제비족들이나 입을 것 같은 옷을 그에게 입히려 하는 늙은 마스터를 피해 멀찍이 떨어졌다. 조금 전 일은 뒷전으로 밀리고, 그의 머리 속은 이 끔직한 옷을 피할 방법을 찾아 재빨리 회전하고 있었다.

도와달라는 표시로 진진을 바라보았지만 그녀는 진지하게 옷과 그를 번갈아 바라보더니 마스터를 향해 고개를 끄덕였다. 마스터는 기다렸다는 듯이 대헌의 두툼한 모직 코트를 벗겨내고 털북숭이 가죽 재킷을 그의 팔에 꿰었다. 어색한 듯 앞만 보고 우두커니 서 있는 대헌의 주위를 한 바퀴 돌며 진진은 다시 마스터에게 뭔가 다른 주문을 했다. 연신 박수를 쳐대며 이번에 가져온 옷은 애들이나 입을 것 같은 조그마한 천 조각이었다. 그 옷을 그에게 내밀며 입고 나오란다.

대헌은 이제 아예 포기하고 조그만 룸에 들어가 옷을 벗고 과연 들어갈까 싶은 옷을 간신히 입고 나왔다. 몸의 선이 그대로 드러나는 검은색 쫄티를 입은 모습을 거울로 비춰본 순간 쥐구멍이라도 있으면 숨고 싶은 심정이 되었다. 어찌나 야한 느낌이던지, 자신조차 제대로 볼 수가 없었다. 그렇지만 한쪽에 서서 연신 만족스런 미소를 짓고 있는 진진 때문에 겨우겨우 견뎌내고 있었다. 그 위에 다시 좀 전의 털북숭이 옷을 입었다. 그렇게 입고 보니 어라? 제법 멋져 보이는 것 같기도…….

"좋아요, 아저씨. 여기에 매치해서 바지하고 구두도 보여주세요."

진진은 그를 다시 한 번 요리조리 훑어보며 합격점을 주었다.

"대헌 씨는 옷 스타일이 너무 보수적이었어. 나이가 몇인데 그런 중늙은이 같은 정장만 입고 다녀? 당신은 스타일이 좋으니깐 거기에 받쳐 주는 옷이 필요해! 한번 봐, 잘 나가는 배우도 울고 갈 멋진 모습이잖아."

그러면서 그녀는 거울 앞에 그를 세우곤 나란히 서서 팔짱을 꼈다.

갑자기 대헌은 그녀를 위해 준비한 코트가 생각났다. 그는 가지고 들어온 가방을 그녀에게 넘겨줬다. 내용물을 꺼내는 그녀의 얼굴에 기쁨의 미소가 넘쳤다. 그녀는 그에게 모피를 건네주고 뒤돌아서 팔을 벌렸다. 대헌은 천천히 그녀에게 옷을 입혀주고 나서 나란히 거울을 보았다. 마치 커플처럼 맞춰 입은 모습에 둘은 그만 웃음을 터뜨리고 말았다. 오늘 그들은 서로를 위해서 똑같은 선물을 준비한 것이다. 따뜻한 온기가 피어올랐다.

"내일 우리 이렇게 입고 회사 파티에 가자."

처음 파티 얘기를 들은 후부터 계속 듣고 싶어하던 말이 그녀의 입에서 나왔다. 그녀도 그것을 알고 있었나 보다. 그를 바라보는 그녀의 눈에 이해의 빛이 담겨 있었다. 대헌은 이마에 흐트러진 머리를 살짝 올려주며 멋쩍은 미소를 지었다.

사랑을 쟁취하는 방법

"**할**아버지, 아버지, 저 어때요?"

진진은 두 사람을 위해 프로 모델처럼 한 바퀴 멋들어지게 돌아 보였다. 그들은 모두 눈을 동그랗게 뜨고 경악한 얼굴로 뚫어져라 바라보았다. 그런 반응을 원했기 때문에 진진은 만족스럽게 킥킥거렸다. 그들은 그녀의 옷 입는 취향을 언제나 못마땅해했다. 이젠 어느 정도 적응이 됐다고 자부하고 있을 두 사람이지만 오늘 그녀의 옷차림은 아마도 가히 그들의 도를 넘어섰다고 자신할 수 있었다. 그녀도 알고 있었다.

"저게 도대체 옷이긴 한 거냐?"

할아버지의 힘없는 물음에 뒤이어 아버지의 조용한 체념이 담긴 말이 흘러나왔다.

"아버님, 오늘 우리는 참석하지 말지요. 도저히 낯이 뜨거워서 사람들 앞에 고개를 들 수가 없을 것 같아요."

진진은 그녀를 무시하고 그런 이야기를 주고받는 두 분에게 와락 달려들어 끌어안았다.

"두 분 다 제가 너무너무 사랑하는 거 아시죠?"

애교 작전으로 달랬지만 두 사람의 충격은 상당한 것이었는지 별 반응이 없었다. 그렇다고 양보하고 싶은 생각은 추호도 없었다.

"오늘이 기자로서 사람들 앞에 서는 마지막 날이에요. 전 내일이면 막중한 책임을 껴안게 돼요. 오늘만큼은 꼭 저를 응원해 주세요. 공식적인 자리에서의 이런 차림도 이젠 끝이란 말이에요."

두 분의 얼굴에 이해와 동조의 빛이 어렸다. 사실 내일이면 그녀는 신문사 사주로서의 임무를 맡게 되는 것이다. 이제부턴 어느 정도 제약이 따를 것이다. 자유분방하고, 거침없던 그녀라도 한 회사를 책임져야 하는 의무를 게을리 할 수는 없었다.

그녀의 호소하는 말에 어른들은 어쩔 수 없다는 듯 허락하셨다. 물론 허락하지 않았다 해도 지금의 옷차림을 고수했을 테지만 말이다.

"오냐, 오냐. 눈에 넣어도 안 아플 우리 손녀딸! 이 할아비는 네가 정말 자랑스럽구나. 어느덧 이렇게 자라서 한 회사를 책임질 자질을 길렀누."

　그러면서 땅딸막한 키의 할아버지는 그녀의 머리를 쓰다듬기 위해 뒤꿈치를 들었다. 눈물 핑 도는 감동의 말씀 후에 그런 우스꽝스러운 행동을 하시는 할아버지를 보며 그녀는 유머러스한 가족의 피는 못 속인다는 생각이 들었다. 오늘 그녀는 마음껏 즐길 생각이다. 누가 뭐래도 오늘은 그녀의 날이었다.

　대헌은 호텔 행사장으로 바로 오기로 했고, 진하는 파트너인 영희 씨를 마중 나갔기 때문에 진진은 두 어른의 차로 동행했다. 한편으로는 그녀와 함께 행사장에 들어서서 그들의 건재함을 과시하기 위한 의도도 숨어 있었다. 그녀가 아무리 최대 주주라 해도 아직 어린 나이이다 보니 경영자의 자리에 오르는 것에 이사회의 반발도 꽤 심했다. 다 끝난 일이라고 치부하기에는 치고 올라올 경쟁자가 만만치 않았다.

　그녀가 보유한 주식이 38%이고, 가장 반발이 심했던 김태진 전무가 지분의 25%를 보유하고 있었다. 은행에서 보유하고 있는 주식은 15%였지만 이번엔 은행이 그녀의 손을 들어주었지만 언제 마음이 바뀔지 모르는 게 또한 은행이었다. 할아버지와 아버지가 건재하신 한 아직은 그들을 무시할 은행은 없지만 그녀가 스스로 더 큰 힘을 키울 때까지는 두 분의 힘이 필요한 것 또한 현실이었다.

　신문사를 운영하는 것이 어려서부터의 유일한 꿈이었다. 그

외의 것은 되고 싶지도 않았다. 그 하나의 목표를 향해 지금껏 노력해 왔고, 잘해낼 자신도 있었다. 지금의 신문사가 독립하기 전까지는 국제그룹의 계열사였다. 그리고 그 국제그룹을 세우신 분이 바로 진진의 할아버지였다.

아버지와 함께 일군 그룹을 계열 분리하면서 그녀가 맡기를 원한 신문사 주와 국제 상사는 그녀에게 이미 모두 양도하셨고, 나머지 주식은 회사에 귀속시키는 내용의 유언장을 작성해 둔 상태였다. 경영에서 일체 손을 뗀 3년 전부터 전문 CEO들이 각각의 회사를 이끌고 있었다. 주식을 제외한 부동산, 동산은 진하가 물려받게 되어 있었다. 진하는 그것을 발판으로 그가 원하는 최고의 극장과 발레단을 이끌게 될 것이다.

"자, 준비되었지? 전투 시작이다, 아가야."

입구에서 진씨 부자와 팔짱을 낀 그녀는 할아버지의 격려에 싱긋 미소 지었다.

"네, 너무 오래 기다렸어요. 시작할까요?"

문이 열리고 화려하고 요란스러운 행사장이 훤히 드러났다. 그들이 행사장에 들어서자 여기저기서 수군거리는 소리가 들려왔다. 내일부로 그녀가 사장에 취임하는 것을 아는 몇몇 간부들을 제외하고는 모두 의아해했다. 그룹 총수와 동행해서 들어서는 진진을 보며 실내가 잠시 술렁거리고 있었다. 그도 그럴 것이 일개 기자가 그룹 총수와 같이 입장했으니 당연한 반응일 것이다. 솔직히 말해서 그녀가 그룹 후계자인 걸 모르는 회사 사

람이 몇이나 될까 싶지만, 공식적으로 내보이는 건 오늘이 처음
이었다.

진하가 영희와 대헌을 이끌고 그들에게 다가왔다. 영희와는
지난번에 한 번 집에 온 적이 있어서 다들 반갑게 인사를 나누
었다. 대헌도 어른들께 인사를 했다. 90도로 정중히 허리를 꺾
어 고개를 숙이는 대헌의 모습에서 그가 얼마나 긴장하고 있는
지 여실히 보여주고 있었다. 그녀의 가족에게 처음 소개되는 자
리였다.

"처음 뵙겠습니다. 강대헌이라고 합니다."

대헌이 정중히 인사를 하자 할아버지가 손을 내밀었다.

"우리 진하 동무인가 보지? 반가우이."

대헌이 움찔 몸을 굳히며 맞잡은 손에 잠깐 힘이 들어가는 게
느껴져서일까? 진진의 할아버지는 의아한 듯 진하를 바라보았
다. 진하가 난처한 표정으로 그녀를 바라보고 있었다. 진진이
대헌을 소개하려고 했지만 대헌이 더 빨랐다.

"진하의 친구이기는 합니다만 지금은 진진의 남자로서 인사
드리는 겁니다."

호기롭기까지 한 대헌의 당당한 소개에 할아버지는 맞잡은
손을 힘차게 흔들었다.

"그런가? 다시 한 번 반가우이. 내 자네에게 행운이 있기를
빌어주지."

그녀는 그런 두 사람을 표정없는 얼굴로 바라보았다. 이런 식

의 소개가 몇 번 있었고, 그때마다 얼마 안 가서 남자는 그녀에게서 떨어져 나갔다. 그녀는 그 이유를 알지 못했고, 나름대로 짐작하는 바가 없진 않았으나 모르는 척했다. 그건 그것대로 또 괜찮았다. 딱히 미련이 남을 만한 남자는 없었다.

대헌은 그의 곁에 거의 오지 않는 진진 때문에 의기소침한 상태였다. 그는 진진이 샴페인 잔을 들고 앞의 남자와 담소를 나누고 있는 모습을 한참 동안 노려보았다. 갑자기 여기 이 자리에 있는 남자들 중에 그녀의 과거 애인도 있지 않을까 하는 의심이 들기 시작했다. 대헌은 그녀와 아는 체를 하는 남자들 하나하나를 자세히 관찰하며 그렇게 스스로를 학대하고 있었다.
"대헌 씨, 아이들 가르치는 일이 재미있으세요?"
"예, 교사라는 직업을 천직으로 생각하고 있어요."
대헌은 성의없이 중얼거렸다. 머리 속에서 진진의 옛 남자에 대한 상상이 떠나지 않고 맴돌고 있었다.
"아이들 가르치기 힘들지 않으세요?"
"힘들다기보다 요새 아이들은 저희 때와는 생각하는 차원이 달라서 좋은 교사는 못 되고 있어요."
"그런가요? 예를 들면요?"
영희라고 했던가? 참으로 고전적인 미모를 소유하고 있었다. 그의 취향은 아니지만. 하긴 그에게 취향이랄 것도 없었다. 그는 그냥 진진이면 되니까.

"우리 반에 진영이란 녀석이 있는데, 우리 학교 짱이라고 들었어요. 소위 학교 일진이라고 하는 무리의 짱이라는 아이가 여자 아이인 것도 저로서는 놀랄 만한 일이었죠. 게다가 그 아이는 꽤 예쁘장하게 생겼는데 아침저녁 날이면 날마다 아르바이트를 해요. 그 이유가 뭔 줄 아십니까?"

그는 초롱초롱한 눈망울로 세상에서 가장 재미있는 말을 듣고 있다는 듯이 그를 바라보는 여자를 보자 조금 민망해졌다.

"궁금한데요?"

"글쎄, 자기 남자 친구 용돈 주려고 일한다는 겁니다. 아주 당당하게 말합니다. 가정형편이 어려워서도 아니고, 자기 용돈벌이도 아니에요. 우리 때와는 생각하는 수준 자체가 다른 아이들이죠?"

그렇지만 그는 그 녀석 덕분에 깨달은 바가 있었다. 대학원을 졸업하면 대학에서 강의를 하고 싶었는데, 지금은 그 아이들을 이해하고 싶어졌다. 더 지켜보면서 그 아이들에게 맞는 가르침을 주고 싶었다. 어쩌면 더욱 보람있는 일이 되지 않을까? 그는 마음의 결정을 마친 것은 아니었지만 오로지 대학 강단에 서는 것을 목표로 했던 것에서 조금은 벗어나 가르치는 일이라면 어디라도 좋다는 생각을 가지게 되었다.

어느 정도 시간이 지나자 공식적인 행사가 끝나고 소위 높으신 분들이 퇴각한 후부터 파티 분위기가 무르익고 있었다.

'그나저나 진하는 영희 씨만 남겨두고 어딜 간 거야?'

　그는 여자와 단둘이 있으려니 거북하고 왠지 불안해졌다. 안절부절못하며 초조함이 한계에 달했을 때 마침 진진과 진하가 나란히 그들 쪽으로 오고 있었다. 그는 비로소 안도의 한숨을 내쉬었다.

　실내에 들어온 지 1시간이 다 되도록 코트를 벗지 않는 진진을 보며 생각했다. 보통 때는 밖에서도 외투 자체를 입지 않는 경우가 대부분이었는데. 갑갑해하는 게 눈에 보일 정도인데도 그대로 입고 있는 게 영 수상쩍었다. 또 뭔가 꿍꿍이가 있는 게 틀림없었다.

　진하가 놀리듯이, 아니, 동정하는 눈빛으로 그를 바라보았다.

　"대헌아, 큰일 났다. 누나가 기어이 일을 치를 모양이다. 네가 좀 말려줘라."

　대헌은 뜬금없는 친구의 말에 눈을 치켜떴다. 진진이 입을 삐죽거리며 그런 그에게 머리를 기대왔다.

　"애고, 저 시어머니 잔소리."

　그의 귓가에 조그맣게 중얼거리는 소리가 들려왔다. 대헌은 사랑스럽게 진진의 어깨를 감쌌다.

　"연례 행사처럼 이런 파티 때마다 누나가 춤을 추곤 했는데, 올해도 진행시킬 모양이야. 이젠 체통을 지켜야 하는 경영자의 입장에 있는데도 말이야."

　대헌은 그에게 달라붙어 있는 진진을 내려다보면서 물었다.

　"혼자서?"

"아니, 파트너와 듀엣으로."

대헌은 난처했다. 그는 춤이라고는 고개를 끄덕이는 것 이상
은 해본 적도 없었다. 미안한 표정으로 거절의 말을 주절이던
그는 진하의 눈짓에 말을 멈췄다. 뭔가 그가 핀트에 안 맞는 말
을 한 것 같았다. 진하가 그녀를 노려보며 물었다.

"이번에도 태석이 형이야?"

대헌은 태석이라는 이름을 듣는 순간 피가 용솟음쳤다.

'어제 백화점에서 파트너 운운한 것이 이것인가? 대체 그놈
과는 어떤 사이인 거야?'

"음, 마침 저기 오는데?"

그렇게 말하면서 진진은 어제 그가 사준 밍크 코트를 스르르
벗었다. 대헌은 코트 안에 입은 옷을 보는 순간 반사적으로 다
시 코트로 그녀를 덮었다. 부들부들 떨리는 손으로 코트 깃을
움켜쥐고 그녀를 노려보았다.

"지금 뭐 하자는 거야? 이렇게 입고 다른 놈과 저 수많은 사
람들 앞에서 춤을 추겠다는 거야? 당신 미친 것 아냐? 아니면
내 애간장 다 녹는 꼴이 보고 싶은 거야?"

대헌은 그녀를 흔들어대면서 자제하려 애를 썼다.

"춤추지 마, 안 돼. 허락 못해!"

허락이란 말에 진진의 눈썹이 치켜 올라갔다. 그는 자신이 실
수했다는 것을 깨달았지만 이미 엎질러진 물이었다.

"누구 맘대로 허락이래? 네가 뭔데? 꼴난 잠자리 몇 번 같이

했다고 내가 네 거라고 생각한다면 일찌감치 꿈 깨시지!”

진진은 숨이 막힌다는 표정을 감추지도 않고 돌아섰다. 속박하려는 그에게 반발하듯 그녀는 붙잡는 그를 매몰차게 뿌리쳤다. 지금의 행동이 얼마나 큰 상처가 될지 뻔히 알면서도 못돼먹은 소갈딱지를 드러내는 그녀는 꼭 항변하는 시위대 같았다. 진진은 상처받은 표정으로 멍하니 서 있는 그를 우두커니 세워둔 채 결연히 다가오는 태석의 손을 잡았다. 대헌은 두 주먹을 불끈 쥐었다.

두 사람이 다정히 플로어로 나가자 사람들의 술렁임은 환호성으로 바뀌었다. 그들은 가히 아름다운 한 쌍이었다. 175㎝의 낭창낭창한 몸에 걸친 자줏빛 드레스는 상상을 초월했다. 가는 어깨 끈이 달린 드레스는 가슴 부근에서 비키니처럼 묶여져 있고, 천 위로 유두의 돌출이 뾰족이 드러나 보였다. 등 뒤로는 허리 깊숙이까지 맨살을 들어냈다. 장딴지까지 내려오는 플레어 스타일의 드레스는 힙 라인 바로 아래에서 5㎝간격으로 속이 비춰 보이게 디자인되어 있었다. 한마디로 죽여주는 드레스였다.

스포트라이트 속에서 태석이 그녀의 손에 붉은 장미 한 송이를 건넸다. 그것을 신호로 음악이 바뀌었다. 〈Por Una Cabeza〉. 영화 〈여인의 향기〉에 배경 음악으로 나왔던 탱고의 선율이 흐르고 두 남녀의 매혹적인 춤이 시작되었다. 맞잡은 손에 붉은 장미를 들고 스치고, 만지고, 턴하면서 그들은 섹시한 몸놀림에 빠져들어 갔다. 진진이 두 다리를 교차하면서 스텝을

밟을 때마다 다리에 감겼다 퍼지는 스커트 사이로 늘씬한 허벅지가 살짝살짝 들어났다 사라지곤 했다.

대헌은 마치 깊은 연인 사이처럼 섹시하고 고혹적으로 움직이는 두 사람에게서 시선을 뗄 수가 없었다. 질투는 하늘에 닿았고, 분노는 이성을 마비시켰다. 그는 춤이 중반으로 치닫고 있을 때까지 꾹 참고 있었다. 그렇게 한참을 있던 그는 옆에서 안타까운 시선으로 자신을 바라보고 있던 영희와 눈이 마주쳤다. 자신이 뭔가 대단한 남자나 되는 것처럼 아련한 빛을 하고 있는 영희에게 충동적으로 손을 내밀었다.

"영희 씨, 저랑 춤추시겠어요?"

그녀는 프로 무용수로서의 자부심을 감추려 하지도 않고 고개를 끄덕였다. 대헌은 앞장서서 플로어로 나갔다. 그를 따르며 영희가 행복한 미소를 지었지만 그의 관심은 오직 진진에게 쏠려 있었다. 플로어 중앙에 서자 몇몇이 눈살을 찌푸렸다. 진진 커플의 댄스를 구경하던 사람들에게 그들은 방해꾼이었다.

대헌은 고소를 금치 못했다. 조금 후에는 아예 그마저도 볼 수 없다는 사실을 미리 알았다면 그의 행동을 뜯어말릴 사람이 꽤 되었으리라. 그는 결심한 듯 영희를 바라보았다. 그러나 영희는 그를 보고 있지 않았다. 진진을 향해 있는 영희의 시선에서 우월감을 읽었다. 마치 진진처럼 천박한 여자는 자신과 비교 대상조차 되지 못한다는 표정이 어려 있었다. 상대를 잘못 선택한 것은 아닌지 갑자기 의심스러워졌다. 아무리 진진에게 화가 나 있지만 영희의 시선이 매우 불쾌하게 느껴졌다.

'진진에게 악감정이라도 품은 것일까? 하긴 지금 내가 뭔가를 판단하기에 무리가 있긴 하지.'

대헌은 고개를 저으며 영희에게 손을 내밀었다. 그녀가 우아하게 손을 내밀어 그의 손을 잡는 순간 대헌은 영희의 손을 꽉 움켜쥐었다. 그리곤 그녀 너머 어딘가로 시선을 주었다. 대헌은 진진이 자신을 바라보는 것을 확인할 때까지 버텼다. 잠시 후 그는 원하는 답을 얻은 후 구역질과 함께 쓰러졌다.

진하는 누나의 화내는 모습을 슬프게 바라보았다. 저렇게 펄쩍 뛰며 분노하는 이유를 충분히 짐작하고 남음이 있었다. 그녀의 마지막 무대를 대헌의 질투심 때문에 망친 것이다. 그리고 그의 행동은 진진에게 극심한 공포를 불러일으킨 것이다. 의식을 잃는 가운데 스친 한 점의 미소는 분명 대헌이 의도적으로 일을 냈다는 것을 보여주었다. 단지 춤을 추었을 뿐이다. 뭐가 그리도 못마땅해서 자해까지 하느냔 말이다. 저런 미련 곰탱이를 어찌한단 말인가. 아무리 숫총각이었기로서니 저리도 순진하고, 어린애 같을 수가 있나. 누나는 사소한 일로 유난을 떨며 협박 아닌 협박을 한 대헌을 절대 용서하지 않을 것이다.

"난 갈 거야."

병원에 도착하자마자 떠나겠다는 진진을 말리는 일은 쉽지 않았다.

"누나, 경과라도 보고 가. 대헌이 깨어나서 누나가 없으면 속상하지 않을까?"

그의 설득에 콧방귀를 뀌는 진진이었다.

"누나 심정을 모르는 건 아니지만……."

"안다고? 네가? 웃기지 마. 지금 내 심정을 누가 알겠어. 저 자식은 내가 혼비백산(魂飛魄散)한 모습을 보고 웃으면서 쓰려졌어. 알아?"

"누나……."

"끔찍해. 아주 소름이 돋아. 더 가관이 뭔 줄 아니? 녀석의 의도를 다 알고 있으면서도, 그 무엇보다 그의 몸을 먼저 걱정했다는 거야."

진하는 불안하게 흔들리는 진진의 눈빛을 보면서 한숨을 내쉬었다. 그녀는 두려운 거다. 그래서 도망치려는 거다. 대헌이 누나에게 주는 영향력에 잔뜩 겁을 집어먹은 거다. 예민한 감각이 보호막을 치라고 외치고 있는 것이다. 다소 우습기까지 한 소유욕에 겁을 먹을 정도로 누나는 겁쟁이었다.

"대헌이 깨어나면 뭐라고 하지?"

"넌 친구로서 할 수 있는 일을 해. 난 이제 강대헌과 무관한 사람이야."

진진은 돌아서서 긴 복도를 걸어나갔다. 코너를 돌 때 잠시 멈춰 섰던 그녀는 어깨에 걸치고 있던 밍크 코트를 바닥에 스르르 떨어뜨리곤 사라져 버렸다.

"이대로 정말 끝인가?"

진하는 고슴도치처럼 곤두선 가시를 내보이는 진진이 불쌍했다. 처음 입은 화상은 치명적이었다. 그러나 한 번 실패했다고 해서 저렇게 방어 기재를 발휘할 필요는 없는 것이다. 사랑은 사랑으로 치료해야 한다지 않은가.

'가여운 나의 누나.'

"진진이 가버렸다고? 내가 깨어나기를 기다리지도 않고 갔다는 거야?"

진하는 믿을 수 없다는 눈빛으로 소리를 지르는 대헌을 묵묵히 바라보았다.

"왜 그런 짓을 했어? 네가 얼마나 큰 실수를 한 줄이나 아는 거냐?"

대헌은 그의 말을 듣지 못한 듯 혼자 중얼거렸다.

"왜? 왜? 내가 여기 있는데 왜?"

진하는 대헌이 누나의 부재 사실을 이해하지 못하는 것이 답답했다.

"너의 그 치기 어린 행동이 누나를 겁먹게 했어."

대헌이 몸을 움츠렸다.

"넌 누나의 얼굴을 못 봐서 그래. 왜 그렇게 성급하게 굴어. 내가 말했지? 누나는 사람들이 생각하는 것보다 훨씬 겁이 많은 사람이야. 언제나 당차고 용기있어 보이지만 그건 다 그녀가 만들어놓은 가면일 뿐이라고.”

“내가 뭘 어쨌다는 거야? 자신의 여자에게 질투를 드러내는 것이 그렇게 잘못인 거야?”

대헌은 아직도 사태의 심각성을 모르고 있었다.

“진진은 널 떠날 거야.”

진하는 사실을 공표하듯 담담히 말했다. 표백한 밀가루처럼 창백하게 질려가는 대헌을 보면서 마음이 아팠다. 그의 순수함과 열정이 누나를 따뜻하게 녹여줄 수 있기를 기대했건만, 오히려 그의 미숙함으로 그녀를 잃게 되었다.

“그게 무슨 소리야. 우린 이제 겨우 시작했을 뿐이야. 떠나다니…… 말도 안 돼!”

대헌이 손목에 꽂혀 있던 링거 바늘을 거칠게 빼내며 침대에서 내려섰다. 진하는 비틀거리며 옷을 찾아 두리번거리는 대헌의 어깨를 힘 주어 붙잡았다.

“진정해. 갈 때 가더라도 내 말부터 듣고 가는 게 좋을 거야.”

잔뜩 겁에 질려 있는 대헌의 모습에서 그가 얼마나 누나를 사랑하는지 알 수 있었다. 단지 자신의 말 한마디에 저렇게 흔들리는 모습을 보자 진하의 마음도 무겁게 가라앉았다.

“누나에겐 지독히도 사랑하던 사람이 있었다.”

치켜뜬 눈에서 대헌이 상처받았음이 적나라하게 드러났다.

“유학 시절 대학에 들어가자마자 만났지. 그 개자식은 몇 개월이면 귀국할 예정이었는데 막간의 심심풀이로 누나를 택했던 거지.”

그때의 진진은 정말이지 어리고 순진했다. 찬란히 빛나는 눈으로 남자를 바라보던 누나를 떠올리자 새삼 분노가 다시 살아났다.

“누나는 정신없이 빠져들었어. 솔직히 같은 남자가 봐도 꽤 괜찮은 남자로 보였다. 나도 속았지. 기숙사 외출이 허락된 날에는 언제나 셋이서 같이 보냈어. 마치 한가족 같았다. 연배도 많고, 무척 자상해서 우리끼리 떨어져 살면서 한 번도 느껴보지 못한 아버지같이 따뜻한 그를 좋아하지 않을 수 없었지.”

대헌에게 고통이 될 이야기를 하면서 진하는 마음을 다잡았다. 진진을 제대로 이해하지도 못하면서 어떻게 진실된 사랑을 할 수 있겠는가.

“그러던 어느 날 내가 주연을 맡은 학교 공연을 보러 어른들이 런던에 오셨지. 그때부터 뭔가 일이 꼬이기 시작했다.”

지극히 사랑하는 손녀요, 딸이었으니 그렇게 이상한 일은 아니었지만 할아버지와 아버지는 진진의 남자에 대해 못마땅한 기색을 감추지 못했다. 두 사람이야 워낙에 자기 자식을 아끼는 마음이 큰 데다 아직 어린 진진이 너무 쉽게 빠졌다는 점에서 경계를 했을 것이다.

그들은 남자의 야심을 꿰뚫어 보았고 미끼를 던졌다. 그들의 제안에 단 하루의 망설임도 없이 덥석 미끼를 물고, 남자는 그녀의 시야에서 물러났다. 어차피 잠시 갖고 놀다 버릴 노리개 정도로 생각했던 그에게 그들이 내민 거금은 보너스와 같은 것이었다.

진진은 그들의 말을 믿지 않았다. 그도 믿을 수 없었다. 돈으로 사람을 시험한 두 사람에게도 분노를 감출 수가 없었다. 미친 듯이 울부짖고, 발악을 해대던 진진이 그놈에게 직접 확인하겠다면서 뛰쳐나갔다. 당시 미성년이었던 진하는 차가 없었기 때문에 급히 택시를 잡아타고 그녀를 쫓았다.

남자의 하숙집에 도착했을 때는 이미 모든 상황이 끝나 있었다. 그의 방으로 통하는 계단 아래에 진진이 멍하니 앉아 있었다. 뭔가 이상한 김새를 느낀 진하는 그녀를 밀치고 남자의 방에 들어섰다. 서둘러 옷을 입고 있는 남녀가 그의 눈에 들어왔다. 붉게 상기된 그들의 표정과 흐트러진 침대, 방 안을 진동하는 성교의 냄새. 진하는 경멸의 표정을 감추지 않았다. 저런 놈을 한가족처럼 사랑했던 그 자신조차 한심스러워졌다.

진하는 문 앞에서 침을 뱉었다. 다시 우리 앞에 얼굴을 들이미는 날엔 가만두지 않겠다는 말을 남기고 아래층에 넋을 놓고 있는 진진에게로 발길을 돌렸다. 치고 받고 욕이라도 한바탕해야 그의 누나 진진다우련만 그녀는 모든 것을 침묵으로 일관했다. 그녀의 성질에 그렇게 조용히 끝낸다는 건 있을 수도 없는 일이었지만 그만큼 상처가 깊었다는 증거이기도 했다.

그 일을 대헌에게 상세히 말하는 이유는 단 하나다. 한 번 깊이 상처받은 그녀는 쉽게 마음의 문을 열지 못했다. 사랑이라는 올가미가 사람에게 얼마나 큰 데미지를 주는지 경험을 통해 절실히 깨달은 사람에게 사랑이라는 무기는 통하지 않는다. 아니, 오히려 십 리 밖으로 도망치고 싶은 충동을 느끼게 할 것이다. 대헌의 소유욕과 순수한 사랑이 그녀에겐 도망치라는 명령어로 인식될 것이 분명했다. 사랑만으로 모든 것이 해결될 거라고 믿는 대헌이 부럽기도 하고, 그 어리석음에 한숨이 나오기도 했다.

"그때부터였다, 누나가 이 남자, 저 남자 몰고 다니기 시작한 것이. 하루가 멀다 하고 이놈, 저놈, 심지어 흑인, 백인 가리지도 않았다. 식구들이 그런 그녀를 귀국시키지 않은 이유는 그런 와중에도 자기 공부 하나는 철저히 소화했기 때문이었어. 완전히 이성을 잃고 방황하는 것은 아니라는 판단이었지."

진하는 묵묵히 고개를 숙이고 있는 대헌을 내려다보며 본론을 말했다.

"내가 보기에도 참 독한 여자야, 우리 누나는. 감정에 매달려 오는 남자는 더 야멸치게 끊어내더라. 꽤 오래가던 관계도 상대방이 사랑 운운하면 그날로 끝이었어. 날라리처럼 행동했지만 순수한 남자를 가지고 노는 여자 역시 아니었다. 서로 말하지 않아도 알 만한 남자들을 만나서 서로가 서로를 이용하는 그런 육체적인 만남이 전부였어. 적어도 너를 만나기 전까지는……."

대헌이 천천히 고개를 들었다. 흔들리는 슬픈 눈동자 속에 일말의 희망이 섞여 있었다.

"여기까지가 내가 해줄 수 있는 전부다. 너는 지금의 방법으로는 절대 진진을 얻을 수 없어. 그런 어설픈 눈동자로 그녀를 보지 마. 경멸당할 뿐이야. 매달리지도 마. 더 도망가고 싶게 만들 뿐이야. 사랑에 호소하지도 마. 위선자의 대열에 너를 제일 먼저 올릴 거다. 너 자신에게 당당해라. 그렇지 않으면 그녀에게 짓밟히고 말 테니까."

대헌은 한참 동안 아무 말 없이 먼 산만 바라보았다. 잠시 후, 해사한 미소가 피어올랐다.

"자유에는 자유로, 욕망에는 욕망으로, 질투에는 질투로……. 그렇지만 사랑을 쟁취하는 무기로 반드시 사랑을 이용할 필요는 없겠지."

'그래, 바로 그거야. 넌 할 수 있을 거야.'

진하는 어쩐지 앞으로가 기대되었다.

제7장

쟁탈전

사랑의 고뇌처럼 달콤한 것은 없고,
사랑의 슬픔처럼 즐거움은 없으며,
사랑의 괴로움 같은 기쁨은 없다
사랑에 죽는 것처럼 행복한 것은 없다
—모두 개소리!

현관 벨을 여러 번 눌렀지만 안에서는 아무 반응이 없었다. 대헌은 조용히 키를 꺼내 문을 열었다. 안에서는 차이코프스키의 백조의 호수 중 흑조 오딜의 독무가 흘러나오고 있었다. 진진은 까만 레오타드를 입은 채 소파 등받이에 다리를 올리고 몸을 풀고 있었다. 그녀 자체가 악마적 매력을 가진 오딜을 연상시켰다.

그녀는 벨소리를 듣고도 일부러 무시하고 있었다. 짐작은 하고 왔지만 새삼 상처가 쑤셔왔다. 지금은 그들 중 누가 선수를 치느냐에 따라 상황이 달라질 것이었다. 그는 아무렇지도 않은 듯 평소처럼 윗옷을 바닥에 내려놓고 소파에 몸을 기댔다. 시간은 자꾸 흐르고 그녀는 그를 아예 없는 사람 취급하며 연습에 몰두했다.

'기다리자. 성급하게 감정을 드러내서는 안 돼. 그게 그녀가 원하는 것이야. 그 올가미에 걸려 영원히 떠날 빌미를 제공해선 안 돼, 명심해.'

그는 태연히 소파에 드러누웠다. 그러자 진진이 신경질적인 한숨 소리를 남기고 부엌으로 들어갔다. 달그락 쿵, 삑. 마치 시위하듯 요란한 소리가 그의 귀에까지 들려왔다. 그러다 갑자기 열이 올랐는지 불을 뿜듯 달려나왔다. 전투 개시였다.

"뭐야? 여긴 뭐 하러 왔어?"

너무나도 격한 목소리였다. 그녀도 지금 힘들어하고 있다. 그에게 특별한 감정이 없다면 헤어지려는 마당에 이렇게 신경이 날카롭지는 않을 것이다.

'그걸 믿고 무리수를 던져 보는 거야. 타이밍이 중요해.'

가히 자신이 생각해도 너무나 자연스럽게 목소리가 나와주었다.

"애인 집에 오는 게 뭐가 이상해? 그 애인이 아프다는데 코빼기도 안 비치는 게 더 이상한 거지."

그는 태연하게 되물었다. 진진이 뻔뻔한 목소리로 비아냥거리는 그를 죽일 듯이 노려보았다. '아니, 저게 뭘 잘못 먹었나?' 하는 표정이 역력했다.

"좋아. 어차피 한 번은 만나서 깨끗이 정리할 필요가 있었으니 오히려 잘됐다."

그녀가 허리에 손을 얹은 자세로 단호히 말했다.

"우리 이만 헤어져. 시작한 지 얼마 되지도 않았으니 그리 어렵진 않을 거야."

"이유가 뭐지?"

그는 감정이 깃들어 있지 않은 무채색의 목소리로 물었다. 지금부터가 중요했다. 여기서 밀리면 끝장이었다.

"몰라서 물어? 어제의 네 행동으로 모든 것이 변했어. 난 질투심 많고, 사랑에 목매는 남자는 원치 않아. 말했을 텐데. 너의 첫 여자로서의 의무로 계속 만날 생각이었지만, 그건 어디까지나 쾌락을 즐기는 선에서야. 너처럼 맹목적으로 달라붙고, 병적으로 자기 학대까지 하는 남자는 정말이지 질색이야."

그녀는 하고 싶은 말을 숨도 쉬지 않고 줄줄이 내뱉고는 반응을 기다리며 그를 바라보았다. 마치 그가 매달리고 애걸할 걸 예상하고 떼어낼 준비를 하는 것 같았다. 대헌은 그런 그녀의 행동에 상처 입었다. 진진은 그의 감정을 알면서, 그래서 그가 어떤 반응을 보일지 뻔히 직감하면서도 잔인한 입을 놀린 것이다. 태연을 가장하기 위해선 무한한 힘이 필요했다.

"그래, 난 질투심이 아주 많아. 그건 당신이 자유분방한 것과 같이 내 자유야. 난 질투할 거고, 당신은 여전히 이 남자 저 남자 달고 다니겠지. 그 정도야 이미 서로 합의된 사항 아니었나? 이제 와서 이러는 이유가 뭐야?"

차갑게 말하는 그가 의외였는지 순간 진진의 얼굴에 당황하는 빛이 스쳤다. 아마도 여러 가지 상황을 예상했으나 그 속에 이런 그의 모습은 없었을 것이다. 그만큼 그는 너무나 담담하고 이성적으로 대응하고 있었다.

"사랑하기 때문에? 내가 언제 당신을 사랑한다고 했지?"

순간 진진의 얼굴에 열꽃이 피어올랐다. 자존심에 상처를 입히는 그의 발언에 넋이 나간 표정이었다. 그의 목소리에 담긴 그녀를 향한 냉정함은 차라리 모욕적인 비웃음에 가까웠다. 상처받은 표정에 조금은 가슴이 찔렸지만 여기서 멈출 수는 없었다. 그는 흔들리는 자신을 다잡았다.

"당신이 이러는 건 너무 오버 아닌가? 난 당신이 필요하다고 했지, 사랑한다고 말한 기억은 없는데? 당신과 함께 있고 싶다고는 했었지만 영원을 바란 적도 없다고. 내 기억이 틀린가?"

할 말을 잃고 우두커니 서 있는 진진의 모습은 방금 헤어지자고 큰소리친 여자치곤 너무나 큰 타격을 입었음을 보여주고 있었다. 그의 작전이 성공을 눈앞에 두고 있었다.

"그렇담 아무 문제 없겠네. 그동안 즐거웠어."

대헌은 새치름한 그녀의 말이 끝나기가 무섭게 웃음을 터뜨렸다.

"내 말을 이해하지 못하는군."

그는 진진에게 가까이 다가갔다. 그녀가 움찔 몸을 굳혔다.

"우리의 계약은 아직도 유용해. 당신이 말한 조건을 내가 말해 볼까? 첫째, 사랑은 제외한다. 맞나?”

진진은 도톰하고 붉은 입술을 깨물며 천천히 고개를 끄덕였다. 마치 자신은 인정하고 싶지 않다는 듯 힘든 움직임이었다. 마음에 들지 않았다.

“둘째, 당신은 자유를 원하고, 나는 질투할 권리를 가진다. 맞나?”

그녀는 다시 한 번 힘없이 고개를 까닥였다. 그녀의 태도가 정말이지 마음에 들지 않았다. 다그치는 말에 주눅이 든 모습은 왠지 그녀 같지 않았다.

“셋째, 우리는 속궁합이 맞아. 아니, 끝내주지. 맞나?”

속궁합이 잘 맞는다는 그의 말에 그녀는 일말의 주저함도 없이 긍정의 대답을 했다. 대헌은 남자로서의 자부심 가득한 얼굴로 그녀를 오만하게 바라보았다.

“넷째, 난 지금 현재로서는 당신 이외의 여자를 안을 수가 없어. 그건 선택의 문제가 아니야. 감정의 문제도 아니지. 병일 뿐이야. 그것도 인정하지? 다섯째, 그건 당신이 상관할 바 없다고 할 수도 있겠지만, 당신은 나에게 그 정도의 배려는 해줄 의무가 있어. 왜냐하면 당신은 나의 첫 여자니까.”

“그래서 내가 어떻게 하길 바라는 거야?”

그의 말이 끝나자 진진이 힘없는 목소리로 물었다.

“결국 우리가 헤어져야 하는 이유는 아무것도 없다는 거지. 난 당신과 만나는 것이 좋고, 당신도 내가 싫지는 않다고 생각해. 아냐?”

그녀의 눈빛이 변해 있었다. 뭐랄까, 예전엔 그저 그녀의 손 안에서 노는 순진한 남자로만 생각했다면 지금은 끌리는 이성을 바라보는 눈빛이랄까? 한편으로 자신의 박력을 새로운 시선으로 봐주는 것 같기도 했다.

“규칙이 지켜지는 한 이별은 고려의 사항이 아니겠지.”

진진이 허탈한 표정을 지었다. 그는 마침내 그녀에게 따스한 미소를 보냈다. 그는 천천히 손을 내밀어 그녀를 품에 안았다.

“당신이 그리웠어.”

그의 따스한 말에 그녀의 두 눈이 감겼다. 지금은 그저 품에 안긴 그녀의 온기를 느끼고 싶을 뿐이었다. 나머지는 나중에 생각할 것이다. 지금 이 순간이 그 무엇보다 중요했다. 그녀는 떠나지 않을 것이다. 그는 깊은 안도의 한숨을 내쉬었다.

“영희 씨, 괜찮아요?”

진하는 급히 달려갔다. 무용수에게 부상은 말 그대로 지옥이었다. 몸 풀기를 위한 가벼운 연습 도중, 실수한 그녀가 바닥에 쓰러진 순간 진하는 가슴이 철렁 내려앉았다. 그의 품에 안겨 일어나 앉은 영희의 표정엔 비참함이 가득 담겨 있었다.

“괜찮아요. 미안해요. 제가 잠시 딴생각을 하다 그만…….”

힘없이 말하는 영희를 보며 걱정을 감출 수가 없었다. 요즘 같은 상태로는 콩쿠르에 나가는 것 자체가 불가능할 것 같았다.

그가 알던 영희는 성실하고 발레가 전부인 여자였다. 지금처럼 연습을 게을리 하거나 딴생각에 실수하는 것 따위는 그녀에게 있을 수 없는 일이었다. 프로 무용수로서의 캐리어가 그것을 용납하지 않았다.

"무슨 일이에요? 더 이상은 그냥 묵과할 수가 없어요."

영희는 조용히 고개를 숙였다. 한참 동안이나 그런 자세로 한숨을 쉬던 그녀가 눈물을 그렁그렁 달고 그를 바라보았다.

"왜 그래요? 어디 아파요?"

그는 여자가 우는 모습엔 적응이 안 됐다. 주변에 여자도 없지만 하나 있는 누나가 워낙 억새다 보니 대체로 씩씩하고, 당찬 여자에게 익숙한 탓도 있었다. 도대체 무슨 일이기에 그 앞에서 눈물까지 보이는 건지, 그의 마음도 좋지 않았다.

"진하 씨, 남자들은 저 같은 여자는 별로 좋아하지 않죠?"

'이런, 그런 문제로군. 여자의 민감한 부분에 대해 함부로 왈가왈부하긴 싫은데……'

그는 영희의 의외의 모습에 조금 당황했다.

"당신은 거울도 안 봐요? 영희 씨가 얼마나 아름다운지 본인도 잘 알고 있죠? 난 지금도 가끔씩 영희 씨 볼 때마다 새삼 놀란다고요."

"그렇지만 진하 씨도 날 여자로 보지는 않잖아요. 그렇죠?"

그는 난처해졌다. 이럴 땐 뭐라고 말해야 하나. 사실 그녀와 하루를 거의 같이 보내고는 있지만 여자로 느끼지는 않았다. 그녀가 매력이 있다, 없다의 문제가 아니었다. 그로서는 무슨 대답을 해야 할지 난감할 뿐이었다.

"누구 좋아하는 사람이라도 있어요? 갑자기 그런 질문을 하는 걸 보니 관심있는 사람이 있는가 봐요."

"남자들은 당신 누나 진진처럼 섹시하고 당당한 여자를 더 좋아하겠죠?"

'여기에 진진 이름이 왜 나오지? 진진에게 콤플렉스라도 있는 건가? 아님 진진이 그 모르는 새 이 단아한 여자의 속을 들쑤셔놓기라도 했나?

진진 커플이 자주 그들과 저녁을 하고 있기 때문에 그럴 가능성도 충분히 있었다. 진진은 직선적이고 걸러지지 않는 말로 본의 아니게 다른 사람에게 상처를 주는 경우가 종종 있었다. 아무래도 진진을 조심시켜야겠군. 그나저나 착하고 도량 넓은 이 여자에게도 이런 소심한 면이 있었네. 진진이 악의가 없다는 건 누구나 알 수 있는데…….

"누나가 무슨 기분 상하는 말이라도 했나요?"

"아니요, 무슨 그런……. 그런 거 아니에요. 그녀는 항상 같이 다니면 남자들의 시선을 한몸에 받잖아요."

자신의 말이 부끄러운지 그녀는 조그맣게 속삭이듯이 말했다.

"대헌 씨도 진진 씨에게서 눈을 못 떼고…….."

진하는 그녀를 한참 동안 뚫어져라 바라보았다.

‘그런 사정이 있었군. 이 여자가 대헌에게 맘이 있는 거야.’

아! 왜 몰랐을까. 그날 그 파티에서 대헌이 쓰러졌을 때 그녀는 병원까지 따라와서 안절부절못했었다. 오히려 진진은 담담한 데 비해 그녀의 행동은 마치 그녀가 대헌의 여자 친구나 되는 것처럼 온갖 애처로운 표정을 다 하고 있었다. 그러고 보니 진진에게 껄끄럽게 대했던 것도 다 그런 이유였던 것이다.

진진은 절대 자기 것을 빼앗기는 여자가 아니었고, 대헌은 말 그대로 누나의 것이었다. 영희의 짝사랑이 이루어질 확률은 거의 없는 이 상황에 그가 해줄 수 있는 말은 한 가지뿐이었다. 그는 마음이 심란했다.

“영희 씨, 혹시 대헌이에게 관심이 있나요? 당신도 봐서 알겠지만, 대헌이 자식 누나를 무척 사랑해요. 그 감정 계속 가져가면 영희 씨만 힘들 뿐이에요.”

“진하 씨는 한 번도 사랑해선 안 될 사람을 마음에 품은 적이 없나요? 그렇게 쉽게 말하지 말아요. 진진보다 늦게 만났다고 다 포기해야 하는 건 아니라고 생각해요.”

그녀는 생긴 것과 반대로 당차게 말했다. 그는 그녀의 말에 속이 쓰렸다.

‘사랑해선 안 될 사람이라……. 후후, 당신은 참 용기있는 여자로군요.’

그는 더 이상 아무 말도 할 수 없었다. 자신의 감정도 어쩌지 못하는 주제에 남의 일에 감 놔라 대추 놔라 하는 격이었기 때문이다.

'그러고 보니 난 어쩌다가 그런 사랑을 하게 된 것일까. 아무
도 축복해 주지 않을 그런 사랑을……'

대헌은 오랜만에 그의 집으로 돌아왔다. 집에 잔뜩 쌓인 먼지
며 베란다에 널려 있는 오래된 빨래며 냉장고의 상한 음식이며
손댈 곳이 한두 군데가 아니었다. 그도 그럴 것이 옷 몇 벌 챙겨
서 진진의 집으로 간 지 무려 2주 만에 와본 것이다. 그는 진진
이 사장에 취임한 이후 너무나 바빠졌기에 걱정이 되었다. 아무
리 빨라도 10시 이전엔 들어오는 경우가 거의 없고, 그나마 일
찍 귀가해도 피곤한 몸을 가누기도 힘들어했다. 회사를 파악하
자면 어쩔 수 없는 일이지만 그로 인해 그녀와의 오붓한 시간을
갖지 못하는 그로서도 차츰 불만이 쌓이기 시작했다.

급기야 오늘 아침, 출근하는 그녀와 말다툼을 하고 말았다.
싫으면 떠나라는 가차없는 말에 분노해 집을 뛰쳐나오기는 했
지만, 이번 기회에 그를 함부로 대하는 그녀의 버릇을 고쳐 놓
고야 말겠다는 생각이 들기도 했다.

두 시간 넘게 집안일을 한 후 커피 한 잔 마시며 책을 뒤적이
고 있을 때 전화 벨이 울렸다.

'흐흠, 그럼 그렇지.'

진진이 먼저 화해의 전화를 하는 모양이다.

'못이기는 척 들어가, 아니면 조금 뜸을 들여?'

“여보세요?”

그는 여유롭고 즐거운 목소리로 전화를 받았다. 그러나 이내 기대에 부푼 그의 얼굴이 잔뜩 일그러졌다. 맥 풀린 목소리가 나오는 걸 그도 어쩔 수가 없었다.

“영희 씨, 웬일이세요? 우리 집 전화번호는 어떻게 아시고?”

[아, 진하 씨에게 들었어요. 저 오늘 시간있으세요?]

“네? 시간요? 무슨……?”

그는 영희의 갑작스런 전화에 의아스러울 뿐이었다. 호감 가는 사람인 건 확실하지만 개인적으로 따로 만날 만한 관계는 아니었기 때문이다.

[저, 사실 제가 안 좋은 일이 있어서 술 한잔 마시고 싶은데 제가 친구가 별로 없어서……. 진하 씨는 바쁘다고 하고 그래서 혹시나 대헌 씨는 어떨지 해서 전화했어요. 약속이 있으시면 어쩔 수 없고요.]

조심스런 목소리에 그는 아무 생각 없이 쾌히 승낙했다. 뭔가 크게 안 좋은 일이 있는 듯했고, 감감무소식인 진진에게도 화가 나 있는 상태이다 보니 그 또한 술 한잔하고 싶은 생각이 들었기 때문이다.

“영희 씨, 아예 일찍 만나서 점심 같이 드실래요? 지금 뭘 좀 먹을까 하던 참인데.”

주변 사람들이 영희의 등장에 고개를 돌렸다. 쪽진 머리에 실크 모자를 비스듬히 쓰고, 허리선이 조금은 위에 있는 여성스러운 원피스 형 코트를 입은 그녀의 모습은 마치 〈위대한 유산〉이란 책에서 빠져나온 듯한 고전적인 모습이었다. 동양인이 저런 2, 30년대 뉴요커 같은 모습을 연출하기는 쉽지 않을 것이다.

"제가 조금 늦었죠? 미안해요."

그녀는 웨이터가 빼주는 의자에 우아하게 앉으며 살며시 미소 지었다.

"늦기는요. 이런 미인하고 점심을 같이 하게 돼서 도리어 제가 영광입니다."

대헌은 어색하게 너스레를 떨었다. 저렇게 조신한 여자는 어떻게 대해야 하는지 꽤 신경이 쓰였다.

옛날의 그는 저렇게 여자답고 순결해 보이는 여자를 원했었다. 그런 여자를 만나면 자신의 병을 고칠 수 있을 거란 기대를 한 적도 있었다. 오히려 진진처럼 자유분방하고, 성을 철저히 즐기는 여자는 그에게 독이라고 생각하고 있었다. 그러나 지금은 설사 그런 여자가 그의 병을 완전히 치료해 준다 해도 진진을 포기할 수는 없었다. 평생 그 짐을 지고 사는 한이 있어도 진진만 곁에 있다면 그런 것쯤 아무런 문제도 아니었다.

"우선 뭘 좀 먹을까요? 여기 스테이크가 좋아요."

대헌은 지금이 좋은 기회라고 생각했다.

"저, 지난번 파티 때는 죄송했습니다. 놀랐었죠?"

"그런 말씀 마세요. 그런데 어디가 어떻게 아팠던 거예요? 아무도 얘기를 안 해줘서 걱정했어요. 집으로 돌아오긴 했지만 맘 같아선 퇴원 때까지 돌봐 드리고 싶었어요. 왜 쓰러진 건지 물어도 실례가 안 될까요?"

그녀의 얼굴엔 그에 대한 염려가 가득했다. 그는 진심으로 걱정해 주는 그녀에게 어디서부터 어떻게 말을 꺼내야 할지 난감했다. 그는 영희가 그의 상황을 다 알고 있는 줄 알고 사과의 말을 했던 것이다. 자랑할 만한 일도 아닌데 먼저 떠벌린 꼴이 되었다. 그렇다고 여기서 입을 다물면 그녀의 기분이 정말 상할 것 같아 그는 마지못해 모든 사실을 이야기했다.

그의 말이 다 끝나자 그녀의 낯빛이 푸르다 못해 파리해졌다. 꽤 충격을 받은 모양이다. 사실 너무 심하게 충격을 받은 것 같아 오히려 그의 기분이 상하려 했다. 그의 병력이 특이하긴 하지만, 그렇다고 더러운 돌림병도 아니고 왜 저렇게 못 볼 걸 본 사람마냥 엉덩이를 들썩거리는 건지. 바람피우다 걸린 남편을 바라보는 조강지처의 그것처럼 충격과 원망과 아픔이 느껴지는 시선이었다. 그는 그녀가 마음이 여린 사람이라서 그의 아픔을 자신의 아픔으로 느끼나 보다라고 좋게 생각하기로 했다. 역시 진하의 말대로 외모만큼이나 마음도 아름다운 사람이었던 것이다.

이런저런 대화를 나누며 식사하는 동안, 그녀의 표정은 그리 밝지 않았다. 속상한 일이 있었다더니 꽤 심각한 문제 같았다. 그 또한 전화 한 통 없는 진진 때문에 머리 속이 복잡했다. 그들은 묵묵히 음식을 입에 넣고 있었다. 조용한 가운데 울리는 전화 벨소리에 두 남녀는 고개를 들고 서로를 바라보았다.

"잠깐 실례하겠습니다."

그는 자신의 휴대폰을 꺼내 폴더를 열었다. 그는 발신자 표시에 '귀여운 진진'이란 이름을 확인한 순간 저 밑바닥에서부터 끓어오르는 기쁨을 감출 수가 없었다. 그는 저도 모르게 앞에 있는 영희에게 환한 미소를 지었다. 그리곤 목소리를 가다듬었다.

"무슨 일이지? 내게 할 말이라도 있어?"

꽤나 잘 꾸며진 쌀쌀한 목소리와 반대로 그의 눈은 춤을 추고 있었다.

"그래서? 싫은데? 도대체 나라는 인간이 당신의 뭔데? 심부름꾼?"

침묵이 길어지면서 그의 얼굴에 웃음꽃이 활짝 폈다.

"나도 미안해. 내가 오늘 조금 날카로웠던 것 같아."

진진이 먼저 사과를 해오자 내내 침울했던 기분은 언제 그랬냐는 듯 싹 가셔 버렸다.

"응, 응. 아직 점심 전이야. 그럼 내가 도시락 사가지고 지금 갈게. 근처에 있으니까 바로 갈게."

전화를 끊고 그는 영희에게 미안한 미소를 지으며 코트를 들었다.

"미안해요, 영희 씨. 제가 지금 가봐야 하거든요?"

　그는 자신이 얼마나 매너 없는 행동을 하고 있는지 잘 알고 있었다. 알면서도 선택의 여지가 없는 그였다. 이제 그의 사이클은 진진을 중심으로만 돌아가므로…….

　커피 한 잔 마시고 갈 테니 신경 쓰지 말고 어서 가보라는 그녀에게 고맙다는 말을 여러 번 되뇌고는 대헌은 휙 하니 나가 버렸다. 영희는 그 자리에 망부석처럼 앉아 하염없이 거의 비어 있는 그의 접시를 노려보았다. 그녀의 눈에 분노가 가득했다. 그녀는 화를 참으며 입술을 깨물었다.

　진하에게 대헌의 휴대폰 번호를 알려달라고 할 수가 없어서 전화번호부에 나와 있는 강대헌이란 이름을 순서대로 눌러보는 수고를 아끼지 않았다. 결국 6번째야 그와의 통화가 가능했다. 태연한 척 그에게 데이트를 신청하고 이곳에 나오기까지 얼마나 노심초사했는지 모른다. 그렇게 힘들게 그와의 자리를 만들었건만 이렇게 허망하게 끝나 버리다니, 그녀는 허탈하고 화가 나서 참을 수가 없었다.

　'감히 나를 두 번씩이나 농락해? 도대체 이 김영희를 뭘로 보는 거야?'

　그녀에게 마음이 있는 것처럼 신호를 보내고 춤을 청할 때는 언제고, 이제 와서 그것이 다 그녀를 미끼로 그 여우 같은 진진을 붙잡기 위한 편법이었단다. 그것 한 가지로도 화가 나서 견딜 수가 없는데, 뭐라고? 아직 점심 전이라고? 이런 곳에 그녀 혼자 덩그러니 남겨두고 히죽거리면서 달려나가는 꼴이라니.

'가만두지 않겠어. 이 모든 것이 다 그 더럽기 짝이 없는 창녀 때문이야. 어디 두고 보자. 언제까지 대헌을 쥐고 흔들 수는 없을걸.'

순결하고 깨끗한 그녀 자신에 비해 그 여자가 얼마나 난잡하고 별 볼일 없는지 대헌은 곧 깨닫게 될 것이다. 대헌은 그녀의 품으로 돌아올 것이다. 그녀가 얼마나 그에게 잘 어울리는 여자인지 그때가 되면 자연히 증명될 것이다. 그녀는 마음을 다잡았다. 보기엔 더없이 아름다운 여자의 음산한 웃음이, 보는 사람으로 하여금 등골이 오싹하게 만들었다.

특 비빔 도시락 한 개와 튀김 도시락 한 개를 사들고 달려온 대헌은 미끄러지듯 신나게 엘리베이터에 올라탔다. 꼭대기 층이 사장실이지만 그가 탄 엘리베이터는 그 아래층까지만 운행되었다. 사장실까지 가기 위해서는 거기서부터 계단을 이용해야만 했다. 일반인이 사장실까지 직접 올라오는 것을 방지하기 위한 조치였다.

처음 사장 취임 애기를 들었을 때는 막연히 그런가 보다 했었다. 진하와 친구인 관계로 그녀의 집안 배경은 대충 들어 알고 있었기 때문에 그리 놀라지는 않았었다. 그럼에도 불구하고 이런 사소한 일로 그녀와의 거리를 느끼고 있었다.

박봉의 초짜 선생과는 비교할 수조차 없는 그녀의 지위에 조금은 위축되고 있기도 했다. 비록 할아버지가 유산을 남겨주셨지만, 재산권을 행사하려면 앞으로도 5년 이상 기다려야 되는 상황이었다. 그러다 보니 지금의 그로서는 내세울 것이라고는 그녀를 사랑하는 마음 하나밖에 없는 처지였다. 그리고 진진에게는 그 사랑이라는 것이 그렇게 값있는 상품도 아니었다.

계단을 통해 나 있는 문을 열자 곧바로 두 개의 책상이 나란히 놓여 있는 비서실이 나왔다. 모두 점심을 먹으러 나갔는지 그곳은 텅 비어 있었다. 대헌은 진진을 놀려줄 생각으로 조심스럽게 움직였다. 유쾌한 기분으로 그는 하나 둘 셋 카운트를 하고 사장실로 보이는 문을 활짝 열었다.

기분 좋게 들어선 진진의 사무실엔 이미 손님이 와 있었다. 방 안의 반을 차지하고 있는 넓은 타원형의 회의용 탁자에 두 사람이 나란히 앉아 있었다. 그들 앞에는 호화로운 도시락이 놓여 있었다. 뭐가 그리 즐거운지 그들은 화기애애한 분위기로 웃음바다를 이루고 있었다. 남자는 그가 익히 보아왔고 신경에 거슬리던 바로 그 김태석이었다.

"여, 강대헌 씨, 한발 늦으셨는데요? 벌써 먹고 있는 중인데."

태석이 일어나서 주인인 양 맞아주며 대헌의 손에 들린 도시락 가방을 흘깃 바라보았다. 대헌은 속이 뒤틀렸다. 화해하자는 진진의 전화에 상승했던 그의 기분은 급속도로 가라앉고 있었다. 그때까지도 뭔가를 입에 넣고 맛있게 오물거리던 진진이 그에게 다가왔다. 도시락 가방을 받아 테이블에 올려놓고 그녀 왼쪽 자리 의자를 짚으며 대헌을 바라보았다. 거기 앉아서 얌전히 점심을 먹으라는 신호다.

"둘이면 충분해. 내가 가줄까? 아니면 저 치를 내보내던지."

대헌은 얼굴색 하나 변하지 않고 냉정히 잘라 말했다. 이내 두 사람의 얼굴이 놀라움으로 벌게졌다. 진진은 예의없이 막말을 내뱉는 그를 잡아먹을 듯 쏘아보았다. 대헌도 그런 그녀를 마주 쏘아보며 단호히 자신의 의지를 피력했다. 서로를 바라보는 눈빛에 불꽃이 타올랐다. 힘의 싸움. 한 치의 물러섬도 없는 두 사람의 소리없는 전쟁에 끼어드는 목소리가 있었다.

"진진, 난 촬영 스케줄이 잡혀 있어서 지금 나가봐야겠어. 나중에 한잔하자고."

대헌은 아무 동요 없이 그만을 노려보고 있는 진진을 대신해서 태석을 바라보았다. 불쾌한 낯빛을 겨우겨우 가리고 있는 잘생긴 남자가 저만치 서 있었다.

'거슬려, 아무리 좋게 생각하려 해도 거슬려.'

"그럼 그러시겠습니까? 우리는 지금부터 할 일이 있어서."

대헌은 그렇게 말하곤 다시 진진에게로 시선을 거뒀다. 그가 나가든 말든 상관할 바 아니었다. 뒤로 문 닫히는 소리가 끝나기가 무섭게 진진이 소리를 질렀다.

"당신 그게 무슨 짓이야? 사람 무시하는 것 어디서 배워먹은 거야? 응?!"

분을 이기지 못하고 소리를 지르던 그녀는 그가 갑자기 달려드는 통에 입을 다물고 말았다. 그런 그녀를 그대로 밀쳐 테이

블에 밀어붙이면서 손을 그녀의 스커트 아래로 넣어 거칠게 속
옷을 끌어 내렸다.

"내가 오는 걸 뻔히 알면서 저놈하고 희희낙락하고 있었단 말
이지!"

말하는 도중에도 그의 손은 성난 황소의 발길질마냥 사납게
움직였다. 그는 아무것도 걸치지 않은 그녀의 뽀얀 엉덩이를 다
급하게 움켜쥐었다. 그가 불끈 일어선 그의 남성을 밀어붙이며
한 손을 들어 그녀의 블라우스 단추를 서툴게 풀어 내렸다. 반
항하는 그녀를 들어 테이블에 올려 눕히곤 다른 한 손으로 그녀
의 드러난 배를 힘껏 눌러 내렸다.

"당신은 오늘 실수한 거야. 나를 가지고 놀 수 있다고 생각하
고 있나?"

그는 한 손으론 바지 버클을 풀면서 다른 한 손으론 그녀의
배꼽 근처를 애무하다 위로 올려 뾰족이 솟아 있는 핑크빛 유두
를 아프게 비틀었다.

"아윽, 이게 무슨 짓이야. 그건 오해야. 내 말 좀 들어봐……
윽!"

그 순간 그는 예고도 없이 거칠게 밀고 들어갔다. 메마른 숲
을 뚫고 그녀의 몸속에서 거칠게 움직였다. 헉헉거리는 숨소리
를 내며 쉴 새 없이 허리를 움직이는 대헌에게 그녀의 몸이 서
서히 반응하기 시작했다.

"으응, 태석 씨…… 헉! 가 점심을 가지고 왔는데…… 아아

더······."

그녀의 입에서 태석이란 말이 나오자 대헌의 이성은 사라졌다. 테이블에 상체를 뉘고 고개를 흔들며 이를 악무는 진진을 내려다보며 그는 그녀의 다리를 들어 양손으로 잡고 더 깊은 삽입을 시도했다. 몸 깊숙이 단번에 밀려들어 오는 그를 맞으며 그녀는 환희와 고통에 찬 신음을 동시에 내뱉을 뿐이었다. 그녀가 이젠 적극적으로 사랑의 대화에 동참했다. 몸을 일으켜 드러난 가슴을 그의 상체에 비벼대며 두 다리로 그의 허리를 꽉 조였다.

이제 처음의 일방적이던 행위는 서로를 상처 입히려는 야생동물의 그것처럼 자극적인 몸부림으로 바뀌었다. 대헌은 조금 전과 다르게 적극적으로 달려드는 진진 때문에 한층 더 흥분되었다. 그녀의 엉덩이를 힘껏 잡고 마지막 경련을 하는 동안 그녀는 사납게 그의 목덜미를 물어뜯었다. 그리곤 침묵이 찾아왔다. 지친 그들은 서로의 몸에 의지한 채 한동안 거친 숨만 몰아쉬었다.

그는 아직 가시지 않은 열기를 애써 삭히며 그녀에게서 빠져나왔다. 찢어진 그녀의 속옷을 집어 들고 한참을 바라보다 주머니에 넣고는 그녀를 내려다보았다. 그녀는 아직도 격렬한 정사에서 회복되지 못하고 하체가 다 드러난 노골적인 자세 그대로 테이블 위에 누워 있었다.

그는 그런 그녀를 일으켜 안아서 소파로 옮겼다. 그에게 안긴 그녀가 작은 신음을 흘리며 그의 머리카락을 쓰다듬었다. 그녀를 안은 채 소파에 깊숙이 앉으며 짧은 키스를 했다. 그는 키스한 번 할 새도 없이 정신없이 사랑을 나누었다는 것을 그때서야 인식했다.

"그 자식과는 어떤 관계야? 속일 생각일랑 꿈에도 하지 마."

그녀는 한동안 말이 없었다. 침묵이 길어지고 그의 의심도 커져 갔다.

"한때 연인이었지. 왜, 할 말 있어?"

진진은 급격히 굳어지는 그에게 잔인한 현실이 될 말을 막힘없이 해댔다.

"내가 그동안 관계했던 사람들 명단을 미리 제출할까? 부딪치는 남자마다 네가 이런 반응을 하지 않도록 말이야."

대헌은 태석이 그녀의 옛 연인이었다는 사실보다는 신랄한 그녀의 말에 더 상처받았다. 짐작하고 있던 일이지만 막상 그녀의 입을 통해 사실이 확인되자 그는 미칠 것만 같았다. 그녀를 안고 있는 팔에 더욱 힘이 들어갔다.

"내가 처녀도 아니고 그렇다고 성녀도 아닌 바, 과거에 애인이 있었던 건 당연한 일이야. 이렇게 예민하게 굴 것 없잖아. 정말 왜 이래, 유치하게?"

"과거를 되풀이할 생각이 아니라면 왜 그놈이 당신 옆에서 알짱대는 거지?"

"도시락을 싸들고 온 사람을 그냥 내보낼 수는 없잖아. 네가 곧 올 걸 알고 있었으니 자연스럽게 퇴장할 사람이었어. 지금 내 연인은 너고, 그는 나에게 아무것도 아니니까."

그녀는 조용한 목소리로 격양돼 있는 그를 달래며 손으로 그의 허벅지를 유혹하듯 애무했다. 무릎에서부터 부드럽게 쓸어 올려 허벅지 안쪽으로 깊숙이 손을 놀렸다. 서서히 다시 살아나는 그를 손톱으로 자극하며 긁어 내렸다. 그리곤 야릇한 미소를 머금고 그를 바라보았다. 그녀는 마른 입술을 혀로 핥으며 쉰 목소리로 말했다.

"나 배고파."

그녀의 손이 그의 바지 속으로 쑥 밀고 들어갔다. 그의 허리가 긴장으로 굳어졌고 그녀의 손에 포로로 잡혀 있는 그의 중심은 또 다른 해방을 원하며 움찔거렸다.

"아깐 딱 한 입 먹었을 뿐이란 말이야."

그녀는 그의 몸에서 미끄러져 내렸다. 벌어진 옷 사이로 뾰족이 돌출되어 있던 그녀의 유두가 그를 스치고 내려갔다. 그녀는 그의 두 다리를 넓게 벌리고, 그 사이에 그녀의 몸을 가뒀다. 그는 그녀가 그의 바지에 천천히 손을 대자 다가올 쾌락을 기대하며 엉덩이를 살짝 들었다. 그녀는 그대로 속옷과 함께 바지를 발목까지 끌어 내렸다.

"난 배고픈 건 못 참아. 이게 다 당신 때문이야."

그녀의 머리가 천천히 내려갔다.

"대신 다른 특색있는 먹거리가 생각났어."

굶주린 그녀의 입술이 그 불덩어리를 한입에 삼켰다. 그의 입
에서 저절로 격한 신음이 흘러나왔다. 그를 빨아들이는 입속의
압력에 그는 엉덩이를 들썩이며 반응했다. 뿌리까지 깊이 삼켰
다가 놓아주기를 반복하는 그녀의 머리를 움켜쥐고 그는 마지
막을 향해 달렸다. 그녀가 현란한 혀 놀림으로 계속 자극하자
그는 더 이상 참지 못하고 그녀의 몸을 일으켰다. 그녀는 재빨
리 그에게 올라타고 그대로 몸을 내려 그를 받아들였다.

그는 폭신한 가죽 소파에 기대앉아 두 손을 그녀의 허리에 대
고 자극적으로 엉덩이를 돌리는 그녀의 동작을 도왔다. 번들거
리는 입술의 유혹을 뿌리치지 못한 그가 혀를 내밀었다. 혀와
혀가 공기 중에서 만났다. 끝이 살짝 닿았다가 떨어지고 다시
만나기를 몇 번. 드디어 그의 혀가 그녀의 혀를 잡아 그의 입속
으로 끌어들이는 데 성공했다. 입술로 혀를 깊이 빨아들이고,
혀로 자극하면서 몸 아래에서 하는 동작을 서로의 입속에서도
그대로 반복하고 있었다. 그녀의 움직임이 빨라지고 천국을 향
해 한 발짝 성큼 내딛자 그가 엉덩이를 힘껏 들어 올려 마지막
을 동시에 맞았다. 격렬하게 몸을 떨며 사정하는 동안 그녀는
계속해서 그를 조이며 최후의 한 방울까지 완벽하게 받아냈다.
결국 그들은 그렇게 황홀감에 취해 무너져 내렸다.

"배고파. 이제 진짜 밥 먹어도 돼?"

간신히 말을 할 수 있게 되자 그녀의 입에서 흘러나온 첫마디
였다. 그는 늘어진 채 웃음을 터뜨렸다.

‘여하튼 못 말리는 여자야.’

진하는 샤워 후 전신 거울에 자신을 비춰보았다. 진진이 어떤 면에서 중성적 매력을 풍긴다면 남자인 그는 오히려 여성적 매력을 한껏 풍기고 있었다. 솔직히 말해서 뽀얀 피부며 붉고 통통한 입술 하며 쌍꺼풀진 아몬드 형의 아름다운 눈이 여자들도 울고 갈 미모였다. 큰 키와 발달된 근육에도 불구하고 어깨는 다소 야위고 좁은 편이었고 얼굴은 조막만했다.

어려서부터 폐쇄된 발레 세계에서만 지내다 보니 그런 자신의 외모가 별로 특이할 것도 없었는데, 요즘 들어 조금씩 그의 신경을 건드는 일이 생기고 있었다. 어쩌다 카페나 레스토랑에서 혼자 앉아 있는 경우, 어김없이 말을 걸어오는 남자들이 생겼다. 그의 테이블로 술을 보내며 노골적으로 추파를 던지는 남자들도 있었다. 처음에는 웃어넘기던 일들이 이젠 그 스스로를 다시 보게 되는 계기가 되었다.

사실 그는 지금까지 여자를 사귄 적이 한 번도 없었다. 발레학교의 여자 친구들과 꽤 친하게 지내는 편이었고 그중에 마음을 터놓고 만나는 여자 친구도 있었지만, 누구도 이성으로 느낀다거나 호기심의 대상이 되지는 못했다. 그런 그에게 성적 호기심을 물씬 느끼게 하는 사람이 나타났다. 그 사람으로 인해 예민해진 감각이 다른 사람들에게도 전해지는 건지 부쩍 그에게 관심을 보이는 사람들이 많아진 것도 사실이었다.

그를 처음 만난 것은 몇 년 전 런던에서였다. 아직 어린 나이였지만 그는 〈로열 발레단〉의 수석 무용수가 되었다. 그해 〈백조의 호수〉가 무대에 올려졌는데 그가 연륜과 실력이 겸비되어야 하는 〈악마 로트바르트〉역을 맞게 되었다. 그 공연은 볼쇼이 발레단 버전이 해피엔드로 끝나는 것과는 달리 지그프리드 왕자가 악마 로트바르트를 물리친 뒤 오데트 공주와 사별한다는 비극적 결말로 막을 내리는 게 특징이었다. 갓 스물이 넘은 무용수에게 주어진 무게에 부담감도 많았지만 그만큼 그의 실력을 세상에 알리는 계기가 되었던 작품이었다.

공연 첫날, 무대 뒤로 커다란 꽃다발이 배달되었고, 동봉한 쪽지에 〈당신의 영원한 팬 CHOI〉라고 써 있었다. 가족과 친구들 외에 공식적인 프로 무대에서 처음으로 받아보는 팬으로부터의 꽃다발이었다. 그는 가슴이 한없이 뛰고 기뻤다. 공연이 끝나는 날까지 꽃 배달은 계속되었다. 그는 여느 때보다 보람과 자긍심을 느끼며 무대에 올랐고 얼굴없는 그 후원자가 궁금하기 짝이 없었다. 마지막 공연이 끝나고 진하는 시원섭섭한 마음을 안고 극장을 나섰다.

그날 언제나 오던 꽃은 오지 않았고 끝내 그 사람이 누군지 알지 못했다. 잠시 공연장 입구의 아치 형 기둥에 몸을 기대고 서 있었다. 붉은 장미를 두 손 가득 들고 그가 있는 쪽을 향해 계단을 오르는 동양인을 무심히 바라보았다. 그 남자가 동양인이라는 이유로 잠시 호기심을 느끼긴 했으나 자신의 앞에 꽃을 내밀었을 때에야 비로소 관심을 갖고 상대를 바라보았다.

"진하 씨, 당신의 열렬한 팬입니다."

진하는 그 사람이 자신에게 매일같이 꽃을 보낸 사람임을 직감했다. 자연스럽게 흘러나온 한국어에 만면의 웃음을 띠며 꽃을 받았다.

"한국 사람이시군요?"

"제이미 선이라고 합니다. 당신과 같은 한국 사람 맞고요."

그날 이후 그는 제이미와 시간이 날 때마다 만나서 발레며 인생이며 사회에 대해 담소하고 그렇게 친구가 되었다. 몇 개월이 가고 그로 하여금 뭔가 야릇하면서도 알 수 없는 감정의 혼란을 겪을 즈음, 제이미는 한국으로 들어갔다. 이별은 아팠고 진하는 상처 입은 짐승처럼 어두운 굴 속으로 숨어들었다. 그리고 돌아온 고국에서 제이미를 다시 보게 되었다. 무용계에서 마련한 그의 귀국 축하 파티에 진진의 파트너로 나타난 것이다.

그렇게 그의 어설픈 첫사랑은 시작도 하기 전에 끝이 났다. 사회가 용납하지 않는 사랑. 더욱이 그 사람이 누나의 곁에서 서성대는 한 그의 부끄러운 감정은 절대로 표출되어서는 안 되는 것이었다. 오히려 잘되었다고 자위하지만 가슴 깊숙이 남아 있는 한 점의 미련이 그를 향해 몸부림치고 있었다.

진진은 대헌과 사귀기 시작하면서 제이미를 만나는 횟수가 현저하게 줄어들었다. 실질적으로 누나의 연인은 대헌뿐이었기 때문에 누나를 향해 뾰족이 솟아 있던 속절없는 질투의 괴로움에서 조금은 해방되었다. 그리고 가끔은 걸려오는 제이미의 전화. 진하는 예전처럼 아무렇지 않게 제이미를 대하려 노력하며 설레는 가슴을 안고 그를 만나곤 했다. 몇 시간이고 질리지 않고 얘기를 나누며 술을 마시다 제이미의 집으로 가 또 한 잔을 한다. 그리곤 술에 취한 척 눈을 감으면 제이미는 조심스런 손길로 그를 안아 침실에 눕힌다. 행여 깰세라 조심조심 그의 옷을 벗기고 턱밑까지 세심하게 이불을 덮어준 후 한참을 그렇게 있다가 나간다. 때론 슬쩍 머리를 쓰다듬기도 하고, 입술에 작은 스침이 느껴지기도 했다. 서울에서의 그들의 만남은 매번 그렇게 반복되고 있었다.

진진은 여느 때보다도 안정적이고 밝은 얼굴로 가족 모임에 참석했다. 그녀는 스스로가 많이 변했음을 인정했다. 그에 따른 두려움도 없지 않았으나, 어쩐지 대헌에게는 최선을 다하겠다는 생각이 다른 모든 것을 앞섰다. 사무실에서 일이 늦게 끝나는 바람에 생각지 않게 지각을 하고 말았다. 그녀는 호들갑을 떨며 방 안에 들어서다 뜻밖의 인물과 마주쳤다. 멀뚱멀뚱 눈을 깜박이며 쳐다보던 그녀는 일어서는 남자를 힘껏 껴안으며 반색을 표했다.

"이도야, 여긴 어떻게…… 아니, 아니, 제주도 호텔에 있어야 할 사람이 여긴 어쩐 일이야?"

그녀의 동갑내기 친구인 이도는 그녀가 실연의 아픔을 견디고 있을 때 그녀를 위로해 주던 그녀의 절친한 친구였고, 후에 귀국하기 1년 전부터 연인 관계로 발전한 사이였다.

그 당시 향수병에 걸려 있던 이도와 막 첫사랑의 아픔을 겪은 그녀는 훌륭한 동반자가 되었다. 그들은 서로를 위로했고, 의지했다. 그들의 관계는 2년여 동안 계속되었다. 그녀가 불시에 귀국하게 되었을 때 그녀의 걱정과는 다르게 이도는 그것으로 그들의 관계를 깨끗하게 정리할 것을 먼저 권유했다. 그 후로는 언제나 그녀의 진정한 친구로 남아주었다. 그에게는 모든 것을 다 털어놓을 수 있었고, 그는 그녀의 마음을 거의 100% 이해하는 극소수 중의 하나였다.

"목 부러지겠다. 그만 놓아주지 그래? 어디 도망 안 갈 테니."

걸쭉한 목소리에 진진은 애교있게 눈을 흘겼다.

"몇 달째 제주도에 박혀서 꼼짝도 안 하더니 무슨 바람이 분 거야?"

마주 선 자세 그대로 본격적인 이야기를 풀어가려는 그들을 진하가 말렸다.

"거기 두 분, 이젠 좀 앉아주시지요. 그렇게 서 있어서 언제 천장이 무너지겠어?"

함박웃음을 지으며 진하가 그들을 놀렸다. 그런 그들을 할아버지와 아버지가 흐뭇하게 바라보셨다. 자리를 잡고 앉자 이도가 먼저 그녀의 궁금증을 풀어주었다.

"어제부로 서울 호텔로 발령이 났다. 이젠 네 얼굴 지겹도록 보게 생겼어."

이도의 말에 그녀는 잘난 체하는 표정을 지었다. 이도가 그런 행동을 한 그녀의 의미를 알아채고 웃음을 머금었다.

"아, 알아, 알아. 사장님이 되셨다고? 그래서 바쁘고? 또 그래서 결론은 나 같은 하찮은 월급쟁이를 지겹도록 만난다는 건 어림 반 푼어치도 없는 일이고?"

그녀는 그의 말에 연신 고개를 끄덕이며 거만한 표정을 지었다. 이도는 그런 그녀에게 꿀밤을 먹였다.

"아야! 너 언제부터 여자에게 폭력을 썼니? 할아버지, 보셨죠? 아빠, 아빠도 증인이야. 이이도. 폭력의 대가는 도톰한 지폐다. 많을수록 용서가 빠르다는 것만 알아둬라!"

이도는 자기 옆에 앉아 재잘거리는 여자를 깊은 눈동자로 바라보았다. 너무나도 사랑하는 여자였다. 그녀의 옆에 이렇게라도 남기 위해 스스로 물러섰던 몇 년 전보다 지금은 더 깊은 사랑이었다. 그동안 그녀의 애정 행각을 옆에서 지켜보며 느꼈던 고통은 이 세상의 언어로는 표현할 수 없는 지독한 아픔이었다.

제주도 호텔로의 발령은 한순간의 도피였을 뿐이다. 그녀가 옆에 없으므로 해서 느껴야 하는 그리움에 비하면 그동안의 마음고생은 아무것도 아니었다. 그리고 그는 단단히 결심했다. 그녀에 대한 사랑을 버릴 수 없다면 이렇게 두 손 놓고 세월만 보내진 않겠다고. 그가 물러날 당시엔 그녀의 상처가 너무 컸지만, 지금은 그만큼 세월이 흘렀고 그녀나 그나 모두 성장했다. 이젠 무슨 수를 써서라도 그녀를 그의 옆에 붙잡아둘 것이다. 이런저런 수단과 방법을 총동원해서 기어이 그녀를 그의 사람으로 만들고 말 것이다. 그 첫발이 오늘 시작되고 있었다. 우선 그녀의 가족을 자신의 편으로 만드는 것이 중요했다.

"두 분 어르신, 이런 사고뭉치 철딱서니를 어떻게 키우셨어요. 정말 존경스러울 뿐입니다."

마치 60년대 코미디의 단짝처럼 보이는 두 어른의 만감이 교차한다는 듯 으쓱하는 모습에 오누이가 박장대소했다.

"형, 두 분께 그런 소리 하지 마. 그 말이 바로 두 분을 코미디의 대가로 만드는 암호야. 우린 우리가 알아서 잘 컸는데, 왜 저 두 분은 힘들었다느니 어미 없이 불쌍하게 젖동냥을 시켰다느니 여자 아이 기저귀 갈면서 얼굴을 붉혔다느니…… 만담처럼 어찌나 끝도 없이 주거니받거니 읊어대시는지 원……."

가족 간의 애정에 대한 굳건한 믿음 아래 그들은 화기애애한 분위기를 풍기며 실없는 소리를 서로 받아치고 있었다. 이도는 꼭 그 가족이라는 테두리 안에 들어가리라 다시 한 번 결심했다.

"그런데 여긴 어쩐 일이야? 오늘 우리 가족이 모이는 날인 건 어떻게 알고?"

"어제 두 분께 아주 올라왔다고 문안 인사드리러 갔었어. 아버님께서 오늘 다 모인다고 초대해 주셨지. 나도 가족이나 매한

가지라고 말이야."

그의 말에는 이중적인 뜻이 담겨 있었다. 그는 기어이 가족에 범주에 자신을 넣을 결심이었다.

음식이 하나하나 나오는 동안에도 시종일관 웃음이 떠나지 않았다.

"부모님은 잘 계시지? 날 무척이나 예뻐해 주셨는데 바쁘다는 핑계로 영 찾아뵙지도 못했네."

이도는 진진의 물음에 고개를 저었다.

"잘 못 지내시지. 누구누구가 안면몰수한 지 오래라 서운해하시지."

그는 웃음 띤 목소리로 대답했다. 소원해진 그들의 관계를 대변하는 것 같아 그 딴에도 좀 씁쓸했다.

이것저것 서로의 근황과 가까운 지인들의 소식을 전하면서도 막상 그가 알고 싶은 것을 물을 용기가 나지 않았다. 이도의 궁금증은 뜻하지 않게 해소되었다.

"이 군, 오늘 밤의 거룩한 행사에 자네도 끼겠는가?"

두 쌍의 눈이 음흉하게 빛을 발하며 그를 바라보았다. 두 노인 양반들은 오늘 밤 그를 제물로 삼을 심산인 것이다. 지금까지의 일을 듣자하니 진진이 언제나 다 휩쓸어가는 게임에 질려 있던 그들인지라 새로운 인물의 영입, 소위 젊은 피의 수혈이 필요했음이 틀림없다. 이도는 회심의 미소를 지었다.

"오늘 밤 벌어지는 그 판돈이 크기로 유명한 밤샘 게임을 말씀하시는 건가요? 그렇다면 저야 영광이죠. 기꺼이 참석하겠습니다, 어르신."

그들의 속내가 빤히 보였지만 이도는 기꺼운 마음이었다. 얼마든지 지갑을 털릴 준비가 되어 있었다.

"어? 이도야, 너도 참석한다고? 할아버지, 그럼 우리 대헌 씨도 불러요. 안 그래도 제가 오늘 외박한다고 풀이 죽어 있어요. 이도가 여기 올 줄 알았으면 처음부터 대헌 씨도 같이 참석하는 건데 그랬어요."

그 순간 이도는 표정을 감추기 위해서 초인적인 노력을 하고 있었다.

'우리 대헌 씨라…….'
거리낌없는 진진의 말에 속이 울렁거리기 시작했다.

그녀의 주변에 남자가 없었던 적은 한 번도 없었지만, 가족이 다 알고 있고 가족에게 스스럼없이 소개할 정도의 남자는 이도 자신 말고는 없었다. 그러나 그가 없는 기간 동안에 그녀에게 생긴 남자는 보아하니 가족들도 잘 아는 사람임에 틀림없었다. 그리고 그것은 그녀가 스스럼없이 애정을 과시할 만큼 큰 비중을 차지하는 남자가 그녀 곁에 있음을 뜻했다. 그의 궁금증은 알고 싶지 않았던 부분까지 충분히 충족되었고, 그래서 아팠다. 이도는 애써 웃음 지으며 전화기를 들고 밖으로 나가는 진진을 원망 어린 시선으로 바라보았다.

세상은 살 만한 것이었다. 황홀함을 몸에 두르고 사는 기분이 바로 이런 것이리라. 진진과 지내는 동안 대헌은 놀라운 사실을 여러 가지 깨닫고 있었다. 진진은 이기적이고, 제 성에 안 차면 가차없는 성격일 거라고 생각했으나 실상 그녀는 이타적인 면이 다분했으며 스스로 노력하는 완벽 주의자이기도 했다. 거리를 지나다가도 일방적으로 밀리며 봉변을 당하는 여자를 본다거나 무거운 짐을 들고 가는 노인들을 그냥 지나치지 않았다. 귀여운 꼬마만 봐도 생긋 웃어주는 것을 잊지 않았다. 텔레비전이나 신문사로 들어오는 안타까운 제보에 솔선수범으로 도움의 손길을 내밀었다.

또 그를 위해 멋진 칵테일을 만들어주기도 했고, 그의 코디네이션은 단연 그녀의 몫이었다. 화려하고 사치스럽기만 할 것 같은 그녀가 그를 위해 김치찌개며 된장찌개며 잡채 등을 만들어보겠다고 주방에서 수선을 피울 때면 그는 너무 행복해서 그대로 죽고 싶다는 생각이 들 정도였다.

하루에도 한두 번은 꼭 전화로 그의 안부를 챙겼고 넥타이, 티셔츠, 쉐이빙 로션 등 그를 위한 사소한 선물을 하나씩 사들인 것이 그녀의 집에 가득했다. 사랑한다는 말을 평생 듣지 못해도 그녀의 마음 한구석에 언제나 그가 자리하고 있다는 것을 느낄 수 있게 해주는 그녀가 너무나 고맙고 그만큼 더 소중했다.

오늘은 한 달에 한 번 있는 그녀의 가족 모임이 있는 날이었다. 벌써 한 달 이상 그들이 함께하고 있는 것이다. 오늘도 분명히 외박을 할 것이기 때문에 그는 오랜만에 부모님의 집에 가기로 했다. 모처럼 시장에 가 저녁거리라도 준비해야겠다는 생각에 근처 대형 마트에 들러 해물탕거리를 사들고 막 출발하려는 순간 전화 벨이 울렸다.

[대헌 씨, 저 영희예요.]

영희라는 말에 그는 그녀를 혼자 두고 무례하게 식당을 뛰쳐나왔던 일이 뇌리를 스쳐 갔다. 순간 미안한 마음에 그는 말을 더듬었다.

"흠, 저…… 지난번에는 정말 미안했습니다. 제가 너무 경솔했어요. 용서하십시오."

그는 정중하게 사과를 했다. 그녀가 경쾌한 목소리로 그의 말을 받았다.

[미안하신 줄은 알죠? 그럼 오늘 시간 좀 내주시겠어요? 진하 씨도 없고 해서 일찍 연습을 접었는데, 집에 가기는 그렇고 어디서 뜨거운 국물에 술 한잔하고 싶어서요. 술친구 좀 해주시겠어요?]

지난번 일도 있고 해서 그녀에게 조금은 빚을 진 기분이었다. 옆 좌석에 놓여진 비닐 봉투를 흘끗 보고는 결심을 굳혔다.

"영희 씨, 해물탕 좋아하세요? 마침 제가 시장을 봤는데 같이 드실래요? 술도 한잔 곁들이고요. 어때요?"

그는 너무나 기뻐하는 그녀의 목소리를 들으며 잘못한 건 아닌지 한순간 후회했다. 어쩐지 그녀의 목소리에서 예사롭지 않은 기운을 느꼈기 때문이다.

미안한 마음에 얼떨결에 초대한 식사였다. 그리곤 후회에 후회를 거듭하는 중이었다. 생각할수록 아무 사이도 아닌 여자를 자신이 직접 만들어 준비한 식사를 대접한다는 것이 너무 과한 일이 아닌가 하는 생각이 들었다. 또한 진진에게 미안한 마음이 들기도 했다. 비록 두 사람 모두가 잘 아는 영희지만 자신이 이와 반대 상황에 있다면 꽤 불쾌한 일이 될 것 같았다.

'이제라도 취소를 할까? 아니야, 그러면 지난번보다 더 큰 결례가 될 거야. 오늘로 더 이상 영희 씨와 얽히는 일 없도록 깨끗하게 빚을 청산하자.'

그는 초인종이 울리자 잠시 망설이다가 조심스럽게 문을 열었다. 그리곤 입을 다물지 못했다. 영희가 무슨 파티에나 가는 차림으로 문 앞에 서 있었던 것이다. 우려했던 일이 기어코 일어나고 말았다는 생각이 들었다. 가는 어깨 끈이 간신히 드레스를 지탱해 주고 있고, 얇고 슬리브한 짧은 원피스에 밍크 숄을 걸친 격식을 갖춘 차림의 영희는 잔뜩 기대에 부푼 표정을 하고 있었다.

그는 자신이 입은 낡은 청바지에 손을 문지르며 난처한 표정을 지었다. 해물탕에 소주 한잔 마시기 위한 차림으로는 도를 넘었다. 그녀가 그의 초대를 다른 방향으로 생각한 것이 분명했다. 대헌은 혹 떼러 갔다가 혹 붙인 격이 되고 말았다. 단지 사과의 의미가 남녀 간의 미묘한 감정 문제로 확대된 것이다.

그는 바싹 긴장했다. 접대성 인사는 생략했다. 그런 말 한 마디 한 마디가 다 오해의 소지가 있는 상황이었다. 그는 영희를 위해서나 그를 위해서나 조금은 매정하게 느끼더라도 단호한 자세를 취하기로 결정했다.

"이런, 영희 씨, 어디 가시는 길인가 보죠? 약속이 있으시면 그렇다고 전화만 주시면 되는데 여기까지 수고스럽게 오셨어요?"

그는 솥을 내리고 들어서는 그녀에게 태연하게 말을 이었다.

"저도 마침 약속이 생겨서 어떻게 할까 고민하던 중이었어요. 영희 씨와 식사하고 나서 만나자고 약속을 잡았났는데, 그럼 저도 시간을 앞당겨야겠군요."

그는 당황한 영희를 모른 척하고 그녀에게 소파를 권했다.

"이렇게 손수 오셨으니 차나 한 잔 하고 같이 나갈까요?"

그의 페이스에 말린 영희가 어물어물하는 동안 그는 커피를 내리고, 차려진 상을 치우기 시작했다. 다 차려진 상을 치우기 시작하자 영희는 그제야 정색을 하고 입을 열었다.

"그러면 제가 너무 미안하죠. 저도 좀 늦는다고 했으니 이왕 차려진 음식이니 먹고 가죠 뭐."

둘러대는 영희를 모른 척 그는 치우던 손을 멈추지 않았다.

"그러면 되나요. 그런 우아한 차림으로 해물탕 냄새 풍기면서 다니면 안 되지요. 커피 금방 되니까 거기 좀 앉아 계세요."

등 뒤로 느껴지는 영희의 레이저 광선보다 뜨거운 시선을 견디며 대헌은 묵묵히 제 할 일을 했다. 자그마한 한숨 소리가 들리고 이내 포기했는지 그녀가 한마디 툭 던졌다.

"전 블랙으로 주세요."

안도의 한숨이 절로 나왔다. 영희가 그에게 느끼는 감정을 단순한 호의 정도로 생각했지만, 오늘 비로소 그는 그녀의 속마음을 알게 된 것 같았다. 아둔한 자신을 비난했다. 그러나 지금 여기서 내색하거나 동정한다면 더 복잡한 일이 발생할 수도 있었다. 그를 향한 부담스런 마음을 더 오래 가지고 가게 방치해서는 안 되는 것이다. 그는 냉정히 돌아섰다.

대헌은 차를 세우고 심호흡을 했다. 흥분으로 숨을 고르게 쉬기가 힘들 정도였다. 진진의 가족 행사에 참여한다는 것이 그에겐 커다란 의미를 부여했다. 뭐 별거 아니라는 듯 초대했지만 그의 마음은 한없이 부풀어 올랐다. 그녀는 가족 월례 행사의 절정이라고 아주 진지하게 말하며 두툼한 지갑이 필수라고 강조에 강조를 하곤 전화를 끊었다. 사소한 데 집착하는 그녀의 모습이 더욱 사랑스러웠다.

그는 헤네시 리차드 한 병을 손에 들고 거대한 은색 대문 앞에 섰다. 그녀의 할아버지인 진삼봉 옹께서 꼬냑을 즐기신다는 소리를 전에 들은 적이 있었기 때문에 선택한 술이었다. 그는 없는 먼지도 털고, 목소리도 가다듬고, 자세도 바로한 후 힘차게 초인종을 눌렀다.

[자기야, 어서 와.]

인터폰에서 진진의 목소리가 들리고 문이 열렸다. 조심스럽게 문을 열고 들어선 그는 잠깐 발을 멈추었다. 대략 2미터 폭쯤 되는 진입로 양쪽으로 아름답게 가꾸어진 정원이 펼쳐져 있었다. 정원을 비추는 붉은 전등이 곳곳에 세워져 있어 은은하게 빛을 발하고 있었다. 현관문이 보이는 곳까지 갔을 때, 맞은편에서 그를 향해 걸어오는 그녀를 보았다. 그들은 몸이 닿을 듯 말 듯 가까이 마주 섰다.

"우리 집에 온 것을 환영해."

조그맣게 속삭인 뒤 그녀는 그의 목에 팔을 둘렀다. 천천히 다가오는 그녀의 입술을 부드럽게 빨아들이며 그는 자유로운 한 손으로 그녀의 허리를 감아 그의 몸에 바싹 붙였다. 그녀의 입속은 뜨거운 위스키의 맛이 났다. 그는 그 순도 높은 입술에 취했다. 키스가 끝났을 때 그들은 서로의 욕망을 달래주면서 상대방의 몸을 천천히 쓰다듬어 주었다.

"이제 그만 들어가자. 다들 뭐 하나 궁금해하시겠다."

가라앉은 목소리로 조용히 말하는 그에게 그녀가 다시 짧은 키스를 했다.

"이미 짐작하고 있지 않을까? 젊은 연인들이 어두컴컴한 밤에 정원에서 뭐 하고 있을지 상상하기 그리 어렵지 않을 것 같은데?"

그녀는 키득거리며 그의 허리에 팔을 두르며 집 안으로 안내했다. 현관에 들어서자마자 그들을 바라보는 사람들의 의미심장한 미소에 고개를 들 수가 없었다. 부끄러운 마음에 돌린 그의 시선에 현관 앞 거울에 비치는 자신의 모습이 보였다.

'헉!'

대헌은 당혹감에 숨을 쉴 수가 없었다. 한마디로 그의 모습은 가관이었다. 밖에서 뭘 하다 왔는지 적나라하게 보여준 꼴이 되고 말았던 것이다. 대헌은 재빨리 입술과 얼굴 여기저기에 묻어 있는 그녀의 립스틱 자국을 떨리는 손으로 닦아내고, 흐트러진 머리를 단정히 다듬었다. 대충 수습을 했지만 태연히 인사하기엔 이미 스타일이 망가질 대로 망가진 상태였다. 헛기침을 여러 번 했지만 목소리가 제대로 나와주지 않았다.

"그동안 안녕하셨습니까, 할아버님, 아버님?"

그는 가라앉은 목소리로 간신히 말하며 90도로 허리를 꺾어 정중히 인사를 했다.

"어서 오게나, 대헌 군. 거기 그렇게 서 있지 말고 들어오지 그러나."

조금은 엄한 목소리로 진진의 아버지가 말씀하셨다. 자신들이 연인 관계이고, 같이 살다시피 하고 있다는 것은 이미 아는 사실이지만 그들 앞에 그 증거가 바로 보여지는 것은 아버지 된 입장에서 그리 유쾌하지만은 않을 것이었다. 대헌은 그들 앞에서 경거망동을 한 자신을 꾸짖었다.

"이렇게 초대해 주셔서 감사합니다. 여기, 할아버님이 꼬냑을 좋아하신다고 하셔서……."

그는 가져온 술 상자를 조심스럽게 앞으로 내밀었다. 그의 말이 끝나기가 무섭게 진삼봉 옹이 얼른 손을 내밀었다. 천천히 다가가던 대헌은 그제야 할아버지 옆에 앉아 그를 이리저리 살피고 있는 남자를 보았다.

동물적인 남자의 본능이 유감없이 발휘되고 있었다. 대헌의 감각은 라이벌을 머리에서 발끝까지 낱낱이 더듬어 내렸다. 제 영역을 지키려는 동물들처럼 소리없이 그들은 으르렁거리고 있었다.

"아, 대헌아, 여긴 이이도 형. 서울 호텔 총지배인이야. 우리와 유학 시절부터 잘 아는 사이지. 가족끼리도 친분이 두텁고."

진하가 나서서 그들을 소개했다.

"이도 형, 이쪽은 강대헌. 내 초등학교 동창생이고, 또 누나의 애인이기도 하지. 좋은 녀석이야. 서로 통하는 게 많을 거야."

그들은 서로 어색하게 악수를 했다. 대헌은 마주 잡은 손을 놓을 생각이 없는지 손을 풀지 않는 남자를 노려보았다.

"이보게, 대헌 군, 자네가 가져온 이 헤네시 리차드 엑스트라를 오늘 꼭 마실 필요는 없겠지?"

진진의 할아버지는 술의 이름을 강조하듯이 스타카토로 말하며 대헌을 바라보았다. 얼마나 아끼고 좋아하는 술인지 여실히 드러나는 목소리였다. 좋아하는 술을 꽁쳐 놓겠다는 진 노인의 속셈있는 말에 대헌의 옆에 있던 진진이 코웃음을 쳤다. 대헌도 악수하고 있던 손을 얼떨결에 놓고 눈을 돌렸다.

"할아버지, 그렇게 꽁꽁 숨겨놓은 술이 어디 한두 병이에요? 오늘은 우리 대헌 씨가 사 왔으니까 저도 마실 권리가 있다고요."

"쳇, 나 주려고 가지고 왔으면 내 것이지 무슨."

매우 아깝다는 듯이 입맛을 다시는 모습이 연세를 무색하게 했다.

"자, 다들 앉으세요. 이제 소개는 끝났고, 본격적으로 시작하기 전에 그 대단한 술 한 잔씩 하고 판 돌리죠?"

진하의 말에 모두들 자리를 차지하고 앉았다. 진진이 대헌이 앉은 소파 팔걸이에 앉아 몸을 기대자 진진의 아버지와 이도의 얼굴이 표시나게 일그러졌다. 대헌은 그런 그들을 못 본 척하고 진진에게 살며시 미소 지어주었다. 누가 뭐래도 지금 그들은 연애 중이었다.

첫 판은 가볍게 윷놀이였다. 2인 1조로 3팀으로 나누어 사이사이에 앉아 호흡을 맞추며 요란하게 게임이 시작되었다. 당연히 두 노인이 한 팀, 진진과 대헌이 한 팀, 나머지 한 팀은 진하와 이도였다.

대헌은 윷놀이를 하는 내내 진진과 서로를 껴안고, 괴성을 질러대며 게임을 즐겼다. 저 이도라는 남자가 점점 초초해하는 모습을 보면서 그는 쾌재를 불렀다. 어른들 앞에서도 스스럼없이 애정 표현을 하고, 눈에 보이게 서로를 향해 있는 그들의 눈길에 이도가 신경질적으로 두 손을 부비며 바라보고 있었다.

대헌은 잠시 담배 한 대를 피울 심사로 정원으로 나왔다. 아무리 아닌 척하려 해도 긴장감에 숨을 쉬기가 힘들었다. 진진의 아버지는 노골적으로 그가 못마땅한 표시를 내고 있었고, 이도는 거슬릴 만큼 진진에게 목매고 있었다.

"당신이 이겼다고 생각합니까?"

대헌은 이도의 목소리에 뒤돌아섰다. 그가 대헌을 따라 나온 것이다.

"우리가 경쟁하고 있었나요? 이기다니요?"

"진진 옆에 그동안 남자가 한둘 있었던 것도 아니고, 이번에도 몇 개월 안에 내게 돌아올 거라고 굳게 믿고 있습니다."

대헌은 두 주먹을 불끈 쥐었다.

'돌아가다니 어디로…… 당신에게로?'

"진진과 내가 2년 동안 연인 사이였던 건 아십니까? 그때부터 지금까지 계속 그녀 옆에 있는 사람은 나 한 사람밖에 없어요. 그것이 무엇을 뜻하는지 알겠죠?"

대헌은 미리 준비한 것처럼 거침없이 줄줄 읊어대는 놈을 노려보았다. 놈도 긴장했는지 뼈마디가 하얗게 들어날 정도로 두 주먹을 움켜쥐고 있었다. 그것을 보자 갑자기 긴장이 풀리면서 여유가 생겼다. 어디까지나 지금 진진의 연인은 자신이고, 그래서 초조한 것은 놈이었다.

"누가 어디로 돌아간다는 거죠? 나는 절대 당신처럼 연인에

서 친구로 물러나지는 않을 겁니다. 물론 아예 뒤로 빠지는 경
우도 없을 겁니다. 진진과 나는 천년만년 같이 있을 겁니다. 혹
시 그때까지 기다리시겠다면 말리지는 않겠습니다.”

그는 피우던 담배의 심을 손가락으로 털어버리고 손에 쥐었
다.

“전 그만 들어가 보겠습니다. 밖에 오래 있기엔 올 겨울이 유
난히 춥군요.”

대헌은 그녀 옆을 스쳐 간 많은 남자들보다 그녀에게 있어서
자신이 더 중요한 위치에 있다고 감히 자부할 수 있었다. 그래
도 이도가 그에게 준 충격은 쉽게 가시질 않았다.

대헌은 다시 기계적으로 놀이에 참가하면서 차곡차곡 쌓이는
불안과 불신을 되씹고 있었다.

새벽녘, 헤네시 한 병을 다 비우고 일찌감치 넉 다운된 두 분
어르신을 제외하고 젊은 네 사람이 다시 본격적으로 게임을 시
작했다. 게임이라면 사족을 못 쓰는 진진이 어쩐 일인지 손을
놓았다. 세 사람이 쉴 시간 없이 빠듯하게 고스톱을 치는 동안
진진은 대헌의 허벅지에 얼굴을 묻고 누워 있었다. 한동안 그의
허벅지를 쓰다듬고 자신의 머리를 꼬고 하던 그녀가 고개를 들
어 대헌을 올려다보았다. 그의 패를 궁금해하는 진진을 위해 그
는 손을 아래로 내려 그녀 눈앞에 패를 보여주었다. 그렇게 둘
이서 상의를 해가며 마침내 진하와 이도의 지갑을 다 비워 버렸
다.

그가 생각해도 그와 진진은 강적이었다. 진하의 항의는 무산되었고, 이도는 뭐 씹은 얼굴로 빈 지갑을 허벅지에 툭툭 쳐댔다. 진진은 만족한 고양이처럼 야옹거렸고, 그는 그런 그녀를 흐뭇하게 바라보며 입가에 잔잔한 미소를 띠었다.

"이렇게 알게 된 것도 인연인데 언제 밖에서 술 한잔할까요?"

쓸쓸한 미소를 감추며 이도가 말했다.

"그러시죠. 곧 개학이라서 준비할 게 많아 지금은 좀 바쁩니다만 한가한 시간에 한번 보기로 하지요."

대헌은 정원에서의 대화는 없었던 것처럼 그렇게 대답하곤 진진을 바라보았다. 그것을 신호로 진진은 나른한 몸을 펴고 일어나 앉았다.

"벌써 해 뜰 시간이야. 대헌 씨, 2층 내 방에서 잠깐 자고 갈래, 아니면 그냥 집으로 갈까?"

그가 진하와 이도를 흘깃거리면서 머뭇거리자 진진은 2층으로 향하는 계단 쪽으로 그를 이끌었다.

"진하야, 이따가 우리도 청림원에 갈 거야. 늦은 아침을 먹고 출발하자. 우린 지금부터 한 소금 자야겠어."

그리곤 이도를 바라보았다.

"아 참, 이도는 손님방에 안내해 주고. 내일이 일요일이니까 다들 늦잠들 자. 그럼 나중에 봐."

그녀는 말하는 도중에도 연신 하품을 해대며 주절거렸다. 대헌은 무겁게 계단을 오르는 진진의 허리를 안아 부축하며 의미심장한 말 한마디를 던졌다.

"모두들 푹 쉬어요."

"푹 쉬라고? 대헌이 저 자식도 보기와 다르게 한 가닥 한다니까. 둘이 2층에 올라가면 무슨 일이 벌어질지 뻔히 보이는데, 쉬라니……."

대헌은 자신이 이도에게 날린 날카로운 펀치에 진하가 비아냥거리는 것을 무시하고 진진을 따라 위층으로 올라갔다.

"저놈도 알고 보면 무서운 녀석이야. 형, 너무 마음 쓰지 마세요. 저놈이 어려서 그래요."

이도의 대답은 들을 수 없었지만 그것으로 충분했다.

대헌은 따뜻한 진진의 옆에 만족스럽게 몸을 뉘었다.

"으음…… 지금 뭐 하는 거야?"

대헌은 잠들어 있는 그녀의 몸을 뜨거운 손길로 깨우는 중이었다. 그녀의 입에서 그의 애무에 억눌린 신음을 내뱉었다.

"헤이, 그 아래 있는 사람. 뭘 찾고 계시나요?"

그녀의 이불 속에서 꿈틀대고 있던 그는 기대에 찬 그녀의 목소리에 미소를 머금었다. 이불 속에서 대답하는 그의 목소리는 그녀의 귀에까지 닿지 못했다. 대신 그는 행동으로 답을 보여주었다. 뜨거운 입김이 그녀의 허벅지 안쪽에 느껴지고, 곧 이어 그녀의 비밀 정원에 입술이 닿았다. 그녀는 몸을 관능적으로 비틀면서 뒤따라올 쾌락을 기대하며 진한 숨결을 내뿜었다. 예민해진 그녀의 몸은 그의 입술 아래서 황홀경을 맛보고 있었다. 부드럽지만 강하게 움직이는 그의 혀가 그녀의 깊숙이까지 침투했다. 그녀는 억눌린 목소리로 그를 불렀다. 그녀는 엉덩이를 한껏 치켜들어 그를 도우면서 손으로 그의 머리를 감싸고 끌어 올렸다.

"지금, 제…… 발."

그녀의 애원을 무시한 그는 그녀의 붉게 달아올라 예민해질 대로 예민해진 그녀의 여성에서 입술을 떼지 않았다. 고문과도 같은 그의 애무는 그녀의 흐느낌과도 같은 애원에 끝이 났다. 마치 자비를 베풀듯이 대헌은 이불을 젖히고 그녀의 눈을 바라보며 천천히 몸을 결합시켰다. 서로의 몸이 완벽하게 결합하자 그녀의 입에서 끊임없이 그를 독촉하는 신음이 흘러나왔다.

대헌은 열에 달뜬 그녀의 얼굴을 바라보면서 허리를 깊숙이 박았다가 빼내기를 반복했다. 속도를 점점 빨리하자 그녀의 벌어진 입술 사이로 유혹적인 빨간 혀가 나오면서 그를 초대했다. 몸 아래에서 실질적인 결합이 이루어지고 있는 가운데 그들은 혀로 또 다른 사랑을 나누었다. 서로의 혀가 닿았다 떨어졌다 반복하고, 한쪽의 입속에서 끈끈하게 얽혔다가 나가고 마침내 뜨거운 동굴 속에서 완벽하게 공기를 차단했다.

그렇게 두 사람은 절정을 맞았다. 마지막 몸부림으로 끝내기 싫은 듯 서로의 몸을 힘껏 비벼대며 폭발했다. 한동안 거친 숨소리가 그녀의 침실을 가득 메웠다. 한동안 감각의 폭풍 속을 헤맨 그들은 서로의 품에서 안식을 찾았다.

"좋은 아침."

대헌은 그녀의 목에 얼굴을 묻고 조그맣게 속삭였다. 그녀는 나른한 미소를 흘렸다.

"꽤나 흥미로운 모닝콜이었어."

그는 팔을 괴고 누워 그녀를 내려다보았다. 쏟아지는 햇살 아래 나른하게 누워 있는 그녀의 벗은 몸은 정말 아름다웠다. 그는 한때 풍만한 가슴이 여자의 매력을 한껏 살려주는 주된 매력 포인트라고 생각했었다. 그러나 그녀의 작지만 탄력있는 가슴은 완벽 그 자체였다. 물론 그의 생각도 180도 바뀌었다. 완벽한 틀에서 찍어낸 듯 모양 좋게 부풀어 있고, 그 중심에 놓여진 붉은 젖꼭지는 정말이지 먹음직스러워 보였다. 그는 그 정점에 짧지만 강렬한 입맞춤을 한 후 침대에서 일어섰다.

"자, 어서 일어나. 10시가 훨씬 지났어. 오늘 청림원에 간다면서?"

"아차차, 서둘러야겠다. 몇 달 동안 가지 못했어. 오늘은 꼭 가봐야 하는데."

침대에서 뛰어내려 욕실로 향하면서 그녀는 그를 뒤돌아보았다.

"같이하자. 시간도 절약할 겸."

대헌은 그녀를 따라 들어가며 천천히 말했다.

"물론이지. 당신 가는 데가 내가 가야 할 곳이야."

　진진과 그는 계단을 내려오며 현관에 잔뜩 쌓인 짐을 보았다. 이것저것 확인하는 진하에게 진진이 준비상황을 물었다.

　"오케이. 치킨이랑 피자는 곧 배달되고, 아주머니가 양념에 재워주신 갈비도 내다 놨고, 과자랑 음료는 차 속에 이미 들어가 있고, 또 뭐가 있더라……."

　"애들 신발은?"

　"아, 그건 원장님이 애들 사이즈를 보내주셔서 그대로 주문해 놨어. 청림원으로 바로 보내줄 거야."

　"애들 성격에 맞게 골라야 하는데, 너한테 맡겨놔서 안심이 안 된다. 너 혹시 다 똑같은 디자인으로 주문한 건 아니겠지?"

　"누나가 말 안 해도 잘 알아. 나도 거기 다닌 지 3년째야. 애들이 좋아하는 것 정도는 안다고, 이 잔소리꾼아."

　"쳇, 이젠 동생도 날 업신여기네. 자기야, 쟤 좀 혼내줘라. 저게 좀 컸다고 요즘 하극상이야."

　진진이 대헌의 팔에 매달리며 진하를 향해 혀를 내밀었다.

　"메롱."

　"애고, 내 팔자야. 둘도 골치 아픈데 누나까지 같이 가다니 내가 미친다."

　"엥, 그게 무슨 말이야? 둘이라니? 설마…… 할아버지와 아버지를 말하는 건 아니지?"

　진하가 왜 아니겠냐는 표정으로 고개를 끄덕이며 크게 한숨을 내쉰다.

“두말하면 잔소리지. 누나도 오늘 보면 낯이 뜨거울걸. 정말 장난이 아니야.”

진하의 뜻 모를 소리에 진진은 의아한 표정을 지었다.

“왜, 또 무슨 일이 있는 거야?”

“2개월 전 지난번 원장님이 몸져누우신 후에 원을 맡아주실 새로운 원장님이 오셨는데, 그분이 상당한 미인이셔. 그리고 우리 집 어르신들이 한눈에 반하는 불상사가 생기고 말았지.”

“풋. 뭐야? 또?”

“두 분이서 서로 경쟁하면서 원장님 곁을 알짱대는 모습이라니, 정말 우습지도 않아. 누나도 곧 알게 될 거야.”

그때 마침 두 어르신이 티격태격하면서 거실에 들어섰다. 어디서 구한 건지 도저히 알 수가 없는 붉디붉은 넥타이 하나를 가지고 서로 자기가 매겠다고 아옹다옹하는 모습이라니. 진진은 입을 쫙 벌리고 그 모습을 바라보았다. 대헌은 웃음을 참기 위해 허벅지라도 꼬집고 싶은 심정이었다. 쿡쿡 비어져 나오는 웃음을 참을 길이 없었다.

“체통을 지키세요, 두 분. 도대체 뭐 하시는 거예요?”

진진의 할아버지가 얼른 나섰다.

“네 아비가 이 할아비 넥타이를 빼앗으려고 하는구나. 못된 놈 같으니라고. 늙고 허약한 부모에게 넥타이 하나 사다 주지는 못할망정 늙은 아비 걸 갈취하려고 하니 이게 웬 말이냐, 글쎄.”

진삼봉 옹은 어린애처럼 진진에게 아들의 행동을 이르고 있

었다. 그녀가 그의 편을 들 것을 믿어 의심치 않는다는 듯. 진진
의 아버지도 못지 않게 뭔가 항변하듯 진진을 바라보며 입을 달
싹거렸다.

대헌은 어이없다는 표정으로 두 노인을 바라보는 진진을 보
면서 이를 악물었다. 여기서 터지면 끝장이었다. 가뜩이나 못마
땅해하는 마당에 웃기까지 한다면 완전 눈 밖에 나고 말 것이
다.

"아이고, 할아버지. 그 넥타이는 할아버지 이미지를 깎아내릴
뿐이에요. 할아버지처럼 중후하고 지적인 모습에 붉은색이라니
요. 제가 좀 더 멋진 타이를 골라 드릴게요."

정해진 각본처럼 진진이 진삼봉 옹을 달랬다. 그녀의 몇 마디
말에 생각이 달라진 진삼봉 옹은 손녀딸의 팔짱을 끼고 기고만
장하게 자신의 방으로 들어갔다. 대헌은 기어이 박장대소하고
말았다. 늘씬한 그녀와 뒤뚱거리면서 나란히 걷고 있는 짜리몽
땅한 진 할아버지의 모습은 부처님조차도 웃음을 참지 못할 장
면이었다.

"게임 오버."

그럴 줄 알았다는 듯 진하가 말했다.

청림원에는 이제 막 5살 된 막내부터 15살 된 아이들까지 모
두 37명의 아이들이 있었다. 튼튼한 2층 건물에 자그마한 방
12개로 이루어진 곳이었다. 몇 년 전에 그 옆은 단층이지만 넓

은 건물을 따로 지어 아이들에게 좀 더 넓은 공간을 제공하고 있었다. 제법 시설이 잘 갖추어진 곳이었다. 이곳에 있는 아이들은 그나마 혜택을 보고 있는 편이었다.

그들이 도착하자 밖에서 놀던 몇몇 아이들이 기쁨의 소리를 지르면서 달려왔다. 대헌은 환호성을 지르며 아이들에게 뛰어가는 진진을 보았다. 청바지에 짧은 토끼털 조끼를 입은 발랄한 모습에 아이들의 천진난만한 모습이 어우러졌다.

껴안고, 뽀뽀하고, 볼을 쓰다듬고 하는 무리에서 조금 떨어진 곳에 예쁘장하게 생긴 여자 아이가 눈을 반짝이며 그녀를 바라보고 있었다. 어린아이들이 인사를 다 마칠 때까지 기다리고 있는 것 같았다. 이제 사춘기에 막 접어든 나이로 보였다. 짧게 자른 커트 머리에 창백한 피부, 총명해 보이는 눈동자. 어딘가에서 본 듯한 익숙한 모습이었다. 그는 이내 깨달았다. 그 어린 여학생은 진진을 닮아 있었다. 머리 스타일 하며 늘씬한 키, 영명한 눈동자.

마침내 진진이 몸을 일으키고 소녀를 바라보았다. 무언의 대화를 나누며 한동안 그들은 서로를 바라보고 있었다. 진진이 팔을 벌리자 소녀가 그녀에게 폭 안겨왔다.

"진진 언니, 왜 이제야 오는 거야. 나 저번에 전체 1등 했어. 자랑하려고 해도 언니가 와야 자랑을 하지."

진진이 소녀의 머리를 흐트러뜨렸다. 소녀에 대한 애정이 한껏 담긴 손짓이었다.

"우리 창희가 1등을 했어? 열심히 공부했네. 잘했어. 세상은 노력하는 사람에게 그만한 기쁨을 주게 되어 있어."

소녀가 쑥스러운지 살포시 웃었다.

"언니가 요즘 바빴어. 미안. 전화하지 그랬어. 그럼 어떻게라도 시간을 내보는 건데. 다음번에도 열심히 해."

"네, 언니."

진진이 어깨에 멘 가죽 색에서 조그마한 상자를 꺼냈다.

"지난번에 왔을 때, 우리 창희 이제 여자가 되었다고 했지? 이건 언니가 주는 축하 선물이야. 다른 애들한텐 비밀."

진진이 조그맣게 속삭였다. 소녀는 부끄러운 듯 얼굴을 붉혔다. 소녀가 손에 쥐고 있는 상자를 설레는 맘으로 바라보고 있자 진진이 옆에서 열어보라고 재촉했다. 기다란 상자 안에서 조그마한 블루 사파이어 펜던트가 달린 얇은 사슬이 나왔다. 그녀가 창희의 목에 목걸이를 걸어주었다.

"이제 여자가 됐으니, 이런 장신구 하나는 있어야지. 어디 보자, 예뻐. 이렇게 예쁜데 뭔들 안 어울릴까."

진진은 소녀의 어깨에 팔을 두르고 좀 떨어진 곳에 서 있는 그를 바라보았다. 소녀가 그녀의 시선을 따라 그를 바라보았다. 날카로운 눈이 그를 위아래로 살폈다. 그리곤 진진을 바라보고 뭐라고 소곤거렸다.

"아하하하, 역시 우리 창희야. 대헌 씨, 우리 들어간다. 거기 그러고 서 있지 말고 진하 도와서 짐 좀 내려."

그녀는 웃음이 다 가시지 않은 목소리로 말하곤 소녀와 함께 다정하게 건물 안으로 사라졌다. 뒤에 남겨진 대헌은 졸지에 짐꾼으로 전락하고 말았다.

진진은 보면 볼수록 새로운 여자였다. 여기 청림원에 와서부터 지금까지 그녀는 정말 기쁜 표정으로 아이들을 대했으며, 천진난만한 아이들 못지 않게 즐겁고 신나게 깔깔거리고 있었다. 아직 애기티를 벗지 못한 네 살배기 어린애부터 더 큰 아이들까지 모두 그녀를 잘 따랐다. 진하를 친구나 오빠 대하듯 하는 반면, 진진에겐 마치 우러러보는 스타 대하듯 하는 놈이 있는가 하면 보지도 못한 엄마를 생각하듯 애틋한 아이가 있고, 또한 창희처럼 편한 언니로 생각하기도 했다. 진진은 이곳 아이들에게 그들이 되고, 싶고 그리워하는 표상이었다. 오늘 그녀는 짧지만 그들이 원하는 사람이 되어 그들 곁에 있는 것이다.

널따란 놀이방에 아이들을 위한 다과상이 차려졌다. 맛있게 먹는 동안 한 아이가 슬그머니 그에게 다가왔다. 귀엽게 생긴 남자 아이가 어설프게 어른스러운 표정으로 그를 노려보는 모습이 제법 용기있어 보였다.

"저…… 아저씬 누구야? 설마 우리 진진 누나 좋아서 따라다니는 사람은 아니죠?"

대헌은 눈썹을 치켜 올렸다.

'여기에도 경쟁자가 있었군 그래. 진진, 당신 정말 대단한 여자야.'

그는 웃음을 참을 수가 없었다. 그녀는 한시도 그에게 긴장을 풀 수 없게 만드는 여자였다. 호기롭게 그를 바라보고 있는 아이를 마주 보았다.

"그건 왜 물어, 꼬맹아?"

"나 꼬맹이 아니에요. 초등학교 3학년이란 말이에요. 흥, 꿈 깨요. 진진 누나는 내가 크면 나랑 결혼해 준다고 했단 말이에요."

그는 진지하게 꼬마를 바라보았다. 초롱초롱한 눈매가 더없이 귀여워 보였다.

"그럼 난 네가 크기 전에 열심히 그녀를 따라다녀야겠다. 그렇게는 해도 되겠지? 너는 사나이니까 그런 것쯤은 이해해 주겠지?"

사나이란 말에 아이의 표정이 뿌듯해졌다. 하지만 뭔가 손해 본 기분이라고 생각했는지 고개를 갸웃하면서도 아이는 마지못해 허락했다.

"그럼 내가 클 때까지만이에요. 더는 안 돼요."

아이는 멋지게 돌아서서 의기양양하게 친구들에게 돌아갔다.

"크크크크, 아이고 배야. 요즘 애들은 정말."

그는 요란한 박수 소리에 간신히 웃음을 멈추고 고개를 들었다.

진하는 연습복으로 갈아입고 발레 화를 목에 걸고서 앞으로 나갔다. 아이들을 위해 발레 시범을 보일 시간이었다. 기대의 눈빛으로 그를 보는 아이들의 눈엔 그가 춤을 춘다기보다는 묘기를 보여주기라도 한다는 표정이었다. 실제로 진하는 춤이라기보다는 재주를 보여줄 심사이기도 했다.

처음 여기 왔을 때는 무용을 선보였지만 아이들은 먹는 데 열중했다. 세계적인 무대에서 주목받던 그는 아연할 수밖에 없었다. 그래서 그 다음 달에 그는 아이들이 좋아하는 소위 다리 찢기, 덤블링 등을 선보였다. 아이들의 호응은 대단했다. 그 후로 그는 아이들이 생각하는 묘기들을 선보이곤 했다. 오늘도 줄넘기를 가지고 여러 가지 춤새를 보여줄 양이었다.

그전에 잠시 몸을 푸는데, 며칠 전에 청림원으로 보내졌다는 6살 남자 아이 하나가 그의 몸 푸는 동작을 자연스럽게 따라 했다. 어린아이답게 유연하면서 제법 폼새가 있는 모습에 그는 눈을 빛냈다. 양다리를 모아 허리를 내려 다리에 가슴을 붙이고 발끝 너머까지 몸을 낮추자 아이도 따라 했다. 완벽했다. 일어나서 한쪽 다리로 중심을 잡으며 다른 쪽다리를 귀 옆으로 천천히 꺾어 올렸다. 아이가 또다시 완벽하게 따라 했다. 아이들은 묘기를 선보이기도 전에 두 사람의 동작에 박수를 보냈다. 진하는 그 소년의 머리를 쓰다듬어 주었다. 후에 듣기로 부모가 죽고 청림원에 들어온 후 처음으로 아이는 밝게 웃었다고 한다.

그는 언제나 발레에 재능을 보이는 사람을 보면 온몸의 피가 빠른 속도로 회전하며 활기를 찾았다. 아이의 눈에서 반짝이는 춤에 대한 열렬한 갈망을 보았다. 아이의 미소에서 어린 시절의 그 자신을 만났다. 이번에는 정말 특별했다. 진하는 전율을 느꼈다.

"송 원장님, 여전히 아름다우시군요. 그렇게 보라색 옷을 입으니 한 10년은 젊어 보이세요."

진진의 아버지 진복태는 아버지에게 선수를 빼앗길세라 얼른 말하곤 회심의 미소를 지었다. 이제 55세가 된 송 원장은 현숙하고 자비로운 모습으로 그들을 바라보고 있었다. 그녀가 밝게 웃으면 주변이 따뜻한 공기로 출렁거리는 기분이었다.

복태가 그녀의 나이를 운운한 건 순전히 아버지 진삼봉을 겨냥한 것이었다. 이제 조금 있으면 팔순을 바라보는 연세에 송 원장이 웬 말이냐는 속내가 숨겨져 있었다. 그들 부자는 일찍 조강지처를 잃고 외로이 살았는데, 어느 순간부터 두 사람 모두 같은 사람에게 관심을 두게 되는 일이 생기기 시작했다.

진복태가 심장에 무리가 온 후로 일선에서 물러난 그 두 사람은 활동 범위가 거의 같았다. 한 여자에게 관심을 두는 그런 일이 반복되자 이제는 거의 암묵적인 경쟁이 생겼다. 말을 바로 하자면 그들 두 부자는 헛물을 켜고 다른 사람이 채가는 경우가 대부분이었지만. 사실 그들이 그네들의 아내를 얼마나 아끼고, 사랑했는지는 그들 자신이 더 잘 알고 있었다.

진삼봉 옹으로 말하자면 사별한 지 50년이 넘었지만 아직도 아련히 떠오르는 젊디젊던 아내의 고운 자태를 회상하고는 하였다. 어렵던 시절 사진 한 장 없이 저 세상으로 보냈으나 그의 기억 속에 영원히 퇴색되지 않는 단 한 사람이었다. 그런 그의 아들답게 진복태 또한 그의 아내를 아직까지 그리워하고 있었다. 부전자전이라고 그들은 그렇게 한 사람을 가슴에 품고 평생을 살아가는 사람들이었다.

그러나 태평하고 장난기 넘치는 성격 또한 부전자전이라 어느 날부터 시작된 이 게임에 재미가 들린 그들은 물 불 가리지 않고 덤벼들었다. 반칙이 기본인 게임이었다. 온갖 권모술수는 옵션이었다. 그런 그들의 이번 목표는 단연 송 미녀원장이었다. 복태는 이번에야말로 아버지에게 밀리지 않겠다고 굳게 다짐하고 있었다.

비밀

돌아오는 차 안에서 진진은 피곤했는지 곤히 잠이 들었다. 흐트러진 짧은 머리에 새근거리며 자는 모습이 청림원에서 만난 창희 또래로밖에 보이지 않았다. 시간이 지날수록 진진에 대한 그의 사랑은 커져만 갔다. 그녀에 대해 아무것도 알지 못하던 때엔 맹목적으로 사랑에 빠졌었다. 이젠 사랑하지 않을 수 없는 그녀에 대한 존경심과 그 어떤 것으로도 파괴할 수 없는 그녀에 대한 믿음이 덧붙여졌다.

그녀가 영원히 나만을 사랑하리라는 믿음은 아니지만 절대로 그를 일부러 상처 입히는 짓 따위는 하지 않을 것이라는 것은 알 수 있었다. 그것은 그녀의 천성이 허락하지 않을 것이다. 그에게 시간이 조금만 더 주어진다면 그녀의 상처받은 영혼을 포근히 감싸줄 둥지를 완성할 수 있을 것도 같았다. 하지만 시간이 문제였다.

대헌은 오늘 청림원에서 그녀에게 말 못할 비밀이 생겨 버렸다. 지금 그가 그녀를 곁에 묶어두는 무기는 세 가지였다. 그녀가 그의 첫 여자라는 점, 섹스, 그리고 그녀가 그의 몸에 손댈 수 있는 유일한 여자라는 것. 그 세 가지 중에 첫 번째는 어쩌면 그녀에게는 아무 의미가 없을지도 몰랐다. 두 번째는 그가 아니어도 언제라도 다른 상대를 구할 수 있다는 현실(씁쓸하지만 인정하지 않을 수 없다). 그리고 마지막 이유는 어쩌면 오늘로서 그 의미를 상실할지도 몰랐다.

여자에 대한 거부 반응이 완전히 사라진 것인지 아직 확실한 것은 아니지만 가능성은 있었다. 오랜 세월 그 병을 고칠 수 있길 희망했지만 지금은 아니었다. 전혀 반갑지 않았다. 진진을 잃느니 차라리 평생을 그렇게 살고 싶었다. 그것이 솔직한 심정이었다. 청림원에서의 하루가 그의 인생을 바꿀 수도 있었다. 좋은 쪽인지 나쁜 쪽인지는 그도 아직 알지 못했다. 좀 전의 충격이 다시 몰려왔다.

"아저씨, 왜 여기 계세요?"

창희는 그가 마음에 들었다. 그녀는 진진을 하늘처럼 숭배했고, 마음 깊숙이 사랑했다. 부모의 얼굴도 모르는 그녀에게 진진은 엄마이자 언니이자 선생님이자 친구였고, 때론 그 모든 것을 망라했다. 진진처럼 되고 싶었고 그녀에게 사랑받기를 원했다. 그러기 위해 열심히 노력했고, 또 성공했다. 어떤 때에는 정말 두 사람이 피 한 방울 섞이지 않은 남남이라는 사실이 믿기지 않을 정도로 그들은 서로를 닮아 있었고, 그만큼 통하는 게 많았다. 진진이 처음으로 남자를 데리고 나타나자 창희는 흥미를 느끼지 않을 수 없었다.

'도대체 어떤 사람이기에 언니의 마음 한 자락을 얻은 것일까?

"아, 창희라고 했지? 왜 밖에 나왔어? 이거만 마저 피우고 들어가자."

대헌이 담배를 한 모금 빨아들였다. 창희는 아까 진진에게 했던 말을 떠올렸다.

"언니 남자가 아니라면 지금부터 공들여서 나중에 내 애인으로 만들어도 될까?"

그녀의 말에 진진은 호쾌하게 웃어댔었다.

"너라면 그 누구라도 양보할게."

진진은 선언했었다. 웃음기 가시지 않은 말을 되새기며 한번 시험해 보기로 했다. 창희 또한 장난기라면 진진에 뒤지지 않는 꿈 많은 소녀였다. 드라마 속 한 장면을 떠올리며 그녀의 얼굴에 얄궂은 미소가 피어올랐다.

"저도 담배 한 대만 주세요."

뜨악한 표정으로 바라보는 대헌의 모습은 한마디로 가관이었다. 붉으락푸르락 심하게 일그러졌던 얼굴에 샌님 같은 근엄한 표정이 어렸다.

'한바탕 혼낼 심사인가 보다.'

창희는 볼멘소리를 내뱉을 준비를 했다. 그러나 대헌에게선 표정과 다르게 부드러운 목소리가 흘러나왔다.

"담배 피울 줄 아니? 피우고 싶다면 말리진 않겠지만 지금은 조금 빠르지 않나 싶어."

대헌은 반발하려는 그녀에게 손을 들어 보이고 말을 이었다.

"너처럼 예쁜 소녀가 담배를 피우면 피부가 할머니처럼 쭈글쭈글해지고 검버섯이 핀다. 그래도 좋아? 그것뿐이 아니지. 지금처럼 붉고 예쁜 입술색이 다 사라지고 검푸른색을 띠게 돼."

거기까지 말한 대헌이 그녀의 반응을 떠보듯 흘끗 바라보았다. 반응이 시원찮았는지 하던 것을 계속했다.

"그럼 얼마나 보기 싫을까? 이대로라면 나중에 진진처럼 예쁜 숙녀가 되겠지만, 담배를 피운다면 그건 어려운 일일걸?"

　　그냥 시험 삼아 한마디 던진 말에 대헌은 아무렇지도 않은 척 창희의 약점인 진진을 들먹거렸다. 만약 그녀가 정말 담배를 피웠다 해도 그만 금연을 결심했을 것이다.

　　그녀를 만난 지 하루도 되지 않았는데 어디를 찔러야 피가 나는지, 그는 정확하게 알고 있었다. 창희는 그가 점점 마음에 들었다. 그녀는 어깨를 으쓱하고 슬쩍 말을 돌렸다.

　　“아저씨가 맘에 들었어요. 저랑 사귈래요?”

　　그녀가 무슨 사람 열댓 명 죽이자고 한 것처럼 사색이 되어서는 먹은 것도 없이 사레가 들려 콜록거리지를 않나, 눈을 이리 굴리고 저리 굴리고, 손을 비볐다 폈다 주머니에 넣었다, 아주 생쇼를 했다.

　　‘이런 순진한 아저씨가 언니의 남자 친구란 말이지. 정말 마음에 들어. 흐흠, 마지막으로 한 번 더 놀려볼까?’

　　그녀는 아직도 당황해서 눈을 피하며 뭔가 좋은 충고의 말을 찾고 있는 대헌에게 무작정 달려들었다.

　　“아저씨.”

　　피할 사이도 없이 소녀가 그에게 안기자 반사적으로 그녀를 밀쳐 내면서 비명을 질렀다. 그리고 주저앉았다. 다음에 올 몸의 거부 반응을 기다렸지만 몸은 평소와 다를 바가 없었다. 두 손으로 얼굴이며 몸을 더듬어보고, 살펴봐도 반점은커녕 남자 피부라는 것이 무색하게 새하얗기만 했다. 옆에서 창희가 무슨 미친 사람 보듯이 그를 보고 있었다. 그렇게 주저앉아서 한동안

있었지만 아무런 반응이 없자 가슴이 철렁 내려앉았다. 아무리
어린 소녀지만 그동안의 전적을 봤을 때, 이렇게 멀쩡하다는 것
은 거의 기적이었다.

제10장

깨달음

사랑하지 말아야겠다고 하지만
뜻대로 안 되는 것과 같이
영원히 사랑하려고 해도 뜻대로 되지 않는다

아침에 눈을 뜨면 어김없이 보게 되는 그녀의 등. 대헌은 저도 모르게 한숨이 나왔다. 따뜻한 그녀의 체온을 느끼며 그녀의 허리에 두른 팔에 힘을 주었다. 언제나 이 자세였다. 등을 보이고 자는 그녀를 도망칠세라 꼭 끌어안고 있는 그의 모습. 이 단면에 그들 관계의 모든 것이 들어 있었다.

그녀에게 그는 온전히 믿고 맡길 남자가 아니라는 사실, 그리고 그런 그녀를 불안한 끈으로 묶어두고 있는 그. 그들이 같이한 시간이 어느덧 두 달을 훌쩍 넘어섰지만, 별다른 진전은 없었다. 육체적으로야 처음부터 초고속으로 달렸으나, 정신적으로 그들은 길가에 널린 수많은 그저 그런 연인일 뿐이었다. 지금 당장이라도 수틀리면 헤어지는 얄팍한 관계일 뿐이었다. 호시탐탐 그의 자리를 노리는 놈들은 차고 넘쳤고, 그의 병이 완전히 다 나은 사실을 그녀에게 숨기고 있는 자신의 태도에 대한 실망이 그를 억압하고 있었다. 참으로 파란만장한 두 달이 아닐 수 없었다.

시도 때도 없이 찾아오는 이도는 그들의 오붓한 저녁 시간을 방해했다. 그가 모르는 사람들을 들먹여 그를 소외시키는가 하면 저들끼리 신이 나서 떠들어대며 그녀와의 친분을 십분 이용해 그의 염장을 지르기 일쑤였다. 한술 더 떠서 진진의 아버지는 아예 대놓고 이도를 편애하셨다. 여기가 아프다, 저기가 아프다, 이 핑계 저 핑계로 진진을 불러들이면 돌아올 때는 꼭 이도와 함께였다.

둘이 자주 가는 카페에도 귀신같이 알고 나타났다. 아주 능글거리며 싱글거리는 데는 화를 내기도 무색했다. 뭐, 노골적으로 구애를 하는 것이 아니라 단지 친한 친구인 척 그녀의 곁을 맴도는 놈의 면상을 사정없이 깨부수고 싶을 때가 태반이었다. 개학하고 학교에 출근하랴, 주야장천 전화를 해대는 창희의 수다를 들어주랴, 이이도 놈 경계하랴, 진진의 관심을 잡아두랴, 그야말로 눈곱 뗄 새도 없는 나날이었다.

그리고 또 한 가지, 창희와의 일이 있은 후부터 대헌은 병원에 상담을 하러 다니기 시작했다. 정신과 의사의 말로는 그의 상처받은 유년기가 지나갔기 때문이 아닌지 조심스럽게 이야기를 풀었다. 어려서부터 어머니에 대한 불만이 쌓여가면서 여자에 대한 불신, 또한 누적된 상태가 베이스에 깔린 상태에서 충격을 받았기 때문에 일어난 정신성 질환이라고 했다. 한마디로 말해 여자 친구의 문란한 성교를 목격한 그의 자아가 스스로를 보호하기 위한 방편으로 만들어낸 두꺼운 벽이 여자와의 접촉을 거부하게 했다는 것이다. 그러므로 원래 육체적으로 아무 이상이 없는 그였고, 정신적인 문제로 인한 병력이었지만 이렇게 쉽게 이렇게 갑자기 사라진다는 것 자체가 이상한 일이 아닐 수 없다는 의사의 진단이었다. 그를 소위 여성 알레르기로 만든 원인이 있다면, 그걸 치료한 요인이 반드시 존재할 거라는 것이다.

그는 진진을 만난 후부터 지금까지의 과정을 모두 이야기했다. 그의 지금 마음 상태까지 빠짐없이 토로했다. 그에게 변화라면 진진밖에 없기 때문에 원인을 거기서 찾아야 할 것 같았다. 그가 여자에게 상처받지 않기 위해 미리 보호벽을 만들었다면 한 사람을 사랑하게 된 지금 그 벽은 있으나마나 한 허울임을 스스로 깨닫게 된 것이고, 자연스럽게 사라진 것이라는 최종 진단이 내려졌다. 그러나 솔직히 대헌은 쉽게 믿을 수가 없었다. 진진을 처음 만난 날부터 육체적 발작은 없었다. 게다가 어린 창희라서일 거라는 생각을 지울 수 없는 그였다. 그래서 대헌이 내린 결론은 실험자가 필요하다는 것이었다.

처음 시작은 그의 학생들이었다. 예쁘게 인사해 오는 여학생의 머리를 쓰다듬어 주었다. 아무렇지도 않았다. 학생들이 놀란 눈빛으로 그를 바라보았다. 아이들을 1년 넘게 가르쳤지만 단 한 번도 그런 다정한 제스처는 이제껏 없던 선생이었기 때문이다. 문뜩 아이들에게 미안한 마음이 들었다. 언제나 그는 형식적으로 아이들을 대할 수밖에 없었다. 이젠 조금은 다른 선생이 되어야겠다는 마음이다.

그는 이제 다음 실험자를 찾았다. 그의 책상을 등지고 있는 여교사를 뒤돌아보았다. 몇 달 전에 자신이 상처를 주었던 여자였다. 단 한 번의 데이트 신청이 레스토랑에 홀로 남겨지는 것으로 끝이 났던 그날 이후, 그녀는 그에게 눈인사조차 하지 않았다. 냉정한 표정으로 그를 무시하고 있지만 무척이나 상처받았음을 그도 잘 알고 있었다. 오늘은 그녀에게 그의 이야기를 해주어야 할 것 같다. 그 정도의 빚이 있었다.

레스토랑에 들어서자 낯익은 50대의 지배인이 그들을 맞이했다. 가끔 진진과 함께 들르곤 했기 때문에 그가 이름을 대지 않았는데도 예약된 자리로 그들을 안내했다. 연인들을 위한 2인 테이블로 안내되자 대헌은 약간 당황했다.

특별히 연인석이라고 주문하지 않는 한두 사람이라도 4인석으로 안내하는 것이 통례인데, 아마도 뭔가 착오가 있지 싶었다. 이곳은 특별히 연인들의 테이블이 몇 군데 있는데, 그 자리는 사람들의 주목을 받는 자리였다. 작고 아담한 테이블에 아름다운 붉은 향초가 켜지면 당연히 그곳에 앉은 사람은 연인이라는 표시였다. 그와 진진은 언제나 그 연인들의 테이블에 앉았다. 고급스런 레스토랑 한가운데에 우뚝 서서 대헌은 지배인을 돌아보았다.

"아무래도 무슨 착오가 있는 것 같아요, 최 지배인님. 전 4인석을 부탁했는데요."

그의 말에 웬만해선 표정 변화가 없는 지배인의 얼굴이 살짝 펴지는 걸 놓치지 않았다.

"그러십니까? 저희 쪽의 실수가 있었나 봅니다. 다른 자리로 안내해 드리죠. 이리로……."

최 지배인의 뒤를 따르면서 대헌은 피식 웃었다.

'진진은 여기에도 자기편을 만들어놨군.'

아마도 저 깐깐한 지배인은 그가 바람이라도 피우는 줄 알았나 보다. 그를 테이블에 안내하고 지배인이 떠난 후, 테이블 매니저가 메뉴를 들고 다가왔다. 둘 다 연어와 새우를 주 요리로 선택하고, 전채 요리로 캐비아를 얹은 얇은 비스킷을 선택했다. 포도주 리스트를 보여주는 소믈리에를 물리고 조용히 식사를 했다. 포도주로 다시 한 번 의심받고 싶지는 않았다. 어색하고 조용한 가운데 식사가 끝났다.

그는 지난번 일로 아직도 화가 풀리지 않은 빛이 역력한 강 선생을 바라보았다.

"강 선생님, 아직도 절 용서하시기 힘드시죠? 저라도 심한 모욕감을 느꼈을 겁니다. 기껏 데이트 신청을 해놓고는 당신을 놔두고 저 혼자 돌아가 버렸으니 얼마나 화가 났겠어요? 정말 미안합니다. 용서하세요. 선생님도 조금은 눈치를 챘겠지만 그럴 만한 사정이 있었어요. 오늘 이렇게 뵙자고 한 건 그때 일을 사과하고 설명하고자 해서입니다.”

애써 그를 외면하고 있던 강 선생이 그와 눈을 맞추었다. 그 눈 속에 아직도 상처가 남아 있었다.

'나를 많이 생각해 주었구나. 그래서 그만큼 상처도 큰 거였어.’

대헌은 더욱더 미안한 감정이 들었다. 그의 병력에 대해 모두 말했을 때 그녀는 놀란 표정을 감추지 못했다.

“저를 놀리시는 거죠?”

강 선생은 진지한 그의 얼굴을 한참이나 바라보고서야 믿기 시작했다.

“그동안 힘들었겠어요.”

위로하는 따뜻한 목소리였다. 모든 걸 이해해 주고, 안타까워해 주는 강 선생에게는 미안한 일이지만 오늘 그의 목적은 그녀의 이해가 아니었다. 그는 내친김에 본론을 말했다.

“지금 저는 혼란한 상황에 놓여 있어요. 우연한 기회로 인해 저의 병이 치료 단계에 접어들었다는 걸 알게 되었습니다. 한데, 확신이 없어요. 강 선생님에겐 죄송한 말이지만 이왕 한 번 저와 그런 일이 있었으니 한 번만 더 시험해 볼 수 있게 해주시면 고맙겠어요.”

그는 순식간에 일그러지는 얼굴을 외면하며 이기적인 자신을 꾸짖었다.

‘이렇게 여린 사람에게 내가 무슨 짓을 하고 있는 것인가.’

“강 선생님, 그렇게 안 봤는데 정말 나쁜 사람이군요. 시험해 보고 싶다고요? 어떻게요? 행여나 해서 따라 나온 제가 정말 바보군요. 제가 강 선생님을 좋아하고 있다는 건 다른 선생님들도 다 알고 있는 사실이에요. 그걸 뻔히 알면서 어떻게 저에게 이러실 수가 있죠?”

“정말 미안합니다. 제가 생각이 짧았어요. 너무 제 생각에 몰두하다 보니 이런 실례를 범했군요. 잊어주세요. 제 잘못이에요.”

대헌은 얼른 사과의 말을 중얼거렸다. 자신이 생각해도 너무나 이기적인 부탁이었다. 그는 고개를 깊이 숙여 사죄를 표했다. 테이블 너머에서 한숨 소리가 크게 들려왔다. 부끄러움에 고개를 들지 못하는 그에게 조그만 소리로 말했다.

“어떻게 해드리면 되나요? 설마 어디 호텔이라도 들어가야 하는 건 아니겠죠?”

“그렇게까지는 필요없고 그냥 악수 한 번이면 됩니다. 고맙습니다, 강 선생님.”

“맛있는 저녁을 사셨으니 그 정도는 해야죠. 단, 한 가지 질문에 대답해 주신다면요.”

강 선생은 상한 기분을 감추고 호기심 어린 시선으로 그를 보았다.

"아까 왜 테이블을 바꾼 거죠? 우린 두 사람인데, 2인용 테이블에 안내하는 게 왜 착오죠? 제가 모르는 뭔가가 있죠? 아무튼 분위기가 그랬어요."

여자의 육감은 참으로 무서운 것이었다. 그는 낯을 붉히며 대답했다.

"그건 이곳 2인용 테이블은 공인된 연인석이기 때문이에요. 괜한 오해를 불러일으킬까 봐 자리를 옮긴 것뿐이에요."

그녀는 조그맣게 고개를 끄덕였다. 그리고는 테이블 위로 손을 올려놓았다.

"자, 우리 악수할까요? 쇠뿔도 단김에 빼라는 말이 있죠. 궁금해서 미칠 것 같은 당신 마음이 훤히 읽히는군요."

그는 천천히 손을 올렸다. 만약 여기에서도 아무 일이 안 일어난다면 그는 정말 완치된 것이라고 봐도 될 것이다. 테이블 중간에서 서로의 손이 만났다. 그렇게 몇 초를 있었지만 그에게선 그 어떤 부작용도 나타나지 않았다. 바야흐로 그의 청춘을 묶어두었던 사슬이 풀리는 순간이었다.

번화가 한복판에 이런 포장마차가 있다는 것이 신기하다. 대헌은 진진의 집으로 가는 길목에서 한두 번 들어와 본 적이 있는 제법 큰 포장마차에서 술을 마시고 있었다. 강 선생과 헤어진 후 그는 마음을 잡지 못하고 이곳에 주저앉았다. 어느새 시간은 새벽으로 치닫고 이기지도 못하는 술병은 쌓여만 갔다.

오늘 그는 커다란 굴레에서 해방되었다. 기뻤다. 무척 기뻤다. 그리고 허무했다. 너무나 허무했다. 이유는 모르겠다. 그러나 이 허무함을 어디에서 채워야 할지 그는 알 수가 없었다. 불안했다. 너무나 불안했다. 이유는 알고 있었다. 그에게 의미있는 단 한 사람, 진진이 그의 불안의 원인이었다. 그녀가 떠나는 미래가 너무나 가까이 보였다. 너무나 선명하게 보였다. 그는 이제 어떻게 해야 하는지 알 길이 없었다. 그녀에게 고백해야 하지만 만약 그것을 기회로 그녀가 그를 떠난다면? 생각하고 싶지도 않은 끔찍한 일이 아닐 수 없었다. 그렇다고 이대로 그녀를 속인다는 것은 그의 성격상 있을 수도 없는 일이거니와 설령 속인다 해도 언젠간 알게 될 일을 눈 가리고 아웅하는 식으로 처리하고 싶지도 않았다. 그녀가 그의 연인인 이상 모든 면에서 성실하고, 솔직하고 싶기도 했다.

대헌이 술을 마시는지 술이 그를 삼키는지 알 수 없게 되었을 때, 어디 고급 일식집 주방장처럼 차려입은 주방 아저씨가 직접 주꾸미볶음을 그의 탁자에 내려놓았다. 그는 포장마차에 어울리지 않는 아저씨의 차림새에 잠시 헛웃음을 지었다. 자꾸만 나오는 실없는 웃음은 그의 마음속에서 눈물이 되어 흐르고 있었다. 어눌하고 암흑 같던 그의 어린 시절이 가여웠고, 하필이면 최악의 시기에 맞추어 해방된 육체가 원망스러웠다.

　그는 몽롱한 시선을 들어 주방 아저씨를 바라보았다. 주문하지도 않은 안주를 내놓은 아저씨는 그의 어리둥절한 표정에 옆으로 고갯짓을 해 보였다. 아저씨의 시선을 따라 천천히 고개를 돌리자 저쪽 구석 테이블에 진진이 앉아 소주를 들이켜고 있는 모습이 눈에 잡혔다. 그는 저도 모르게 손으로 가슴을 움켜쥐었다. 가슴팍을 망치로 내리치는 것 같은 아픔이 전신으로 퍼져 갔다.

　"안주도 드셔가면서 천천히 마시랍니다."

　대헌은 진진을 뚫어지게 바라보았다. 그녀는 그를 무시하고 누군가와 잔을 부딪치며 건배를 했다. 그의 시야에 밉살스런 이도가 들어왔다.

　'저 새끼! 죽여 버리겠어!'

　대헌은 가뜩이나 불안한 마음과 술기운에 벌떡 일어나서 이도에게 다가갔다. 그리곤 환하게 미소 짓는 증오스런 얼굴에 맹렬한 주먹을 휘둘렀다.

　'헉!'

　꽈당! 덜그렁.

　진진은 일그러질 대로 일그러진 마음으로 대헌을 기다리고 있었다. 아무리 기다려도 오지 않는 그를 초조하게 기다리다 결국 폭발하고 말았다. 저녁에 대헌에게서 전화가 왔을 때 느꼈던 불안이 점점 커져 걷잡을 수 없을 만큼 커졌다. 아까의 전화가 떠오르자 그녀는 또다시 화가 났다.

[헤이, 달링.]

'달링?'

진진은 바싹 긴장했다. 대헌이란 남자는 자기 감정을 잘 숨기지 못하고 지독한 소유욕을 들어내곤 하는 사람이었다. 그러나 단 한 번도 그녀에게 달링이라든지 내 사랑이라든지 하는 말은 하지 않던 남자였다. 그런 그가 전화에 대고 달링이란다.

'뭔가 있어.'

직감적으로 알 수 있었다. 마치 바람난 남편을 살피듯 그녀는 여자의 더듬이를 작동시켰다.

"응, 당신이 보고 싶어서 일이 잘 안 되더라. 우리, 집에서 만나지 말고 밖에서 놀다 들어갈까?"

그녀는 떠보듯 제안했다. 잠시의 머뭇거림과 이어지는 어색한 변명이 그녀를 더 불안하게 했다.

[어? 어…… 오늘은 조금 늦을 것 같아서 전화했는데 어쩌지? 학교 선생님들과 회식이 있어서.]

진진은 아무렇지 않게 그러라고 대답하고 전화를 끊었다. 잠시 동안 아무 생각도 할 수가 없었다. 상처받은 마음 한구석에서 지금까지 그녀가 대헌을 철석같이 믿고 있었다는 사실을 깨달았다. 사랑의 유무를 떠나서 그는 절대 그녀를 속이거나 배신할 사람이 아니라는 믿음이 그녀 안에 깊이 새겨져 있었나 보다. 작은 미심쩍은 행동에 이렇게까지 가슴이 아플 줄은 몰랐다.

갑자기 알 수 없는 분노가 솟구쳤다. 그녀는 보고 있던 서류 철을 탁 소리가 나게 덮어버렸다. 도저히 일을 할 수 있는 상태가 아니었다. 머리 속이 멍하니 온통 뒤죽박죽이었다. 대헌과 함께하는 시간 동안 그녀는 너무나 행복했다. 그가 사랑한다고 말하지 않아도 그녀의 마음속 어딘가에선 항상 그녀를 사랑할 거라는 자신이 있었다. 그렇기에 그와 연인이 된 이후로 단 한 번도 다른 남자를 만나거나 하는 일은 없었다. 물론 친한 친구 라든지 사업과 관련한 사람을 제외하고 말이다.

대헌은 언제나 두 눈 시퍼렇게 뜨고 그녀를 주시했다. 행여라 도 그녀의 습관이 도질까 염려하는 것이다. 그런 그를 볼 때마 다 어쩌면 정말로 사랑받고 있는지도 모른다고 생각했던 것이 다. 그녀는 그런 착각 속에 살았던 자신이 갑자기 미워졌다. 오 늘 대헌은 거짓말을 했다. 여자의 직감이 말해 주고 있었다. 사 소한 것이라도 그녀를 속이고 있다면 그냥 과시할 문제는 아닌 것이다.

'다시는 속거나 버림받지 않을 것이다. 이제 다시는. 이 조그 마한 행복을 자신의 손으로 먼저 놓는 한이 있더라도…….'

그녀는 그런 생각을 하면서도 한 가지 간과한 것이 있었다. 그의 마음이나 행동은 차치하고라도 그녀가 얼마나 그를 가슴 깊이에 담고 있는가 하는 것이다. 그녀 사전에 사랑은 없다고 단언했었다. 그러나 미심쩍지만 사소한 전화 한 통에 이렇게 흔 들리고 있는 것이다. 그녀 스스로 깨닫지 못하는 사이 대헌이라는 남자가 그녀에게 주는 의미는 상당한 것이 되었다. 그녀는 그를 그 누구보다도 믿고 좋아했으며, 어쩌면 조금은 사랑이란 걸 하는지도 모르겠다.

'사랑이라…… 사랑!'

그녀는 갑자기 섬뜩한 기운을 느꼈다. 등줄기를 휘돌아 내리는 서늘한 기운에 그녀는 덜덜 몸을 떨었다.

대헌은 한 번도 이렇게 늦게 들어온 적도 없을뿐더러, 그녀에게 이런 거지 같은 기분이 들게 한 적도 없었다. 만약 정말로 대헌이 그녀에게 거짓말을 한 것이라면 그것을 어떻게 받아들여야 하는지 그녀는 알 수가 없었다. 그냥 아무 일도 아닌데 예민해진 것이길 바랐지만, 밤늦도록 전화 한 통 없는 것으로 보건대 그녀의 기대는 말 그대로 기대일 뿐이었다. 갑자기 욱하고 올라오는 화를 주체하지 못하고 죄없는 전화기를 집어 던졌다. 그리곤 다시 전화기를 집어 들고 이도에게 전화를 걸었다. 이럴 때 이도만큼 그녀에게 편한 상대는 없었다.

이도와 술 한잔하려고 들어선 집 근처 포장마차에서 대헌을 발견했을 때, 그녀는 생각보다 더 심각한 일이 그들에게 벌어지고 있음을 깨달았다. 대헌은 마시지도 못하는 술을 서너 병씩이나, 그것도 혼자서 들이붓고 있었다. 혼자 마시고 싶어 왔으니 혼자 마시라지. 진진은 이를 악물고 그를 외면했다. 심각하게 대헌을 바라보고 있는 이도를 이끌어 구석진 테이블에 자리를 잡았다.

　들어온 지 30분이 지나도 대헌은 그들을 알아채지 못했다. 뭐가 그리 괴로운지, 얼굴 가득 지구의 운명이라도 책임진 사람처럼 심각하고 차라리 경건해 보이기까지 했다. 안주도 없이 술만 들이키는 그를 보다 못해 그녀는 그가 좋아하는 안주를 시켜줬다. 모른 척 고개를 돌리고 있었지만 그들 쪽으로 고개를 돌리는 대헌을 의식하고 있었다.

　그러다 어느 순간 대헌이 벌떡 일어섰다. 도저히 걷는다고 할 수 없을 정도로 흐느적거리며 그들 앞에 선 대헌이 다짜고짜 이도에게 달려들었다. 그러나 그는 어이없게도 몸을 뒤로 살짝 빼 이도를 빗겨나 온 힘을 실어 헛손질을 하곤 그대로 바닥으로 고꾸라졌다.

　그녀는 한숨을 내쉬었다. 자기 몸도 못이기는 주제에 평소의 그 지독한 소유욕은 그대로였다.

　'이도와 있는 꼴도 못 보면서 왜 나를 속이는 거지? 나를 향한 집착은 그대로이면서 어떻게 나를 배신하는 행위를 하는 거지?'

　그녀는 나둥그라진 대헌을 안타깝게 노려보았다.

　이도가 바닥에 드러누워 있는 그를 집까지 업어서 옮겼다. 그녀는 뭔가 할 말이 있는 듯한 이도를 외면했다. 그는 그녀의 어깨를 꼭 쥐고는 물러났다.

　"힘들 땐 언제나 내가 네 옆에 있다는 것을 잊지 말아줘. 그것 하나만 부탁하자."

그녀는 따뜻한 눈으로 이도를 바라보았다.

"넌 정말 좋은 친구야. 고마워."

이도가 그녀에게 씁쓸한 미소를 지었다.

"너에게 꼭 하고 싶은 말이 있어. 내일 좀 만나자. 저녁 시간 비워둬."

그녀는 힘없이 고개를 끄덕이고 배웅했다. 그녀는 침실로 돌아와 입을 악다물고 널브러져 있는 대헌의 옷을 벗기고 침대에 잘 뉜 다음 거실로 나왔다. 힘든 하루였다. 몸도, 마음도 지칠 대로 지쳐 있었다.

'대체 대헌에게 무슨 일이 있는 것일까? 우리에게 무슨 일이 벌어지고 있는 것일까?'

그에게 여자가 있다는 생각은 하지 않았다. 어차피 다른 여자는 만질 수도 없는 그였다. 무엇이 문제일까? 그녀에게 싫증이 난 것일까? 그녀와만 신체 접촉이 가능하기 때문에, 그래서 선택의 여지가 없기 때문에 그녀의 곁에 있을 뿐 아무런 감정이 없는 것일까? 그녀답지 않게 자신없고, 소심해지는 것은 왜일까?

그녀의 가슴에 자그마한 생채기가 무수히 만들어졌고 그 때문에 고통 속에 허덕이고 있었다. 그녀는 그 원인을 차분히 되새겨 보았다. 정녕 그녀에게 대헌은 무엇이란 말인가. 왜 이렇게 별거 아닌 일에 흔들리고 있는 것일까.

'설마 너 그를 정말 사랑하는 것은 아니지? 아니겠지? 그래,

사랑이라니 있을 수 없는 일이야. 그런데 왜 그렇게 신경 쓰지? 왜 이렇게 가슴이 아픈 거지?'

"사랑하지 않아. 사랑하지 않아. 정말이야, 정…… 말이야."

진진은 끝내 참지 못하고 소리 내어 울어버렸다. 어린애마냥 엉엉 울면서 그녀는 소파에 웅크리고 누웠다. 언제부터였을까? 언제부터 사랑이란 걸 하게 된 걸까? 그를 사랑하는 마음이 너무나도 커서, 감히 그 크기를 짐작조차 할 수 없을 만큼 크고 깊게 그를 사랑하게 된 것이다. 미처 깨닫지 못했다. 이렇게도 절실히 느껴지는 감정을…….

그와 처음 눈을 마주친 순간부터 그녀는 그에게 매여 있었는지도 모르겠다. 그렇지 않고서야 처음 본 남자의 욕망을 풀어줄 생각을 할 수 있겠는가. 이제야 그의 존재감을 가슴 깊이 느끼며 그녀는 어리석었던 자신을 꾸짖었다.

'그렇게도 머리 꼿꼿이 들고 막말을 뱉어내더니 이게 무슨 꼴이니…….'

사랑을 부정하고, 지조를 비웃고, 남자를 함부로 대했던 그녀에게 닥친 지금의 현실이 암담할 뿐이었다. 한참을 넋을 놓고 웅크리고 있던 그녀는 대헌이 자고 있는 침실의 문을 열어보았다. 베개를 꼭 끌어안고 새우잠을 자고 있는 대헌의 모습에서 외로움이 느껴지는 것은 그만큼 그녀가 그에게 부족했다는 증거일 것이다. 그녀는 살며시 문을 닫고 거실로 나왔다.

그날 밤, 한 소금도 잘 수가 없었다. 그녀는 대헌이 일어나자마자 꿀물을 한 잔 타서 침실로 들어갔다. 그는 머리를 베개로 싸매고 엎드려 괴로워하고 있었다. 괴롭기도 할 것이다. 그렇게 마시고 아무렇지 않다면 오히려 이상한 일이었다.

"일어났으면 이거 마셔."

그의 어깨가 굳어졌다. 천천히 몸을 돌리는 그의 얼굴은 오만 상을 다 하고 있었다. 숙취로 머리깨나 아픈 모습에 그녀의 맘이 조금 누그러졌다.

"얼른 마시고 일어나. 나가서 뭐라도 먹고 출근하자."

그녀는 뒤돌아서 침실을 나섰다.

"진진."

그녀는 한 발자국 움직였던 발을 멈추었다.

"얘기는 나중에 하자. 늦겠다, 얼른 마시고 씻어."

그녀는 손잡이를 움켜쥐고 내뱉듯이 말하고 방을 나왔다.

제11장

사랑이 아름답다고
그 누가 말했나

사랑은 유리와 같다
난폭하게 잡거나 너무 힘을 주면 깨어진다
그리고 그것을 붙잡은 사람에게
치명적인 상처를 입힌다

그들은 깔끔한 국밥집에 들어섰다. 이른 시간에 테이블이 반이나 찬 것을 보니 역시 대한민국은 술로 끝장 보는 사람이 많은 나라다 싶었다. 이 새벽에 해장하려는 사람이 이렇게나 많다니. 접대 문화다, 이차, 삼차다 해서 도를 넘어선 술 문화에 혀를 내두를 뿐이었다. 시원한 콩나물 해장국을 주문하고 마주 앉은 두 사람은 말똥거리는 눈으로 서로를 바라보았다.

"풋."

실없이 웃음이 나와 버렸다. 대헌이 눈을 동그랗게 떴다.

"어제 바닥에 고꾸라진 건 기억하겠지?"

웃음기 어린 그녀의 물음에 대헌의 광대뼈 언저리가 살짝 붉어졌다. 그는 헛기침을 몇 번 하고 입을 열었다.

"이도 씨가 날 집까지 데려왔어?"

"응, 왜 그렇게 술을 많이 마신 거야? 무슨 일 있는 거야?"

그는 어깨를 으쓱했다.

"뭐, 별로."

그녀는 입술을 깨물었다.

'보자 보자 하니까 이게?'

"뭐, 별로? 그런 놈이 혼자서 떡이 되도록 마시냐? 대체 왜 그래? 나한테 불만이라도 있는 거야?"

"나중에 말하자. 퇴근 후에 만나."

대헌의 말에 돌연 긴장했다. 뭔가 중요한 결심이라도 한 사람 같은 비장함이 그 목소리에 담겨 있었다.

"오늘은 안 돼. 저녁에 이도와 약속이 있어. 밤에 얘기하든지 아니면 내일 해."

"이도가 우리 두 사람보다 중요해?"

잔뜩 굳어 있는 목소리가 지금 대헌이 얼마나 화가 나 있는지 말해 주고 있었다.

"선약이 있을 뿐이야. 중요하고 아니고의 문제는 아닌 것 같은데."

'적반하장도 분수가 있지. 지금 누가 화를 내고 있는 거야?'

그녀는 마음을 다잡았다.

'그래, 어차피 불안한 관계였어. 다 털어놓고 속 시원히 결과

를 기다리자. 두려워 말자. 감정을 속이지 말자.'

하루 종일 일이 손에 잡히지 않았다. 대헌은 무슨 말을 하려는 것일까? 언제나 솔직담백했던 그녀이지만 이제 막 깨닫기 시작한 그에 대한 사랑을 내보일 용기는 없었다. 더군다나 대헌의 행동이 심상치 않은 지금은 더 더욱 어려운 일이었다. 퇴근하고 이도와 만나기로 한 레스토랑에 들어서자 캡틴이 반가이 그녀를 맞았다.

"어서 오세요, 진진 아가씨, 아니, 이제 진 사장님이신데 제가 버릇이 돼서……. 이쪽으로 오시죠, 먼저 와서 기다리고 계세요."

캡틴과는 오랫동안 알아온 사이라 말이 필요없었다. 테이블로 가면서 그녀는 눈살을 찌푸렸다. 이도가 연인석에 앉아 있었기 때문이다. 오랜 단골인 그가 그걸 모를 리 없는데 뭐 하자는 건지.

'아, 심란해. 가뜩이나 예민하게 날 선 신경을 저놈까지 쑤셔대려고 하나…….'

그녀가 테이블에 도착하자 이도가 일어섰다. 그는 무슨 대단한 자리에라도 나온 사람처럼 격식을 갖춘 차림이었다. 가슴에 포켓치프(가슴에 꽂는 손수건, 또는 장식)까지 하고 있었다. 캡틴이 빼주는 의자에 앉으며 그녀는 조그맣게 고맙다는 인사를 했다.

“즐거운 시간 보내십시오.”

캡틴이 인사와 함께 테이블 중앙에 있는 향초에 불을 밝혔다. 그녀는 더욱 얼굴을 찡그렸다.

“옛날 생각 나서 한번 앉아봤어. 초도 내가 켜달라고 부탁한 거고. 너무 기분 나빠하지 마.”

그녀의 마음을 읽은 듯 그가 설명을 하자 그녀의 표정이 바로 누그러졌다.

‘그래, 한때 우리는 연인이었지.’

헤어진 남자 중에 계속 만나는 건 이도뿐이었다. 그는 연인이기 이전부터 그녀의 친구였고, 연인인 동안에도 친구나 매한가지였다. 단지 섹스를 하는 친구였다고나 할까.

그때가 편했다. 마음 쓸 것도, 고통받을 것도, 불안하지도 않았던 편안한 관계. 그녀는 잠깐 동안 그때를 생각하고 웃음 지었다.

“무슨 장난을 하나 했어. 그래, 어제 얘기할 것이지 굳이 오늘 만나자고 한 건 또 왜야?”

“급할 게 뭐 있어. 우선 먹자. 나 점심도 못 먹어서 배고파. 너라도 잡아먹고 싶을 정도야.”

장난스레 던지는 그의 말에 신경을 건드리는 무언가가 첨가되어 있었다. 지금 그녀는 다른 것에 신경 쓸 만큼 여유롭지 못했기 때문에 짜증이 확 밀려들어 왔다.

“시답잖은 소리 말고, 얼른 주문하자. 너에게 먹히고 싶진 않다."

그들은 부드러운 송아지 고기 스테이크에 스페니쉬 토마토 수프, 베이컨이 다져진 양상치 샐러드에 비네그렛 드레싱, 베이글, 전채 요리로 채소 테린을 주문했다. 소믈리에인 이 과장이 와인 리스트를 가져오자 이도가 식전 와인으로 쉐리를 주문했다. 이 과장 또한 오랫동안 이 레스토랑에서 근무했는데 우리나라 최초로 정식으로 와인 감별사 자격을 획득한 사람이었다. 주문을 마치자 미소와 함께 물러가는 이 과장을 보며 그녀는 이도에게 미소 지었다.

"저분은 언제 봐도 편안해. 난 와인에 관해서 저분에게 배웠어. 아무것도 모르는 나에게 하나에서 열까지 손수 가르쳐 주셨지. 참 좋은 분이야."

속마음이야 어떻든 맛있게 저녁을 마친 그들은 뜨겁고 진한 아이리쉬 커피를 마시며 이야기를 나누었다.

"내가 오늘 신소리나 듣고 있을 기분이 아니야, 이도야. 집에도 일찍 들어가 봐야 하고. 용건있으면 얼른 말해, 뜸들이지 말고."

이도는 한동안 그녀를 빤히 바라보았다.

'저게 뭔 엄한 소리를 하려고 저리 진지하지?'

어쩐지 지금 이 자리를 피하고 싶다는 생각이 들었다.

"우리 다시 시작하자."

이도의 뜬금없는 말에 그저 실망과 한숨만 나왔다.

‘좋은 친구를 잃게 되는구나.’

그녀는 그를 주의 깊게 살폈다. 너무나 진지한 그의 모습에 마음이 아파왔다.

“나 애인 있어. 알고 있는 거냐?”

“그래서? 그게 어쨌다고. 언젠 네게 애인 없었어? 그때마다 그들이 다 네게 중요한 사람들이었어? 우린 서로 잘 이해하고, 잘 맞았잖아. 일상에서도, 침대에서도.”

그녀는 무표정하게 그를 바라보았다. 냉담한 표정으로 그를 바라보았지만 이도는 설득을 계속했다.

“네가 사랑을 믿지 않는다는 것 잘 알고 있어. 내가 널 사랑한다고 하면 코웃음을 치겠지. 그것도 잘 알아.”

그의 눈엔 애원의 빛이 가득했다.

“하지만 네가 날 좋아하는 것도 잘 알고 있어. 넌 그냥 지금처럼 날 좋아해 주고 옆에 있어주면 되는 거야. 사랑은 나만으로도 충분해.”

“난 충분하지 않아.”

그녀는 잔잔한 눈빛으로 바라보았다. 그리고 부드럽게 덧붙였다.

“충분치 않아. 이도야, 난 사랑을 원해.”

그의 눈이 휘둥그레졌다가 곧바로 질끈 감겼다.

“네 말뜻 지금 내가 짐작하고 있는 게 맞아?”

상처 입은 촉촉한 눈이 그녀를 뚫어지게 바라보았다. 절대 그

럴 리 없다는 듯 애절함을 담은 시선에 그녀도 구슬픈 미소를
지었다.

"그래, 맞아. 난 사랑이란 걸 하고 있어. 그것도 아주 깊이. 그
리고 그 사람의 사랑도 원해. 나만큼, 아니, 그 이상으로 날 사
랑해 주길 바라고 있어. 놀랐지?"

"너… 너…… 이젠 그 상처가 아문 거니? 이제 그 빌어먹을
놈은 다 잊은 거니?"

그녀는 순간 흔들렸다.

'아! 내가 요즘 그 사람 생각 한 적이 있긴 있었나? 그 지독하
도록 아프던 상처가 다 아문 것일까?'

그를 생각하면 언제나 배신감에 치를 떨어야 했고, 가슴 한
귀퉁이를 움켜쥐는 커다란 고통에 짓눌려야 했다. 세상을 분노
했고, 그를 원망했다. 그녀는 스스로에게 담금질을 해댔었다.

'굳세어져라, 남자를 믿지 마라. 세상은 너를 위해 존재하지
않는다. 너를 지킬 수 있는 건 너 자신뿐이다.'

그런데 어느새 다른 사람이 그런 마음속을 점령했다. 이 사람
이라면 믿어도 되지 않을까, 이 사람이라면 나에게 상처를 주지
않을 것이다. 이 사람이라면 거칠고 험한 세상을 함께 헤쳐 나
갈 수 있을 것 같다. 이 사람과라면 행복할 수 있다.

조심스럽게 찾아든 생각들이 그녀의 가슴을 따뜻하게 감싸
고, 어둡고 아픈 기억들을 몰아냈다. 그리고 그 자리에 사랑을
채워 넣었다. 그녀도 모르는 새 그 모든 일들이 서서히 벌어졌

던 것이다. 그녀는 새삼스럽게 그것을 깨달았다.

대헌이 그녀에게 어떤 존재인지 이렇게도 명확하게 느끼고 있으면서 이도를 받아들인다는 것은 어불성설이었다. 아마 대헌이 없었다면 이도의 프러포즈를 받아들였을 것이다. 그녀는 이도를 누구보다도 좋아했고, 잠자리에서도 잘 어울렸다. 사실 그들이 그때 왜 헤어졌는지 지금도 이해가 가지 않았다. 그녀는 그에게 아무런 불만이 없었고, 나름대로 행복했었던 것이다. 그러나 이젠 그녀에게 진정으로 사랑하는 남자가 생겼고, 최고를 맛본 이상 차선은 거절이었다.

"글쎄, 다 잊었다면 얼마나 좋겠니. 아마도 평생 내가 짊어지고 가야 할 상처일 거야. 하지만 그 모든 것을 뒤로하고, 나에겐 대헌이 훨씬 더 커다란 의미를 줘. 지금으로선 선택의 여지가 없어. 앞으로 더 큰 상처를 입게 되더라도 그를 놓을 수는 없어. 매달려서라도 그 옆에 있고 싶다는 게 내 솔직한 심정이야. 이해할 수 있니?"

그는 한참을 멍하니 그렇게 그녀를 바라보았다. 못 들을 말을 들은 사람처럼, 있을 수도 없다는 듯이 그렇게……. 얼마나 시간이 지났을까? 그의 입에서 흘러나온 말에 진진은 그만 눈물을 흘리고야 말았다.

"너에게서 그런 소리를 듣게 될 줄이야. 다시 사랑을 할 용기가 생겼다니, 한 사람을 가슴 깊이 사랑하게 되었다니 너무나 기쁘다. 비록 그 대상이 내가 아니란 것은 슬프지만, 그것보다

네가 다시 마음을 열고 한 남자를 사랑하게 되었다는 것이 더 기뻐."

잠시 그의 목울대가 울리고 힘겹게 숨을 들이쉬었다.

"정말 기뻐, 네가 행복할 수만 있다면 나는 그것으로 족해."

그녀를 진정으로 아끼는 그의 말에 그녀는 맺힌 눈물을 막지 못하고 기어이 흘리고 말았다. 울다 웃다 하면서 그녀는 쑥스러운 듯 냅킨으로 얼굴을 가렸다. 그렇게 울고 나니 뭔가 확 트인 느낌이 들면서 대헌과 풀어야 할 과제가 그리 힘겹게 느껴지지 않았다.

이도에게 고백했듯이 대헌에게 모든 것을 말하리라. 어쩌면 대헌도 그녀처럼 불안해하고 있는지도 모른다. 또한 그가 그녀를 사랑하지 않는다 해도 상관없었다. 그녀가 그를 사랑하고, 그의 옆에 있기를 원하고 있고, 진심으로 그를 대한다면 언젠가 그도 그녀를 사랑하게 될 것이다. 틀림없이 그녀의 사랑을 되돌려 줄 것이다. 자신감을 회복한 그녀는 이도에게 환한 미소를 지었다.

식사가 끝나고 그녀는 잠시 화장실에서 몸가짐을 다시 했다. 거울에 비친 여자의 모습이 왠지 낯설다. 평소의 밝고, 활기 차 보이지만 어딘지 모르게 차갑고, 냉소적으로 비치던 모습이 아니었다. 거울 속의 그녀는 어쩐지 깊이 있고 성숙한 여인의 향기를 풍기고 있었다. 섹시하고 미끈한 모습보다 풍만한 가슴을 풀어헤친 젖먹이 엄마 같은 묘한 관능이 느껴졌다. 낯설지만 싫지만은 않은 자신의 모습에 기분이 이상해졌다.

사랑이 그녀를 변하게 한 것일까. 아니면 자꾸 사그라드는 용기를 되살리고 싶은 그녀 자신이 만들어낸 환영일까. 밖으로 나가려던 그녀는 화장실 복도에서 들려오는 자신의 이름을 듣고 발을 멈추었다.

"너도 봤지? 웃기지도 않아요. 상대방이 쌍방으로 바람을 피우다니, 끼리끼리도 유분수지. 오늘은 진진 사장, 어제는 그 파트너. 아주 놀고들 있어요."

"그러게 말이야. 어제 그 남자, 여자 손 잡고 난리도 아니더니 오늘은 진 사장이 뻔뻔하게 연인석이라니…… 같은 장소에서 이게 무슨 일이래?"

진진은 서 있는 공간이 순식간에 땅으로 꺼지는 것 같았다. 그 끝도 없는 땅속 깊은 곳으로 추락하는 자신을 그저 넋을 잃고 방치할 뿐이었다.

한참을 기다려도 오지 않는 진진을 찾아 휴게실 쪽으로 간 이도는 화장실 입구 벽에 기대고 힘없이 고개를 숙이고 있는 진진을 발견했다. 그녀의 조그만 손가방은 발밑에 뒹굴고 있었다. 어깨에 살짝 손을 올리자 그녀가 고개를 들었다. 텅 빈 눈동자에 반짝이는 그것은 눈물이었다.

그녀를 알고 지내온 동안, 힘들게 시련을 극복하는 중에도 눈물 따윈 없었다. 그런데 오늘 그는 두 번씩이나 그녀의 눈물을 보고 있는 것이다. 첫 번째 눈물이 대헌으로 비롯되었으니 이번

것도 분명 그 때문일 것이다. 감싼 어깨를 끌어당겨 살며시 안았다. 그녀는 말없이 그에게 기대 숨을 몰아쉬었다.

진진의 집 앞에 차를 세운 이도는 옆 자리의 안전벨트를 풀어주었다.
"괜찮겠어? 힘들면 아버지 댁으로 가자."
힘없이 시트에 기대고 있던 머리가 살며시 움직였다.
"아니야, 오늘 모든 걸 정리하고 싶어."
이도는 이해할 수가 없었다. 그는 대헌을 싫어했지만 그건 어디까지나 연적으로서 그런 것이지, 인간적으로 싫어한 것이 아니었다. 몇 번 만나본 대헌은 누가 봐도 진진을 깊이 사랑하고 있다는 걸 알 수 있을 정도로 감정을 흘리고 다녔다. 그리고 남자의 눈으로 봤을 때도 절대 믿을 수 있는 사람이라고 생각했었다.
그렇기에 진진이 그를 사랑한다고 말했을 때 그나마 쉽게 물러나서 축복할 수 있었던 것이다. 뭔가 오해가 있을 것이다. 그렇게 믿고 싶었다. 다시 한 번 남자로부터 배신당한다면 진진은 이제 희망이 없는 것이다. 두 번씩이나 배신당하고 무너지지 않을 사람이 어디 있겠는가.
그는 그것이 걱정이었다. 예전보다 더 메마르고 만신창이가 된 가슴으로 어떻게 사람을 진심으로 만날 수 있겠는가. 어떻게 진정한 행복을 찾을 수 있겠는가. 차에서 내린 진진이 비틀거리자 그는 재빨리 그녀의 팔을 잡았다. 잔잔히 떨리고 있는 몸을 느낀 순간 안쓰럽게 그녀를 안았다.

"너무 감정적으로 얘기하진 마, 사정을 다 들어보고 결정하는 거야, 알았지? 죄인 취급하고, 윽박지르면 누구라도 빗나가게 돼 있어. 네가 사랑하는 사람을 한번 믿어봐. 내가 너에게 해줄 수 있는 말은 이것뿐이구나."

그녀가 고개를 끄덕이는 게 가슴 언저리에 느껴졌다. 이제 조금은 이성을 차린 듯 마주 바라보며 희미하게 웃었다.

"고마워."

그녀의 몸은 미처 이도에게서 떨어져 나가기 전에 강력한 힘에 의해 인형처럼 끌려갔다. 손쓸 새도 없이 대헌이 이도의 얼굴을 강타했다. 분노가 실린 강력한 펀치에 이도는 주차장 바닥으로 고꾸라졌다. 입술이 터졌는지 입술을 훑어낸 손등에 피가 묻어났다.

"진진, 나 말리지 마. 참는 것도 한계가 있어."

그는 벌떡 일어나 대헌의 멱살을 잡았다. 그것을 신호로 두 남자의 살벌한 주먹질이 시작되었다. 잠깐 사이 그들은 피투성이가 되었다. 어두운 주차장에서 치고 받는 소리가 요란하게 울리고 두 남자의 신음이 빌라 사람들의 주목을 받기 시작했다. 마음 같아서는 둘이 싸우거나 말거나 무슨 원시시대도 아니고 여자를 놓고 싸움질이나 하는 꼴이 꽤 흥미로웠을 것이다. 진진이 소리를 지르지 않았다면 이도는 끝까지 주먹질을 멈추지 않앉을 것이다.

"그만들 하지 않으면 두 사람 다 오늘부로 나를 보는 일은 없을 거야! 당장 그쳐!!"

조그맣지만 단호한 목소리였다. 그 소리에 짐승 같은 폭력 행위는 막을 내렸다. 대헌을 바라보니 씩씩대며 숨을 몰아쉬는 꼬락서니가 아주 가관이었다. 이도는 쾌재를 울렸다.

"둘 다 꺼져."

"내가 무슨 잘못을 했다고?"

"진진!!"

그와 동시에 대헌도 항의의 소리를 질렀다. 그러나 두 사람의 외침은 무시되었다.

"넌 나이를 어디로 먹는 거야? 어린 게 감정적으로 나와도 그러면 안 되는 거잖아."

이도는 진진이 자신을 나무라자 자존심이 상했다.

"뭐야?"

그가 소리쳤지만 대헌의 목소리에 묻혔다.

"내가 어디가 어리다는 거야?"

"아주 쌍으로 놀아요, 놀기를. 당신은 또 왜 그래? 왜 때리는 건데? 당신이 무슨 록키야, 한밤중에 주먹을 날리게? 둘 다 꼴도 보기 싫으니 다 꺼져. 난 좀 쉬어야겠어. 이사를 가든지 해야지, 창피해서 원."

그와 대헌을 주차장 한복판에 남겨두고 진진은 집으로 들어가 버렸다. 대헌이 약간 수그러진 얼굴로 그를 노려보았다.

"사과는 하지 않겠습니다. 난 잘못한 게 없거든요. 남의 여자 빼앗으려는 사람이 잘못이지."

"당신이 행동을 똑바로 한다면 내가 그녀를 차지할 일은 없을 걸?"

"그게 무슨 말이죠? 내가 행동을 똑바로 하지 않았다니?"

이도는 그를 주의 깊게 살폈다. 대헌의 깊은 눈빛 속에 들어 있는 초조함이 그를 움직이게 했다.

"들어가 보시지. 무슨 일인지 각오는 하고 진진을 대하는 게 좋을 거요. 충고 하나 하자면 당신의 진심을 그대로 보여줘요. 속이지도, 감추지도 말고. 그것만이 그녀를 붙잡을 수 있는 유일한 길이니까."

이도는 옷에 묻은 먼지를 털어내고 흐트러진 머리를 가다듬으며 차 문을 열었다. 그때까지도 그를 바라보고 있는 대헌에게 그는 행운을 빈다는 듯 손을 들어 보이고 차에 올라탔다.

떠나는 차 꽁무니를 바라보며 대헌은 한숨을 내쉬었다. 뭐가 어떻게 돌아가는 건지. 그토록 싫어하던 남자는 그에게서 진진을 빼앗지는 않을 것임을 내비쳤고, 한술 더 떠 진심 어린 충고까지 했다. 그는 고개를 들어 불이 켜진 진진의 집을 바라보았다.

'저렇게 화가 난 모습은 처음인데……'

슬며시 손잡이를 돌리자 문이 열렸다. 그는 속으로 안도의 한

숨을 내쉬었다. 꼴도 보기 싫다, 꺼져라, 큰소리쳤지만 그가 들어올 것을 의심치 않았음을 알게 되자 새삼 없던 힘이 솟는 것 같았다. 한편으론 잘못은 누가 했는데 큰소리치는가 싶어 묘한 오기도 생겼다.

딴 놈 품에 안겨 있는 그녀의 모습을 봤는데 가만있으면 그게 병신이지 남자냔 말이다. 그것도 남들 다 보는 공개적인 장소에서 포옹을 하다니, 다시 생각해도 몸이 부르르 떨려왔다.

거실 카펫 위에 크리스털 술병이 놓여 있었다. 진진은 소파 다리에 기대고 바닥에 다리를 쭉 뻗은 자세로 진하고 맑은 브랜디를 마시고 있었다. 얼음 케이스와 술병, 손에 쥔 술잔 하나. 그의 술잔은 보이지 않았다.

대헌은 그대로 술병을 들고 몇 모금 벌컥벌컥 마셨다. 목구멍에서 불이 나는 것 같고 숨이 턱 막혀왔다.

"콜록. 컥……."

홧김에 시위하듯 마신 술에 체면만 깎이고 멋쩍어진 그는 헛기침을 여러 번 해야 했다.

"너 여자 만질 수 있니?"

"콜록…… 콜록! 헉!"

이번에야말로 정말 숨이 막혀 죽을 뻔했다. 대헌의 가슴이 철렁 내려앉았다. 하얗게 질린 얼굴로 슬그머니 고개를 들어보자 진진은 앞만 똑바로 바라보고 앉아 그를 무시하고 있었다.

'이도가 경고한 것이 이것이로구나.'

진진이 알게 된 것이다. 그는 한숨을 푹 내쉬었다.

"사실이구나."

그녀의 얼굴에 나타나 있는 실망과 배신감, 분노, 그리고 그가 알 수 없는 깊은 슬픔이 그를 얼어붙게 만들었다. 어디서부터 어떻게 설명을 해야 할지, 또한 그녀가 이해해 줄지…… 모든 것을 털어놓고 사랑한다고 고백할 결심을 했던 그이지만 일이 이런 식으로 흘러가자 당황하고 말았다. 그녀는 머뭇거리는 그를 향해 단호한 눈빛을 보냈다.

"처음부터 그런 병이 없었다는 거야, 아니면 치료가 되었다는 거야?"

"최근에 치료가 된 거야."

난데없이 그녀가 마시던 컵을 던져 버렸다. 이마에 아픔이 느껴지고 얼굴 전체에 싸한 술이 덮쳐 왔다.

"그러니까 나를 만나는 동안 이 여자 저 여자 만나면서 그 치료라는 걸 하고 다녔다는 얘기야, 지금?"

솔직히 말하면 치료를 위해 여자를 만난 건 사실이기 때문에 풍기는 그 뉘앙스에도 불구하고 그의 얼굴에 수긍의 빛이 떠올랐다. 그녀의 얼굴이 백지장처럼 창백해졌다. 얼굴에 흐르는 술을 닦아내려고 손을 댄 그는 붉게 물들어오는 손바닥을 한참 바라보았다.

"아악아악!!"

진진이 갑자기 머리를 쥐어뜯으며 비명을 지르기 시작했다.

피를 보자마자 간신히 붙잡고 있던 이성의 끈을 놓아버린 듯 절제되어 있던 그녀는 온데간데없고, 미친 듯이 고개를 흔들어대었다. 비명이 끊임없이 흘러나왔다.

대헌은 그녀의 머리를 감싸 안았다. 더욱 격렬하게 몸부림하는 그녀를 꼭 끌어안고 그 머리에 뺨을 가져다 대었다. 그렇게 그녀의 뛰는 가슴이 진정되기를 기다렸다. 그는 우리에 갇혀 퍼덕이는 겁에 질린 새처럼 파르르 떨고 있는 진진을 품에 안고 절절한 고백을 했다.

"사랑해, 사랑해. 당신을 만난 그 순간부터, 아니, 평생 당신을 기다리면서 사랑을 키웠어. 내 목숨보다 더 당신을 사랑해. 그건 변할 수 없는 진실이지. 당신이 날 사랑해 주지 않는다 해도 당신 옆 자리에 내가 있을 수만 있다면 그것으로 난 좋아."

몸부림이 멈췄다. 잠시 후 그녀는 그의 가슴에 조심스럽게 고개를 기대왔다. 마치 어린아이가 아빠의 품에 파고들어 잠이 들려는 것처럼 조용히 그렇게 그에게 안겨 있었다. 그녀는 이야기를 들어줄 준비가 되어 있었다. 그의 사랑 고백에 거부감을 일으키지도 않았다.

"창희 때문이었어."

그의 비밀은 그렇게 밝혀지고 있었다.

"창희? 왜 여기에 그 애 이름이 나오지?"

"지난번 청림원에서 창희가 나에게 무작정 안겨왔는데……아무렇지도 않았어. 아무 부작용이 없었거든. 그때부터 혹시나

했고, 정신과 치료를 늘렸지. 의사 말로는 내가 당신을 사랑하게 돼서 마음속 깊이 단단하게 쳐놓았던 방어막이 점점 약해졌다가 소멸된 것 같대.”

그녀가 천천히 고개를 들었다. 그는 단단한 기둥처럼 그녀를 지탱하면서 흔들리지 않는 시선으로 마주 보았다.

“축하해, 치료가 되었다니 나도 기뻐. 이젠 좀 편해지겠다.”

“난 오히려 슬퍼. 난 당신만 있으면 되는데 치료가 다 무슨 소용이지? 이제 언제든 날 떠나도 미안해하지 않을 당신 때문에 슬퍼. 당신을 붙잡아둘 끈이 하나 떨어져 나가서 슬퍼.”

그는 물기를 머금은 눈으로 호소했다. 그의 마음 한구석을 보아버린 그녀였다. 그녀를 잃을까 두려워하는 그의 마음처럼 그를 바라보는 그녀의 눈에도 그와 똑같은 두려움이 아로새겨져 있었다. 두 사람이 똑같은 공포에 자신감을 잃고 있었다는 사실을 깨달았다.

“난 당신을 떠나고 싶지 않아. 대헌 씨 곁에 있을 때만 온전한 나로 있을 수 있어. 아마 나도 당신을 조금은 사랑하나 봐, 아니, 사랑하고 있어.”

그녀가 결연히 말했다. 대헌은 뼈가 으스러지게 그녀를 꼭 안았다. 사랑을 경멸하던 진진이 그에게 사랑한다고 말하고 있었다. 그는 이제 자신의 감정을 숨길 이유가 없어졌다. 사랑한다고 말하면 떠날지도 모른다는 공포감에 사랑의 절정에 오를 때조차 말하지 못하고 이를 악물고 참아내던 그였다.

"나도 당신 없는 삶은 의미를 상실할 만큼 당신을 사랑해. 오직 당신만을 사랑해."

그는 마침내 다시 한 번 그녀에게 자유롭게 사랑한다고 말했다. 지금 그녀가 그를 사랑하므로, 그녀 또한 그를 놓치고 싶어 하지 않으므로 행복했다.

그녀가 살며시 얼굴을 들어 그의 입술에 입을 맞대었다. 뜨거운 숨결이 느껴졌다. 이도와의 격투로 얻은 입술의 상처에 달콤하고 뜨거운 그녀의 혀가 닿았다. 쓰라린 상처에 향기로운 그녀를 느끼면서 그는 행복하게 눈을 감았다.

차가운 그녀의 손이 필시 엉망이 돼 있을 그의 얼굴을 부드럽게 쓰다듬었다. 눈두덩을 지나 곧게 뻗은 콧날을 쓰다듬고, 살짝 벌어져 그녀의 입술을 기다리는 그의 입술 안쪽으로 살짝 손가락을 들이밀었다가 빼내면서 그의 애를 태웠다. 잠시 머뭇거리던 그녀의 손이 그녀가 던진 컵에 생채기가 난 그의 이마를 매만졌다. 그녀의 손길이 안타까움에 떨리고 있었다.

"내 평생에 폭력 행위는 오늘이 처음이야. 나조차 너무 놀랐어. 피가 흐르다니……. 많이 아파?"

애틋하고 미안해하는 그녀의 목소리에 슬그머니 눈을 떴다.

"아니, 오히려 기뻐. 당신이 이성을 잃을 정도로 날 사랑한다는 사실을 새삼 확인할 수 있어서 더욱 행복해."

애타게 기다리던 그녀의 입술이 다시 그의 입술로 돌아왔다. 그는 그녀의 진하고 고혹적인 향기를 들이마시며 초대하듯 입

술을 벌렸다. 깃털처럼 가볍게 스치는 터치. 다시 한 번 스치듯
들어왔다 나가는 그녀의 뜨거운 혀가 살짝 그의 입술을 핥고 지
나갔다.

그의 눈 속에 수만 개의 별이 있었다. 그녀의 눈 속에 기쁨이
넘쳐 났다. 뜨거운 혀가 얽히고 입술에 상처가 날 정도로 강렬
한 키스를 해왔다. 이제 막 사랑을 확인한 두 사람은 마음과 함
께 몸 또한 그것을 확인하기를 열망하고 있었다.

"나 완전히 이사 올까 봐."

대헌은 잊을세라 숨 가쁘게 내뱉었다. 그녀는 열에 들떠서 떨
어져 나간 대헌의 입술을 다시 끌어당겼다.

"입 닥치고 키스나 해."

제12장

사랑스러 커플

진하는 요즘 너무나 뿌듯한 나날을 보내고 있었다. 막 거둬들인 그의 어린 제자는 기대치보다 더 가능성이 있었다. 청림원에서 만난 그 꼬마를 가르치기로 결심한 후 그의 생활은 더욱 보람된 것이 되었다.

아이의 이름은 신지형이었다. 이제 갓 여섯 살이 됐고, 몇 달 전에 교통사고로 부모를 한꺼번에 잃어 고아가 된 아이였다. 이모가 한 분 계셨지만 키워줄 상황이 안 돼서 청림원에 들어왔다고 했다.

한 달 조금 넘게 가르쳐 본 결과 지형은 적어도 얼마간은 발레의 기초를 배운 상태라는 걸 뚜렷이 알 수 있었다. 그가 보기에 잘만 지도한다면 거의 천재 소리를 들을 만한 자질을 갖추고 있었다. 집안 운전기사인 이 기사님이 아침에 청림원에 가서 지형을 데려오고 오후에 돌려보내는 일을 일주일에 5일씩 하고 있었다.

아이는 신들린 듯 연습에 몰두했다. 도저히 여섯 살짜리라고는 생각할 수도 없을 만큼 연습량이 많았다. 처음에 그는 일주일에 하루 정도 지도할 생각이었지만, 지형이가 매일 오기를 희망해서 청림원 송 원장님과 의논한 끝에 본인의 의견을 수용한 것이다. 선생의 입장에서 볼 때 의욕적이고, 재능있는 학생이야말로 보물 같은 존재였다.

잠깐 휴식을 취하면서 그와 영희는 지형의 연습 장면을 지켜보았다. 벽면을 온통 차지하고 있는 거울로 자신의 모습을 바라보며 바에 살짝 손을 올려놓고 아라베스크(Arabesque) 동작을 연습하는 지형의 모습에 그들은 감탄을 금하지 못했다. 한 다리로 서서 다른 다리를 뒤로 올리며 충분히 뻗치는 자세가 거의 완벽했다. 들어 올린 다리를 일직선이 되게 고정했다가 다시 무릎을 반쯤 오므리는 자세에 그들은 눈이 동그래졌다. 일직선으로 고정하는 자세까지만 가르쳐 줬는데 구부리는 동작까지 해낸 것이다. 손끝에서 발끝까지 최대한 가장 긴 선을 만들어내며 응용까지 한 것이다. 그들 둘 다 지형이가 천재라는 걸 인정하지 않을 수 없었다. 겨우 여섯 살이었다, 여섯 살.

"진하 씨, 정말 좋은 일 하신 거예요. 저런 아이를 그냥 놔둔다는 것은 범죄예요. 저 표정 좀 보세요. 행복해 죽겠다는 저 아이의 얼굴, 무용수가 될 수밖에 없는 아이예요.”

진하는 지형을 자랑스럽게 바라보았다. 그는 할 수 있는 모든 지원을 아끼지 않을 생각이었다. 9살이 될 때까지 여기서 그가 지도한 다음, 그가 다닌 학교에 입학시킬 생각이었다. 그도 어린 시절부터 발레에 대한 열망이 대단했기에 조금은 지형의 심정을 알 수 있었다. 어린 지형에게 남은 것은 아무것도 없었다. 발레만이 그 아이에게 꿈이요, 희망이었다. 그는 그것을 이룰 발판을 만들어주고 싶었다.

진하는 행복한 한숨을 쉬었다. 콩쿠르에 나갈 준비도 차곡차곡 잘되어가고 있었다. 영희와의 호흡도 척척 맞았고, 안무 선생님도 그들의 춤을 보시곤 흡족한 미소를 짓고 유럽으로 돌아갔다. 그는 이대로만 간다면 그랑프리는 그들의 것이 될 거라는 말에 무척 고무되어 있었다. 그건 영희도 마찬가지였다. 사실 국제무대에서 무명인 영희가 그런 세계적인 콩쿠르에서 주목을 받게 된다면 그녀의 앞길도 열리는 것이다. 그리고 지형이가 있었다.

지형이 그의 생활 속으로 들어온 뒤로 진하는 무엇인가 조금씩 달라지고 있었다. 자신이 자못 아버지 같은 기분을 느끼며 지형의 발전을 뿌듯하게 지켜보았다. 한층 더 책임감 같은 것이 싹트면서 발레에 국한하지 않고, 지형을 돌볼 생각을 조심스럽게 하고 있었다. 지형을 자신과 묶어서 생각하면서 새삼스럽게 즐거워졌고, 생활에 활력이 생겼다.

그리고 그를 행복하게 하는 또 하나의 이유가 있었다. 그것은 바로 그의 연인에 관한 일이었다. 이제 밀고 당기는 전형적인 자존심 싸움 같은 건 하지 않았다. 지금은 서로를 받아들이고, 인정하면서 조금씩 신뢰와 사랑을 쌓아가고 있었다. 그것이 또 그를 행복하게 하고 있었다.

'아, 사랑은 이 얼마나 아름다운가.'

참으로 보기 민망한 행동이었다. 그 행동의 주인공이 누나이고 보니 더 더욱 화끈거려 볼 수가 없었다. 어떻게 된 일인지 소름이 돋아날 정도로 닭살커플이 된 진진과 대헌 때문에 진하는 요즘 그들을 볼 때마다 고개를 들 수가 없었다. 그들은 식당이고 술집이고 호텔 로비고 나이트클럽이고 할 것 없이 시도 때도 없이 키스를 해대고 쓰다듬고 '사랑해'를 연발해 대고 있었다.

그렇게 좋으면 둘이서만 만날 것이지 꼭 그를 불러냈다. 혼자 가기 어색한 그로서는 영희 씨를 대동할 수밖에 없었다. 그래서 더 더욱 씁쓸한 진하였다. 그가 사랑하는 사람은 따로 있는데, 단지 그 사랑이 사회가 인정하지 않는 남자라는 이유로 남들 앞에 나설 수 없다는 사실이 싫었다. 아니, 그 사람은 그런 것에 개의치 않는 자유로운 사람이었지만, 진하 자신은 아직 그럴 만한 용기가 없었다. 세상의 따가운 눈초리도 싫었지만, 누나의 실망하는 눈빛을 감당할 수 없을 것 같았기 때문이다. 아직은 안 된다, 아직은.

쓰린 맘으로 대헌 커플을 보고 있자니 문득 그가 사랑하는 사람에게 미안한 감정이 생겼다. 무슨 죄인처럼 숨어서 가끔씩 만나는 것이 미안하고, 가족에게 떳떳하게 소개하지도 못하는 것도 맘에 걸렸다. 몇 년씩이나 인내심을 갖고 그를 기다려 주었건만 막상 그가 해줄 수 있는 것은 별로 없었다.

눈앞에서 진진이 거봉 알맹이 하나를 따서 깨끗하게 껍데기를 벗겨내고는 대헌의 입에 쏙 넣어주는 모습을 보며 진하는 고개를 흔들었다. 넙죽 받아먹는 대헌이 그리 미울 수가 없었다.

"아, 맛있겠다."

자기가 넣어주고도 대헌이 먹는 걸 욕심 내며 진진이 한마디 하자 대뜸 대헌이 진진에게 키스를 했다. 키스가 끝났을 때 대헌이 먹던 포도가 어디로 갔는지는 말할 것도 없었다. 진하는 아예 손으로 눈을 가려 버렸다.

"맙소사."

옆에서 영희가 몸 둘 바를 모르겠다는 듯이 뒤척거리자 아차 싶었다. 영희가 한때 대헌을 좋아했었다는 걸 알고 있는 그로서는 그녀를 똑바로 보기가 더 어려웠다.

"작작 좀 하시지. 그게 무슨 짓이야. 둘이 있을 때나 그러라고, 제발."

그리도 순진했던 대헌이 놈을 저 지경으로 만들어놓은 진진도 참 대단한 여자였다. 수줍게 얼굴 붉히던 친구는 어디로 갔는지, 이젠 아예 진진보다 한술 더 뜨는 것이다.

"자기야, 진하는 대체 왜 부른 거야? 우리 둘이만 있기도 시간이 아깝다고."

'얼씨구, 이젠 완전히 안면 몰수했군. 나 말고 영희 씨도 있는데 그런 말을 거침없이 하다니. 정말 대책이 안 선다. 기본적인 예의조차 잊다니.'

진하는 혀를 찼다.

"그런 소리 마, 자기야. 우리가 아무리 뻔뻔해도 정도가 있지. 우리를 지켜줄 방패막이는 하나 있어야지. 좋잖아?"

그는 정말 어이가 없었다. 대헌의 저 밉살스런 말에 기가 막힐 뿐이었다. 이건 해도 해도 너무한 것 같다.

"영희 씨, 우린 그만 일어나죠. 어디 가서 우리끼리 한잔하자고요."

진하가 벌떡 일어나자 진진이 그를 지그시 노려보더니 픽 하고 웃어버렸다.

"농담이야, 농담. 앉아. 어딜 누나 허락도 없이 일어나. 버릇없게."

그는 누나의 웃음 섞인 목소리에 꼬리를 내렸다.

"달링, 자기가 이해해. 저놈 질투가 나서 그런 거라고."

대헌의 말에 진진이 얼씨구나 고개를 끄덕였다. 온몸을 타고 흐르는 소름에 몸서리쳤다. 닭살도 이런 닭살들은 처음이었다. 누나가 스킨십에 인색하지 않다는 건 이미 알고 있었지만, 이렇게 뜨거운 눈빛으로 상대만을 바라보고 애정 공세를 펼치는 건 처음 보았다. 여하튼 두 손 두 발 다 들었다.

"아이고, 이 화상들, 내가 졌어. 놀고 싶은 대로 마음껏 놀라고. 신경 쓰지 않을 테니까."

그의 항복 선언에 두 사람이 키득거렸다. 그는 가슴 한구석이 따뜻해지면서 조금은 마음이 놓였다. 무척이나 행복하고 안정되어 보이는 그들을 보니, 이제 누나 걱정은 하지 않아도 될 것 같았다. 그가 옳았던 것이다. 대헌이라면 가능할지도 모른다고 생각했던 그의 판단은 정확했다.

그들의 눈뜨고 못 볼 애정 행각에도 불구하고 그럭저럭 즐거운 시간을 보냈다. 어색해하던 영희도 어느 순간부터는 웃으며 대화에 동참했다. 영희의 감정을 걱정하던 진하도 이제 안도했다. 그러나 그것은 섣부른 판단이었다.

"아참, 대헌 씨, 지난번에 저에게 해물탕 끓여주신 날 말이에요."

영희의 폭탄과도 같은 말에 거기에 있던 세 사람의 얼굴에서 일시에 웃음이 가셨다. 진진이 천천히 대헌의 팔에서 빠져나왔다. 대헌의 얼굴엔 당혹한 표정과 함께 공포의 감정이 떠올랐다. 진하는 눈을 가늘게 뜨고 영희의 안색을 살폈다.

'내가 방심을 한 건가?'

경악하고 있는 그들 모두의 반응을 모른 척 영희는 태연하게 말했다.

“제가 귀고리를 잃어버렸는데 아무래도 대헌 씨 원룸에서 그런 것 같아서요. 저에겐 특별한 의미가 있는 거라서 염치 불구하고 말씀드리는 거예요.”

진하는 영희를 요주의 관찰 대상 첫 번째에 올려놓았다. 지금까지 미심쩍었던 일이 몇 번 있었지만 설마 이렇게 악의적인 성격을 지닌 줄은 알지 못했다. 어떻게 된 일인지는 모르지만, 지금 그녀가 의도적으로 그 말을 꺼냈다는 것은 삼척동자도 알 일이었다. 미소 지을 듯 말 듯 살짝 올라간 입꼬리가 추해 보였다.

진진이 실눈을 뜨고 그런 영희를 뚫어지게 바라보았다. 대헌이 뭐라고 하기도 전에 진진이 먼저 입을 열었다.

“자기, 뭐야? 아무에게나 당신 솜씨 보이지 마. 한 번 맛보면 빼앗고 싶어질 만큼 음식 잘하는 남자 데리고 사는 것이 얼마나 힘든지 알아? 그렇죠, 영희 씨?”

‘아무나’에 힘을 실어 말하는 진진의 얼굴엔 미소가 한가득이었다. 속이야 어떻든 아무도 진진을 당해낼 수는 없다. 영희는 앞으로 우리 남매에게 어떤 식으로든 보복을 당하게 될 것이다. 누나를 건드리는 건 그 자신이 용납할 수 없었다.

“영희 씨, 제가 한번 찾아보죠. 하지만 잠깐 앉았다 가셨는데 저의 집에 있을 것 같진 않군요.”

대헌이 당혹스럽다는 듯이 말했다. 이것이 무슨 날벼락이냐는 표정이 역력했다.

‘이제 내가 나설 차례로군.’

진하는 자리에서 일어섰다.

"영희 씨, 우린 그만 갈까요? 제가 조금 피곤해서요. 내일 연습에 지장없도록 일찍 일어나는 게 좋겠어요."

그는 엉거주춤하는 영희의 팔을 힘 주어 잡고 손을 흔들어 안녕을 고하고는 재빨리 그곳을 벗어났다.

영희의 집으로 향하는 택시 안에서 진하는 창밖을 보고 있는 그녀를 천천히 관찰했다. 언젠가 울고불고할 때 쉽게 끝날 일이 아니란 걸 알았어야 했는데.

"영희 씨, 아직도 대헌이 녀석 좋아하나요?"

그녀는 아무 말이 없었다. 꽉 다물린 입매가 고집스럽게 보였다.

"자신이 좋아한다고 다른 사람의 사랑에 끼어들 권리가 있다고 생각하세요? 전 오늘 당신에게 무척 실망했어요. 미운 마음으로는 아름다운 춤이 나오지 않아요."

순간 그녀의 눈에 독기가 서렸다.

"내가 뭐 못할 말이라도 했나요? 사실을 말했을 뿐인데 당신 누나라고 편드는 건가요?"

"누가 봐도 당신이 오늘 한 짓은 옳지 않았어요. 그건 당신이 더 잘 알겠죠? 그리고 말 잘했어요. 누나라 편드는 거냐고 했죠? 네, 그래요. 전 하나밖에 없는 누나 해코지하려는 사람은 가만 안 둡니다. 설령 그 사람이 제 파트너라 해도. 제 말 잘 알아들었으리라 생각해요."

　　그들은 냉랭한 분위기에서 헤어졌다. 무엇보다 파트너로 잘해 나가자면 마음이 통하고, 서로를 존경하고, 좋아하는 마음이 있어야 하는데 그들에게 이런 감정의 골이 생겨 버렸다. 석 달 앞으로 다가온 대회에 온전히 나갈 수 있을지 걱정이 되었다. 한숨이 절로 나왔다. 너무 민감하게 반응한 것일까, 누나 문제는 언제나 그에게 첫 번째였기 때문에 자신도 모르게 날카로운 반응을 보여 버린 것인지도 모르겠다.

　　진하는 갑자기 자신의 연인이 보고 싶어졌다. 주머니의 휴대폰을 꺼내 단축 버튼을 눌렀다. 전화 저쪽에서 들려오는 걸걸한 목소리에 벌써부터 마음이 풀어졌다.

　　"어디 계세요, 제이미? 그럼 제가 그리로 갈게요. 한 20분 걸리겠어요. 알았어요. 네. 저도요."

　　그의 입가에 살포시 미소가 걸리고 눈빛이 영롱하게 반짝거렸다.

　　그들이 집에 돌아왔을 때는 자정이 넘어 있었다.

　　대헌이 염려했던 것과는 다르게 진진의 표정은 그리 어둡지 않았다. 묻고 싶은 게 많을 것이지만 그것도 하지 않았다. 화가 날 만도 한데 아무 말이 없다. 그런 그녀를 보면서 그는 어떻게든 말을 꺼내려 했지만 그녀는 집에 가자는 말만 되풀이했다.

　　대헌은 사랑하는 여자의 마음을 다치게 한 자신에게 화가 났다. 경솔했던 행동이 그들의 행복에 찬물을 끼얹었다. 어떻게 얻은 사랑인데 아무것도 아닌 일로 망칠 수는 없었다. 진진의 경직된 뒷모습을 바라보며 그는 못내 마음이 아파왔다.

그들이 서로를 사랑한다는 것을 알게 된 후로 진진은 그에게 아무것도 묻지 않았다. 누구를 만났던 것인지, 어떤 사람과 접촉해서 치료 여부를 확인했는지……. 민감할 수 있는 문제를 사랑 하나로 묻어버렸다. 그런데 이제 다시 그의 여자 문제가 표면에 떠오르자 이번만큼은 그냥 넘길 수 없게 되었다. 집에 도착해서도 그를 무시하고 침실로 곧바로 들어가는 그녀를 뒤따라 들어갔다.

그는 재킷을 벗어 던지는 그녀의 어깨를 붙잡아 돌려세웠다. 얼음 같은 서늘한 기운에 어깨를 잡은 그의 손에 힘이 들어갔다.

"왜 묻지 않는 거야? 모두 다 대답해 줄 수 있는데 왜 피하는 거지?"

그녀는 여전히 차가운 눈빛을 하고 있었고, 냉담한 표정이었다.

"지난번에 레스토랑에서 손을 잡았다는 여자가 영희 씨야?"

정곡을 찔러오는 질문에 대헌은 어쩔 수 없이 머뭇거릴 수밖에 없었다. 상황이 이상한 방향으로 흐르고 있었다. 물론 영희 씨나 강 선생이나 그와 아무런 관계도 없는 사람들이고 보면 그리 숨길 것도, 거리낄 것도 없건만 어쩐 일인지 일이 자꾸만 꼬이고 있었다.

"영희 씨야?"

"아니, 하지만……."

진진이 그의 손을 격하게 뿌리쳤다.

"하, 그 여자 말고도 또 있었단 말이야? 이제 보니 당신 대단한데? 그동안 어떻게 참고 살았어? 이제 병도 완전히 치료되었겠다, 더 자유롭게 만나고 다닐 수 있겠는데?"

그는 막말을 해대는 그녀의 마음을 충분히 알기 때문에 부드럽게 그녀의 허리를 감아 안았다. 뿌리치는 그녀를 더 깊이 안고 그녀의 목에 얼굴을 묻었다.

"그러지 마, 왜 자신을 괴롭히는 거야. 내가 당신 말고 또 누구를 사랑할 수 있겠어. 다른 사람을 만지거나 만나고 싶은 생각 자체가 없어, 난. 내게 여자는 오직 당신뿐이야. 그건 내가 병이 있거나 없거나 하는 문제가 아니야."

대헌은 그녀의 등허리를 천천히 쓸어 내렸다.

"그저 당신 이외에는 안 돼. 그렇게 운명지어진 거야, 우린. 그걸 의심하지 마."

부드럽게 애무하는 손길에 그녀 몸의 긴장이 차츰 풀려갔다. 한동안 그렇게 가만히 서서 서로를 위로했다.

"알고 있다고 생각했어. 마음속 깊이 당신을 믿고 있고. 그렇지만 나도 여자야. 이런 문제가 생겼는데 태연할 수 있다면 그건 당신을 더 이상 사랑하지 않게 되었을 때뿐일 거야."

진진의 차분한 목소리가 고비를 넘겼음을 말해 주었다. 그의 변명 같은 건 필요없었다. 이성을 회복하자 그녀는 그저 그렇게 그를 믿어주고 있는 것이다. 그는 진정으로 사랑받고 있다는 사실을 깨달았다. 온몸이, 온 마음이 환희의 춤을 추고 있었다. 보글보글 끓어오르는 피가 뜨겁게 달구어져 온몸을 돌았다. 손톱 끝 말초 신경 하나하나까지 흥분으로 꿈틀거렸다.

"사랑해."

"나도 사랑해."

대헌은 그녀의 섹시하고 도발적인 입술에 짧지만 깊은 키스를 했다.

"이리 누워봐."

대헌은 가볍게 베이비키스를 한 후 침대에 누워 그녀를 그의 옆구리에 바싹 붙여 뉘었다. 귀여운 짧은 머리를 쓰다듬으며 그는 입을 열었다.

"당신을 처음 만난 날 이후 몇 달간 당신을 찾아 미친 듯이 돌아다녔어. 딱히 어디 가서 당신을 찾아야 할지 막막했지만 죽어라 찾아다녔었어. 그렇게 시간이 가고 무척이나 실망하고 포기하고 있을 때, 난 화가 나기 시작했지. 당신을 안을 수 있다면 누구라도 못 안겠냐는 오기가 생겼어. 그래서 시도해 봤어. 결국 대실패로 끝이 나고 말았지만. 결국 난 당신 아니면 안 되었던 거지."

진진이 그의 뺨을 다정히 쓸어주었다.

"지난번 레스토랑에서 나와 손을 잡았다는 여자가 바로 그때 그 여자야. 우리 학교 교사인데 그때 실패했던 사람이니까 그 사람과의 접촉에 아무 일도 생기지 않는다면 완전히 치료된 것으로 봐도 되는 것이 아닐까 생각했어. 그래서 동의 하에 가벼운 악수를 한 것뿐이야.”

그녀는 차근차근 설명해 주는 그의 말을 조용히 듣고 있었다. 그녀의 몸이 눈에 띄게 풀어졌다. 행여 그녀에게 조금이라도 오해가 남을까, 맘 상할 만한 찌꺼기가 가라앉아 있을까, 조심하면서 말했지만 그렇다고 좋을 수만은 없을 것이다. 진진이 몸을 더욱 가까이 붙이고 다리를 들어 올려 그의 허리를 감싸왔다.

“흐흠…… 당신이 그렇게 나오면 더 이상 말을 할 수가 없게 돼.”

평소의 그녀로 돌아왔나 보다. 그녀의 장난기가 다시 가동했다. 허리에 걸쳐져 있는 다리를 살짝 내려 발가락으로 그의 엉덩이 중심을 살짝 건드렸다. 그는 움찔 몸을 떨었다. 그런 그를 보며 진진은 매혹적이지만 사악하기까지 한 미소를 지었다. 그는 그 유혹에 취했다.

“잠시만, 잠시만 참아줘. 마저 다 얘기하고 싶어.”

“당신은 얘기해, 다 듣고 있으니까.”

아쉬운 듯 엉덩이에 머물러 있던 다리를 천천히 내리고 이번에는 그의 셔츠 단추를 능숙하게 풀어 내렸다.

“어이어이, 지금 뭐 하는 거지?”

그의 말을 무시하고 그녀는 내처 셔츠를 풀어헤쳤다. 진진의 미끈한 손이 단숨에 그의 가슴을 애무하기 시작했다.

"이건 양보 못해, 당신 가슴은 내가 요즘 심취하고 있는 최고의 장난감이란 말씀이야. 이것도 빼앗으면 애기고 뭐고 덮쳐 버릴 거야. 당신이 선택해."

끝내 장난을 그치지 않는 진진이었다. 그는 뻐근하게 올라오는 허리의 쾌통을 간신히 가라앉히고 마저 얘기를 이었다.

"영희 씨 말인데……."

그의 젖꼭지를 손톱으로 살살 긁어대던 그녀의 손길이 잠시 멈추었다. 그리고 아무 일 없다는 듯 그 손길이 다시 움직이며 그를 자극했다.

'역시 얼굴을 아는 여자가 얽혔기 때문에 조금은 더 신경이 쓰이나 보다.'

"왜, 요전에 당신과 같이 간 신년 파티 때 말이야. 내가 그녀를 이용해서 당신의 관심을 끌려고 했던 게 내내 마음에 걸렸었는데, 그녀에게서 전화가 왔었어. 마침 당신은 가족 모임에 나가서 외박하는 날이었지. 기억나? 왜, 당신이 전화해서 후에 내가 아버님 집으로 갔었잖아."

그녀가 고개를 끄덕이며 그의 목덜미에 입술을 묻어왔다. 그 촉촉하고 뜨거운 입술에 자극받아 그는 그녀의 얼굴을 두 손으로 감싸고 깊은 키스를 했다. 떨어지기 아쉬운 듯 떨어졌다 다시 얽히고, 다시 떨어졌다 만나기를 여러 차례. 그가 먼저 고개를 들어 그녀의 머리에 턱을 비볐다.

"그날 내가 해물탕을 준비하고 있어서 집으로 오라고 했지. 사과도 할 겸 말이야. 아무 일도 없었고, 앞으로도 그녀 때문에 당신이 신경 쓸 일은 없을 거야. 이게 다야. 오늘의 해프닝에 대한 해명 끝."

대헌은 그녀를 빙글 돌려서 침대에 바로 눕혔다. 장난을 쳐대는 그녀의 팔을 두 손으로 단단히 붙들고 음흉한 눈빛으로 그녀의 몸을 훑어보았다. 그는 과장되게 고약한 표정을 지었다.

"흠, 꽤 쓸 만한 몸을 가졌군. 나에게 지분거릴 때는 그만한 각오를 하고 시작한 거겠지? 어디 한번 맛 좀 볼까? 얼마나 달콤한지, 육즙은 신선한지."

입술로 강하게 옆구리 여기저기를 빨아대자 진진이 웃음을 참지 못하고 깔깔거렸다.

"크하하하, 그, 그만, 제발! 간지러워 죽겠어. 어…… 안…… 돼."

몸부림치며 정신없이 웃어대는 소리가 온 침실에 울려 퍼졌다. 비명과도 같았던 커다란 웃음소리는 잠시 후 끈적거리는 진한 신음으로 바뀌었다. 조금 전에 겪은 자그마한 위기 때문이었을까? 그들이 나누는 사랑에는 평소보다 더 깊은 애틋함이 담겨 있었다. 자칫 의심과 불신의 골이 패일 위기에서 벗어나 단단히 묶여지는 그들의 사랑을 더욱 소중히 여기게 된 것이다.

평소에 그들이 사랑을 나눌 때는 언제나 결렬하고 뜨겁게 불타올라 순식간에 황홀한 화염에 싸여 버리곤 했다. 약간은 거칠고 와일드하기까지 하던 사랑 방식과는 다르게 오늘 그들은 부드럽고 느긋하게 사랑을 했다. 아까워 쉽게 만지지도 못하겠다는 듯 그녀의 가슴을 애무하는 대헌의 손이 떨리고 있었다. 그의 손길이 머물고 지나가면 하얀 피부가 핑크빛으로 물들어갔다.

그녀는 알몸을 길게 펴고 누워 가만히 그의 애무를 받고 있었다. 감긴 눈썹이 그가 주는 쾌감에 파르르 떨리고 섹시한 입술에서 밀도 진한 신음이 끊임없이 흘러나왔다. 살짝살짝 몸을 꼬고 더 강한 자극을 원하며 허리가 들쳐 올려지면 그때마다 그의 욕망도 한층 부풀어 올랐다. 그는 뾰족이 일어선 단단한 돌기의 유혹을 뿌리치지 못하고 붉은 혀를 살짝 대보았다. 그가 쭈뼛거리며 반응해 오는 그것을 덥석 입에 물고 마음껏 혀로 희롱하자 그녀가 몸을 일으켜 그의 목에 팔을 감아왔다. 그때까지 그의 입술과 맞닿아 있는 그녀의 가슴 이외의 곳은 완전하게 떨어져 있었다.

오늘은 기필코 천천히 그녀의 몸 구석구석을 탐험해 보리라 굳게 다짐했지만, 더 이상 참는다는 것은 아무래도 무리였다. 그의 앉은 허벅지에 엉덩이를 대고 허리에 두 발을 단단히 감은 그녀가 엉덩이를 들었다 살며시 내리며 그의 남성을 감쌌다. 그녀의 몸으로 천천히 들어가면서 그는 가늠할 수 없는 쾌감에 길게 신음을 내뱉었다. 그의 무릎에 걸터앉아 천천히 엉덩이를 흔들어대는 그녀의 허리를 바싹 끌어당겨 서로의 상체를 완전히 밀착시켰다. 그녀의 움직임에 따라 급속도로 퍼지는 황홀한 쾌락에 숨이 막혀왔다. 그는 그녀를 안은 자세 그대로 무릎을 세워 그녀 안에 더욱 깊이 삽입했다. 사랑하는 두 사람의 나신 위로 뜨거운 숨결과 색정적인 향기가 내려앉았다. 그렇게 앉은 자세로 그들을 절정에 올랐다. 진진의 허리가 뒤로 꺾이면서 힘없이 축 늘어졌다.

대헌은 그녀와 결합된 상태 그대로 침대에 누워 사랑의 여운을 즐겼다. 소리도 없이 죽은 듯 누워 있는 그녀의 얼굴을 사랑스럽게 바라보았다. 이마에 맺힌 작은 땀방울들을 손등으로 닦아내고 흐트러진 머리를 애정이 담긴 손길로 더 더욱 헝클어놓았다. 거대한 성적 쾌감에 더해 정신적으로도 격한 오르가즘을 느낀 상태였기 때문에 대헌은 완전히 쇠진하고 말았다. 진진도 이미 나른한 피곤이 덮쳐 온 듯 잠에 취해 있었다.

그는 움직이지 않는 몸을 간신히 추슬러 샤워를 했다. 그리고 나서 그는 타월을 들고 부엌으로 갔다. 물을 적신 수건을 비닐봉투에 싸서 전자레인지에 잠깐 돌려 뜨거운 수포를 만들었다. 깊은 잠에 빠진 그녀를 여러 번 흔들어 식힌 수건으로 깨끗하게 닦아주었다.

땀에 절은 얼굴을, 다소 격렬했던 순간을 보여주듯 붉게 물들어 있는 가슴을, 그리고 사랑의 흔적이 아직도 남아 있는 그녀의 아름다운 숲까지 천천히 부드럽게 닦아냈다. 뜨겁고 청결한 타월이 그녀의 몸을 닦는 동안 그녀는 고혹적인 신음을 흘리며 만족을 표했다. 그는 그런 그녀를 품에 안고 따뜻한 이불을 덮었다. 사랑스런 두 연인은 그렇게 깊은 심연과 같은 잠 속으로 빠져들었다.

진삼봉 옹과 그의 아들 진복태는 한 여자의 계획적이지만, 악의없는 꼬임에 놀아나는 선량한 허수아비들이었다. 송 원장은 청림원을 관리하고 있긴 하지만 그전부터 돌봐오던 조그마한 영아원이 있었다. 그녀는 그곳을 청림원처럼 시설 좋고, 아이들이 편안하게 생활할 수 있는 곳으로 만들고 싶었다. 그러기 위해 최대한 재정 지원을 받기를 원했다. 평소에도 그녀는 여러 후원자를 직접 찾아다니면서 로비를 담당해 왔었다.

그녀는 두 남자가 그녀에게 호감을 보이며 구애해 왔을 때 그것을 절호의 기회로 여겼다. 그들이 싫거나 단지 이용하기 위해서는 아니었지만 그녀에 대한 호감을 십분 이용하는 데 아무런 죄책감도 느끼지 않았다.

그들이 내놓는 후원금은 어마어마했다. 사실 청림원도 거의 폐허나 다름없는 건물뿐인 곳이었다. 편하게 잠자기도 빠듯한 열악한 상태에서 지금처럼 따뜻한 가정 같은 안락한 공간이 만들어지기까지 얼마나 많은 자금이 들었을지 대충은 짐작이 갔다. 나쁘게 말하면 돈 많고 할 일 없는 남자들의 돈을 우려내는 것이지만, 그녀는 좋은 일에 사용한다는 마음으로 양심의 소리를 죽이고 그들에게 기꺼이 여자로서 접근했다.

그렇게 만남을 지속한 지 한 달. 그동안 그들이 청림원에 방문하기도 하고, 그녀가 서울로 나가기도 하면서 대략 7일 정도를 만나보면서 그녀의 이전 생각은 180도 바뀌어졌다. 돈만 많고 할 일 없는 노인네들의 심심풀이 대외 과시용으로 생각했던 것과는 달리 그들은 봉사 활동을 아주 진지하게 생각하고 있었다.

그들은 어마어마한 재산을 가진 사람들답지 않게 소박하고 자신들을 위한 사치가 조금도 없었다. 사람들은 입성으로 다른 사람을 쉽게 판단해 버리는 경우가 많은데, 만약 이들을 겉 차림새로만 평가한다면 그저 그런 회사를 다니다 적은 연금으로 생활하는 소시민 정도로 치부해 버릴 것이 분명하다.

그들이 만나는 장소도 언제나 소박한 된장찌개가 나오는 작은 백반집이나 냉면집, 해장국집 등이었다. 딱 한 번 고급 한식집으로 그녀를 초대한 적이 있는데, 그것도 그녀의 생일이었기 때문에 특별히 배려한 경우였다. 그녀를 놓고 각축전을 벌이고 있는 상황에서 그 정도라면 그들은 정말로 대단한 사람들이었다.

송 원장은 그런 그들에게 조금씩 빠져들고 있었다. 엎치락뒤치락 티격태격하며 사람을 웃게 만드는 유머 감각 하며 좋은 일에 돈을 아끼지 않는 너그러움도 사람을 끌어당겼다. 그리고 무엇보다 그 나이에도 불구하고 남자로서의 매력을 흠씬 발산하고 있었다.

그건 외모와는 하등 상관없는 남자의 향기였다. 그녀는 그들과의 유쾌한 만남을 계속 유지하고 싶었고, 그건 후원금과는 아무런 상관이 없었다. 오랜만에 가지는 진실한 감정이었다.

“아버님, 송 여사님 부탁을 들어주실 생각이신가요?”

진복태는 뻔한 질문을 던졌다. 그들이 언제 그런 도움의 요청을 거절한 적이 있었던가.

“아무래도 그래야 할 것 같다. 우리를 가지고 놀려고 하는 여우 아줌마를 조금은 감동시켜 줘야 하지 않겠냐? 송 원장도 좋고 우리도 즐겁고, 일석이조, 누이 좋고 매부 좋고.”

두 부자간에 의미심장한 눈빛이 교환되었다.

사실 송 원장은 순진하기 그지없었다. 두 능구렁이를 제 손아귀에 틀어쥐었다고 생각하겠지만 세상도 더 오래 살았고, 그만한 재산을 모으기 위해 그들이 겪었던 수많은 일들을 되살리자면 그녀는 그들 부자의 발끝도 따라오지 못할 것이다.

다만 천성이 순박하고 송 원장의 의도가 나쁘지 않기 때문에 그녀의 뜻에 따라주는 것뿐이었다. 또 한 가지 이유는 속이 빤히 들여다보이는 그녀의 신선함이 그들 부자의 호감을 샀기 때문이다. 그들은 평생 처음으로 오랜 인연이 될 만한 이성 친구를 가지게 되었다. 그것이 즐거운 두 사람이었다.

“내 생각은 이렇다. 송 여사 의견대로 지금 있는 영아원을 개축하는 건 별로 바람직한 방향이 아니라고 본다. 차라리 청림원 부지에 영아원을 새로 건축하고 상주 간호사와 도우미를 적정선에서 채용하는 것이 좋겠구나. 가능하다면 상주 의사가 있어서 청림원 아이들과 함께 돌봐주면 금상첨화겠지만 어디 그게 쉬운 일이겠니? 아범 생각은 어떠누?"

"아버지, 영아원도 송 원장님에게 맡기실 건가요?"

"그게 좋겠지? 뭐라고 해도 사회사업에 열심인 사람이지 않겠나? 믿고 맡겨도 될 듯한데……."

진복태는 고개를 끄덕였다. 스스로 영악하게 행동한다고 하지만 그들에게 속을 다 들키고 말았다는 것을 안다면 송 원장은 다시는 그들을 보려 하지 않을 것이다. 그 나이에 그렇게 순진할 수 있는 것은 평생 자신을 위해서가 아니라 남을 돕는 일만 해왔기 때문이 아닐까 싶다. 그녀라면 잘하리라 믿어 의심치 않았다.

"그럼 김 변호사를 부르겠습니다."

모든 걸 일사천리로 정리하고 그들은 송 원장에게 줄 자그마한 꽃다발을 들고 집을 나섰다.

"내가 주겠다."

"아버지, 이번엔 제 차례예요."

"아비가 주겠다면 그런 것이지 뭔 말이 많아."

"아무리 그래도 이번엔 안 됩니다. 매번 제 카드로 결제하는데 왜 생색은 아버지가 내시려고 하세요. 절대 양보 못합니다."

"효(孝)도 모르는 못된 놈. 내가 너를 어떻게 키웠는데."

또다시 티격태격하며 낄낄거리기에 재미 들린 두 부자간이었다.

제13장

용서받지 못할 관계

사무실 안은 무겁게 가라앉아 있었다. 진진이 사장에 취임할 당시 만만치 않은 반발이 있었던 김태진 전무이사가 기어이 일을 쳤다. 그가 보유한 주식 전부를 우리 나라 최대 금융회사를 소유하고 있는 동방기업에 넘겼다는 소식을 접하게 되었기 때문이다. 김 이사는 통쾌한 듯 주식 거래소에 신고도 하기 전에 그녀를 찾아와 한 방 날리고 떠났다. 신문사 경영자의 자리를 오랫동안 노려왔던 그가 그렇게 쉽게 그의 주식을 넘겼다는 것이 이해가 되지 않았다. 뭔가 구린 냄새가 나고 있었다. 그것도 지독한 악취가.

"김 부장님, 제가 알기로 동방기업이 꽤 오래전부터 언론사에

공을 들이고 있다는 소문이던데요."

이마가 다 벗겨져 실제 나이보다 한참은 더 들어 보이는 김현태 판촉부장은 평소의 온화한 미소는 온데간데없는 심각한 얼굴을 하고 있었다. 옆에 앉아 있는 사외 이사인 한국 대학교 경영대학 원장 이진수의 얼굴도 심상치 않았다.

"동방그룹에서 사장님이 취임하기 몇 달 전부터 조금씩 주식을 사들이기 시작했지만 눈에 띄는 거래는 없었습니다. 대략 6% 정도의 주를 소유하고 있었습니다만 이렇게 되면 김 이사의 25%를 더해 31%에 달하는 주식을 보유하게 되었습니다. 심각한 수준입니다. 사장님이 38%고, 은행 보유 주식이 15%라면 이제 은행이 관건입니다."

진진의 아버지는 회사가 어려울 때 믿을 사람은 이 두 사람뿐이라고 일전에 말씀하셨다. 이 이사로 말하자면 아버지의 오랜 친우로 지금까지 우정을 쌓아오시는 분이시고, 김현태 부장으로 말하자면 할아버지가 어려서부터 학비를 대어 뉴욕에 유학까지 보낸 사람이었다. 주식 변동에 적신호가 켜진 지금 이 두 사람은 그녀에게 큰 힘을 실어주고 있었다.

"지금 상황에서 은행은 부도 수표나 마찬가지입니다. 동방기업의 자 회사인 동방금융과 우리 거래 은행인 산업은행이 합병한다는 루머가 돌기 시작한 지가 벌써 1년 가까이 되었어요. 어쩐지 우연이라고 하기엔 미심쩍은 게 한두 가지가 아닙니다. 비록 제가 최대 주주이긴 하나 은행이 등을 돌린다면 문제는 심각해지는 거예요. 동방은 당연히 경영권을 원할 겁니다.”

그녀의 말에 두 사람은 고개를 끄덕였다. 심각한 상황이었다. 은행을 낀다면 동방은 무려 46%의 주를 보유하게 되는 것이다.

“단 몇 %라도 우리 회사 주를 가지고 있는 주주들을 우리 편으로 만들어야 합니다. 적어도 13%는 더 확보해야 안전권입니다.”

김 부장 말이 맞았다. 쉬운 일은 아니지만 최소 13%는 확보되어야 한다.

“지금은 얼마나 확보할 수 있습니까? 지금부터 거래에 나오는 우리 회사 주식은 모두 사들이세요. 김 부장님은 등록된 주주들을 일일이 만나보세요. 혹시나 미심쩍은 주주의 명단은 저에게 넘기세요. 제가 직접 만나볼 테니까요. 빨리빨리 움직이세요. 저쪽에서 손을 쓰기 전에 우리가 먼저 치고 들어오지 못하게 바리케이드를 칩시다.”

이 이사는 그녀에게 고개를 저어 보였다.

“아시다시피 저희 회사는 일반 소액 주주가 거의 없습니다. 다 합쳐 봐야 겨우 4, 5% 정도밖에 되지 않습니다. 전대 회장님을 만나보시는 게 더 빠르실 겁니다. 어려울 때 도움을 받고 주식으로 대가를 치르신 분들이 몇 분 되시는 걸로 알고 있습니다. 그분들만 찾으시면 다 해결될 문제지요. 회장님과의 정리로도 등을 돌리시지는 않을 겁니다.”

진진은 고개를 끄덕였다. 도움을 요청하고 싶지는 않았지만 할아버지와 아버지가 일구어놓은 회사를 빼앗길지도 모르는 것이다. 이런 상황에서 그녀 자신의 능력으로 해결해 보겠다며 오만을 부리고 있을 수만은 없었다.

"알겠어요, 그건 제가 처리하죠. 은행의 행동도 주시하시고 거래소에서도 눈을 돌리지 마세요. 비상사태입니다. 그럼 수고들 해주세요."

회의가 끝났다는 신호에 그들이 자리에서 일어섰다.

"아참, 동방 쪽에선 누가 이 일을 주도하고 있나요?"

"뉴욕에서 M&A 전문가로 일하던 젊은 인재를 이번에 동방의 모 기업 인수 합병 팀장으로 채용했다고 들었습니다. 옥스퍼드에서 공부한 수재랍니다. 자세한 자료를 원하시면 파일을 만들어 올리겠습니다."

'옥스퍼드라…… 동문을 만나게 되는군.'

진진은 일어서서 창가로 다가갔다. 등 뒤로 문이 조용히 열렸다 닫히는 소리가 들렸다. 창밖의 빌딩 숲을 멀거니 바라보았다. 언젠가 경영권을 위협하는 세력이 나타나리라고 대비하고는 있었지만 너무 빨랐다. 이제 경영자의 위치에 오른 지 넉 달밖에 되지 않았다. 그녀의 경영 마인드를 다 펼쳐 보이기도 전에 그녀를 가로막는 도전 거리가 생긴 것이다. 그러나 두렵거나 불안하지는 않았다. 충분히 대비하고 있었고, 그녀의 꿈이 이곳에 있는 한 쉽게 물러설 그녀가 아닌 것이다. 오히려 일에 활력이 생길 것 같아 재미있었다. 그만큼 그녀는 이 일을 즐기고 있었다.

진진은 회 종류를 그다지 좋아하지 않았다. 아니, 일본 음식 자체를 좋아하지 않았다. 밍밍한 것이 어딘지 뭔가 빠진 것 같은 맛은 그녀의 취향이 아니었다. 또한 일식집이라는 간판을 내건 집들마다 하나같이 누가 더 일본풍으로 꾸며놓느냐에 목숨 걸고 덤비는 것도 마음에 들지 않았다. 값비싼 일본 도자기도 마음에 들지 않았다. 아기자기하고 아름답기는 하지만 그것 또한 어쩐지 뭔가가 부족한 듯 느껴졌다. 화려하지만 은은하고 고혹적인 우리 도자기에 비할까. 심히 탐탁지 않음에도 이런 곳에서 약속을 잡은 이유는 순전히 상대방을 배려함이었다.

할아버지를 통해 알아본 바에 의하면 화진 화장품 전 사장이셨던 고 박진영 회장에게 주식의 7%를, 그리고 오늘 만나뵙기로 한 이도의 아버지인 서울 호텔 이민석 사장에게 3%를 양도했다고 한다. 박 회장의 사유재산에 관한 유언은 공개되지 않아서 주식이 어디로 옮겨졌는지 알 수 없고, 또한 혈육이 없었던 관계로 더 더욱 알기 어렵다 하셨다. 일단 이민석 사장의 주를 먼저 매입하든지 위임장을 받든지 해놓는 게 급선무였다. 우선은 확보할 수 있는 주는 모두 확보하고 대응에 나서야 할 것이다.

"이 사장님 오셨습니다."

밖에서 들려오는 안내인의 목소리에 진진은 벌떡 일어났다.

문이 스르르 열리고 중후한 모습의 이 사장의 모습이 드러났다. 그가 안내인을 향해 미소를 지으며 고개를 끄덕여 주자 이제 20 대 중반으로도 보이지 않는 앳된 아가씨의 얼굴이 새빨개졌다.

그분은 그런 분이었다. 나이를 망라하고 그분 앞에서는 여자로 만들어 버리는 재주를 가지고 계신 분이었다. 그의 미소가 그녀에게로 향해졌다. 그녀도 환하게 마주 웃어주었다.

"어서 오세요, 이 사장님."

그녀는 허리를 깊이 숙여 정중히 인사를 했다.

그는 픽 웃으며 아이에게 하듯이 그녀의 머리를 쓰다듬었다.

"사장님은 무슨. 네가 언제부터 그렇게 고개를 숙이고 들어갔지?"

다정하게 웃으시며 자리에 앉는 중년의 멋쟁이와 그녀는 따뜻한 눈빛을 교환했다.

"아저씨, 전 오늘 공적으로 아저씨를 만나는 거라고요. 왜 어린애 취급하시고 그러세요."

아들 하나만 달랑 낳아서 딸을 소원하셨던 아저씨는 어린 시절에 그녀를 너무나 귀여워해 주셨다. 유학 시절에도 이도를 보러 오실 때면 그녀도 빼놓지 않고 챙겨주시곤 하셨다. 이도와 연인이 되었을 때는 아예 며느리 취급하시며 제 자식처럼 사랑해 주셨던 분이다. 사랑해 주신 만큼 보답을 못해 드린 죄책감이 새삼 떠오르고 있었다.

"아주머니는 잘 계시죠? 찾아뵙지도 못하고…… 많이 서운해하시죠?"

"서운해하고말고, 못된 놈. 그렇게 한 번 찾아오지도 않다니. 한가해지면 한번 찾아뵈어라. 너 많이 보고 싶어하신다."

자애로운 목소리에 그녀는 살며시 웃었다.

"예, 죄송하다는 말씀 전해주세요. 근간에 찾아뵐게요."

"네 할아버지로부터 전화를 받았다. 신문사 주식이 필요하다고? 내 주주 총회가 소집되면 너에게 위임장을 보내든지 내가 직접 그 자리에 나가마. 걱정 말거라."

그녀는 깊이 머리를 숙였다.

"네가 원한다면 언제든 너에게 팔 의향도 있으니, 이번 일이 수습되고 자금에 여유가 생기면 그때 생각해 보자꾸나. 하지만 어차피 이도가 물려받을 것이니 너에게 피해가 가는 주식은 아니라는 생각이 드는구나. 쓸데없는 곳에 돈을 낭비할 필요는 없을 것 같다."

"고맙습니다, 아저씨. 은혜 잊지 않겠어요."

"이놈! 우리가 남이냐? 그런 소리 하려거든 다시는 보자 말거라."

정이 뚝뚝 떨어지는 목소리에 그녀의 눈에 물기가 살짝 어렸다.

마침내 대헌이 그녀의 집으로 아주 이사 오는 날이 되었다. 대헌이 그의 오피스텔을 정리하기로 결정했을 때 그녀는 내색하진 않았지만 굉장히 기뻤다. 아무 때고 돌아갈 수 있도록 집을 남겨둔다는 것이 내심 싫었던 것이다. 그녀는 손님방을 그의 서재로 만들었다. 그녀가 준비한 커다랗고 중후한 마호가니 책상에 반질반질 윤을 내고, 벽 하나에 붙박이 책장을 들였다. 오랜 시간 책상에 앉아 있을 그를 생각해 그녀는 요즘 유행하는 온열 마사지 의자도 준비했다.

그의 이삿짐은 생각 외로 많았다. 큼지막한 고급 카펫이 한 장, 책장을 다 채우고도 모자랄 만큼 많은 책들과 꽤 낡은 데스크 탑 컴퓨터와 최신 노트북, 수백 개는 될 듯한 비디오테이프와 비디오(사귄 지 3달이 넘어가고 있지만 진진은 그가 흘러간 고전 영화광이라는 걸 그제야 알게 되었다), 그리고 정말이지 의외의 짐들이 쏟아져 나왔다. 집안 이곳저곳에 놓을 멋들어진 러그 세트 4벌, 식탁보와 의자 덮개 세트 4벌, 침대보와 침대 커버, 패드 세트가 또 6벌. 내 참, 그녀는 기가 막혔다. 무슨 남자가 저런 걸 다 가지고 다닌다니. 그것도 모두 다 풀을 먹여 빳빳하게 다림질까지 한 고슬고슬한 순면이었다. 얼마나 정성 들인 물건인지 한눈에 알 수 있었다. 그녀는 그녀의 시선을 피한 채 소중하게 펼쳐 보이는 대헌을 말없이 바라보았다. 뭔가 알 듯 말 듯 코끝이 근질근질했다.

“흠.”

그녀의 어떤 속내가 담긴 그 ‘흠’ 소리에 대헌의 손끝이 살짝 떨린 것 같기도 했다.

"저기…… 그냥 버리기 아까워서 가져왔어. 이런 물건은 많을 수록 좋잖아."

그의 변명하듯 말하는 폼이 조금은 우습게 느껴져 진진은 더 욱 심각한 표정을 지었다.

"난 실크가 좋은데."

움찔.

대헌의 몸이 살짝 굳고, 얼굴이 조금씩 일그러지는 것을 지켜 보며 그녀는 의미심장하게 웃었다.

'딱 걸렸어, 강대헌.'

"난 왠지 풀 먹인 면은 거칠어서 싫더라. 침구는 내 것도 많으 니까 그리 필요하지는 않을 것 같아. 당신 부모님께 가져다 드 리면 어떨까? 어른들은 그런 천을 좋아하시잖아."

대헌의 어깨가 축 처지더니 안타깝다는 듯 마치 헤어지기 싫 은 애완동물을 쓰다듬는 것처럼 소중하게 다시 상자에 담기 시 작했다. 그녀는 터져 나오는 웃음을 간신히 참았다. 그냥 탁 터 놓고 말하면 될 것을, 한낱 천 쪼가리에 불과한 것을 그렇게 애 틋하게 바라보는 그가 귀엽기 짝이 없었다.

"뭐, 주에 한 이틀 정도면 참아볼 수도 있을 것 같긴 해."

그녀는 떠보듯이 슬쩍 한마디 던졌다. 마치 재주를 피우고 먹 이 받아먹는 물개처럼 고개를 빠끔히 들고 눈을 반짝이는 대헌 때문에 급기야 그녀는 배를 잡고 구르기 시작했다. 대헌이 미친 듯이 웃어대며 카펫 위를 뒹구는 그녀를 뚱하게 바라보았다.

자지러지게 웃어대며 떼굴거리는 걸 보자 그제야 그는 그녀에게 당했다는 것을 알았는지, 멋쩍기도 하고 우습기도 한 이상야릇한 표정을 띠었다. 그녀는 그런 대헌의 품에 덥석 안겨들었다. 어쩔 수 없다는 듯 한숨을 내쉬며 힘차게 마주 안아주는 그가 너무나 사랑스러워서 그녀는 충동적으로 그의 귀를 꽉 물어뜯었다.

"악, 진진!"

"솔직히 불어."

이미 짐작하고 물어오는 그녀에게 그는 마지못한 듯 말을 꺼냈다.

"난 풀 먹인 면 침구 아니면 잠을 잘 잘 수가 없어. 어쩐지 뭔가가 거슬리는 느낌이거든. 요새 선전 문구로 말하자면 2%로 부족하다고나 할까? 그래서 몇 달 동안 조금 불편했던 게 사실이고."

"왜 말 안 했어? 우리가 그런 것도 말 못하고 참고 살아야 되는 그런 사이밖에 안 돼?"

짐짓 화가 났다는 표정을 짓자 그가 당황해서 손사래를 쳤다.

"아니, 난 그냥 당신이 실크를 좋아하는 것 같아서 참았었지. 이삿짐을 싸다 보니 저게 자꾸 가져가 달라고 호소를 하는 바람에 나도 모르게 그만……."

그녀는 손을 올려 그의 뒷머리를 조심스럽게 쓰다듬었다. 말은 저렇게 하지만 상당히 불편했던가 보다. 그녀를 위해 참고 있었을 그 마음이 너무나 고마웠다. 그녀는 그의 얇지만 남성다운 입매에 살짝 키스를 했다.

"난 아무거나 좋아. 지금 당장 당신이 가져온 저 보물 단지가 얼마나 좋은지 시험해 보기로 할까?"

그녀는 그의 품에서 빠져나와 상자 속의 면 스프레드를 거실 바닥에 깔았다. 그리고는 한 손을 머리에 대고 옆으로 누워 다른 한 손을 엉덩이에 걸친, 다분히 유혹적인 자세로 그녀는 눈으로 그를 발가벗기고 있었다. 그것을 도화선으로 그들은 삽시간에 타올랐다. 그들의 보금자리에선 정열의 화염에 휩싸인 그들이 내는 간헐적인 신음 소리와 살이 맞부딪치는 자극적인 소리 외에 아무 소리도 들리지 않았다.

잠시 후 풀 먹여 상쾌하던 스프레드는 그들이 흘린 땀과 사랑의 습기로 제 모습을 잃고 축축하게 늘어져 버렸다. 그의 팔을 베고 장난치며 지분거리던 그녀는 갑자기 생각난 듯 나른한 몸을 벌떡 일으켰다.

"당신, 혹시 저것들을 직접 빨고, 풀 먹이고, 다리고 그러는 거 아냐?"

그의 붉어진 광대뼈는 단지 뜨겁게 불타올랐던 사랑의 여운 때문만은 아닌 것 같았다. 그녀는 고개를 설레설레 흔들었다.

'나 원 참. 정말 물건이야, 저 남자.'

다음날, 진진과 대헌의 동거를 축하하기 위한 파티가 열렸다.

그곳에 모인 사람은 당사자들 외에 진하, 이도, 제이미, 그리고 대헌의 친구인 찬규와 동현이 그들이었다.

그녀가 제이미에게 전화해서 대헌과의 일을 이야기하자 그는 그렇게 될 줄 알았다면서 껄껄 웃어댔다. 제이미는 그녀에게 그런 신선한 물고기를 잡은 걸 축하한다면서 끝끝내 그녀를 놀리고서야 전화를 끊었다. 사실 말이지 대헌은 그녀에게 과한 남자였다. 그의 몸과 마음이 과거나 현재나 온전히 그녀의 것이라는 데 대해 그녀는 무자비한 기쁨을 느끼는 동시에 미안했다. 그녀 자신이 그런 전 근대적인 사고를 가진 사람이 아니었음에도 그렇게 느끼는 자신을 어쩔 수 없었다. 누군가가 그를 만지고, 그녀와 하듯이 사랑을 나눈다는 상상만으로도 가슴이 아프고 질투가 나는 것이다. 모순이 아닐 수 없었다.

10인용의 넓고 동그란 테이블에 그들은 둘러앉았다. 탁자 가운데 홈이 있고 원하는 술을 가져다 마실 수 있게 각종 술들이 채워져 있었다. 서로를 못 잡아먹어서 안달이던 대헌과 이도는 언제 그랬냐는 듯 어깨를 두드리고 악수를 나누었다. 모르는 사람이 보면 그녀의 친구가 아니라 대헌의 친구로 착각할 정도였다. 그녀는 그런 그들이 싫지 않았다.

서로를 소개하는 자리에서 대헌의 친구 하나가 눈이 휘둥그레진 얼굴로 넋을 잃고 그녀를 바라보고 있었다. 사실 오늘 그녀의 의상은 3월의 아직 쌀쌀한 날씨에는 어울리지 않는 파격적인 것이긴 했다. 보이시한 스타일의 원 버튼 슈트 안에 섹시한 레이스가 비치는 작은 속옷을 하나 입었을 뿐이었다. 손을 들어 올린다거나 어깨를 움츠릴 때마다 드러나는 검정색 레이스는 섹시하기 그지없었다.

찬규라는 그 친구가 각자 자기소개를 다 할 때까지 멍하니 입을 딱 벌리고 그녀만을 뚫어지게 바라보자 대헌이 보다 못해 친구의 옆구리를 꾹 찔렀다. 자신을 플로리스트라고 소개한 동현도 그녀를 넋을 잃고 바라보았다.

"저…… 대헌아, 혹시 이분, 우리가 여기서 한 번 보지 않았었니?"

질문하고 있지만 그의 목소리에는 확신이 가득했다. 그녀를 한 번 보고 기억하지 못한다면 그 사람은 남자도 아니었다. 대헌이 고개를 끄덕이자 찬규가 빨리 돌리고 싶지만 몸이 말을 듣지 않는 것처럼 고개를 천천히 돌려 그를 바라보았다. 그의 눈이 커다랗게 떠졌다. 놀라움과 의심이 가득 담긴 눈동자였다.

"그때도 이분을 알고 있었던 거냐? 남자일 거라는 내 말을 비웃고 있었어?"

'이런~ 어딜 봐서 내가 남자야?'

그녀는 미간을 좁히며 그들의 대화를 듣고 있었다. 옆에서 이도가 낄낄거리는 소리가 들렸다.

'이이도, 넌 또 왜 그래? 죽을래?'

그녀의 싸한 눈빛에 이도가 손으로 입을 꼭 막고 웃음을 참았다. 대헌이 그녀의 어깨를 껴안으며 친구를 바라보았다.

"그녀를 알긴 했었지. 잠깐 성별이 아리송하긴 했지만."

박장대소하는 패거리들을 무시하며 그녀는 대헌을 노려보았다.

"당신과 눈이 마주친 순간 여자라는 걸 이내 알 수 있었어."

너무 그렇게 화내지 말라는 어르는 목소리에 그녀는 그냥 넘어가 주기로 했다. 누가 뭐래도 그녀가 사랑하는 남자였다. 하지만!

"당신들, 왜 웃고 그래요? 내가 옷이라도 벗어 보여줘? 그만 그치지 않으면 오늘 술값 다 당신들이 내야 할걸요? 참고로 난 지금 무지하게 술이 당긴다는 사실."

서먹하던 분위기가 화기애애하게 변하고 각자 취향에 맞는 술들을 마시며 분위기를 타기 시작했다.

"찬규 씨는 절 두 번째 보는 거라는데 전 처음이네요. 반가워요."

그녀가 손을 내밀자 대헌의 순진한 친구는 손까지 떨면서 그녀와 악수를 했다. 그 나물에 그 밥이라더니, 대헌만큼이나 순진한 모습에 그녀는 유쾌하게 웃었다. 밤은 그렇게 깊어가고 있었다.

파티가 무르익어 가던 어느 순간부터 그녀는 진하를 눈여겨보기 시작했다. 뭔가 달랐다. 평소의 동생과는 다른 느낌을 받은 그녀는 좋은 날 이런 불길한 기운을 느끼자 섬뜩해졌다. 뭔가 잘못되고 있는 거야. 이상해, 정말 이상해. 웃고 떠드는 가운데 조심스레 그런 동생을 살피다 그녀는 경악할 일을 알아버렸다.

화장실에 간다며 진하가 약간 취한 듯 붉어진 얼굴로 일어나서 나가자 잠시 후 제이미가 따라 나갔다. 분명 진하는 일어나면서 제이미에게 짧은 시선을 던졌던 것이다. 꼭 신호를 보내고 먼저 나가는 트릭을 본 것 같았다.

그녀는 확신했다. 오늘 처음 만난 순간부터 그들에게선 묘한 생체 에너지가 발산되고 있었다. 그녀가 알기로 그들은 진하의 공연이 있을 때 그녀와 대여섯 번 만난 것밖에 없었는데, 서로를 의식하는 게 눈에 보일 정도로 뭔가 야릇한 냄새를 풍기고 있었다.

'속단인 걸까? 아무것도 아닌 우연에 예민하게 반응하는 것일까?'

그녀는 두려워졌다. 그녀를 안고 있는 대헌의 팔에 힘이 들어갔다. 살짝 고개를 들어 그를 바라보자 그가 걱정스럽게 그녀를 바라보고 있었다. 그녀의 불안을 그도 느낀 것이다. 그녀의 얼굴이 서서히 일그러졌다.

'대헌도 느꼈다면…… 확실한 건가?'

그녀의 몸에서 힘이 빠져나갔다.

"웃어, 사람들이 이상하게 보고 있어. 나중에, 나중에 집에 가서 얘기하자. 응?"

그녀의 귓가에 조그맣게 속삭이는 대헌의 어깨에 살짝 고개를 기대며 간신히 희미하게 미소 지었다.

"어이어이, 솔로들 앞에서 그만 좀 해. 하루 종일 붙어 있을 셈이야? 아무리 너희들 축하해 주러 왔어도 그렇지, 사람들이 말이야 양심이 있어야지, 양심이."

벌써 친해진 그들이 함께 야유를 보내자 대헌이 브이 자를 그려 보이며 태연하게 웃었다.

한참 만에 돌아온 진하의 얼굴은 아까보다 더 붉어져 있었다. 촉촉하게 젖어 부어오른 입술에 그녀는 그만 눈을 감고 말았다.

진진은 널따란 회의 탁자에 온통 서류들을 펼쳐 놓고 우두커니 앉아 있었다. 이 서류 저 서류 다 펼쳐 놓고 정작 생각은 딴 세상에 가 있었다. 깊은 잠을 못 자고 밤새 뒤척이다 대헌이 규칙적으로 쓰다듬어 주는 손길에 새벽녘이 되어서야 겨우 잠이 들었다. 그럴 리가 없다고 부정해 보지만 정황과 분위기로 봐서 문제가 생긴 것이 틀림없었다.

그녀는 제이미에게 참을 수 없는 배신감을 느꼈다. 감히 내 동생을 사회가 인정하지 않는, 아니, 사회가 경멸해 마지않는 길로 끌어들이다니. 대헌은 마음을 차분히 가지고 확실한지 확인할 때까지 이성을 잃지 말라고 하지만 그녀는 그럴 수가 없었다. 소중하고도 소중한 동생에 관한 일이었다.

진하가 건장하고 혈기 왕성한 남자임에도 불구하고 지금껏 변변한 여자 친구 하나 없는 것이 언제나 안타까웠다. 하루하루 죽어라 연습만 해대는 그가 여자 사귈 시간이 어디 있었겠냐마는 같이 일하는 동료 무용수에서부터 그를 따르는 많은 여성 팬과 무용 학도들이 얼마나 많았던가. 그들을 한결같이 발레를 사랑하는 동료쯤으로 여기는 것이 영 못마땅했었다.

문뜩 대헌처럼 진하도 숫총각일 거라는 생각이 들었다. 런던에 혼자 있었던 1년 동안에 무슨 일이 있었는지는 몰라도 적어도 서울에서는 아무 일도 없었다는 확신이 들었다. 발레에 미쳐 여자를 멀리한다고 생각했던 건 그녀만의 착각일까? 진하도 제이미처럼 동성애 성향이 내재되어 있었던 걸까? 제이미가 그녀와 알게 된 지 이제 3년째였다.

그녀는 제이미가 동성애자인 것에 아무런 거부감도 없었고, 자신의 성 정체성을 자유롭고 당당하게 말하는 그를 존경하기도 했다. 하지만 그건 어디까지나 가족이 아닌 친구로서의 마음이었다. 내 가족이 그런 힘든 길을 가겠다면 그녀는 쌍수를 들어 반대할 것이다. 남은 되고 내 사람은 안 된다는 논리가 이기적이고, 위선적으로 비칠지라도 그녀는 그렇게 할 것이다. 그가 언제부터 진하와 그렇게 되었는지는 모르지만 사리 분별 확실하게 할 줄 아는 사람이니만치 그녀가 진하를 놓아달라면 그렇게 할 것이다. 그녀와의 우정을 생각해서라도, 그리고 진하를 생각해서라도.

그녀는 혼란스러운 맘을 감당할 수가 없었다. 지끈거리는 관자놀이를 꾹 누르며 눈에 들어오지도 않는 서류를 뒤적였다. 한

숨만 내쉬며 고민하던 그녀는 이렇게 가만히 앉아서 일이 터지기를 기다리는 것은 성미에 맞지 않다는 결론을 내렸다.

그녀가 의자에서 일어나며 위에 놓여 있는 까만 전화기를 집어 들었다. 그와 동시에 '삑' 하는 소리가 울리자 그녀는 깜짝 놀랐다. 정신을 차리려는 듯 고개를 흔들어 보지만 효과는 없었다.

[사장님, 제이미 선 변호사님 전화입니다. 2번 회선으로 연결하겠습니다.]

어린 비서의 낭랑한 목소리를 들으면서 그녀는 전화기를 노려보았다.

"연결해 줘요."

불길했다. 그녀가 그에게 전화하려는 바로 그 순간 그에게서 먼저 전화가 걸려왔다. 그녀와 같은 주제를 이야기하지는 것이라면 틀림없는 일이 아닌가. 떨리는 손으로 회선을 연결하고 전화를 받았다.

"네."

전화 저쪽에서 들리는 그의 목소리는 단순명료했다.

[당신, 나에게 물어볼 말이 있지?]

그녀는 전화를 들고 있지 않는 다른 손으로 얼굴을 가려 버렸다. 추하게 일그러지는 얼굴을 손으로 강하게 문지르며 숨을 깊이 들이마셨다 내쉬기를 몇 번 반복했다.

"내가 알아야 할 일이 있을까요? 당신 선에서 처리해 주세요."

사실상 헤어지라는 말이나 다름없었다. 다른 말은 필요없었다. 듣고 자시고 할 것도 없었다. 이미 기정사실로 밝혀진 거라면 종결만을 남겨두고 있는 것이다. 선택의 문제가 아니었다. 그것이 그녀에겐 정의였다.

[단호하군. 아무 말도 듣고 싶지 않다는 건가? 우리가 얼마나 사랑하는지, 얼마나 사귄 건지, 또 어디까지 간 건지.]

마지막 말에 그녀의 몸이 흔들렸다. 후들거리는 다리를 간신히 책상에 기대고 그녀는 울음을 삼켰다.

[진진, 만나서 얘기하지.]

그의 목소리에 다급함과 희미한 애원이 묻어 있었다.

[진하를 생각해서라도 한 번만 만나줘. 진진, 제발.]

평소엔 그렇게도 편안하고 내 집 같던 바의 정경이 오늘은 어쩐지 신경에 거슬렸다. 60년대 남부의 재즈 바 같은 분위기도 예전 그대로고, 그녀가 문을 밀고 들어가면 보이는 손님들의 반응도 그대로였다. 여느 때 같으면 약간의 미소를 보여주었을 테지만 영 기분을 끌어올릴 수 없었다.

구석 테이블에서 낯익은 얼굴이 일어섰다. 그녀는 바에 앉지 않고 테이블에 앉아 있는 그를 한 번 노려보았다. 그들이 지금부터 나누려는 대화는 바에 앉아 하기에는 무거운 내용임은 분명했다. 어쩐지 까칠하게 보이는 것이 꽤 고민한 얼굴이었다. 그녀는 그런 그를 바라보고 있자니 영 속이 불편했다.

　　자리에 앉았지만 누구도 입을 열지 않았다. 평소 그녀가 잘 즐기지 않는 독한 위스키를 주문하자 제이미의 얼굴이 더욱 굳어졌다. 쉽게 들어줄 기분이 아니었다.

　　“우리 관계, 대충 눈치 챘지?”

　　그녀는 단도직입적으로 말하는 그의 당당함에 화가 났다.

　　“우리 관계? 언제부터 당신이 우리 진하와 어쩌고저쩌고하는 건데? 응?”

　　‘우리 진하’라는 말에 힘을 실어넣자 제이미는 그녀를 빤히 들여다보았다. 그 눈빛에 호소가 가득했다. 그녀는 저도 모르게 그 시선을 외면하고 말았다.

　　“당신이 진하의 누나이긴 하지만 그것보다도 그에게 없는 어머니 역할도 모두 다 당신 책임이었다는 걸 잘 알아. 그래서 이렇게 이해를 구하고 싶은 거고. 제발 내 얘기를 끝까지 들어줘. 우리 그 정도는 되는 사이잖아. 친구잖아.”

　　“당신 말 잘했어요. 그래, 우리 친구죠. 그것도 자존심 생각하지 않아도 되고 위선 떨지 않아도 되는 그런 좋은 친구! 그래, 그런 나에게 이럴 수 있어요? 뒤통수를 쳐도 유분수지 어떻게 진하와 그럴 수가 있냔 말이에요, 어떻게.”

　　그녀는 손으로 얼굴을 가려 버렸다. 아무리 참으려 해도 눈물이 날 것만 같았다. 숙인 어깨에 그의 손이 와 닿았다. 아무 말 없이 그렇게 놓여 있는 따뜻한 손이 그녀에게 애원하고 있었다. 제발 이해해 달라고, 제발 자신의 말을 들어달라고. 그녀는 자

신이 진정한 친구라고 믿고 있던 남자를 바라보았다. 그의 얼굴
은 진솔해 보였고, 꽉 다문 입술에 강한 의지가 내포되어 있었
다.

"그래요. 어떻게 된 건지 알고 싶어요. 하나도 빠짐없이 다 얘
기해요. 우선 들어나 봅시다. 진하에게 가기 전에 다 알아야겠
어요."

진하의 이름이 나오자 그의 눈에 잠깐 따스한 빛이 스쳤다고
느꼈다.

"우리가 처음 만난 것은 한 사오 년 전쯤이었어."

그녀는 급히 숨을 들이마셨다. 정말이지 놀라지 않을 수 없었
다. 그녀는 일이 그녀가 상상하는 것보다 더욱 심각한 상황임을
깨달았다.

'그렇게 오래? 그럼 내가 런던에 있는 동안 만났다는 말이
야? 그때부터 동생이 날 속였다는 말이냐고.'

그녀의 얼굴에 표정이 훤히 들어났는지 그는 우선 그녀의 의
문을 풀어주었다.

"그땐 발레리노와 팬의 관계였어. 처음 그의 공연을 봤을 때
난 깜짝 놀라고 말았지. 같은 동양인에, 그것도 한국인이 그렇
게 세계적인 무대에서 주연급 배역을 맡았다는 게 믿어지지 않
았어. 얼마나 아름다운 남자던지."

진진은 그 와중에도 동생에 대해 자랑스러워지는 자신을 깨
달았다. 그만큼 애틋하고 사랑스런 동생이었다.

"그래서 무대 뒤로 꽃다발을 보냈지. 그렇게 여러 번 그의 공연을 보러 갔고 우린 친구가 되었어. 가끔 만나서 술 한잔하는 정도의 그런 친구 말이야. 그가 누나 애기를 어찌나 많이 하는지 질투가 날 정도였어. 그러던 어느 날, 아버지께서 쓰러지셨다고, 그래서 누나가 서울로 돌아간다고 말하더군. 그날 그는 아버지보다 누나를 더 사랑한다고 고백했지."

진진은 조금쯤 마음이 풀어지는 것을 느꼈다. 그녀 또한 아버지와 진하 중 한 명을 선택해야 하는 상황이 온다면 진하를 택할 것임을 의심치 않았다.

"난 그를 사랑하게 됐고, 그 감정을 숨기기가 점점 어려워졌어. 그는 어리고 아무것도 모르는 사람이었고 내가 그를 어떻게 생각하는지 전혀 알지도 못했지. 그저 같은 동포에 외로울 때 의지하고 싶은 사람 정도랄까. 난 그게 견딜 수 없었던 거고. 그래서 기회가 생겼을 때 도망쳤지. 당신이 있는 여기 서울로."

그들은 한동안 서로를 바라보았다. 이해를 구하는 그의 눈빛을 피하지 않았다. 노력했다고, 그를 놓아주기 위해 필사적이었다고 그 눈은 말하고 있었다. 그래도 안 되었다고, 어쩔 수 없었다고 그 눈은 말하고 있었다. 사랑하지 않으려고 노력했다고, 잊으려 했다고 그 눈은 말하고 있었다. 그녀는 아무 말도 할 수 없었다. 그의 나머지 고백을 듣는 동안 그녀의 단단한 마음 한 구석이 서서히 무너지고 있었다.

"반년쯤 그렇게 허무하고 괴로운 시간이 지난 후 진하가 귀국

했어. 온 나라가 그의 귀국을 환영하고 언론이 대서특필하는 가운데 나의 그동안의 노력은 그대로 무너져 내렸어. 다시 보고 싶다고, 어떻게든 다시 만나고 싶다고 생각했지. 괴롭더라도 친구로 다시 옆에 있을 수 있다면 그렇게라도 하고 싶었어. 당신에게서 취재를 요청하는 전화가 왔을 때 난 운명이라고 생각했지. 운명이 나를 그에게로 인도한다고 그렇게 믿었어.”

한줄기 눈물이 그녀의 자그마한 얼굴을 적셨다. 그의 마음이 고스란히 그녀에게 전해졌다. 진심임을 의심치 않았다. 하지만 너무나 험난한 길이었다. 내가 어떻게 진하를 그 가시밭길로 가는 것을 묵인한단 말인가.

“진하도 당신과 같은 생각인가요?”

많이 누그러진 그녀의 습한 목소리에 그의 굳었던 몸이 조금은 풀어지는 것 같았다.

“그가 먼저 나에게 마음을 고백하지 않았다면 난 아마 지금도 그의 친구로 남아 있었을 거야.”

급기야 그녀는 소리를 내서 울기 시작했다. 이 슬픈 현실을 어떻게 받아들여야 할지 알 수가 없었다. 진하가 그를 사랑한다니, 그저 한 번 스치고 지나는 외도가 아니었다니, 이 일을 어쩌면 좋을까. 그 바보는 한 번 누군가를 사랑한다면 죽어서도 변하지 않을 녀석이었다.

‘어쩌면 좋아, 어쩌면. 눈에 넣어도 안 아픈 내 동생을…….’

그녀는 그치려 해도 더욱 서럽게 흘러나오는 눈물 때문에 당황했다. 남 앞에서 이렇게 약한 모습을 보이는 건 죽기보다 싫은 일이었는데, 요즘 그녀는 습관처럼 그러고 있었다.

"진진, 우릴 그냥 인정해 주면 안 될까? 나 그리 나쁜 친구는 아니었지? 그리 나쁜 놈 아니었지? 진하와 나, 우리 한 번만 이해해 주라."

그녀는 체면이고 뭐고 평소의 카리스마는 다 어디로 팽개쳤는지 그저 애원하는 그를 보기가 여간 민망한 게 아니었다. 속도 좋지 않았다. 이 자리에서 무슨 결론을 낸다는 것 자체가 불가능했다.

"제이미, 날 이해해 줘요. 나도 힘들어. 우선 진하를 만나봐야겠어요. 나중에…… 나중에 얘기해요, 우리."

그녀는 대헌이 보고 싶었다. 너무나 보고 싶었다. 위로받고 싶었다. 누군가가 절실히 필요했다. 그녀는 비틀거리며 자리에서 일어섰다. 출구 앞까지 달려나갔다가 그녀는 그만 우뚝 멈추고 말았다. 너무나 놀라서 한참을 그렇게 넋 놓고 서 있자 사람들이 그녀를 흘끔거리며 수군거리기 시작했다. 길고도 짧은 시간이 지나고 그녀는 천천히 몸을 돌렸다. 그녀는 자신의 눈을 의심했다.

그녀가 앉아 있던 맞은편 테이블에서 너무나 익숙하고도 한편으론 낯선 남자가 천천히 일어섰다. 그녀를 똑바로 바라보며 자신감 넘치는 걸음걸이로 다가온 남자는 저 높은 곳에서 그녀를 내려다보았다. 힐을 신고 있는 그녀를 이렇게 내려다볼 수 있는 사람은 거의 없었다. 그녀가 알고 있는 사람들 중 오직 단 한 사람만이 이렇게 높은 곳에서 그녀를 내려다보곤 했다.

"오랜만이야. 진진."

그녀는 며칠 전부터 이상하리만치 불길한 기운을 느끼고 있었다. 뭔가 석연치 않은 느낌에 찜찜했었는데 그에 대한 결과가 이것이었다. 다시 머리가 아파오기 시작했다.

"김상록."

그 저주스러운 이름을 다시 떠올리게 되다니……. 그 지독히도 미운 남자가 그녀 앞에 당당히 서 있었다. 그녀는 저도 모르게 그 자리에 주저앉고 말았다. 주체할 수 없는 감정이 육체를 마비시켰다. 그녀는 일어설 수가 없었다. 사람들이 다 주목하고 있는 가운데 그저 그렇게 멍하니 앉아 있었다. 당당히 서 있는 상록의 두 다리 사이로 제이미가 그녀에게 뛰어오는 게 보였다.

진진은 고개를 들 수가 없었다. 다 잊었다고, 극복했다고 생각했으나 그를 다시 보자 어린애로 돌아간 것같이 아무런 방어벽도, 면역체도 그녀를 감싸주지 못했다. 대헌의 사랑조차 그곳에 없었다. 그녀가 대헌을 사랑한다는 자각도 없었다. 단지 죽도록 사랑하고, 지독하게 원망하고, 미치도록 그리워했던 남자만이 그녀의 머리 속에 있을 뿐이었다. 그녀는 어리고 상처받은 열아홉의 첫사랑만을 떠올리고 있을 뿐이었다.

제이미의 손이 그녀에게 닿기도 전에 끔직하고 단단한 손이 그녀의 옆구리에 닿았다. 그의 손에 이끌려 일어설 때까지도 그

녀는 그냥 그렇게 가만히 있었다. 제이미가 괜찮으냐고 물어왔
을 때에야 비로소 그녀는 제정신을 차렸다. 그녀는 남자의 손을
격렬하게 뿌리치며 되돌아섰다. 우선 시간이 필요했다. 그를 대
면할 준비가 필요했다.

　그녀는 그곳에서 급히 도망쳐 나왔다. 그녀를 부르는 굵고 드
라마틱한 목소리를 뒤로하고…….

제14장

옛 사랑의 그림자

사랑은 악마이며 불이며 천국이며 지옥이다
쾌락과 고통, 슬픔과 후회가 거기에 함께 살고 있다

대헌과 진진이 같은 침대에서 잠을 자게 된 이후로 한 번도 없던 일이 일어났다. 굳어진 몸을 돌리고 침대 모서리에 간댕간댕 몸을 뉘고 잠이 들어버린 그녀. 한 달에 며칠 그녀가 힘들어하는 날에도 최소한 서로를 애무하는 손길을 놓은 적은 없었다. 대헌은 아무리 진하와 최 변호사의 일이 그녀를 속상하게 한다고 해도 이건 아니라는 생각이었다. 그녀의 어깨에 턱을 대어보지만 살짝 굳어지는 몸이 완곡한 거부를 표시하고 있었다. 진하의 일은 앞으로 그들의 밤 생활에도 영향을 미칠 것 같다. 비단 그것만이 중요한 것은 아니지만 서운해지는 건 어쩔 수가 없었다. 빨리 이 일을 극복하기를 바랄 뿐이었다.

　그가 알고 있는 진하라면 절대 경솔한 사람이 아니기 때문에 문제가 더 더욱 심각했다. 그는 어떤 식의 사랑을 하든 사랑이 주는 고통을 알기에 진하에게 동정을 금할 수 없었다. 진하의 사랑을 인정해 주고 싶은 마음이 굴뚝같으나 그건 어디까지나 진진의 몫이었다. 그리고 그는 영원한 진진의 편이었다.

　사랑하는 여자와 함께 누워 있지만 외로운 밤이었다. 진진 오누이의 괴로움을 알고, 그 상처 입은 마음을 알면서도 자신의 이기를 앞세우는 것이 부끄럽기 짝이 없지만 멀리 떨어져 있는 진진이 그리워 죽을 것만 같았다.

　그날 밤을 기점으로 진진은 그를 피하기 시작했다. 그것을 알아채지 못한다면 병신이었다. 저녁에도 거의 자정이 넘어서 들어오고 아침에도 그가 일어나기 전에 출근해 버리기를 반복하고 있었다. 아무리 회사가 바쁘다지만 취임 직후에도 이런 일은 없었다.

　벌써 며칠째 사랑을 나누지도 않았다. 피곤하다, 머리가 아프다, 이도 저도 아니면 그냥 잠든 척하기도 하는 그녀를 보면서 그는 억누를 수 없는 분노를 느끼고 있었다. 어디선가 사랑이 식으면 그런 저런 핑계를 대서 남자를 피한다는 말을 들었었다. 진진은 꼭 그대로를 답습하고 있는 것이다. 진하의 일이 그리도 충격이었단 말인가. 그 일이 그들 두 사람의 관계를 위태롭게 할 만한 것이기나 한가. 진하의 문제는 그들의 사랑 전선과는 무관한 일이 아닌가.

대헌은 참다못해 진하를 만나러 갔다. 연습실에는 영희 혼자 있었다. 그녀는 지난번 일로 아직도 그를 대하는 게 어색한지 제대로 눈을 맞추지 못하고 있었다. 그는 진하의 상태에 대해 우려의 말을 하면서도 못내 고개를 돌리는 그녀 때문에 어색하기 그지없었다. 그러나 그녀의 목소리에 실린 진하에 대한 걱정은 진심임을 읽을 수 있었다. 파트너는 파트너인가 보다. 걱정이 역력한 그녀를 보자 그녀에 대한 마음이 조금은 누그러졌다. 실제로 남에게 고의로 상처를 줄 만큼 나쁜 여자는 아닐 것이다.

"진하 씨 나오기 전에 전 갈게요. 얘기 좀 나눠보세요. 무슨 일인지 모르겠지만 이대로 가다간 큰일 나겠어요. 식사도 거의 안 하는 것 같아요. 연습 때도 실수 연발이고요."

영희는 그에게서 무슨 말을 기대했던지 잠시 머뭇거리다가 대헌이 아무 말도 하지 않을 거란 걸 깨달을 듯 씁쓸한 미소를 머금고 자리에서 물러났다.

며칠 사이 진하는 비쩍 말라 있었다. 연습에 집중하지 못하고 여러 번 영희를 다치게 할 뻔한 이후로 그는 더욱 의기소침해져서 연습을 중단하다시피 하고 있다고 했다. 영희의 말대로 진하는 피죽도 못 먹은 사람처럼 보였다. 그는 그런 진하를 마주하고 앉아서 진하가 먼저 무슨 말인가 해주기를 기다렸다. 진하는 한동안 힘없이 고개를 숙이고 있었다.

“누나는 어때?”

대헌은 뭐라 해줄 말이 없었다. 진진이 요즘 예민하고 날카롭다는 말이 진하를 더욱 아프게 할 것이기 때문이다. 떨리는 목소리로 입을 여는 모습에서 진하가 진진에게 얼마나 큰 상처를 받았는지 알 수 있었다.

“누나는…… 이해할 수는 있지만, 용납할 수는 없댄다. 빨리 정리하라는 말만 하고 일어섰어. 어떤 비난도 원망도, 하다못해 큰 소리 한 번 안 쳤어. 단지 정리하라는 말밖에.”

고개를 든 진하의 눈에 원망이 가득했다.

“내 말은 한마디도 듣지 않았어. 제이미에 대한 이야기도 꺼내지 않았어. 그냥 남 말 하듯이 그렇게 담담하게 제 할 말만 하고 가버렸다. 내가 사랑한 누나는 최소한 그런 사람은 아니었어. 완전히 마음을 닫아놓고 대화란 게 가능하기나 한 걸까? 누나의 마음을 모르는 바는 아니지만 정말 실망했어.”

“누나도 괴로워해. 잠도 제대로 못 자고 일에만 빠져 있다. 진진이 널 얼마나 사랑하는지 네가 더 잘 알 거야. 어머니 같은 누나야. 쉽게 용납한다면 그게 더 이상한 일 아니겠어? 네가 이해해.”

대헌은 이러다 오누이 사이가 영원히 소원해질까 걱정이었다. 질투날 만큼 사이좋은 남매였다. 서로 상처만 주는 이런 식의 상황이 빨리 해결되기를 바랐다.

“대헌아, 나 없어도 네가 누나를 잘 보살필 수 있겠지?”

대헌은 그 말이 꼭 죽으러 가는 사람의 유언처럼 느껴져 섬뜩
했다. 이러다 정말 큰일 치르겠다 싶었다.

"나 런던으로 돌아갈까 생각 중이다. 벌써 몇 달 전부터 러브
콜이 있었는데, 지금까지 콩쿠르 출전 준비 중이었고 또 제이미
가 여기 있는 한 내가 서울을 떠나는 일은 생각도 못할 일이었
기 때문에 거절해 오고 있었어."

"너 미쳤어? 이렇게 떠나면 누나는 어떻게 하라고? 또 제이
미는?"

급기야 서울을 뜰 생각을 하고 있는 진하 때문에 마음이 아팠
다. 서로 얼마나 그리워한 가족이었는지 잘 알고 있는 그로서는
진하의 말이 놀랄 만큼 뜻밖으로 다가왔다. 진하는 어려서부터
가족과 떨어져 살아서 가족 곁에 있기를 소망했었다. 그런 그가
또다시 가족을 떠날 결심을 하고 있었다. 아무리 충격이 크다고
할지라도 쉽게 결정할 사항이 아니었다. 더구나 런던에서 다시
발레를 한다면 앞으로 언제 다시 한국에 들어올지 미지수가 아
닌가.

"대헌아, 나 누나에겐 미안하지만 제이미를 포기할 수는 없을
것 같다. 누나가 얼마나 배신감을 느낄지 잘 알기 때문에 너에
게 이렇게 당부를 하는 거야. 누나를 잘 부탁해."

"그럼 제이미도 널 따라서 런던으로 가는 거야?"

진하의 입에서 쓸쓸한 미소가 떠올랐다.

"아니, 내가 런던으로 간다는 얘기도 아직 하지 못했어. 그냥

무작정 떠나볼 거다. 지금으로선 혼자 있고 싶어. 누나가 있는 하늘 아래서 제이미와 이어간다는 것은 할 수가 없어. 우선은 떠날 거야. 만약 그가 나를 필요로 한다면 언젠간 나에게 올 거라고 믿어. 그가 떠났을 때 내가 그랬듯이."

결심을 굳힌 진하의 모습이 단단해 보였다. 그와 같은 나이임에도 왠지 저만치 앞서 가는 성숙미가 풍기고 있었다. 앞으로의 고독에 대비하듯이 떠나기도 전에 벌써부터 그 외로움이란 놈을 가슴에 품고 있었다.

진진은 머리 속을 떠나지 않는 상록의 모습 때문에 머리가 깨질 듯 아팠다. 그토록 미워했던 남자인데, 죽어서도 증오할 남자였는데 막상 그 남자를 눈앞에 보자 그 미움은 어디로 갔는지 그냥 마음만 아플 뿐이었다. 어쩌다 그들이 이런 지경에 이르렀는지 그때 그녀는 깊이 생각하지 않았다. 다만 그가 자신을 배신했다는 생각에 그저 미워하고 미워할 뿐이었다. 그녀가 알던 멋지고 한없이 따뜻하던 남자가 어느 날 갑자기 그녀의 돈을 노린 시전 잡배만도 못한 남자라는 걸 알게 되었을 때 느꼈던 절망감이 다시 몰려왔다.

'그때 그는 정말 그녀에게 아무 감정이 없었던 걸까? 돈만을 노린 의도적인 접근이었단 말인가?'

정말 그런 것이라면 그의 연기는 심히 세계 4대 영화제 그랑프리 감이었다. 그 당시 상록은 그녀뿐만 아니라 진하에게도 형

이상 아버지 역할도 톡톡히 했었다. 그새 세월이 많이 흐르긴
흘렀나 보다, 괴롭던 일들보다 좋았던 일들이 자꾸 떠오르는 걸
보면.

그래서 그녀는 요즘 대헌을 대하는 것이 여간 고역이 아니었
다. 대헌을 볼 때마다 상록에게 가졌던 그 알 수 없는 감정이 떠
올라서 그를 똑바로 쳐다볼 수가 없었다. 꼭 죄지은 사람처럼
그에게 떳떳하지 못한 자신을 느꼈다. 그의 손길도 받아들이기
가 힘들었다. 그를 거부한다거나 그가 싫어져서가 아닌 말 그대
로의 혼돈이었다.

한 남자의 잔재를 끌어안고 다른 남자의 사랑을 받을 자격이
그녀에게 있는 것일까? 요리조리 피하는 그녀를 대헌도 느끼고
있을 것이다. 뭔가 일이 잘못되고 있다는 것을……. 대헌은 지
금 벌어지고 있는 모든 일들을 알 권리가 있었다.

머리 속이 온통 뒤죽박죽이었다. 상록의 문제도, 진하의 문제
도, 그리고 대헌과의 문제도 그녀를 옭아매고 있는 데다 회사까
지 이런 지경이니 머리가 돌아버리지 않는 게 신기할 정도였다.

이런저런 복잡한 상념에 파묻혀 허우적거리고 있을 때 노크
소리와 함께 예쁘장하고 귀여운 비서가 생긋 웃으며 들어섰다.
그 웃음이 참으로 싱그러워 그녀도 마주 웃어주었다. 모시는 상
사가 진진이 아닌 여타의 남성이었다면 저 웃음에 넘어가지 않
을 남자가 없을 것 같았다. 저속하지 않은 상쾌함이 풀풀 풍겨
나는 예쁜 사람이었다.

“판촉부 김현태 부장님이 오셨습니다.”

비서의 말과 동시에 그녀 뒤에서 김 부장이 노란 서류철 하나를 들고 들어섰다. 그녀는 자리에서 일어나 소파로 걸어가며 그가 소파에 앉기를 권했다.

“지난번 동방그룹에서 이번 일을 추진하는 사람이 누구냐고 하셨죠? 그 사람의 파일을 준비했습니다. 예상했던 대로 만만치 않은 인물입니다.”

그녀는 내미는 서류를 받아 들었다. 서류철 맨 앞 페이지에 써 있는 이름에 그녀의 눈이 휘둥그레졌다.

“김상록.”

조그맣게 소리 내어 읽는 그녀의 목소리가 떨려 나왔다. 상록을 다시 만난 후로, 어딘가 슬슬 가려운데 그곳이 딱히 어디인지 알지 못해 곤혹스러운 그런 기분이었다. 상록은 이제 그녀의 적이 되어 돌아왔다. 다시 머리가 지끈거리기 시작했다.

진진이 피곤에 찌든 몸을 이끌고 겨우겨우 집에 도착했을 때 집은 텅 비어 있었다. 그녀는 왠지 서운하고 허전해졌다. 요즘 그들 사이가 소원했던 건 어디까지나 그녀의 잘못이었다. 잠시의 흔들림으로 대헌이 상처받았음은 그녀도 알고 있었다. 비록 상록의 존재에 대해 알지는 못하지만 서로 사랑하는 연인 사이에 그만한 낌새도 모르고 지나친다면 그것이야말로 상대에게 무관심하지 않고서는 있을 수 없는 일이었다. 그리고 그들은 서로가 상대방에게 무심할 수 없는 사이였다. 너무나 사랑하고 있는 것이다.

'왜였을까? 왜 대헌을 똑바로 바라보지 못하고 등을 돌렸을까? 아직도 상록을 사랑해서? 아님 옛 추억에 젖어서?'

모르겠다. 그녀도 그 부분에 대해선 결론을 내릴 수가 없었다. 어쩌면 상록의 눈빛 때문이었는지도 모른다. 너무나 애절하고 용서를 구하던 그 눈빛. 찰나의 순간 눈이 마주쳤을 때 그녀는 그것을 보고 말았다. 아직도 사랑한다고 말하던 그 눈빛 때문에 흔들렸던 것 같다. 그가 그녀를 배신할 리가 없다고 믿고 싶었는지도 모르겠다. 그러나 그것 또한 지나온 추억이 너무 아름다웠었기 때문이지 결코 그를 다시 사랑하게 되어서는 아니었다.

다만 그녀가 오늘 하루 동안 깨달은 사실은 상록에 대한 그녀의 감정이 애증이든 아니든 그녀는 변함없이 대헌을 사랑한다는 사실이었다. 만약 대헌이 그녀를 떠난다면 어떤 심정이 될까 상상해 보았다. 생각만으로도 견딜 수 없는 고통이 뒤따랐다.

그녀는 한때 한 남자를 열렬히 사랑했다. 그 대가가 살을 찢는 아픔이고, 뼈를 깎는 고통이었다면 대헌 때문에 겪어야 하는 고통은 죽음에 이르는 격통일 것이다. 진진은 대헌이 없는 집에 홀로 앉아 외로움에 몸을 떨었다. 그가 너무나 보고 싶었다. 그가 있는 집은 안락하고 따뜻했다. 이곳저곳에 그의 손때가 묻어 있었다. 여기저기에 그의 물건들이 제자리를 차지하고 있었다. 찌르는 듯한 두통에 소파에 몸을 뉘었다.

'여기서 그를 기다리면 더 빨리 달려와 줄 거야. 내가 이렇게 그를 필요로 한다는 걸 그는 느낄 수 있을 거야. 조금만 기다리면 그가 올 거야. 조금만 참는 거야, 조금만……'

그녀는 그렇게 깊은 잠 속으로 빠져들어 갔다.

대헌은 열쇠로 문을 열고 쓸쓸히 들어섰다. 깜깜한 실내를 보니 오늘도 진진은 늦게 들어오나 보다. 벌써 자정을 넘어섰는데 아직도 들어오지 않은 진진 때문에 그는 화가 났다. 뭔가 이상한 낌새를 느끼고는 있었지만 이쯤 되면 그를 피하자는 심사를 확실히 알 수 있었다. 진하 때문만은 아닐 것이다. 서로 사랑하고 위로하면서 얼마든지 극복할 수 있는 문제였다. 그러나 그녀는 일체의 대화도 허용하지 않았다. 동생 문제이니만큼 충격이 크겠지만 이해할 수 있는 범위를 넘어서고 있었다. 대화가 필요했다. 그것도 빠른 시간 내에. 그의 인내심이 바닥을 보이기 시작했으므로.

거실의 실내등을 켜고 재킷을 벗으며 침실 쪽으로 발을 옮기던 그는 자리에 우뚝 멈춰 섰다. 넓은 소파에 몸을 웅크리고 잠이 들어 있는 진진을 보자 안도의 한숨을 내쉬었다. 그녀는 집에 돌아와 있었다. 그리고 그를 기다리고 있었다. 만약 지금까지처럼 그를 피했다면 침대 한구석에 등을 보이고 잠을 잤을 것이다.

　스멀거리며 올라오는 미소를 억누르지 못하고 그는 비실거렸다. 재킷을 소파에 걸쳐 놓고 그녀를 안아 들었다. 그녀가 따뜻한 온기를 찾아 몸을 비벼 대며 안겨들었다. 그의 입술은 몸속 저 깊숙한 곳에서부터 올라오는 뜨거운 욕망 때문에 일그러졌다. 그들이 사랑을 나눈 지가 벌써 일주일도 더 전의 일이었다. 하루에도 몇 번씩 서로를 찾아 욕구를 충족시키던 몸이 기회를 놓치지 말라고 요동 치고 있었다.

　옹알거리며 안겨드는 그녀의 부드러운 몸을 간신히 침대에 뉘었다. 온기를 벗어나자 추운 듯 부르르 몸을 떨며 웅크리는 그녀를 따뜻한 이불로 감싸주고 그는 침실을 급히 벗어났다. 자제하기가 여간 어려운 게 아니었다. 피곤과 먼지에 찌들고 욕망에 흐느적거리는 몸을 욕조에 담그며 침실에서 곤히 자고 있는 진진을 떠올렸다. 오늘 그녀는 예전의 그들로 돌아가자는 모션을 취한 것이다. 그동안의 이유는 묻어두기로 했다. 중요한 건 그녀가 그에게 손을 내밀었다는 것이다.

　큼지막한 타월로 몸을 닦고 침실로 들어서던 그는 몸을 돌려 거실로 나왔다. 몸이 아직은 진정이 되지 않고 있었다. 그는 크리스털 글라스에 얼음을 몇 개 넣고 자주 마시지도 않는 브랜디 한 잔을 따랐다. 이거라도 마시고 푹 자자. 맨정신에 그녀 옆에서 그냥 잘 자신이 그에겐 없었다. 그렇게 거실 소파에 앉아서 몇 잔째의 브랜디를 더 마신 후에야 대헌은 침실로 들어갈 수 있었다. 하지만 그 후로도 한참 동안 잠을 잘 수가 없었다.

　달콤한 꿈을 꾸고 있었다. 따뜻한 진진의 알몸이 그의 위에 있었다. 그녀의 손과 입술이 그의 몸을 부드럽게 애무하고 있었다. 그는 서서히 잠에서 깨어나면서 그녀를 느꼈다. 이미 격심하게 일어선 욕망이 그의 정신보다 먼저 깨어 그녀에게 반응을 보이고 있었다.
　"이 게으름뱅이, 어서 일어나. 나 지금 당신이 필요해."
　귓가에 속삭이는 그녀의 뜨거운 입김에 그는 몸을 부르르 떨었다. 곧 이어 그의 예민해진 목덜미에서 그녀의 입술이 느껴졌다. 촉촉하게 젖은 입술이 살짝 닿았다가 떨어지고 목덜미를 지나가는 두꺼운 혈관을 세게 빨았다. 격렬한 쾌감이 온몸을 휩쓸고 지나갔다. 이제 그는 수동적이던 자세를 벗어버리고 적극적으로 그녀를 유도하기 시작했다. 떨어져 나가는 그녀의 목을 한 손으로 잡아 내렸다. 도발적으로 부풀어 오른 입술을 뜨겁게 달구어진 혀로 살살 쓸어주었다. 온몸을 타고 도는 기쁨에 취해 잠시 움직임을 멈추자 그 순간을 참지 못하고 그녀의 혀가 마중을 나왔다. 혀와 혀가 얽히고 입술과 입술이 밀착되었다. 그녀의 입속 깊숙이 혀를 밀어 넣으며 허리를 들어 그녀의 움직임을 재촉했다. 한 치의 오차도 없이 맞붙어 있는 입술 사이로 그녀의 신음이 흘렀다.
　"잠 깼으면 이제 당신이 주도해. 미련퉁이 깨우려다 진이 다 빠져 버렸어."

어리광하듯 몸을 비벼오며 그녀는 애무를 요구했다. 그는 그녀를 안은 팔에 힘을 주어 몸의 위치를 바꿨다. 그는 그의 아래 얌전히 누워, 기다린다는 표정으로 새침을 떨고 있는 그녀의 귓불을 귀엽다는 듯이 조심스럽게 쓰다듬었다.

이 순간만큼은 그 누구도 그들 사이에 끼어들 수 없었다. 오직 그들만의 시간인 것이다. 그의 온몸에 피가 들끓어 빠르게 회전하기 시작했다. 그의 손이 그녀의 란제리 아래로 들어갔다. 그를 돕듯이 살짝 몸을 들어 그의 수고를 덜어주면서도 여전히 새침한 표정인 그녀 때문에 그는 즐거웠다. 그녀가 낮고 관능적인 웃음소리를 냈다.

"우리 어 부인이 힘이 빠지셨다니 기꺼이 살신성인 무료 봉사 하지요."

대헌은 몸을 일으켜 그녀의 다리 사이에 무릎을 꿇고 앉았다. 장난꾸러기처럼 천천히 그녀에게 고개를 숙이자 태연한 척 가만히 있던 그녀의 몸이 먼저 움찔거리기 시작했다. 그는 웃음을 참으며 아래로 아래로 시선을 내려 그녀의 부푼 언덕에서 시선을 멈추었다. 그녀의 입에서 앞으로의 쾌락을 기대하듯 뜨거운 신음이 흘렀다. 그와 동시에 그는 허리를 깊숙이 내려 그녀의 발목에 키스를 했다. 그녀는 항의의 소리를 내며 이제까지의 태도를 바꿔 그의 얼굴을 적극적으로 끌어 올려 그녀가 원하는 곳에 내려놓았다. 그는 회심의 미소를 지으며 그녀의 둔덕에 입술을 묻었다. 정성껏 애무하자 그녀의 눈빛이 뿌옇게 흐려져 왔다. 욕망에 겨워 그녀는 그의 머리에 깊숙이 손을 넣어 거칠게 잡아당겼다. 그의 입술에 닿는 그녀의 피부가 뜨겁게 달아올랐다. 무섭게 뛰는 핏줄도 느껴졌다.

그녀의 반응은 언제나 그를 고무시켰다. 그는 재빨리 그의 잠옷을 벗어 내렸다. 그의 머리를 움켜쥐고 있는 그녀의 손을 천천히 풀어 그의 손에 깍지 끼고 고개를 들어 그녀와 눈을 맞추었다. 조심스럽게 그녀의 속으로 들어가자 뜨거운 기운이 그를 환영하며 조여들어 왔다.

그는 불기둥처럼 타오르는 욕망에 정신이 멍해졌다. 매번 그녀의 속으로 삽입할 때마다 그는 한동안 멍한 상태로 자신을 온전히 그녀에게 내맡기곤 했다. 그녀와 하나가 되는 그 순간에 이성이라는 것을 상실해 버리곤 했기 때문이다. 그는 숨을 고르며 천천히 몸을 움직였다. 그들의 신음 소리가 온 침실을 덮치고 공기는 그들의 열기에 뜨겁게 달구어졌다. 두 남녀의 움직임이 격해지고 마침내 클라이맥스를 향해 치닫고 있었다. 그들은 함께 한없이 달콤한 천국을 맛보았다. 희미한 의식 속에서 그녀의 움직임이 느껴졌다.

대헌은 땀이 배인 그의 이마를 닦아주고 마치 아이에게 하듯이 머리를 쓰다듬는 그녀의 손길을 사랑의 여운과 함께 즐기며 그녀 위에 그렇게 한동안 있었다. 이제 그녀의 손이 그의 어깨를 지나 등줄기를 타고 내려왔다. 그는 눈을 감고 그녀의 손길을 느끼면서 그 모양을 되새겨 보았다. 대체로 미인은 손이 밉다는 말이 있는데 진진은 어쩌면 손까지도 그리 완벽한지 새하얀 손이 길고 곧게 쭉 뻗어 아름다운 모양을 갖추고 있었다. 그 손이 이제 그의 엉덩이로 내려왔다. 다시 스멀거리는 욕망으로 요동 치는 자신의 남성을 그녀도 느끼고 있을 것이다. 아직도 그녀의 몸속에 있던 그놈은 이제 다시 살아나 팔팔 끓는 피를 자랑하고 있었다.

그는 깊은 신음을 내었다. 그의 신음이 그녀의 몸에 전달되어 그와 맞닿아 있는 그녀의 식은 몸도 다시 달구기 시작했다. 그들은 그렇게 다시 열정의 파도 속으로 휩쓸려 가고 있었다. 그의 엉덩이에 손톱을 깊이 박고 그녀는 허리를 움직이기 시작했다. 그의 몸도 그녀의 율동에 박자를 맞추기 시작했다. 나른했던 몸이 그녀의 강한 움직임에 되살아났다. 결국 그들은 다시 한 번 죽음과도 같은 엑스터시를 맛보았다. 서로의 안에서 행복에 젖어 있을 때 다시 잠에 취해 있던 그의 귓가에 그녀의 조그마한 음성이 들려왔다.

"사랑해."

그는 그동안의 모든 근심이 한순간에 사라지는 것을 느꼈다. 그녀가 그에게 사랑한다고 말하고 있었다. 그동안 무슨 일이 있었는지는 모르나 그를 향한 그녀의 마음만 가지고 있다면 그녀의 듬직한 나무 그늘이 되어 그녀 곁에 있을 것이다.

"요즘 내 행동을 인내를 갖고 대해준 거 알아. 참아준 것 고마워. 당신이 내 옆에 있어서 행복해.”

　잠시 후 진진의 입술에 살짝 닿았다 떨어졌다. 그는 미소를 머금고 다시 달콤한 잠 속으로 빠져들어 갔다.

남자들은 자기보다 못한 것을 사랑할 수 있습니다
보잘것없는 것, 더러운 것, 불명예스러운 것.
그런 것까지 사랑할 수 있어요
하지만 저희들 여자는 사랑하고 있을 때는
그 사람을 존경하는 거예요
만약 그 존경을 잃어버린다면 그들은
모든 것을 잃어버리고 마는 것입니다

대헌은 몹시 긴장했다. 좀 늦은 감이 있지만 오늘 그와 진진은 대헌의 부모님을 만나뵙기로 되어 있었다. 명색이 동거를 하고 있으면서 부모님께 인사조차 하지 않고 있자니 죄송스러운 맘을 금할 수가 없었다. 부모님은 그녀와의 동거를 모르고 계시지만 조만간 알게 될 것이다. 그전에 그들이 먼저 인사를 드리는 것이 도리였다. 그들이 동거를 한다는 걸 말씀드리면 어떤 반응을 하실지 조금은 걱정이 되기도 했다. 두 분 다 교육계에 몸담고 계시기 때문에 상당히 고루한 면을 많이 가지고 계셨다. 자식의 동거에 좋아할 사람은 없겠지만 유독 걱정이 되었다.

　그는 약속 시간이 다 되어가지만 아직 나타나지 않고 있는 진진 때문에 초조했다. 외부와 차단된 넓은 방에 덩그러니 혼자 앉아 있으려니 더욱더 그랬다. 고급 목재로 인테리어 된 그 방엔 커다란 체리 목 테이블이 중앙을 떡하니 차지하고 있고 그 위엔 그의 취향엔 너무 요란하다 싶은 꽃 장식이 되어 있었다. 너무 중후한 맛이 없지 않았지만 부모님을 존경하는 의미로 이곳을 택했다. 실내를 둘러보며 눈썹을 찡그리고 있자니 밖에서 인기척이 났다. 문이 열리고 웨이터가 먼저 들어오고 곧 이어 진진이 들어왔다.

　그는 두 눈을 크게 떴다. 지금까지 진진이 저렇게 조신하게 입은 모습은 한 번도 보지 못했다. 원체 그녀의 옷 스타일이 개성적인데다 섹시한 스타일을 선호했던지라 오늘의 의상은 순전히 그의 부모님 때문임에 틀림없었다. 대헌은 돌연 그녀가 더 예뻐 보였다. 그를 위해 그런 차림을 했음을 잘 알기 때문이었다.

　얌전한 스타일의 정장은 하얀색의 슈트에 진한 베이지색 스커트가 세련되게 매치되어 있었고, 허리에 스커트와 같은 색으로 굵게 라인이 들어가 있었다. 가슴에 장미 코사지까지 매달고 나타난 그녀는 사뭇 피로연장에 나타난 신부 같은 모습이었다. 그녀는 얌전한 짧은 진주 비드 목걸이를 하고 다른 장식품은 일체 하지 않고 있었다. 평소에 진진은 진주를 고루하다고 말했었다. 그는 그렇게까지 신경 쓴 그녀 때문에 감동받고 있었다.

"내가 조금 늦었지?"

그는 눈만 껌벅이며 그녀의 차림새를 보다가 조금 뒤늦은 대답을 했다.

"우와, 어디서 그런 차림을 한 거야? 달라 보여, 당신."

그녀는 한바퀴 핑 돌아 보였다.

"어때? 마음에 들어하실까? 전문가가 알아서 차려준 거야. 내가 뭘 알아야지. 근데 조금 아깝긴 하다. 거금을 투자했는데 언제 또 입을 일이 있어야지."

대헌은 그녀를 꼭 껴안았다. 그저 뿌듯한 마음뿐이었다.

"아주 예뻐. 사랑해!"

싱그러운 웃음소리가 실내에 퍼졌다.

"자주 이렇게 입어야겠는걸?"

그들은 짧은 입맞춤을 나누고 자리에 앉았다.

조금 후에 대헌의 부모님이 도착하셨다. 그들의 외모는 너무나 대조적이었다. 대헌의 어머니로 말하자면 세련의 극치, 이지적인 여인의 표상과도 같았다. 별로 길지 않은 머리를 완벽하게 틀어 올리고, 진하진 않지만 완벽한 화장을 한 매우 아름다운 여인이었다. 안경을 낀 그녀는 조금은 딱딱한 분위기를 연출하고 있었으나 옷 스타일은 오늘 진진이 입은 옷과 별반 다르지 않은 여성스러운 분위기였다. 도도한 분위기를 한껏 풍겼으나 남편이 의자를 빼주자 환하게 웃는 모습은 매우 사랑스러워 보였다. 나이가 지긋한 여인에게서 사랑스러움이 풍기기는 쉽지 않은 일이었다. 아마도 남편에게만 그런 모습을 보이는 모양이다. 왜냐하면 대헌이 그런 어머니를 당혹스럽게 바라보았기 때문이다.

대헌의 말대로 아버지는 매우 순박해 보였다. 덩치가 만만치 않은 것이 꼭 어슬렁거리는 곰 한 마리를 보는 듯한 모습이었다. 180㎝의 대헌보다 더 크고 풍채가 좋았다. 젊은 시절 한가락하셨을 것 같은 등치와는 달리 얼굴은 장난꾸러기 테디 베어를 연상시켰다. 그 대조적인 모습에 그녀는 잠시 웃음을 지었다. 그들은 인상적인 커플이었다. 아무튼 대헌의 말과는 달리 매우 금실이 좋은 부부임을 한눈에 알 수 있었다.

"어머니, 아버지, 여기는 진진이에요."

두 쌍의 눈이 무례하지 않을 만큼의 호기심을 담고 그녀를 바라보았다.

"인사가 늦었습니다. 진진이라고 합니다."

그녀의 깍듯한 인사에 두 쌍의 고개가 동시에 끄덕여졌다.

"반가워요. 우린 진진 양이 무척 궁금했답니다. 이렇게 예쁜 분일 줄 내 벌써부터 알았다죠."

그의 어머니 목소리에서 힘과 호의가 느껴졌다.

"우리 대헌이 병을 치료했다니 정말 고맙게 생각해요. 부모로서 기쁘지 않을 수 있겠어요? 우린 무조건 진진 양 편이니 앞으로 이놈이 말썽을 일으키거든 우리에게 말해요. 내 이놈을 혼줄 내줄 테니."

강심장의 그녀도 꽤 긴장했던 모양이다. 다정한 말에 진진은 마음이 따뜻해졌다. 만나자마자 마치 한가족처럼 대해주시니 고맙기도 하고 한시름 마음이 놓였다. 그 후로는 순조롭게 대화가 이루어졌다. 이런저런 담소를 나누고, 대헌의 어린 시절 얘기도 들었다. 식사가 끝날 때쯤엔 벌써 오랜 친구 같은 분위기였다. 정치 얘기며 경제 얘기며 그녀와 대헌의 어머니는 많은 공통점을 가지고 있었다.

흐뭇하게 그런 그들을 바라보는 두 남자의 모습에서도 기쁨이 넘쳐흘렀다. 소원했던 아들과 어머니의 관계를 돌아볼 때 아주 바람직한 현상으로 비춰지고 있었다.

후식을 먹을 때쯤 대헌의 아버지로부터 폭탄 같은 질문이 있었다. 결혼 날짜를 언제로 하고 싶으냐는 것이었다. 진진은 사실 결혼이란 걸 한 번도 생각해 본 적이 없었기 때문에 한순간 당황해서 표정을 숨기지 못했다. 대헌을 사랑해서 같이 살고 싶다고 생각했고, 또 같이 살고 있는데 그 외에 무엇이 더 필요하단 말인가. 그녀의 생각이 훤히 드러났는지 대헌의 얼굴이 잔뜩 일그러졌다.

'그는 결혼을 생각하고 있었구나.'

그녀는 당황했다. 딱히 결혼이 싫다는 것은 아니었다. 한 번도 생각해 본 적이 없을 뿐. 대헌은 그녀의 표정을 결혼의 거절로 오해한 것이다. 부모님들 앞에서 이런저런 대화를 하기는 좀 문제가 있었다. 그녀는 테이블 밑으로 손을 내밀어 대헌의 손을 잡았다. 아무 반응이 없자 맞잡은 손에 꼭 힘을 주었다. 그의 굳어진 몸이 조금은 풀리는 것 같았다.

"결혼이 꼭 필요한 건 아니지만, 서로 사랑한다면 만인 앞에 축복받고 사는 것도 나쁘진 않아요. 한번 생각해 봐주겠어요? 보아하니 우리 아들은 결혼을 기어이 하고 싶은 표정이니."

장난기를 담은 대헌의 어머니 말씀에 그녀는 미소로 되돌렸다. 아들의 심정을 대변해 주는 어머니의 자식 사랑이었다.

"예, 어머니."

그녀의 시원한 대답에 대헌의 아버지가 껄껄 웃으시며 긴장하고 있는 대헌의 어깨를 툭 쳤다. 속이 뷘 대헌도 멋쩍게 웃었다. 그날의 만남은 대성공이었다.

대헌과의 사랑을 다시 한 번 확인한 이후 진진은 많이 평정을 찾았다. 그가 주는 안정감은 이루 말할 수가 없었다. 진하가 런던으로 떠난다는 얘기를 들었을 때도 생각보다 그리 큰 충격을 받지는 않았다. 진하가 얼마나 진지한지는 자신이 누구보다 잘 알고 있었다. 그래서 더 그렇게 억지를 부리고 헤어지라고 종용했는지도 모른다.

제이미와의 사랑은 그 누구도 인정해 주지 않을 것이다. 그가 자신의 사랑을 남들에게 손가락질받는다면 얼마나 상처받을지 불을 보듯 뻔한 일이었다. 특히 진하는 공인이었다. 공인으로서 온 국민의 손가락질을 받는다면 그건 더 못할 짓이었다. 그 사랑을 스스로 끝낼 수 없다면 진하의 결심대로 차라리 떠나는 것이 대안이 될 수 있을 것이다.

제이미가 진하를 따라가든 말든 그건 두 번째 문제였다. 우선 진하가 그가 없는 곳에서 다시 이성을 찾는다면 그보다 더 좋을 수는 없겠지만, 그게 안 된다면 적어도 이곳보다는 좀 더 자유로운 곳이 필요했다. 그런 의미에서 런던은 좋은 탈출구가 되어줄 것이다. 그곳에서는 그나마 좀 더 편안하게 생활할 수 있을 것이다.

진하는 모든 계획을 확실히 정리했다. 콩쿠르는 영희와 함께 런던에서 나머지 몇 달의 호흡을 맞추려고 계획했으나, 국내에 남기로 결정한 영희의 의견을 존중해 포기했다. 그녀에게도 좋은 기회였지만 먼저 약속을 깬 것은 어디까지나 진하였으므로 그는 미안한 맘을 감추지 못했다. 영희는 솔로로 도전해 보기로 했다고 했다.

진진은 영희에 대한 싫은 감정이 아직도 많이 남아 있었지만 떨떠름한 마음을 접고 그녀의 콩쿠르 준비를 특집기사로 실어주었다. 국내에서 듀엣이 아닌 솔로로 참가하는 것은 그녀가 처음이었기 때문에 꽤 주목거리가 되었다. 진하의 행동에 대한 사죄의 의미도 있었다. 또한 영희에게 힘을 실어주기 위함도 있었다. 언론의 주목과 업계의 지원에 영희는 고양되었다. 진하의 연습실도 대회전까지 그녀에게 제공하기로 했다. 그렇게 동생은 차곡차곡 신변을 정리하면서 출국 준비를 하고 있었다.

이제 남은 문제는 할아버지와 아버지였다. 그분들에게 어떤 식으로 말을 해야 할지 막막하기만 했다. 그녀는 집안의 대를 이을 진하가 동성애자라는 것을 어떻게 설명할 것이며 이해시켜야 할지 아득하기만 했다. 그녀 스스로도 이해하거나 인정하는 것은 아니었기 때문에 더욱 어려운 문제일 수밖에 없었다. 다만 사랑하는 동생이므로 그의 선택을 존중해 줄 뿐이었다. 그녀의 심경도 이러한데 어떻게 말씀을 드려야 할지…….

차라리 두 분은 아무것도 모르시는 것이 나을지도 모르겠다. 언젠간 아시게 되겠지만 그 언젠가가 늦을수록 두 분을 위해서나 진하를 위해서나 좋을 것이다. 이번 진하의 런던행을 그냥 세계무대로의 복귀를 의미하는 것으로 아시는 것이 바람직하다는 결론을 내렸다. 모두를 위해서.

경제인의 밤은 언제나 의리번쩍했다. 그녀는 할아버지나 아버지의 파트너로 몇 년 전부터 참석하고 있었다. 그리고 오늘은 마침내 동행이나 가족이 아니라 그 한 일원으로서 당당히 이 자리에 있는 것이다.

이런 모임은 필수적으로 참석해야만 한다. 이곳은 한낱 사교의 장이 아니라 우리 나라의 경제가 돌아가는 동향을 다 파악할 수 있는 곳이기 때문이다. 입에서 입으로 퍼지는 소문이 거의 확실한 것도 이런 모임에서 뿐일 것이다. 어느 회사가 몰락의 위기를 맞고 있으며 최근 몇 달 안에 어느 주를 사들이면 떼돈을 벌지, 누구누구의 사재가 어디로 빼돌려졌다더라, 어느 회사 주가가 작전에 들어갔다더라 등등 제법 쓸 만한 정보를 얻을 수 있기 때문에 이 모임의 참석은 사업 그 자체라고 해도 과언이 아니었다.

그녀의 신문사가 동방과 알력 싸움을 하고 있는 것은 이제 기정사실이었다. 어쩌면 생각보다 실속있는 정보를 얻어낼 수도 있는 것이다.

그녀는 지나가는 웨이터를 손짓해 최고급 샴페인이 들어 있는 길고 날씬한 유리잔을 집었다. 두툼한 냅킨에 싸인 잔을 입에 가져가며 대헌을 찾아 넓은 리셉션 장을 쓱 돌아보았다. 진하와 진지하게 대화를 나누고 있는 대헌이 눈에 들어왔다. 두 남자의 멋진 모습에 주변의 여러 여자들이 그들을 흘끔거리는 모습도 함께 잡혔다.

그녀는 입술을 비틀며 슬쩍 웃었다. 진하야 워낙에 눈에 띄는 외모의 소유자이고, 진하보단 조금 작지만 날렵한 몸을 검은색 턱시도로 감싸고 있는 대헌도 꽤나 탐나는 존재였다. 뒤쪽에 화려하게 차려입은 여자 셋이 그들 쪽을 바라보며 소곤거리고 있었다. 아마도 그들에게 접근할 명목을 찾고 있나 보다. 그중 당돌해 보이는 한 여자가 그들에게 다가가며 일부러 대헌의 어깨에 부딪치는 모습이 보였다.

'이런~ 내 남자는 안 돼요, 어린 아가씨!'

맹랑한 아가씨가 수선을 떨며 대헌의 옷을 털어준다는 명목으로 그의 팔을 어설프게 더듬고 있었다. 진하도 알 만하다는 듯한 표정으로 여자의 하는 양을 바라보고 있었다. 진진이 천천히 다가가는 동안 대헌은 곤두세운 안테나로 그녀를 포착하고는 오직 그녀에게 온 신경을 집중하며 바라보고 있었다. 그 눈은 그녀를 환영한다고, 조금 전에 헤어졌지만 너무나 보고 싶었다고 말하고 있었다. 그동안에도 예의 그 아가씨는 계속해서 대헌의 어깨와 팔을 쓰다듬는 데 심취해 있었다.

'잠깐은 용서해도 너무 오버하는 건 내가 용납 못해, 아가씨.'

대헌은 자신의 옆에서 쫑알거리며 쉴 새 없이 샴페인을 털어내는 여자를 잊은 지 오래였다. 보다 못한 진하가 그 여자에게 말을 걸었다. 진하의 다정한 관심에 여자가 휘둥그레진 눈으로 아름답다고밖에 할 수 없는 진하의 얼굴을 넋을 놓고 보았다.

진진은 대헌의 팔을 잡아끌어 진한 키스로 도장을 찍었다. 빨개진 얼굴로 후닥닥 일행에게 돌아간 여자에게 진진은 환한 미소를 지어 보였다. 지극히 예쁜 미소였으나 독을 품은 웃음인지라 그녀들이 움찔하며 몸을 떠는 게 보였다. 꿈에 볼까 무섭다는 표정으로 얼른 저만치 도망치는 아가씨들을 무시하고 대헌에게 일침했다.

"헤이, 달링. 바람피우면 그날로 죽임이야. 어디서 팔팔한 아가씨 후리는 기술을 배웠어?"

대헌이 너무나 심각한 표정으로 말하는 진진을 달래려 쩔쩔

맺다. 진진 남매의 웃음소리가 홀 안에 경쾌하게 울려 퍼졌다. 그녀의 으름장에 또다시 속아넘어간 대헌이었다.

이제 런던으로 떠나기 위한 준비는 거의 다 마친 상태였다. 영희 문제도 해결되었고 그의 거취도 정해졌다. 어린 지형을 계속 가르치지 못하는 것이 아쉽지만 다른 훌륭한 선생님에게 한동안 잘 배울 것이다. 발레 학교에 입학할 수 있는 만 9세가 되면 그때부터는 그가 있는 런던으로 지형을 데리고 갈 생각이었다. 할아버지가 지형의 교육을 책임지시기로 약속하셨다. 조부와 아버지에게도 그의 런던행을 허락받았다. 연로하신 분들을 멀리 떠나 있기가 죄송스러웠지만 생각했던 것보다 기꺼이 이해해 주셨다. 모든 일이 일사천리로 진행되었다.

이제 남은 문제는 단 하나. 그래서 진하는 오늘 제이미와의 이별을 위해 이 자리에 참석했다. 계속 그를 피하는 것도 한계가 있었다. 연습실에도 나가지 않고, 휴대폰도 정지시킨 지 한 달이 다 되어간다. 그동안 착실히 출국 준비를 했지만 어쩌다 그를 만나도 아무 일 없는 듯 태연을 가장하고 있었다. 잠시 차 한 잔 마시면 이런저런 핑계로 자리를 뜨기를 반복하는 일상이 이어졌다. 아마도 이젠 제이미가 이상하게 돌아가는 판세를 눈치 챘을 것이다.

그가 없는 곳에서 잘살 수 있는지, 그를 잊을 수 있는지 진하는 알아야만 했다. 설사 그 없이는 살 수 없다고 깨닫게 된다 해도 이 선택을 후회하지는 않을 것이다. 그를 사랑하는 만큼 가족도 사랑했다. 그와의 사랑을 위해 가족을 희생하고선 행복할 수 없었다. 요즘의 성의없는 행동에 화가 머리끝까지 나 있는 제이미에게 너무도 미안한 마음이고, 그가 받을 상처가 배로 자신에게 돌아와 고통에 허덕이게 되겠지만 어쩔 수 없는 일이다.

'그에게 오늘은 진실을 말하리라. 그래, 오늘은 말해야지. 모든 걸 털어버리고 떠나리라. 그도, 그의 사랑도.'

곧 다가올 이별은 철저히 준비한 만큼 더 고통스럽게 쑤셔대고 있었다.

진진은 멀리 제이미와 진하가 어두운 얼굴로 파티장을 나서는 모습을 우울하게 지켜보았다. 진하는 아직 모르지만 그녀는 오늘 아침 제이미에게 모든 얘기를 다 해주었다. 분노하고, 상처받고, 좌절하는 그를 바라보며 그녀는 말할 수 없이 괴로웠다.

저도 모르게 나온 신음에 대헌이 그녀의 어깨를 감싸 안아주었다. 그의 따뜻한 손이 주는 진통 효과는 언제가 즉각적이고 명쾌했다. 그녀는 고개를 들어 대헌의 입술에 살짝 입을 맞추었다.

"진하는 괜찮겠지?"

"제이미를 알게 된 지 얼마 되지 않았지만, 내가 볼 때 그는 절대 진하를 상처 입힐 사람이 아냐. 도리어 그가 상처를 받을걸?"

피는 물보다 진하다고 동생을 먼저 걱정했던 그녀는 어쩌면 대헌의 말이 옳을 수도 있다는 걸 인정했다. 제이미는 그녀의 어린 동생을 만나면서 많은 것을 양보하고 희생했다. 제이미의 성격상 당당히 만나고 싶었겠지만 상처받을 진하를 생각해서 그의 숨겨진 연인으로 살았고, 발레에 대한 열정에 뒷전으로 밀려 살았고, 이제 가족에게 밀려 연인을 잃을 위기를 맞은 것이다. 사랑의 고통을 피해 진하가 있던 런던에서 한국으로 도망쳤지만, 이제 다시 진하를 쫓아 런던으로 갈 결심을 하고 있었다. 제이미는 그를 떠나려는 남자를 지구 끝까지 따라가겠다고 말했다. 어쩌면 제이미의 사랑은 진하의 그것과는 비교도 안 되는 깊고도 넓은 것이 아닐까. 대헌이라면 제이미처럼 그리해 줄까? 그녀를 따라 어디든 쫓아와 줄까? 갑자기 한없는 사랑을 받고 있는 진하가 부럽다는 생각이 들었다.

"당신, 내가 진하처럼 멀리 떠난다면 어떻게 할 거야?"

사뭇 진지하게 묻는 그녀에게 대헌은 미소조차 보이지 않았다. 그리곤 그에게 안긴 그녀의 어깨가 아플 정도로 손에 힘을 주었다. 뚫어지게 바라보는 대헌의 눈빛에 괜한 질문을 했다 싶었다.

"당신 남매는 참으로 많이 닮았어. 잔인하기 이를 데 없지. 그렇게 함부로 떠난다는 말은 하지 마. 농담이 진담이 되고 그렇게 되면 상처받는 건 상대방이 된다는 걸 명심해. 난 당신을 사랑하고 당신을 위해 목숨을 바쳐도 아깝지 않지만 날 떠나면 용서하지 않을 거야. 절대 당신 따라가 매달리거나 하지 않을 거야. 그거 명심해."

대헌이 잇새로 힘들게 선언했다.

"더 이상의 흔들림도 용서하지 않아. 이젠 하지 않을 거야. 다시 한 번 당신을 향한 내 사랑을 의심하면 이번엔 내가 떠날 거야. 다신 돌아오지 않을 거고. 언제 또 당신이 맘 변할지, 언제 또 변덕을 부릴지 불안해하면서 당신 옆에서 철퇴를 기다리는 머저리가 되지는 않을 거야. 진심이야. 나와 일생을 함께 가는 게 아니라면 여기서 그만둬 줘."

그의 말에는 웃어넘기기엔 너무나 필사적인 그 무엇이 섞여 있었다. 무심히 한 말 한마디에 그는 비장한 일갈을 날렸다. 진진은 경악했다. 분노했다. 그리고 그에게 연민을 느꼈다. 그리고 무엇보다도 죄책감을 느꼈다. 가벼운 질문에 이렇게까지 사색이 되어서 말하게 만든 것은 바로 그녀였다. 그녀의 행동이 그를 불안하게 했던 것이다.

"미안해. 나도 모르게 철없는 소리가 나왔나 봐."

정색하고 말했던 대헌처럼 그녀도 진지하게 사과했다. 그의 몸에서 긴장이 풀렸다. 그녀는 주위 사람들을 의식하지 않고 그의 목에 팔을 걸었다. 가까이 얼굴을 대곤 코를 부비고, 따스한 입맞춤을 했다. 추악한 질투도, 저주스럽던 의심의 찌꺼기도 그 촉촉한 부드러움과 뜨거운 습기에 천천히 녹아내리고 있었다.

넓은 파티장 한쪽에 위치한 원기둥에 몸을 기대고 한 남자가 안타까운 눈빛으로 진진을 바라보고 있었다. 그는 파티장에 들어오고 근 한 시간이 넘어가고 있는데 아직도 그 자리에 장승처럼 서서 대화 사이사이 진진의 위치를 파악하고 있었다. 남자의 팔에 매달리다시피 기대고 뭐라고 재잘대는 여자는 거의 무시하고 있었다.

대헌은 오직 진진에게 뜨거운 시선을 보내는 남자 때문에 심기가 여간 불편한 게 아니었다.

삼십 대 중반은 넘어 보이는 남자는 출중한 외모를 갖추고 있었다. 훤칠한 키─아마도 190㎝는 좋이 되어 보였다─에 외모와 동떨어지는 어깨까지 내려오는 직모를 목덜미에서 질끈 묶고 있었다. 곧게 뻗은 콧날과 이지적으로 보이는 입술과 각진 얼굴 등, 한 번 보면 절대 잊을 수 없는 인물이었다. 부드러워 보이기도 하고 어딘지 이국적인 분위기를 풍기는 섹시한 매력이 있었다.

대헌은 수컷의 직감으로 남자가 진진과 예전부터 잘 아는 사이라는 걸 느낄 수 있었다. 처음 보는 사람에 대한 시선이 결코 아니었다. 그 끈적끈적한 시선에는 사연이 담겨 있었다. 필시 그녀의 과거 애인 중 한 사람일 것이다. 이젠 그녀의 옛 애인에게 신경 쓸 만큼 자신이 못났다는 생각은 하지 않고 있었지만, 저 남자는 그의 속에 내재되어 있는 갖가지 불안과 고민들을 다 끄집어낼 만큼 그를 흔들리게 하고 있었다.

남자가 아직도 진진을 사랑하고 있다는 걸 알 수 있었다. 아니, 확신했다. 왜냐하면 그 자신이 진진을 바라볼 때와 너무나 흡사한 눈빛을 하고 있었기 때문이다. 평소의 예민한 감각은 다 어디로 갔는지 진진은 아직 그 남자를 알아차리지 못했다.

대헌은 진진이 그 남자를 알아차리는 순간을 놓치지 않기 위해 모든 감각을 곤두세웠다. 확인하고 싶은 속 좁음에 초라해지는 자신을 느끼면서도 어쩔 수가 없었다. 진진이 저 남자에게 미련이 없다는 확인을 받지 못하면 미쳐 버릴 것 같았다. 그는 이젠 두 번 다시 그녀와의 사랑에 끼어드는 방해물을 원치 않았다. 아니, 또다시 그들의 사랑을 위협하는 존재가 나타난다면 그는 더 이상 그녀를 믿지 못하게 될 것 같았다. 그것이 불안한 것이다.

플로어에서 진진과 춤을 춘다는 것은 대헌에겐 짜릿한 전율을 느끼게 했다. 그녀의 섹시한 몸에 그는 지극히 남성적 고통을 감내해야 했고, 뭇 남성들의 뜨거운 시선에 경계와 동시에 우쭐함을 느끼기도 했다. 이 대단한 여자가 내 여자요, 소리를 지르고도 싶었고 보는 건 참겠지만 그 이상은 안 된다는 엄포를 담아 노려보기도 했다. 그리고 지난 몇 시간 동안 끈질기게 따라다니는 남자의 시선도 되받아쳤다.

남자는 그를 우울하게 바라보았다. 한동안 불꽃이 튀었다. 그는 남자가 살짝 고개를 돌려 시선을 피한 후에야 진진의 머리카락에 얼굴을 묻었다. 제 여자쯤은 스스로 지킬 수 있어야 비로소 진정한 남자가 되는 것이다. 진진을 지키기 위한 투쟁은 그의 권리이자 과제였다. 떠나려 한다면 뒤돌아보지 않을 것이나, 그런 싹을 애초에 잘라 버린다면 그녀가 떠날 일은 없을 것이다.

대헌은 리듬감있게 몸을 돌리면서 진진의 몸을 꼭 껴안았다. 마주 안아오는 뜨거운 열기를 몸으로 받아내며 너른 플로어를 휘젓고 다녔다. 얼마나 춤을 추었던지 목이 칼칼하고 다리에 쥐가 나려고 했다. 그만 쉬었으면 하는 눈치를 보냈지만 그녀는 지치지도 않는지 깔깔거리며 빠른 리듬에 맞추어 자이브를 추었다.

춤에 문외한인 그가 보아도 수준급인 진진을 따라가지 못하고 결국엔 막춤으로 대신하던 그였지만 사실 그 순간을 완벽하게 즐기고 있었다. 그의 어깨에 살짝살짝 손을 올리고 빠른 발놀림으로 그의 주변을 빙 돌며 춤을 추는 그녀는 한 마리 아름다운 화조였다.

겨우 음악이 멈추고 숨 돌릴 여유가 생기자 그들은 차갑게 식힌 샴페인을 마시며 야경을 바라보았다. 불야성을 이루는 도시의 전경이 무척이나 아름다웠다. 인간이 만들어놓은 문명은 때론 감탄을 자아내게 한다. 그녀가 가슴 깊이 시원한 밤 공기를 들이키며 만족의 신음을 내뱉으며 그를 돌아보며 놀려댔다.

"도대체 어디서 그런 춤을 배운 거야? 웃겨서 춤을 출 수가 있어야지. 당신 춤출 땐 내 옆에 얼씬거리지 마. 고개를 들 수가 없어, 내가."

말은 그렇게 하지만 그의 춤이 상당히 마음에 들었던 듯 환하게 웃었다.

"오랜만에 정말 신나게 췄어. 신년 파티 이후 처음이니까 무려 4개월도 넘었잖아? 우와, 나 오래 버텼네."

진진은 즐거운 듯 소리 내어 웃었다. 대헌은 한동안 무리랄 만큼 열심히 일한 그녀에게 기특하다는 표정을 지었다. 밤하늘을 올려다보는 진진이 안쓰러웠다. 아무리 좋아서 하는 일이라지만 큰 회사를 운영하기에 그녀는 너무나 젊고 경험이 없었다. 그만큼 더 열심히 노력해야 했고 그것을 고스란히 보았던 그이기에 그녀가 대견하기만 했다.

그녀에게 다가가 뒤에서 허리를 안았다. 자연스럽게 몸을 기대오는 진진을 가슴으로 받치고 고개를 숙여 목덜미에 입술을 댔다. 그의 애무를 돕듯 그녀의 고개가 뒤로 젖혀졌다. 뜨겁게 흐르는 혈관을 혀로 살짝 쓸자 그녀의 벌어진 입술에서 고혹적인 환영의 신음이 흘러나왔다. 뒤로 젖혀진 턱에 손을 대고 그 섹시한 입술에 키스를 하는 순간, 타이밍도 좋게 방해꾼의 목소리가 그들을 멈추게 했다.

"우리가 괜히 나왔나 봐요, 상록 씨."

대리석에 울리는 하이힐의 경쾌한 소리와 함께 심술기가 다분히 묻어나는 앳된 여자 목소리가 들려왔다. 그 소리에 그의 팔 안에서 진진이 돌덩이보다 더 단단하게 굳어졌다. 천천히 돌아보는 대헌의 시야에 예의 그 남자가 들어왔다. 어쩐지 저 남자일 거라는 짐작이 맞았다.

'그렇군, 이로서 진진도 저 남자를 아는 것이 확실해졌어. 그래서 그의 이름에 이리도 긴장하고 있는 것이겠지.'

의문을 확실히 풀었으나 기분이 나아지지는 않았다. 다만 위안이 된다면 그녀가 오늘 그에게 사랑은 그 하나라고, 평생을 그와 함께하겠다고 약속했다는 사실이다.

'자신감을 가져, 강대헌. 저 남자는 과거의 잔재일 뿐, 그 이상도, 그 이하도 아냐.'

그는 시선을 똑바로 들어 남자를 바라보았다. 상록이라 불린 남자는 여전한 눈빛으로 진진만을 보고 있었다.

'그래도 거슬려. 저 치는 우리가 서로 껴안고 있는 것이 보이지도 않나?'

대헌은 자신을 아예 없는 사람 취급하며 진진에게 몰두하는 남자가 여간 싫은 게 아니었다. 상대 여자도 그것은 마찬가지였는지 볼멘소리를 했다.

"상록 씨, 괜히 밀회를 나누고 있는 연인들 방해하지 말고 우린 들어가요. 네?"

이제 갓 20세가 될까 말까 한 어린 여자는 나이에 어울리지 않게 진한 화장을 하고 남의 옷 빌려 입은 듯 어색하기 짝이 없는 야한 드레스를 입고 있었다. 마치 어른 흉내 내는 어린아이 같은 모습으로 남자의 관심을 끌어보려고 갖은 노력을 하고 있는 폼이 애처롭기까지 했다. 척 보기에도 여자가 남자에게 반해 있다는 것을 알 수 있었다. 젊음이란 도전인지 무모함인지 잘 모르겠다.

"진진."

남자의 입에서 진진의 이름이 불려지고, 진진은 대헌의 가슴에 묻고 있던 고개를 천천히 들어 올렸다. 상대 여자도 깜짝 놀란 듯 날카로운 눈길로 진진을 노려보았다. 오직 대헌만이 그럴 줄 알았다는 듯 평정을 유지하고 있었다.

"당신을 여기서 보게 되다니 의외군요. 언제부터 이런 자리에 참석할 지위를 가지게 된 거죠?"

그는 그의 품에 안긴 채 적의를 감추지도 않고 내뿜는 진진 때문에 긴장했다. 과거 어딘가의 추억 거리쯤으로 치부하려 했던 자신이 너무 안일했던 것이다. 무례한 그녀의 행동에서 묵은 감정의 찌꺼기를 발견하게 되다니 착잡하기 이를 데 없었다.

"우리 가족에게 고맙다는 말은 잊지 말아요. 당신이 여기 서 있기까지 우리 가족의 덕이 꽤 클 테니 말이에요. 혹시 더 필요한 게 있어서 날 찾은 건가요?"

남자는 의미심장한, 그러나 타인은 결코 알 수 없는 말을 하는 그녀를 뚫어지게 바라보며 주먹을 움켜쥐었다. 남자의 팔에 매달린 여자도 이젠 화가 머리끝까지 났는지 발을 동동 굴렀다.

"상록 씨, 이 여자 뭐야? 당신 같은 여자 따위에게 도움 받을 일 없어. 상록 씨에게 필요한 것은 우리 아빠가 다 해주실 거야."

진진의 눈썹이 치켜 올라갔다. 남자의 얼굴도 심하게 일그러졌다.

"예나 지금이나 똑같군요. 아직도 여자 앞세워서 이득을 챙기시나 보죠?"

대헌은 이렇게 무례한 진진은 처음이었다. 그만큼 앞의 남자가 그녀에게 의미가 있다는 증거이리라.

"그러는 당신은 참으로 많이 변했군. 열아홉의 당신은 참 순수하고 착했었는데……."

'열아홉?'

대헌은 지금까지완 판이하게 다른 긴장감에 몸을 떨었다. 뭐니 뭐니 해도 진진이 그를 사랑하는 한 과거의 잔재는 조금 거슬리는 존재에 불과했지만, 진진을 남자를 믿지 못하는 냉소적인 바람둥이로 만든 원흉이 지금 눈앞의 저 남자라면 문제가 달라진다. 두 사람의 신경전이 이젠 거슬리는 정도가 아니라 눈이 뒤집힐 정도로 화가 나기 시작했다.

"진진, 누군지 소개시켜 줘야지. 이렇게 우두커니 세워만 둘 거야?"

그녀는 대헌이 옆에 있다는 것도 의식하지 못하고 있었는지 움찔 놀랐다.

'그 정도인가? 옆에 있는 날 잊을 정도로 흔들리는 거야?'

대헌의 어깨에 기대고 있던 고개가 천천히 돌려지고 진진의 눈과 대헌의 눈이 공기 중에서 마주쳤다. 그를 한참 동안 멍하니 바라보던 그녀의 눈동자 속에서 잠시 따뜻한 그 무엇이 퍼져 나갔다. 그리고 이어서 얼굴 전체에 가득 미소를 담아 보냈다. 그녀가 말하고 있었다. 신경 쓰지 말라고, 나에겐 당신뿐이라고.

대헌은 고개를 들어 자랑스럽게 남자를 바라보았다. 상록이란 남자 역시 그녀를 바라보고 있었다. 그 얼굴에 퍼지는 절망은 그녀가 대헌에게 보내는 메시지를 남자도 읽었다고 말하고 있었다. 승리의 미소를 지어야 마땅한데 왠지 그 남자가 안 되었다는 생각이 들었다. 그만큼 남자의 표정엔 감출 수 없는 고통이 스며 나오고 있었다.

무겁게 가라앉은 분위기를 깬 것은 그의 파트너였다. 심술궂은 얼굴 표정만 아니라면 제법 괜찮은 외모인데, 뾰로통하게 찌푸린 모습이 조금은 처량해 보였다.

"전 동방사미예요. 울 아버지가 동방그룹의 회장님이시죠."

으스대듯 말하는 여자를 내려다보는 남자의 표정은 냉담하기 이를 데 없었다.

"강대헌입니다. 우리 아버지 직업도 밝혀야 할까요?"

그의 짓궂은 물음에 동방사미가 얼굴을 붉혔다. 그녀에게 동정심을 느꼈다. 어느 모로 보나 진진에게 부족하다는 걸 느끼고 호기 어린 목소리로 아버지까지 들먹였지만 역시 아직 어린 여자일 뿐이었다.

"처음 뵙겠습니다. 김상록입니다. 진진과는 유학 시절부터 잘 아는 사이죠.”

‘당신이 얼마 안 되는 푼돈에 진진을 포기한 그 남자로군. 이제 와서 후회해도 이미 지나간 버스일 뿐이야, 이 사람아. 어서 빨리 다른 차를 찾아보시는 게 좋을 거요. 난 절대로 진진을 양보할 생각이 없으니까.’

“아, 말씀 많이 들었습니다, 진하로부터. 댁에게 신세를 많이 졌다죠? 물론 그 대가도 톡톡히 받아가셨지만.”

추악했던 과거 일을 알고 있음이 분명히 드러내는 의미심장한 한마디에 진진도, 남자도 놀라는 얼굴이 되었다. 남자는 이를 악물고 감정을 자제했다. 그리곤 예의 그 안타까운 눈빛으로 다시 진진을 바라보았다.

“당신에게 할 얘기가 있어. 둘이서만.”

상록은 다른 사람은 다 무시하고 오로지 그녀만을 바라보며 말했다.

“우리 사이에 할 얘기가 있을까요? 더구나 지금 우린 적이에요. 동방의 대표로 내 회사를 노리는 당신과 개인적으로 할 얘기가 뭘까요?”

“중요한 얘기야, 당신을 위해 하는 말이야. 지금이 아니라면 내일 내가 회사로 전화하지.”

상록은 애가 타는 동방사미의 허리에 팔을 두르고 대헌에게 고개를 살짝 숙여 보인 뒤 돌아섰다.

대헌은 멀어지는 두 남녀를 바라보며 생각에 잠겼다. 김상록은 무엇을 말하고 싶은 것일까. 혹여 과거의 어느 때로 돌아가자는 가당찮은 말을 하려는 건 아니겠지. 그렇게 뻔뻔한 남자는 아닐 것이다. 아니, 돈 때문에 진진을 버린 적도 있는 남자가 무언들 못할까. 대헌은 남자의 뒷모습을 뚫어지게 바라보았다. 그렇게 하면 그의 모든 궁금증이 다 풀리기라도 할 것처럼.

"그가 누군지 궁금하지?"

대헌은 그녀의 담담한 목소리에 고개를 돌렸다. 목소리만큼이나 아무 감정이 담기지 않은 얼굴이었다.

"아니, 그가 누군지는 잘 알아. 내가 궁금한 건 저 남자에 대한 당신의 감정이지. 아직도 미련을 가지고 있는지, 아님 미움보다 더한 원망을 품고 있는지."

진진은 약간 놀란 듯 그를 바라보았지만 이내 엷은 미소를 지었다.

"오지랖도 넓은 놈. 할 말 못할 말 구분도 못하는 모자란 녀석 같으니. 제 일이나 잘할 것이지……."

진진은 딴에 생각하고 대헌에게 다 말했을 진하를 향해 중얼거렸다.

"이젠 아무렇지도 않아. 한때 잠깐 흔들렸던 건 사실이지만, 이젠 아무 감정도 없어. 변색해 버린 사랑도, 원망도 모두 사라져 버렸어. 아직도 남아 있는 감정이 있다면 그건 아마도 동정 정도일까? 돈에 목숨 건 그가 약간은 불쌍해 보이기도 해. 그리고 이젠 내 회사를 뺏으려는 원흉일 뿐이야. 내가 걱정인 건 그

의 출현에 마음이 다칠 당신이야. 그래서 되도록 당신이 모르길
바랐는데 이렇게 대면해 버렸네. 그래서 세상엔 비밀이 없다고
하나 봐. 미리 말 못해서 미안.”

그 말을 끝으로 더 이상 그들은 타인이 주가 되는 대화를 멈
추었다. 그들은 다시 전열을 정비해 나머지 시간 동안 플로어를
종횡무진 휘저으며 춤을 추었다.

제16장

위험한 상상

대헌은 교사직을 그만둘 결심을 굳혔다. 이번 학기만 끝나면 공부에만 전념할 생각이었다. 열심히 공부하고, 열심히 사랑하려면 시간이 필요했다. 학교에 매어 있다 보니 여러모로 어려움이 많았다. 또 진진이 신문사를 운영하는 이상 그가 그녀에게 맞추는 생활을 할 생각이었다. 다행히 생계를 위한 노동이 필요한 것도 아닌 바에 계속 공부를 해서 대학에서 교편을 잡아야겠다는 생각을 굳히고 있었다. 아이들을 가르치는 데 보람을 느끼고 있지만 선택은 이미 이루어졌다.

어머니의 강한 권유도 있었지만 그의 속물근성도 결정에 한 몫을 차지했다. 진진의 배우자로서 조금이나마 부끄럽지 않는 자신을 내보이고 싶었다. 물론 그 스스로가 자신과 자신의 직업을 부끄럽게 생각하지는 않았으나 돈을 노린 관계니, 저런 남자가 어떻게 등등의 잡소리를 사전에 막고자 함이 큰 비중을 차지한 결정이었다는 건 부정할 수 없었다. 어차피 해야 할 일을 조금 빨리 결정한 것뿐이었지만 마음이 그리 편하지는 않았다.

휴대폰이 울렸을 때 그는 퇴근 준비를 하고 있었다. 진진이겠거니 무심코 받은 전화에 전혀 의외의 목소리가 들려왔다.

"예, 아버님."

진진이 아니라 그에게 전화를 하다니, 무슨 일이 있는 건가?

"예, 그렇게 하겠습니다."

아버님이 그를 따로 부르시는 이유가 뭘까. 이제껏 그들의 동거에 가타부타 말씀이 없으셨던 만큼 그는 긴장하지 않을 수 없었다.

'집으로 오란 뜻은 할아버님과 함께 직접 하실 말씀이 있다는 뜻이겠지.'

생각에 잠겨 있는 사이 동료들이 하나둘씩 퇴근을 하고 있었다. 가방을 들고 일어서는데 다시 휴대폰이 울렸다. 이번엔 조심스럽게 발신자를 확인했다. 진진이었다. 그의 구겨져 있던 얼굴이 환하게 피었다.

'진진도 함께 부르셨나 보다. 괜한 걱정을 한 것인가.'

"응, 나야."

[저 대헌 씨, 나 조금 늦을 것 같아. 먼저 들어가. 되도록 빨리

들어갈게.]

"무슨 일인데?"

[응, 사업상 만날 사람이 있어. 회사 일이니까 당신은 신경 쓸 거 없어. 그럼 이따 봐. 참, 저녁 챙겨 먹고 사랑해.]

진진은 수화기를 통해 쪽 하고 키스 소리를 내고는 전화를 끊었다. 어쩐지 서둘러 끊는다는 느낌이 들었지만 별 신경을 쓰지는 않았다. 그에겐 더 긴장되는 약속이 있었으므로.

벨을 누른 후 대헌은 넥타이를 바로하고, 있지도 않은 먼지를 털어냈다. 정원을 지나 현관을 열고 들어가자 진진의 할아버지가 카디건을 걸치시면서 거실로 나오고 계셨다. 꾸벅 절하는 그를 고개만 살짝 까닥하며 아는 체를 했다. 이미 소파엔 진진의 아버지가 앉아 계셨다.

가져온 과일 바구니를 어색하게 현관 앞에 내려놓고 그는 소파로 가 앉았다. 진진의 아버지도 할아버지와 매한가지로 긴장된 그의 인사를 시큰둥하게 받았다. 그는 평소에 끼지도 않던 안경까지 쓰고 과묵하고 어두운 얼굴을 하고 앉아 있는 어르신들 때문에 한층 긴장하지 않을 수 없었다. 일하시는 아주머니가 차를 내놓고 물러가자 그제야 침묵을 깨고 할아버지가 말씀을 시작하셨다.

"자네, 우리 애를 사랑하나?"

대헌은 물끄러미 자신의 발을 내려다보고 있다가 그만 깜짝 놀랐다. 단도직입으로 이야기를 하시려나 보다. 시작부터 심상치 않았다.

"예, 진심으로 사랑합니다."

"그렇다면 얘기가 더 빠르겠군."

이번엔 아버님이 말씀하셨다.

"우리 애가 지금 얼마나 힘든 상황에 놓여 있는지 자네는 아는가?"

"무슨 말씀이신지……."

"이렇게 답답해서야……. 한집에 살면서 그렇게 무심할 수 있는 건가? 그러고도 사랑?"

대헌은 비아냥이 가득 담긴 목소리에 기가 막혔다.

"진진은 지금 경영권에 위협을 받고 있네. 동방그룹이라고 들어봤겠지? 거기서 우리 국제신문을 인수하고 싶어한다네."

'동방그룹? 그래서 진진이 그 남자에게 그렇게 적의를 보였던 건가?'

"우리 아이를 예전부터 며느리 삼고 싶어하시는 집안이 있어. 우리 가족과도 친분이 두텁고, 사윗감으로 말하자면 집안이나 학벌이나 어디 흠잡을 데 하나도 없는 아주 준수한 청년이지."

대헌은 이제야 돌아가는 얘기를 알 수 있었다.

'우린 우리 집안에 어울리는 집안의 완벽한 사윗감이 있으니 너는 물러나라? 그 집안의 완벽한 사윗감이란 당연히 이도를 말하는 것일 테고.'

대헌은 갑자기 사람이 싫어졌다. 그리고 이런 소리를 들어야 하는 자신이 처량했다. 진진의 가족에게 가지고 있던 호감이 급격히 저하되고 있었다. 그를 별로 탐탁지 않게 생각하고 계시다는 건 알고 있었지만, 적어도 이런 분들로는 보지 않았는데 실망이 이만저만이 아니었다.

진진이 이 사실을 안다면 얼마나 노발대발할 것인가. 적어도 그녀는 이들처럼 속물은 아니었다. 화가 치밀었지만 그녀가 사랑하는 사람들이고 보면 감정대로 무례하게 굴 수도 없었다.

"신문사 주를 최대한 끌어 모아야 그녀가 경영권을 유지할 수 있는데, 이번에 그들이 큰 도움을 주시고 계시지. 어차피 사돈지간이 될 사이지만 고마운 건 고마운 거지. 그런 의미에서 우린 자네와 진진의 불장난을 이쯤에서 끝내줬으면 하네."

어떤 모욕도 다 참고 견딜 준비가 되어 있지만, 진진과 그의 사랑을 불장난으로 치부하는 것만은 용납할 수 없었다. 대헌은 고개를 똑바로 들고 두 사람을 마주 보았다.

"두 분 어르신, 말씀이 지나치십니다. 저나 진진이나……."

"자네가 진진을 사랑한다니 내 더 이상 가타부타하지 않겠네. 어떻게 하는 것이 진진을 위하는 길인지 잘 생각해 주게. 자네가 우리 진이 앞길에 무엇을 도와줄 수 있겠나?"

대헌의 말은 중간에서 묵살되었다. 그는 두 주먹을 움켜쥐었다. 아무리 아무렇지 않은 척하려 해도 경련을 일으키는 얼굴 근육을 막을 수는 없었다. 머리 속으로 일에서 열까지 천천히 세어 나갔다. 그렇게라도 하지 않으면 어른들 앞에서 추태를 보이고 말 것 같았다. 그는 오늘 자신의 인내심이 어디까지인지 시험받고 있었다.

"저와 진진은 서로 진심으로 사랑합니다. 평생을 함께하기로 약속했고요. 두 분 어르신 말씀을 모르는 것은 아니지만, 저희도 어쩔 수 없습니다. 제가 먼저 헤어지자거나 하지는 않을 겁니다. 혹 진진이 떠나라 한다면 그땐 문제가 다르겠지만요."

대헌은 한 치의 여지도 보이지 않는 단호한 목소리로 말했다. 두 분은 그럴 줄 알았다는 듯 서로를 바라보며 고개를 끄덕였다.

"그럼 이렇게 하면 어떻겠나. 내 알아보니 자네의 집안이 부족한 것 없이 잘살고 있다는 건 알고 있지만, 세상 살다 보면 큰돈 들 일이 많이 있다네. 또 돈이 있어야 유리한 세상이고. 그러니 우리가 자네를 좀 도와주면 어떻겠나. 우리도 좋고 자네도 좋고. 일석이조 아니겠나?"

처음에 대헌은 진진의 아버지 말씀을 잘 이해할 수가 없었다. 뭘 도와주고 뭐가 일석이조란 말인가. 한참을 아무 말 없이 앉아 있자 그것을 승낙의 뜻으로 오해한 진진의 아버지가 흰 봉투 하나를 그의 앞으로 밀어 보냈다. 대헌은 그것을 보고서야 돈 몇 푼에 그를 진진에게서 떼어내려 한다는 사실을 깨달았다.

대헌은 순간 엄한 교육자 집안에서 자란 것을 신께 감사했다. 예의를 칼같이 가르치셨던 부모님이 아니었다면 그는 그 자리에서 테이블이라도 뒤엎어 버렸을 것이다. 이제야 그 김상록이란 자의 심정을 조금은 이해할 수 있을 것 같다. 그 남자는 어쩌면 끓어오르는 분노를 삼키지 못하고 욱하는 마음으로 돈을 받았던 것인지도 모르겠다. 얼마나 수치스럽고 치욕스러웠을까.

돈과 지위를 우선에 놓고 사윗감을 고르려는 저들이 너무나 원망스러웠다. 가질 것 다 가지고 있으면서 뭘 더 바란단 말인가. 이런 식으로 지금껏 재산을 모아왔던 것이라면 그들이 아무리 진진의 혈육이라 하더라도 더 이상 존중할 수가 없었다.

"오늘 일을 진진에겐 비밀로 하겠습니다. 그녀로 하여금 두 분의 이런 비열하고 오만한 추태를 알게 하고 싶지는 않군요. 다시는 이런 일로 절 보자고 하지 마십시오."

그는 경멸을 담지 않으려고 무던히 노력하면서 단호하게 말하고 자리에서 일어섰다.

"자네, 이 돈이 얼마인 줄 알고나 하는 말인가? 지금 여기서 나가면 후회하게 될 거네."

소파에 느긋하게 등을 기대며 진진의 아버지는 비웃듯 그를 불러 세웠다. 대헌은 다 무시하고 참고 나가려던 발길을 돌려 정중히 물었다.

"대체 얼마나 되는지 궁금하군요."

두 노인네가 서로를 바라보며 눈을 빛냈다. 걸려들었구나 하는 눈빛이었다.

"세 장 들어 있네. 아주 큰 걸로."

'어떠냐? 이제 관심이 좀 생기냐?' 하는 그 표정에 구역질이 올라왔다.

"300억입니까?"

그의 물음에 숨을 몰아쉬는 두 사람을 보면서 매섭게 쏘아붙였다.

"그 정도는 되어야 생각해 볼 일 아닙니까? 대체 진진의 값어치를 어느 정도라고 생각하시는지요? 저에겐 300억도 부족합니다. 그 이상을 주시겠다면 한번 고려해 보죠."

그리곤 꾸벅 절하고 그 불쾌한 공기가 흐르는 집에서 뛰쳐나왔다. 대문 밖으로 나와서야 제대로 숨을 쉴 수가 있었다. 답답한 현실이었다. 이제 모든 장해로부터 벗어나 오로지 그녀와의 달콤한 나날들만을 꿈꾸고 있었다.

대헌은 의외의 곳에서 어퍼컷이 날아오자 그만 휘청하고 말았다.

중후한 거실에 침묵이 내려앉았다. 먼저 입을 연 사람은 머리가 하얗게 쉰 진삼봉 옹이었다.

"이번엔 진심으로 들리는구나."

진복태는 웃으며 고개를 끄덕여 동의를 표했다.

"예, 아버님. 아주 잠시잠깐의 망설임도 없더군요. 지난번 놈과는 확실히 다른 것 같아요. 우리가 저 녀석을 떼어내기는 틀린 것 같은데요? 300억을 어디서 구해다 준단 말입니까? 하하

하. 그냥 진진을 넘기는 수밖에 별 도리가 없는 것 같습니다, 아
버님.”

“맘에 들지 않으면 300억이 아니라 우리 전 재산을 다 주어
서라도 떨어뜨려야겠지. 그나저나 그놈 보기보다 강단이 제법
이구나. 진진에게 휘둘리지만은 않겠어. 바둑 실력도 제법이
고.”

두 남자의 입에선 연신 이제 막 합격점을 받은 대헌에 관한
얘기가 흘러나왔다. 그들은 이제 한시름 놓았다. 진진 자체로도
나무랄 데 없는 신붓감임에는 틀림없지만 가진 재산이 언제나
큰 핸디캡이었다. 벌써 오래전부터 돈을 노린 놈들이 많다는 걸
알고 그들은 예방책으로 한 명씩 시험해 보기로 마음먹었다. 그
첫 타자가 미끼를 성큼 물자 그들은 더 더욱 그 시험을 맹신하
게 되었다. 진진 모르게 몇 명을 시험한 결과 100% 다 걸려들자
그들 부자는 화가 머리끝까지 났었다.

진진이 사생활에 아무 제재를 가하지 않게 된 것은 그들이 손
을 쓰기 전에 그녀 스스로 알아서 옥석을 가리기 시작해서부터
였다. 이도와 깊이 사귀기 시작했을 때 한시름 놓았던 것도 다
그 이유였다.

오늘 그들은 분노를 감추지 못하고 있으면서도 진진의 피붙
이라는 이유로 마지막까지 예의를 지키며 제 할 말 다 하고 나
가 버린 대헌 때문에 기뻤다. 드디어 그들의 시험에 합격한 놈
이 나타난 것이다. 그들은 흐뭇하기 그지없었다. 기다리고 기다

리던 든든한 배필을 찾은 것이다. 그나저나 앞으로 그들이 한 짓을 알게 된 후, 대헌과 진진을 어찌 본다? 더더구나 진진에게 그들이 따로 그를 건드리면 가만두지 않겠다는 위협을 들은 마당에⋯⋯. 두 노인네는 갑자기 그 후유증이 겁났다.

상우는 거실 소파에 앉아 현관 거울을 보며 옷매무새를 가다듬는 형 상록을 안타까운 눈빛으로 바라보았다. 넥타이를 매는 손이 떨리고 있다는 것을 멀리 있어도 알 수 있었다.

"형, 그렇게 애닳아하지 말고 사실대로 다 말해. 나 때문에 어쩔 수 없었다고 다 말하라고. 지금도 사랑하고 있다고 말하란 말이야."

부산히 움직이던 형의 손이 잠시 멈추었다. 그의 얼굴에 쓴웃음이 이는 걸 보면서 상우는 무척이나 마음이 아팠다. 모두 자신 때문인 것이다. 죄책감에 고개를 들 수가 없었다.

"상우야, 선택은 내가 했어. 네가 그런 소리 할 필요는 없어. 난 그때 내가 할 수 있는 최선의 선택을 한 것뿐이야."

형의 담담한 말이 그를 더 아프게 했다. 한참을 거울을 통해 자신을 바라보던 형은 손을 들어 간다는 인사를 하고는 고개도 돌리지 않고 나가 버렸다. 무덤덤하게 말하지만 아주 긴 시간을 한 여자만 그리워하고 있었다. 그동안 그 흔한 데이트 한 번 하는 걸 보지 못했다. 죄책감에 나서지 못하면서도 이런저런 루트를 통해 그 여자의 소식을 다 듣고 있다는 사실도 알고 있었다.

몇 년 전 술이 떡이 되어 들어온 형은 인사불성이 되어선 그 여자의 이름을 한없이 불러댔다. 그날 그의 유도 신문에 넘어가 모든 사실을 두서없이 다 털어놓은 후 형은 곯아떨어졌다. 그때서야 그는 그의 치료비가 어디서 나왔으며 1년 가까이 직장도 다니지 않으면서 어떻게 그의 재활 치료에만 전념할 수 있었는지 알게 되었다. 형은 그를 위해 사랑을 팔았던 것이다.

그 사실을 알고 난 후 그는 더욱 열심히 재활에 힘썼다. 형의 희생으로 만들어진 기회를 헛되이 보낼 수는 없었다. 걸을 수 없다는 진단이 나왔었지만 그는 이제 목발을 짚고 걸을 수 있었다. 그 이상의 진전은 무리지만 이젠 형의 짐이 되지 않을 정도는 되었다. 웹 디자이너로서 나름대로 명성을 얻고 있었고 혼자서도 충분히 자립할 만한 능력도 갖추었다. 이젠 제발 형 자신을 위해 살았으면 하는 게 그의 바람이었다.

우연하게 형의 지갑 속에서 어려 보이지만 섹시하기 그지없는 여자의 사진을 본 적이 있었다. 사진 속에서도 살아 숨 쉬듯 반짝거리던 눈동자가 누군가를 바라보며 사랑한다고 속삭이고 있었다. 아마도 그 사진을 찍은 사람이 형이었으리라. 얼마나 자주 꺼내보았던지 낡아 닳아진 사진 끝이 하얗게 벗겨져 있었다. 그걸 더 오래 보관하자고 코팅해 놓은 것을 보자니 짠한 마음을 금할 수가 없었다.

한 남자가 7년 넘게 다른 여자와 가벼운 만남도 가지지 않는다면 그 남자는 어찌해야 한단 말인가. 그는 언젠가 기회가 된다면 꼭 그 여자를 만나 형의 마음을 전하리라 마음먹었다. 그동안은 어디 사는 누구인지 몰랐지만, 지금은 알고 있었다. 신문 경제면 한쪽에 그녀의 취임 기사가 사진과 함께 올랐던 것이다.

상록이 먼저 와서 기다리고 있었다. 진진은 오늘 아침 그에게서 만나자는 전화가 왔을 때 무시할 수가 없었다. 그녀는 한때 그를 그 누구보다 미워했지만, 또한 그 누구보다 사랑했었다. 쉽게 대할 사람은 아니었다. 그리고 호기심도 있었다. 적의 입장으로 나타났으면서 그 눈빛이 말하는 것은 그와 정반대의 표정이었기 때문이다.

"제가 늦었나요?"

군청색의 줄무늬 슈트에 하늘색 블라우스를 받쳐 입은 그녀는 경영자라기보단 영락없이 밝고 생기있는 오피스 걸처럼 보였다.

"내가 좀 일렀어. 신경 쓰지 마."

"제가 신경 쓸 일이 있나요? 만나자는 사람은 내가 아니라고요."

버릇처럼 비아냥거림이 흘러나왔다. 이러지 말아야지 하고 결심했지만 그에게 당한 것이 많은 그녀로서도 어쩔 수 없는 일이었다.

"당신이 그렇게 나오니까, 용건만 간단히 말하지. 곧 이사회가 소집될 거야. 안건은 당연히 경영자 해임 및 재선출 건이고."

그녀의 얼굴에 비웃음이 퍼졌다.

"그걸 알려주려고 만나자고 했나요? 그 정도는 우리 측도 알고 있어요. 준비도 돼 있고요."

"경영자 해임의 이유도 알고 있나?"

진진은 그의 어투에 긴장했다.

"어차피 끌어 모을 수 있는 주식은 다 끌어 모을 거야. 양쪽 다. 하지만 어디나 유동 표라는 게 있기 마련이지. 동방이나 당신네나 경영권을 틀어쥘 만큼 확실한 퍼센트를 가지고 있지는 않잖아. 나머지는 흘러가는 대세를 따르게 되어 있어."

"그래서요?"

"재선출 이유로 현 경영자의 사생활이 들춰진다면?"

"뭐라고요?"

진진은 벌떡 일어섰다.

"마른하늘에 날벼락도 유분수지, 어디서 감히 사생활 운운하는 거야, 지금."

"그렇게 화만 내지 말고 앉으라고. 당신이 결혼도 하지 않고 남자와 사는 건 주주들에겐 마이너스로 작용할 거야. 내 말이 틀려?"

그녀는 굴욕감을 느꼈다. 그녀의 사생활이 타인의 잣대에 의해 남부끄러운 것으로 비춰진다니 이만저만 화가 나는 것이 아니었다.

"흥, 맘대로들 생각하라 그래요. 내가 사랑하는 사람 내가 좋아서 같이 살겠다는데 누가 뭐라 하든 무슨 상관이죠?"

그녀의 말에 상록의 얼굴이 눈에 띄게 하얗게 질렸다. 그는 급하게 물을 들이켰다. 물 컵을 잡은 손이 희미하게 떨리고 있었다.

"당신 혼자만의 문제는 아닐 거야. 상대 남자도 생각해야지. 그리고 당신 동생도."

'진하?'

그녀의 표정을 세세히 살피며 그는 말을 이었다.

"당신 동생이 게이라는 사실."

그녀는 가슴을 움켜쥐었다.

'누구도 내 동생을 비난할 순 없어, 그 누구도.'

"당신 오누이의 사생활이 더러운 도마 위에 오르는 거야. 이번 이사회는 그 도마가 될 거고."

"이런 얘기를 왜 나한테 하는 거죠? 그때 가서 뒤통수치면 될 일을……."

상록이 한동안 그녀를 빤히 바라보았다.

"그런 식으로 이기고 싶지는 않아. 그리고 난 당신에게 진 빚이 있으니까."

조용히 덧붙이는 그의 말이 그녀의 마음속 깊은 곳의 원망을 조금은 덜어주었다.

"난 당신이나 진하를 진심으로 사랑했어. 다른 변명은 하지 않을게. 내가 돈을 받은 것은 사실이니까. 과거는 되돌릴 수 없어. 하지만 지금부터라도 당신과 정정당당한 관계로 있고 싶어. 우리의 만남이 사업상에 국한되더라도 말이야.”

그녀는 간절한 그의 눈빛에서 진심을 읽었다. 쉽진 않을 것이다. 대한민국에서 사업을 하는 한 그를 피할 수는 없는 일이었다. 그에 대한 사랑과 증오가 다 가셨다고 자신할 수는 없었다. 그러나 언젠가는 조금은 편안한 마음으로 그를 대할 수 있을 것 같다. 그녀에게 대헌이 있으므로.

“오늘 일 고맙게 생각해요. 그럼 다음번엔 이사회에서 만나도록 하죠.”

그녀는 과거로부터 등을 돌렸다. 그리곤 재빠르게 그곳을 벗어났다. 이젠 앞으로 전진하는 일만 있을 뿐 과거는 없다.

그날 이후 그녀는 더 더욱 바쁜 하루하루를 보냈다. 진하는 출국을 서둘렀다. 이사회가 보름 앞으로 다가온 상황에서 하루라도 빨리 떠나는 것이 그를 위해 좋을 것이기에 서두를 수밖에 없었다. 그리고 각 주요 언론사와 접촉을 시도했다. 동방에서 진하의 사생활을 들먹였다는 것은 언론들도 이 사실을 거의 모든 곳에서 알고 있다고 보면 될 일이었다.

그들은 터뜨릴 시기를 가늠하고 있을 것이다. 모든 것을 파헤치고 밝혀야 할 의무가 있는 언론사는 우습게도 때론 굉장히 폐쇄적인 곳이다. 그녀의 부탁은 받아들여졌다. 사주의 사생활이 언론에 거론되는 일이 극히 드문 이유는 이렇듯 각 언론사들이 서로를 보호해 주기 때문이기도 했다.

또 한편으론 모든 경로를 통해 주식을 끌어 모으고 있지만, 그녀 쪽이 총 42%를 확보한 상태였다. 동방에서 현재 45%를 확보하고 있다는 정보를 입수한 상황이었다. 남은 주는 13%이고 대부분 소액 주주이기 때문에 누군가에게 단체로 위임하지 않고는 투표에 참여한다는 자체가 거의 불가능했다. 그중 7%가 할아버지께서 예전에 친구 분에게 양도한 주식 분량이었다. 이 거대 주주가 어디로 사라져 버린 것인지. 고인의 유산이 어느 법인 회사의 신탁에 묶여 있다는 것을 알고 있으나 그쪽에선 투표권을 행사하지 않을 것이라고 통보해 왔기 때문에 그녀의 패배가 눈에 보이고 있었다.

진하의 문제는 일단락되었으나 이상하게도 진진은 대헌 때문에 스트레스를 받고 있었다. 예나 지금이나 언제나 다정한 그였지만, 요즘 들어 눈에 띄게 자주 깊은 생각에 잠겨 있고는 했다. 그렇게 굳어 있는 그를 볼 때마다 그녀는 혹시 회사 일에 너무 지쳐 그에게 소홀하지는 않았나 싶어 미안해지곤 했다. 그도 어느 정도 회사 사정을 아는 눈치였다. 깊이 말해 본 적은 없지만 때때로 걱정해 주는 그의 마음 씀씀이를 느끼고 있었다.

그녀는 대헌이 어제 한 말이 자꾸 마음에 걸렸다. 자신이 아무 도움을 줄 수 없어서 미안하다고 말하던 그. 그 말을 하기가 무척이나 어려웠던 듯 곧바로 입술을 깨물고 돌아서는 그의 등이 쓸쓸해 보였다. 마치 그녀를 돕지 못하는 것에 죄의식을 가지고 있는 것 같았다.

일은 일일 뿐, 그의 그런 태도를 이해하기가 어려웠다. 여하튼 여러 가지 일이 한 번에 진행되면서 그녀와 대헌의 관계는 약간은 소강 상태에 접어들었다. 대면 대면하는 상대에게 신경 쓸 만큼 그녀는 지금 여유롭지 못했다. 그만큼 그녀의 사정은 어렵게 치닫고 있었다.

진하가 떠나는 날, 대헌도, 제이미도 공항에 나오지 않았다.

"어린 내 동생, 언제 이렇게 훌쩍 커버렸니."

이제 멀리 떠나 버리는 동생이 애닳파 진진은 동생의 얼굴을 쓰다듬고 또 쓰다듬었다.

"누나, 내가 아직도 어린애로 보여? 그렇게 만지면 내가 유치원생같이 느껴진단 말이야. 제발 그러지 좀 마."

엄살로 투정하는 진하의 목소리도 밝지만은 않았다. 이제 떠나면 언제 다시 돌아올지 기약할 수 없는 것이다. 그가 사랑을 택한 이상 환영받으며 돌아오기는 어려울 것이다.

"잘 지내야 해. 누나가 자주 찾아갈게. 그리고 네 공연 첫날은 어김없이 너에게 날아간다고 약속할게."

오누이는 서로를 꼭 껴안았다.

"누나, 사랑해. 그리고 이렇게 떠나서 미안해."

그녀는 그의 어깨에 얼굴을 묻고 고개를 흔들었다.

"누나, 대헌이 녀석에겐 언제부터 매형이라고 불러야 하는 거
야?"

"정식으로 청혼받지도 않았다 뭐. 그냥 평생 함께하자고 약속
은 했지만, 그뿐이야."

사실 그녀는 그것이 조금은 신경 쓰였다. 한시라도 빨리 그의
사람이 되길 원했으면서도 청혼조차 하지 않는 대헌 때문에 마
음이 상하지 않았다면 거짓말일 것이다.

"대헌이 조금 이상한 것은 알고 있어? 누나, 사랑이 저절로
유지되는 것은 아니야. 서로에게 제대로 된 관심을 보여야지.
그게 사랑하는 사람에 대한 도리야. 요즘 대헌에게 신경 쓰고
있긴 한 거야? 일이 아무리 막중한 상황이라고 해도 그리 무심
해서야 어떡해."

대화다운 대화를 한 지도 오래고 사랑을 나눈 지도 오래였다.
그녀는 바쁘다는 핑계가 일을 거기에 이르게 했다고 생각했으
나, 지금 생각해 보면 대헌도 그녀를 피했던 것은 아닌지 싶었
다.

"대헌이 어제 이상한 말을 했어. 일이 어떻게 돌아가도 내가
자신의 친구인 건 변함없다는 거야. 꼭 뭔가 잘못되기라도 할
것처럼. 그 뭔가가 누나와의 관계를 의미한다는 건 안 봐도 뻔
하고."

그녀는 그들이 조금 소원한 것은 사실이지만 진하의 말은 조
금 과장된 면이 없지 않다고 생각했다. 이번 일만 끝나면 어디

따뜻한 곳으로 여행이라도 가야지. 그리고 예전처럼 부드러운 사랑을 나누는 것이다. 그녀는 건성으로 동생의 말을 흘려들었다.

　오늘도 상록의 하루는 앞의 날들과 마찬가지로 규칙적이었다. 2시간을 기다려 퇴근하는 진진을 잠시잠깐 보고 상록은 호텔 지하의 술집으로 들어갔다. 술 없이는 하루도 버티기 어려웠다. 진진을 눈으로 보지 못하는 외국 생활 동안은 그래도 견딜 수 있었다. 그러나 이제 같은 서울 하늘 아래 살면서 그녀를 보지 못한다는 것은 지옥이었다. 스치듯 그녀를 보고 나면 걷잡을 수 없이 폭주해서 술이라도 마셔야만 버틸 수 있었다.
　상록이 룸에 들어서자마자 언제나처럼 소리없이 한 여자가 들어섰다. 벌써 며칠째 그가 술을 마시러 이곳에 들르면 들어오는 여자였다. 그녀는 처음에 이곳에 왔을 때 웨이터가 알아서 들여보냈던 여자였다. 거절하고 돌려보냈었는데, 며칠 전부턴 나가라고 해도 옆에 앉아서 그의 시중을 들고 있었다. 그는 여자를 자세히 바라보았다.
　이런 곳에서 일하기엔 꽤 나이가 들어 보였다. 한 20대 후반쯤 아니면 30대 초반? 그리 진한 화장은 아니었다. 그리 요란한 의상도 아니었다. 그리 예쁜 용모도 아니었다. 그녀는 그저 그렇게 없는 듯 가만히 앉아서 술을 따르고 있었다. 그는 따라주는 술을 단숨에 들이켰다.

성인 남자가 여자 없이, 그것도 정력이 왕성한 남자가 여자 없이 대체 얼마나 견딜 수 있는 것일까. 그는 그 한계를 시험하고 있는 중이었다. 아니, 엄밀히 말해서 그 말은 틀렸다. 시험하고 있다는 것은 자신의 의지였으나, 그가 금욕인 것은 의지와는 조금 다른 문제였다. 그저 다른 여자와 관계를 가진다는 생각 자체가 더러워지는 기분이랄까. 여자와 관계를 갖고 나면 다시는 진진을 볼 수 없을 것만 같았다. 다시는 그에게 기회가 오지 않을 것 같은, 마지막 희망의 끈이라고나 할까. 그가 정절을 지킨다면 그녀가 다시 그의 품으로 돌아올지도 모른다는 간절한 바람이 그를 여기까지 오게 했던 것이다.

또 한 잔을 마셨다. 옆의 여자가 자몽 한쪽을 그에게 내밀었다. 한참을 뚫어지게 바라보자 여자가 고개를 살짝 숙여 부끄러움을 표했다. 이 바닥에서 오래 있었을 법한 나이에 그깟 일로 부끄러워하는 여자가 위선적으로 보이지 않는 까닭은 과일을 들고 있는 손끝이 살짝 떨리고 있음을 보았기 때문이다. 그는 천천히 입을 벌렸다. 여자가 그의 입에 사뿐히 자몽을 넣어주었다.

"한 잔 하겠어요?"

상록은 그녀의 앞에 엎어놓은 잔을 들어 한 잔 따라주었다. 그녀는 말없이 술잔을 받아 그처럼 한 번에 마셨다. 확 올라오는 붉은 기운을 보고 그는 눈살을 찌푸렸다. 술도 잘 못하면서 이런 일을 어떻게 견디고 있는 것일까. 그때부터 아무 말도 없이 그녀가 따라주면 그는 마시고, 그녀가 안주를 입에 넣어주면 받아먹었다.

얼마나 마셨을까. 다른 때 같으면 웨이터 중 한 명이 위층 자신의 룸까지 그를 부축해서 나갔을 테지만 오늘 그는 휘청거리기는 했지만 멀쩡한 정신으로 그곳을 나올 수 있었다. 여자에게 팁을 내밀자 그것을 돌려주며 서글픈 표정을 지었다. 기억이 나진 않지만 아마도 이전엔 팁을 준 것 같지 않았다. 거절하는 여자의 손에 수표를 쥐어주고 그는 그곳을 빠져나왔다.

자신의 방에 들어가자마자 그는 다시 술을 한 잔 따라서 소파에 앉았다. 그는 지갑 속의 사진을 꺼내 소중히 쓰다듬었다.

"진진……."

그렇게 진진의 사진을 품에 안고 상록은 서서히 잠 속으로 빠져들고 있었다. 아련히 들리는 초인종 소리에 그는 숙취로 어지럽고 아픈 머리를 부여잡고 일어나 문을 열었다.

"형, 또 술이야?"

그는 양 옆구리에 목발을 집고 서 있는 동생을 한참 만에야 알아보았다. 문을 활짝 열어주고 그는 되돌아서 침대에 몸을 뉘었다. 더 이상 서 있을 힘이 없었다.

"제발 이러지 마, 형. 하루 이틀도 아니고 이게 뭐야, 대체. 이러려고 돌아왔어? 차라리 뉴욕에 있을 때가 좋았어. 서울로 돌아온 지 6개월 만에 이렇게 무너지는 거야?"

심연과 같은 잠 속으로 빠져들면서 상록은 동생의 말을 꿈결에서 새겼다.

'그래, 이렇게 무너진다, 상우야. 못난 형은 더 이상 살 수가 없다.'

그는 동생이 목발을 짚고 우두커니 서서 그의 늘어진 몸을 한 없이 바라보았다는 것도 알지 못했다. 그리고 결심한 듯 상록의 휴대폰을 열어 원하는 것을 찾은 뒤 돌아갔다는 것도 알지 못했다.

대헌은 백화점 보석 매장에서 한참을 서성였다. 요새 그와 진진은 어딘가 삐걱거리고 있었다. 사랑하지 않아서라든지 믿지 못해서라든지의 구체적인 이유는 없었다. 그녀는 회사 일에 시달리랴, 진하 때문에 신경 쓰랴 대헌이 뒷전으로 밀린 것이었다. 그리고 그는…… 그는 진진의 아버지를 만난 이후, 심한 고민에 잠겨 있었다. 혹여 정말 그가 그녀에게 도움은커녕 방해만 되는 존재가 아닐까 하는 자격지심이 점점 커가고 있었다. 그를 귀찮아하고 신경질적으로 변한 그녀의 태도도 작은 구멍을 댐이 무너지기 직전까지 오게 만들었다.

그는 그런 자신의 못나고 비틀어진 마음을 질책하며, 이번 일이 끝나는 대로 정식으로 청혼을 하기로 마음먹었다. 막상 보석 매장을 둘러보면서 어떤 것을 골라야 하는지 전혀 감이 잡히지 않았다. 그는 보석을 잘 알지도 못하고 그런 면에 젬병이었다. 어색하게 두리번거리는 그에게 깔끔한 정장 차림의 샵 마스터가 인사를 했다.

"어서 오세요. 여자 친구 선물을 찾으세요?"

대헌은 그쪽에서 먼저 말을 터주자 조금은 안심이 되었다.

"반지 좀 보여주시겠어요?"

알 만하다는 표정으로 마스터가 활짝 웃었다.

"이쪽으로 오세요. 여기가 가격도 저렴하고 요즘 젊은 사람들이 좋아하는 디자인이에요."

한쪽 쇼 케이스에 따로 반지들이 진열되어 있었다. 심플하면서도 예쁘게 세팅된 반지들이 그의 눈을 현혹시켰다. 하지만 딱히 눈에 들어오는 것은 없었다. 왠지 청혼 반지치곤 조금 약한 기분이랄까. 그의 표정을 세세히 살펴보던 여자가 눈치있게 다른 쪽 쇼 케이스로 그를 안내했다.

"이쪽은 고가의 보석들이 진열되어 있습니다. 당연히 디자인이나 원석 수준이 처음 것들과는 다르죠."

그러면서 유리 선반 아래에서 보석 서랍 하나를 뺐다. 그녀는 직접 골라보라며 그의 눈앞에 턱하니 그것을 내밀었다. 몇 캐럿은 되어 보이는 다이아몬드 반지에서부터 온갖 형형색색의 보석들이 진열되어 있었다.

"이것들 중에는 진품들도 있지만 대부분 이미테이션이에요. 손님이 고르시면 제가 금고에서 그와 똑같은 보석에 맞추어 풀 세트로 내옵니다. 보시고 결정하시면 되니, 천천히 골라보세요."

대헌은 그 화려한 보석들 사이에 꿋꿋이 버티고 있는 단순한 링 반지를 바라보았다. 은빛의 반지에 자그마한 보석이 빽빽이 박혀 있었다. 큰 원석이 박혀 있는 것은 아니지만 세련되면서도 진진에게 맞는 화려함을 갖추고 있었다.

"손님은 물건 고르실 줄 아시는군요. 이것은 백금 링에 다이아몬드와 색이 조금 진한 꼬냑 다이아몬드, 에메랄드, 사파이어, 루비, 토파즈, 페리도트가 각각 1링씩 세공되어 있습니다. 영원(eternity)을 기원하는 반지입니다. 결혼 선물로 신랑이 신부에게 주는 반지죠. 어때요? 아름답죠? 세공 하나하나 명장의 손길이 들어 있는 최고품이에요. 진품입니다."

대헌은 그 반지가 무척 마음에 들었다. 화려하면서 절제된 미가 느껴지고 세련되면서 의미가 담긴 반지. 그것은 진진을 위해 만들어진 반지였다. 다른 반지는 더 이상 볼 필요가 없었다. 준비는 끝났다. 마스터는 행운을 기원하는 7개의 보석이 박혀 있다고 했다. 이런 의미 깊은 반지는 다시는 없을 거라고 자신있게 말하며 그에게 행운을 빌어주었다. 어쩌면 그에겐 많은 행운이 필요한지도 모르겠다.

희망이 보이지 않았다. 이러다간 정말 경영권을 잃을 수도 있었다. 벌써 주주 총회가 이틀 앞으로 돌아왔는데 깜깜하기만 하니, 신경이 있는 대로 날카롭기만 했다. 12시가 다 되어가는 시간에 집으로 들어서면서 그녀는 현관에 서류 가방을 내려놓고 거실로 들어섰다. 그녀의 신경을 긁는 또 한 가지 원인 제공자가 소파에 우두커니 앉아 있었다. 대헌이 들어서는 그녀를 한 번 돌아보곤 다시 텔레비전으로 시선을 돌리자 짜증이 확 밀려들어 왔다. 그녀가 얼마나 힘든지 뻔히 알면서 무관심으로 일관하는 그가 그렇게 미울 수가 없었다.

　물론 요즘의 그녀가 정상이 아니란 건 그녀 자신이 잘 알고 있었다. 그들 사이가 지금처럼 남남 같은 데는 그녀 자신도 큰 원인 제공자라는 것 또한 잘 알고 있었다. 그렇다고 저렇게 뚱해서 힘들게 일하고 들어오는 사람을 기운 빠지게 하는 것은 또 뭐냔 말이야. 그녀는 애써 짜증을 가라앉히며 한숨을 내쉬었다. 그녀의 한숨 소리에 그의 시선이 다시 그녀에게로 돌아왔다. 주저없이 한 손을 내미는 그에게 천천히 다가가 안겼다. 포근한 그의 품에서 그녀는 하루의 피로가 어느 정도 가시는 것 같았다.

"조금만 참으면 다 끝나. 힘내. 그리고 미안해."

도대체 뭐가 그리 미안하단 건지. 그가 하는 말이라곤 미안하다는 말뿐이었다. 자격지심도 이 정도면 중증이라고 생각했다. 그녀는 그의 품에서 거칠게 빠져나왔다.

"제발 그만 좀 해. 사람이 쫀쫀한 건지, 소심한 건지. 왜 이렇게 짜증나게 하는 건데? 누가 당신더러 나 도와달래? 밖에 일은 내가 알아서 해. 당신까지 신경 쓸 것 없다고. 집에 돌아오면 마음이나 편하게 해주면 돼. 그것도 못해줘?"

그녀는 막말을 하고 있었다. 자신도 알고 있었다. 왜 자꾸 마음에 없는 잔인하기 그지없는 말이 튀어나오는 건지. 날 사랑해주기만 하면 된다고. 옆에 있어주는 것이 너무나 힘이 된다고 그렇게 말하고 싶지만 입은 제 맘대로 지껄이고 있었다. 그녀는 두 주먹을 움켜쥐고 바들바들 떨고 있는 그를 애써 외면했다. 사과를 해야 하는데 이놈의 입은 떨어질 줄 몰랐다. 때마침 울린 휴대폰이 그녀를 구했다.

"여보세요?"

[진진, 알아냈어. 돌아가신 화진 화장품 회장님에게 딸이 하나 있었대.]

"거기까진 나도 알아."

[딸과 의절해서 호적까지 파간 상태라 유산은 한 푼도 그녀에게 가지 않았다는군.]

"이도야, 그것도 알고 있어. 도대체 도와주겠다는 놈이 그것밖에 알아낸 게 없단 말이야?"

[…….]

"그래? 화진 화장품의 유산이 그 손자에게 넘어간 것 같다고? 신탁회사에서 공개하지 않고 있지만 거기까지 알아냈으니 좀 더 알아봐 줘. 그래, 고마워. 역시 너밖에 없다. 응. 잘 자고."

전화를 끊고 침실로 들어가려던 그녀는 극도의 분노를 품고 있는 대헌의 눈을 보고 말았다. 우선 피하고 보자는 심리가 작용했다. 그녀도 어느 정도 자신의 잘못을 깨닫고 있었다. 잠시 멈칫했지만 그녀는 그를 무시하고 그대로 방으로 들어가 버렸다. 홀로 남겨진 대헌이 어떤 결심을 하고 있는지 까마득히 모른 채. 알았다면 조금은 달라졌을까?

다음날 오전 시간, 사무실에 정말이지 뜻밖의 인물이 찾아왔다. 비서가 김상우라는 이름을 전했을 때, 그녀는 어렴풋이 기억 속을 맴도는 그 이름에 면담을 받아들였다. 노크 소리에 이어 비서가 문을 열고 한 남자를 들여보냈다. 목발을 짚고 들어서는 남자의 얼굴을 보는 순간, 그녀는 그가 누구인지 깨달았다.

유학 시절에 상록은 동생에 대해 많은 얘기를 했었다. 어려운 형편에 교환 학생이란 명목으로 군복무까지 마친 뒤늦게 유학 길에 오르면서 가장 미안했던 게 바로 동생이라고 했었다. 부모님을 동생에게 맡기고 이기적인 배움길에 올랐다는 죄의식을 가지고 있던 상록. 지금 눈앞의 남자는 그와 너무나 닮아 있었다. 그녀를 보는 시선에 호기심이 가득했다. 그 맑고 검푸른 눈동자가 그의 성품을 대변하고 있었다.

"실례합니다. 바쁘신 줄 잘 알지만 꼭 드리고 싶은 말이 있어서 무례를 알면서도 찾아왔습니다."

'대체 이 남자가 무슨 일로 나를 찾은 것일까.'

의아한 맘을 뒤로하고 몸이 불편한 남자에게 소파를 권했다.

"앉으시죠."

발랄하고 예쁜 비서가 차를 내놓고 나가면서도 자꾸만 남자를 훔쳐보는 게 눈에 들어왔다. 사실 남자는 너무나 잘생기고, 부드럽게 보였다. 목발을 집고 다니는 핸디캡에도 불구하고 여자들이 줄을 설 것 같은 외모였다. 어쩌면 목발은 여자의 모성 본능을 자극해 핸디캡이라기보다 또 하나의 플러스 요인이 되는지도 모르겠다. 그만큼 남자는 여자들의 내면을 자극하는 무언가를 가지고 있었다. 그의 형처럼…….

"김상우 씨라구요? 그래, 무슨 일로 저를 찾아오셨는지."

남자는 한참을 가만히 찻잔만 바로 보고 있었다. 고개를 들고 그녀를 바라보는 남자의 눈빛엔 형언할 수 없는 호소를 담고 있었다.

"우선 깊은 사죄의 말을 하고 싶군요. 정말 미안합니다."

남자가 어렵게 입을 열고는 고개를 숙였다.

"예? 무슨 말씀이신지……."

"김상록이란 이름을 잘 아시리라 생각합니다."

진진은 다 끝난 일로 그 동생까지 찾아온 것이 조금은 우습기도 하고, 기억하고 싶지 않은 과거를 들추려는 남자에게 짜증이 나기도 했다.

"제가 몸이 좀 불편합니다. 형을 이해해 주세요. 형이 당신의 집에서 거금을 받고 당신과 헤어졌다고 들었습니다."

진진은 벌떡 일어섰다. 이제 와서 그녀의 치부를 건드리다니.

'누구는 화낼 줄 몰라서 이러고 차 나부랭이나 대접하고 있는 줄 아나 보지?'

"그 얘기라면 잊은 지 오래고 더 이상 들을 말이 없을 것 같군요. 돌아가 주세요."

단호한 그녀의 말에 남자가 더욱 호소하는 눈빛으로 그녀를 바라보았다. 아무리 화가 났어도, 그리고 진정으로 사랑하는 사람이 있다 해도 남자의 저 눈빛을 보고서는 그 어떤 여자도 거절이란 걸 할 수 없을 것이다. 남자는 그만큼 사람을 끄는 매력이 있었다. 그녀는 조용히 자리에 앉았다.

"우린 형이 런던에 있을 때 당신이랑 살고 있다는 걸 잘 알고 있었어요. 형이 하도 자랑을 해대서 우리 모두 얼마나 좋아했는지 모른답니다. 곧 당신 부모님도 만나뵙게 될 거라는 편지가 있었죠. 부모님과 전 그 편지를 받은 날 저녁에 외식을 했습니다. 그리곤 그날로 부모님을 잃었습니다."

그녀는 깜짝 놀랐다. 그 당시 상록에게서 아무 소리도 듣지 못했기 때문이다. 곧 귀국하게 될 것은 알고 있었고, 그래서 조금은 우울한 것이라고만 생각했던 것이다. 어차피 학교만 마치면 그녀도 그를 따라 서울로 돌아올 생각이었기 때문에 미리 약혼식만 치르기로 했었는데, 그들은 그것도 못내 아쉬워했었다.

'왜 말하지 않았을까? 사랑하는 여자에게 자신의 부모의 죽음도 알리지 않다니⋯⋯.'

"저 또한 그날 심하게 다쳐서 다시는 걸을 수 없을 거란 진단을 받았습니다. 물론 단 몇 %의 가능성을 열어두고서 한 말이었지만. 사실 있을 수 없는 일이었죠. 조그마한 집을 전세와 월세를 함께 내며 살았었는데, 부모님이 돌아가시고 나자 남는 게 없었어요. 장례 비용과 조금 있던 빚을 청산하고 나자 집 한 칸 없는 신세가 되었죠. 물론 그때까지 저는 병원에서 꼼짝도 못했고요. 형이 돌아왔을 때⋯⋯."

그는 잠시 말을 멈추고 그녀를 바라보았다.

　"형은 이미 죽은 사람의 형상을 하고 있었습니다. 부모님도 돌아가시고 저도 누가 돌봐주지 않으면 아무것도 못하는 상태였기 때문이라고만 생각했었습니다. 전 갑자기 보스턴 어디에 있는 병원으로 옮겨졌습니다. 거기서 1년을 있었습니다. 6개월은 입원해 있었고 나머지 6개월은 통원으로 재활 치료를 했죠. 그리고 공부도 다시 시작했고요. 그동안의 비용이 어디서 나오는 것인지, 형이 왜 저렇게 불행한 건지 알게 되었을 때는 이미 늦어 있었습니다. 후에 형이 뉴욕으로 옮기고, 직장에 다니기 시작했을 때부턴 아예 아무런 감정 표현도 하지 않는 냉혈 동물이 되어 있었습니다. 차라리 '난 불행해' 하는 얼굴로 다닐 때가 더 좋았습니다."

　그는 갑자기 진진의 손을 꼭 잡았다.

　"우리 형은 당신을 사랑하지 않아서 배신한 것이 아닙니다. 지금도 죽도록 사랑하고 있어요. 여자도 만나지 않고 오로지 일만 하는 기계가 되어버렸지만, 그 속에는 당신을 향한 그리움에 죽어가는 한 남자가 들어 있습니다. 서울로 돌아와서부터 더욱 견디기 힘든지 매일 밤마다 술에 의지해 잠이 들고 있어요."

　진진은 무너져 내렸다. 나쁜 놈이라고 욕할 때가 더 편했다. 진실을 알아버린 지금 그녀는 너무나 가슴이 아팠다.

　"가족이 뭔지, 저를 위해서 그 돈을 받아야만 했을 형을 한 번만 생각해 주세요. 네? 이렇게 부탁드립니다."

내일이면 진진은 경영권을 잃을 위기에 처해져 있으면서 그 반대 편 우두머리를 그저 옛정을 생각해서 만나러 가다니, 정말 아이러니할 수밖에 없었다. 그러나 그것은 진진이 꼭 해야만 하는 일이었다. 그녀의 굴레에 아직도 묶여 있는 한 남자를 자유롭게 해주기 위해 한 번은 만나야 할 것이다. 내일 이후엔 상록을 만나면 좋은 소리가 절대 나올 수 없을 것 같아 내친김에 오늘 그를 만나기로 결정한 것이다.

옛정은 참으로 알 수 없는 것이다. 질기고도 질긴 그 무엇. 물론 다시 사랑하게 될 거라든지 다 털어버리고 친구로 지낸다든지 하는 일은 쉽지 않을 것이지만, 누군가가 그녀 때문에 평생을 힘들게 산다면 마음이 편할 수만은 없었다. 그녀는 상록이 마음 편하게 지내기를 바랐다. 모든 죄책감에서 벗어나기를 바랐다. 과거에서 벗어나 자유롭기를 바랐다. 한때 그를 열렬히 사랑했던 여자로서 그녀가 해줄 수 있는 것은 거기까지였다.

"내가 당신을 만나자고 해서 놀랐나요?"

상록은 아무 말도 하지 않았다. 그저 물끄러미 그녀를 바라볼 뿐이었다. 진진은 상록을 다시 만난 그 순간부터 저 눈빛이 무던히도 마음에 걸렸었다. 이젠 그 이유를 조금은 알게 되었다.

"상우 씨가 날 찾아왔었어요."

상록이 눈에 띄게 굳어지며 움찔거렸다. 그녀는 그의 싸늘하게 식어버린 눈을 보고 고개를 흔들었다.

'그깟 자존심이 뭐라고.'

"왜 사실대로 말하지 않은 거죠? 사랑한다면서, 결혼하고 싶다면서 부모님의 죽음조차 숨기다니. 당신은 그때 이미 날 배신한 거나 진배없어요."

상록이 계속해서 입을 다물고 있자 진진은 마구 다그쳤다.

"말 좀 해요. 그렇게 돌부처처럼 꿈쩍 않고 앉아 있으면 일이 다 해결돼요? 처음부터 다 얘기를 하란 말이에요. 나에게 그 정도는 해줄 의무가 있지 않나요?"

한동안의 침묵 끝에 상록의 얼어붙은 입이 열렸다.

"당신 할아버지와 아버지가 오신 다음날 아침에 병원에서 연락이 왔어. 동생은 의식이 없고 부모님은 돌아가셨다더군. 거기 사회 복지과에서 한동안은 머무르게 하겠지만 빠른 시간 내에 병원비를 예치하지 않으면 자기들도 어쩔 수 없다면서, 상우의 상태에 대해 모두 브리핑해 주더군. 절망한 가운데 한참을 그러고 멍하니 앉아 있는데 아버님이 연락을 하셨어. 당신에게 말하지 말고 잠시 만나자더군. 그 뒤는 당신도 알고."

모든 걸 포기한 듯 상록은 힘없이 고백했다. 그녀의 이해를 구하고자 하는 것이 아닌 사실 그대로를.

"고민했지만 그리 길지는 않았어. 이성이 절실히 나를 필요로 하는 힘없는 상우를 택하라고 강력히 말하고 있었으니까. 그 돈을 받을 때 당신 아버지의 그 경멸에 찬 시선을 한순간도 잊은 적이 없어. 그리고 당신에게 어떻게 말해야 좋을지도 알 수 없었어. 그래서 여자를 끌어들였지. 옆집에 하숙하는 여학생이었는데, 다른 여자와 있는 날 보면 더 쉽게 날 잊을 수 있을 거라고 생각해서…… 그래서……."

그는 끝내 말을 멈추고 말았다. 더 이상 그때 일을 태연히 말할 수 없었던 것이다.

"당신은 잘못 생각했어요. 진정으로 날 사랑했다면 나에게 먼저 말하고 상의를 했어야 맞죠. 당신은 날 사랑하지 않았던 거예요."

"그렇지 않아. 너무나 당신을 사랑했어. 나로선 가족의 의무를 저버릴 수 없었을 뿐이야. 정말로 당신을 덜 사랑하거나 해서 그렇게 결정한 일이 아니야. 다시 선택하라고 해도 똑같은 결정을 내릴 거야. 그 후의 아픔이 얼마나 큰지 아는 지금에도 나는 똑같은 선택을 할 수밖에 없어. 내 이성이 어떤 것이 옳은 길인지, 무엇을 선택해야 나중에 후회가 덜 될지 똑똑히 말하고 있었으니까. 동생의 불행을 모른 채 나만 당신과 행복할 수는 없었어. 그뿐이야."

그녀의 용서를 감히 바라지도 않는다는 듯, 아니, 자신조차 이해시키기 어려운 듯 그는 입을 닫아버렸다.

"당신이 틀렸다는 걸 다시 한 번 말하죠. 당신은 나에게 말하고 그 위기를 같이 극복하려고 했어야 맞아요. 그것이 사랑하는 사람에 대한 도리요, 의무예요. 또 사랑하는 사람과는 불행도 함께 나눌 권리는 있다는 것을 알았어야 해요. 아무리 내가 그때 어렸어도 그 정도는 알고 있었단 말이에요."

진진은 한없이 불행해 보이는 그에게 일침을 놓았다.

"사리 분별있는 사랑을 하려는 따위의 남자는 사랑에 대해서 손톱만치도 알지 못한다는 증거예요. 이성이 그렇게 시켰다고요? 어디 사랑이 이성으로 할 수 있는 일이던가요?"

"내 평생 당신만을 사랑했어."

여기서 벗어나지 못하면 상록은 한평생 그녀 때문에 슬퍼하면서 살 것이다. 진진은 상록의 말을 무시했다.

"웃기지 말아요. 당신은 날 사랑하지 않았고, 나도 이제 당신을 잊었으니까요. 당신의 행동도 다 용서했으니, 그만 날 놓아주고 당신을 진정 사랑해 줄 여자를 찾아요. 이제 그만 과거는 잊어요. 시간은 빨리 흘러요. 허무하게 낭비하지 말아요. 당신을 사랑했던 여자로서 당신이 불행한 것은 보고 싶지 않아요. 그게 내 솔직한 심정이에요."

그녀는 돌처럼 굳어 있는 상록을 진심이 담긴 얼굴로 바라보았다. 그의 슬픈 얼굴을 여기저기 눈으로 훑으며 진진은 첫사랑에 작별을 고했다.

'아름다웠던, 그래서 더욱 아팠던 나의 첫사랑. 이제 그만 당신을 놓겠어요. 행복하기를 바랄게요.'

사랑의 신비함이 끝나면 사랑의 쾌락도 끝난다고 했던가? 진진은 대헌을 생각했다. 그의 생각만 해도 몸 여기저기서 밤이 주는 쾌락을 되새기며 파르르 떨렸다. 이제 그녀는 상록을 볼 때 그 떨림도 없고, 기쁨도 없었다. 미움과 증오는 더 더욱 없었

다. 그저 잘못된 선택으로 불행해진 남자, 그래서 가엾다는 생
각만이 들 뿐이었다.

　진진은 자신이 상록에게 저런 말을 할 자격이 없다는 것을 문
득 깨달았다. 그녀는 상록과 다를 바 없었다. 그녀의 어려움을
그와 나누려 하지도 않았고, 도리어 그를 무시하고 한쪽으로 밀
쳐 두고 있었다.

　'함께 상의하고 극복해야 진정한 사랑이라고? 잘도 지껄여
대는구나, 진진.'

　자신의 행동에 상처받고 아파하고 있을 대헌을 생각하자 그
녀는 고개를 들 수가 없었다.

　'그도 나처럼 배신감에 치를 떨었을까? 그래서 지금 그는 내
사랑을 의심하고 있을까?'

　한두 번도 아니고 이렇게 여러 차례 그에게 상처를 주다니.
진정 그녀가 그를 사랑하는 것인지 의심받게 한 행동들 때문에
더 더욱 대헌에게 미안했다. 내일이면 모든 것이 마무리된다.
승리한다면 그와 함께 기쁨을 나눌 것이고, 비록 패배한대도 그
의 품에서 위로를 받을 것이다. 그렇게 생각하자 다가올 아픔도
덜어지는 느낌이었다.

　'조금만 기다리면 된다. 내일이면, 내일이면 그에게 모든 것
을 털어놓고 사과하리라. 다시는 그를 소외시키고, 배신하지 않
겠다고 맹세하리라.'

　"우리 술 한잔할래요? 쉽게 친구 하자는 말은 못하겠지만, 이

젠 우리 같은 테두리 안에서 자주 만날 사람들이잖아요. 그저
잘 아는 지인 정도는 되는 것 같은데, 어때요?”

진진과 상록은 그가 요즘 매일같이 이용하는 호텔의 클럽으
로 들어갔다. 평소처럼 룸으로 들어가자마자 그가 애용하는 브
랜디 한 병과 과일 안주가 들어왔다.

“주문도 하기 전에 술과 안주가 나오다니, 상우 씨 말대로 당
신 술에 절어서 산 거예요? 당신 그렇게 살면 나 화낼 거예요.
나까지 버렸으면 잘살아야지 왜 그러고 사냔 말예요. 속상하
게.”

그녀의 말속에는 감출 수 없는 그에 대한 애정이 풍겨 나왔
다.

‘뭐, 열렬한 사랑의 감정이나 끈끈한 애정의 감정은 아니더라
도 한때 사랑했던, 그래서 결코 미워할 수 없는 한 남자에 대한
정이라고나 할까.’

첫사랑의 상대가 행복하기를 바라는 마음은 누구나 같은 것
이 아닐까 싶다. 진진은 커피숍에서부터 계속 묵묵부답인 상록
을 귀엽게 노려보면서 입을 삐죽였다. 한 번 용서하기로 마음먹
자 그에게 살갑게 대해지는 그녀였다. 그놈의 정이 뭔지.

“그렇게 뚱하고 있으면 누가 기죽을 줄 알아요? 잘못은 누가
했는데 그러고 있는 거예요? 자, 한잔해요. 내일부턴 당신을 미
워해야 하니까, 오늘을 즐기라고요.”

상록의 눈엔 아직 가시지 않은 미련 때문에 애틋함이 어른거

리고 있었다.

"우린 정말 안 되는 것일까? 지난날의 잘못을 만회하도록 최선을 다할게. 나에게 다시 한 번만 기회를 주면 안 될까, 진아?"

'진아.'

오랜만에 상록에게서 그렇게 불려졌다. 진진이라고 부르라고 그렇게 말해도 그는 언제나 '진아' 였다. 어린 동생을 부르듯이, 너무 사랑스러워서 어쩔 줄 모르겠다는 듯이.

그녀의 입가에 아련한 미소가 피어올랐다.

"우린 어쩌면 지금이 더 좋을지도 몰라요. 그때 우린 대등한 관계는 아니었잖아요. 항상 당신에게 의지하고 당신을 하늘처럼 생각했었죠. 그건 진하도 마찬가지였어요. 이제 난 성인이 되었고, 내 주장을 강력히 펼치는 이기적인 여자가 됐어요. 설혹 우리에게 남아 있는 감정이 있어서 다시 시작한다 해도 예전 같진 않을 거예요. 오히려 지금의 관계가 좋지 않아요? 앞으로 사업에나 그 무엇에나 당신의 고견을 많이 듣고 싶어요. 물론 내일 내가 승자가 되었을 때 얘기지만."

"당신이 그렇게 생각한다면 나로선 더 이상 무슨 말을 할 수 있겠어. 지금의 관계라도 유지할 수 있다면 그거라도 붙잡고 싶은 게 내 솔직한 심정이야. 그리고 당신에겐 정말 미안하게 생각해. 동방에서의 내 첫 임무가 당신 신문사를 인수하는 것이라는 걸 알았을 때의 내 심정을 안다면…… 조금은 날 용서할 수 있지 않을까? 정말이지 하고 싶지 않은 일이었어."

"당신은 훌륭하게 잘해냈어요. 나에게 미안할 게 뭐예요. 사업은 사업일 뿐인데."

그렇게 그들은 술을 주거니받거니, 대화를 주거니받거니, 우정을 주거니받거니 하고 있었다.

"진아, 마지막으로 당신을 한 번만 안아볼 수 있을까?"

진진은 상록을 말없이 바라보았다. 그의 말속엔 사랑하는 정인을 비로소 떠나보내려는 굳은 의지가 비쳐지고 있었다.

'옛 사랑에게 작별 인사 정도는 해도 되지 않을까?'

그녀는 그의 옆으로 자리를 옮겼다. 상록의 팔이 그녀의 허리를 안아올 때, 그녀의 팔도 그의 목에 둘러졌다. 한동안 꼼짝도 하지 않고 그렇게 있던 그들은 작별의 키스를 나누었다. 느리고 깊고 진한 키스가 끝나고 고개를 들었을 때, 그녀의 귓가에 어디선가 문이 닫히는 소리가 아련히 들렸다.

동방사미는 자존심에 심한 상처를 입었다. 올해 대학에 입학하면서 그녀는 스스로가 성숙한 여자라고 생각하고 있었다. 몇 달을 저 무뚝뚝하고 잘난 김상록 때문에 발을 동동 구르고 있지만 그 남자는 꿈적도 하지 않았다. 회사에서 업무차 마련해 준 그의 호텔 방에 밤늦게 쳐들어 간 적도 있었다. 그와 16살이라는 나이 차에도 불구하고 사미는 그를 절대 늙었다고 생각하지 않았다. 오히려 그 나이에 풍겨 나오는 성숙하고 섹시한 남자의 향기가 그녀를 더욱 취하게 만들고 있었다. 아버지도 그리 싫은 내색은 아니었다. 그를 사위로 삼았을 때의 이득을 생각하고 있는 것이리라.

사실 그녀는 경영과는 담을 쌓은 상태였고, 외동딸을 잘 아는 아버지로서는 자신의 회사를 맡아줄 믿음직한 사위를 원하고 있었다. 그리고 상록은 그에 적합한 인물이었다. 능력이야 누구나가 인정하는 바이고, 따로 이끌어야 할 회사를 가지고 있는 것도 아니고 모셔야 할 부모도 없는 처지이니 데릴사위로 그보다 더 좋은 조건이 어디 있겠는가. 아버지의 은근한 지원 속에 대시를 하고 있지만 이 목석 같은 남자는 눈 하나 껌벅이지 않았다.

그래도 안심하고 있었던 건 그녀가 아니래도 여자에겐 도통 관심이 없었기 때문이다. 다른 여자가 없다면 그녀만한 미모에, 그녀만한 조건에 그를 사로잡는 건 그리 어려운 일은 아닐 거라고 자만하고 있었다. 그 여자가 나타나기 전까지는.

파티장에서 진진이라는 여자를 보는 그의 눈빛이 심상치 않았다. 그렇게 감정을 흘려서야 어디 사업하는 사람이라고 하겠는가. 어린 자만심에 상처를 입은 그녀는 기필코 그를 차지하겠다는 오기가 생겼다. 그깟 깡마르고 멀대같이 크기만 한 여자가 무슨 매력이 있다고. 그녀는 심술궂게 입을 삐죽였다. 여하튼 그들 사이를 더 자세히 알아볼 필요가 있었다. 그런 일을 아주 잘하는 사람이 있었다. 그녀는 휴대폰을 꺼냈다. 하루 24시간 그를 따라붙다 보면 무언가 실마리가 잡힐 것이다.

그렇게 상록과 진진 두 사람을 미행시킨 지 정확히 3일 만에 사미는 몇 가지 놀라운 사실을 알게 되었다. 상록은 매일같이 국제신문사로 퇴근했다. 지하 주차장에 차를 세워놓고 진진이 퇴근하는 모습을 바라본 후 바에 들러 한잔하고 호텔로 돌아가거나 혹은 동생의 집으로 간댄다. 거의 오밤중에 퇴근을 하는 진진을 보기 위해 몇 시간씩 그렇게 기다리고 있다는 것이다. 그리고 진진은 그것을 까맣게 모르고 강대헌이라는 남자와 함께 사는 강남의 빌라로 돌아간다는 것.

그러므로 이들 관계는 아직은 상록의 일방적인 감정에 의거한 미미한 관계라는 것. 남자는 따뜻한 여자의 품을 그리워하게 되어 있고, 여자로 인해 흔들리고 있을 때가 가장 넘어가기 쉬운 상태라는 것. 사미는 꽤 유용한 정보를 많이 알아냈다. 사미는 즉각 결론을 내렸다. 지금이 그녀가 행동을 개시할 적기였다.

그러나 며칠 후 동방사미의 생각은 터무니없는 오산으로 드러났다. 일이 틀어지자 그녀는 화가 머리끝까지 치밀었다. 내일 그 여자의 신문사가 동방으로 넘어오면, 그 축하를 핑계로 그가 머물고 있는 호텔방으로 쳐들어가 유혹할 참이었다. 모든 것이 계획대로 되고 있었다. 여자는 다른 남자와 동거를 하고 있고, 상록은 국내에 들어온 6개월 내내 여자 없이 지냈다는 걸 알기에 이번에는 꼭 성공하리라 자신만만해하고 있었던 것이다.

그런데 상록과 진진이 지금 호텔 레스토랑에 떡하니 앉아서 다정히 대화를 나누고 있다는 보고를 받고 나자 과자를 빼앗긴 어린아이처럼 마냥 화가 나서 울고 싶어졌다. 그녀는 벌써 오래전에 이럴 때를 대비해 알아놓은 전화번호를 눌렀다.

'나 혼자만 불행하다면 그 얼마나 억울할 일이던가. 저 여자도 쓴맛을 보아야 한다.'

휴대폰 저쪽에서 신호음이 끊기고 굵직한 남자의 목소리가 들려왔다.

[여보세요?]

어리게만 보이던 여자의 얼굴에서 잘 감추고 있던 세상에 찌든 때가 언뜻 비쳤다가 사라졌다.

상록은 진진을 택시에 태워 보내고 다시 술자리로 돌아갔다.

'이젠 정말 마지막이구나.'

비록 그녀의 사랑을 되찾겠다는 소망은 이루어지지 않았지만, 그녀에게 용서받고 싶은 열망이 이루어지자 조금은 마음이 편해졌다. 꿈만 같았다. 그녀와의 마지막 키스로 달구어진 몸의 불편함은 뒤로하고라도……. 그는 나머지 술을 다 비우고 크게 숨을 들이쉬었다.

"사랑이여, 안녕!"

상록은 술 취해 오물거리는 발음으로 한마디를 외치고 자리에서 일어났다. 이젠 그도 새로운 삶을 살아야 한다. 목표를 잃었으니, 또 다른 삶의 목표를 찾아 또 다른 인생을 살아보련다.

"죄의식과 그리움으로 점철된 힘들었던 세월이여, 이젠 안녕을 고한다. 나도 나 좋다는 여자 만나 사랑받고 살아보련다."

그는 씁쓸하게 되뇌고 또 되뇌었다.

호텔로 돌아와 샤워를 해도 솟구치는 욕망은 식을 줄을 몰랐다. 아무래도 다시 운동을 시작해야 할 것 같다. 여자 없이 지내는 육체가 그에게 격렬하게 항의하고 있었다. 샤워기 앞에 머리를 박고 눈을 감고 있을 때 조용히 욕실 문이 열렸다.

그는 긴장했다. 호텔 문은 자동으로 잠기게 되어 있는데 누가 소리도 없이 방에 들어왔을까. 혹여 도둑은 아닌지 잔뜩 긴장하고 돌아서자 어디서 많이 본 듯한 여자가 나체의 모습으로 그의 앞에 서 있었다. 뿌연 물안개 속에서 천천히 클럽의 그 여자가 모습을 드러냈다.

언제나 말없이 그의 옆에 앉아 그의 시중을 들던 여자. 그 여자의 호소하는 눈빛이 어딘지 그를 닮아 있었다. 그는 할 수만 있다면 진진에게 저 여자처럼 애원하고 싶었다. 자신을 사랑해달라고 매달리고 싶었다.

그는 천천히 손을 내밀었다. 여자가 그의 손을 잡고 그의 품으로 성큼 다가섰다. 쏟아지는 물줄기 아래서 두 남녀의 랑데부가 이루어졌다. 다짜고짜 여자의 몸으로 파고든 상록은 고통에 겨운 신음을 흘리는 여자를 바싹 끌어안고 더 깊숙이 몸을 묻었다. 그들의 몸으로 아플 만큼 뜨거운 물줄기가 내리꽂혔지만 그들 중 누구도 알아차리지 못했다. 상록은 억눌려 있던 욕망을 여자의 몸을 통해 풀고 있었고, 여자는 그런 남자를 받아내며 행복해하고 있었다.

오랫동안 짝사랑한 남자였다. 호텔 투숙객인 그가 주기적으로 그녀의 클럽에 드나들기 시작하면서 주목하고 있었다. 깨끗한 매너와 우수에 젖은 눈동자가 그녀를 끊임없이 신경 쓰이게 했다. 그렇게 몇 달이 지나고 술김에 한 여자 이름을 애처롭게 부르는 남자를 보면서 사랑에 빠졌다.

오늘에서야 이 남자를 고통에 허덕이게 한 그 여자를 직접 보았지만, 그녀의 마음은 질투보다는 그에 대한 연민과 사랑으로 채워졌다. 결국 여자는 떠나고 그 혼자만 쓸쓸히 호텔방으로 돌아가자 그때까지 망설이던 마음을 버리고 결심을 굳혔다.

욕실에서의 폭풍이 지나가자마자 그는 그녀를 번쩍 안아서 침대로 데려갔다. 잠시의 틈도 허용하지 않고 다시 그녀에게 몸을 묻어오는 남자를 마주 껴안았다. 처절하리만치 격렬한 남자의 몸짓에 그녀 또한 흥분했다. 지금까지의 받아주기만 하던 소극적인 자세를 버리고 그의 몸을 쓰다듬기 시작했다. 그녀는 손을 곧바로 아래로 내려 남자를 어루만졌다. 추운 겨울 알몸으로 눈밭을 나뒹구는 것처럼 몸서리치는 남자를 다그쳐 손놀림을 더 빨리했다.

그녀의 가슴에 입술을 대고 배고픈 어린아이마냥 허겁지겁 빨아들이던 그가 그녀의 몸 안으로 들어가 더 이상 들어올 수 없을 것처럼 그녀를 꽉 채우고 격렬하게 엉덩이를 흔들었다. 그녀가 그에게 맞추기 힘들 정도의 몸놀림 끝에 다시 한 번 그의 모든 것을 쏟아냈다.

그는 죽은 듯이 그녀의 위에서 잠들었지만, 그녀는 하염없이 눈물을 흘려야 했다. 마지막 이성의 끈을 놓는 순간 남자는 다른 여자의 이름이 애타게 불러댔다. 그녀의 목덜미는 그가 흘린 눈물로 얼룩져 있었다. 어떻게든 그녀는 이런 때나 쓸모있는 여자일 뿐이었다. 그것은 그녀가 여자로 인식된 후부터 지워진 숙명이었다.

'진진을 떠날 것이다. 그녀에게서 벗어나면 이 고통에서도 해방되리라.'

교장 선생님의 질책을 뒤로하고 대헌은 사표를 냈다. 학기는 마치려고 결심했었지만, 그는 이미 모든 것에서 의욕을 잃었다. 겨우 학기 마감을 20일 앞둔 시점이었다. 임시교사로 대학 동창생을 소개하고, 학교에서 OK가 떨어지자마자 그는 짐을 정리했다. 모든 것이 3일 사이에 이루어졌다. 그 스스로가 자신에게 돌을 던지고 싶은 기분이었지만, 도저히 온전한 정신으로 학생들을 가르칠 힘이 없었다. 그는 무기력에 빠져 있었다. 책임감이라는 짐이 그를 짓눌렀지만 그에겐 더 이상 소용없는 단어였다. 대헌은 그렇게 무책임하고 한심한 남자로 전락했다.

진진과 그의 보금자리—한때 보금자리였다라는 말이 더 어울렸다—로 돌아와 간단한 짐을 꾸렸다. 하루 속히 벗어나고 싶다는 욕망이 그를 재촉했다. 진진에게 짧은 글이라도 남기려고 식탁에 앉았지만, 아무 생각도 나지 않았다. 한참을 시도한 끝에 결국 백지 위에 진진에게 주려고 산 반지 상자를 올려놓았다. 이젠 그에게 필요없는 물건이었다. 그녀를 위해 샀으니, 그녀의 것이었다.

일어서는 발걸음이 천근만근이었다. 꽤 커다란 수트케이스를 끌고 현관문을 나서는데 전화 벨이 울렸다. 받을까 말까 잠깐 망설이는 중에 벨소리가 그쳤다.

'진진일지도 모르는데, 내가 보고 싶어 전화했을지도 모르는데……'

떠나는 순간까지도 미련을 버리지 못하는 그는 역시 의지 약한 남자일 뿐이었다. 현관문을 닫고 한동안 그 문을 바라보았다. 어찌 무심히 드나들던 그 문까지도 정이 들었는지 등을 돌리기가 너무나 어려웠다. 휴대폰이 울렸다. 그는 가슴이 콩닥콩닥 뛰는 것을 의식하면서 전화를 받았다.

"여보세요?"

[강대헌 씨죠?]

날 선 목소리가 다짜고짜 그의 이름을 묻는다.

"네, 그렇습니다만."

[저 동방사미예요. 한 번 만났었죠?]

동방사미의 이름을 듣는 순간, 대헌은 상록을 떠올렸다. 그리고 곧바로 진진을 생각했다. 이 여자가 그에게 전화를 건 까닭은 한 가지밖에 없었다. 모든 희망을 접고 떠나려는 마당에 이런 전화에 무너지려는 것은 또 무엇 때문인가.

'이제 포기하지 않았니? 진진은 널 사랑하지 않아. 아니, 사랑한대도 그리 깊지는 않아. 그걸 알기에 떠나려 했던 거 아냐? 왜 이래? 그녀가 누구와 얽히던 떠나려고 짐을 꾸린 이상 네가 상관할 일은 아냐. 그런데, 그런데 왜 이렇게 괴로워하고 슬퍼해야 하는지……. 강대헌, 너 바보 아냐?

"그래서요?"

무섭게 잠긴 목소리가 가까스로 목줄기를 타고 흘러나왔다.

[지금 당신의 여자가 내 남자와 함께 있어요. 관심있나요?]

마지막 확인까지 필요했던 것은 아니었다. 하지만 그의 의지와 상관없이 대헌은 진진과 상록이 함께 있다는 클럽의 룸 앞에 서 있었다. 밉살스런 동방사미가 옆에서 문을 열라고 종용하고 있었다. 떨리는 손으로 조심스레 문을 열었다. 룸 안의 두 남녀는 누가 누구에게 안겨 있는지 구분할 수 없을 만큼 꽉 부둥켜 안고 깊은 키스를 나누고 있었다. 너무나 자연스러워 보이는 그 모습에 대헌은 눈을 감았다.

어떻게 그곳을 빠져나왔는지 기억이 나지 않았다. 다만 떠나려던 그의 결심이 틀리지 않았다는 것을 확인한 것이 수확이라면 수확이었다. 지금 이렇게 떠나는 것을 두고두고 후회할지도 모른다고 생각을 했었다. 어쩌면 그가 잘못 생각하고 있는지도 모른다고, 그가 떠나면 진진이 조금은 아플 거라고 그렇게 생각했었다. 그런 그의 어리석음을 확인시켜 준 저 동방 뭐라는 여자에게 고맙다고 말해야 하는 것일지도.

그는 허탈하게 웃었다. 호텔 로비 한가운데 그렇게 우두커니 서서 언제 끝날지 모르는 헛웃음을 하염없이 흘려대고 있었다.

진진이 아침에 눈을 떴을 때, 대헌은 없었다. 옆 자리 베개에도 그가 누운 흔적은 없었다. 집에 들어오자마자 그에게 미안하다고, 염치없는 말이지만 이번에야말로 날 믿어달라고 말하고 싶었다. 휴대폰 전원도 꺼져 있고, 늦은 밤이 되도록 돌아오지 않는 대헌을 기다리다 그녀는 잠이 들었다.

상록과의 만남에서 평소보다 꽤 무리하게 마셨던지, 몸이 견디질 못했다. 칼칼한 목을 적셔줄 시원한 물을 찾아 주방에 들어섰다. 냉장고에서 생수 한 병을 꺼내 마시며 머리를 쓸어 올리던 그녀의 눈 끝자락에 낯선 물체가 잡혔다.

진진은 보랏빛 벨벳에 쌓여 있는 작은 상자와 하얀 종이 한 장을 보는 순간 정체를 알 수 없는 공포에 휩싸였다. 식탁으로 다가서는 발걸음이 천근같이 느껴졌다. 언젠가도 지금과 똑같은 감정에 휩싸였던 때가 있었다.

상록의 하숙집으로 달려갔던 그날, 그녀는 그 끝에 무엇이 있는지 직감으로 알고 있었다. 알면서도 그곳으로 달려갔던 그때처럼, 그녀는 지금 식탁에 놓여 있는 저것이 무엇을 의미하는지 여자의 직감으로 알 수 있었다. 너무나 부드러운 벨벳의 감촉을 손끝으로 느끼며 다른 한 손으로 종이를 집어 들었다. 아무것도 쓰여 있지 않은 백지. 앞뒤로 몇 번을 확인했지만, 온통 하얀색 뿐이었다. 그 아무것도 쓰여 있지 않은 백지가 왜 이리 무거운 것인지. 그녀의 손에서 떨어져 나간 종이는 발밑에 조용히 내려 앉았다.

그녀는 뻣뻣한 근육을 최대한 이완시키면서 꽉 쥐어진 상자를 불길하게 노려보았다. 소리없이 부드럽게 열려진 상자 속엔 그녀의 떠나간 사랑이 담겨 있었다. 그녀는 천길 낭떠러지로 추락했다. 두 손으로 상자를 꼭 쥐고 가슴에 안았다. 상자 속에 들어 있는 형용할 수 없이 아름다운 그 반지는 대헌의 사랑이었다. 그는 그 사랑을 그녀에게 남겨놓고 가버린 것이다.

그날은 그녀에게 운명적인 날이었다. 평생을 꿈꿔왔던 세상에서 밀려나는 날이었고, 평생을 사랑할 남자를 잃은 날이었다. 진진은 또다시 버림받았다. 처음 버림받았을 때 그녀에겐 어떤 잘못도 없었다. 그저 열심히 사랑한 것이 죄라면 죄일 것이다. 그러나 이번은 달랐다. 그녀의 잘못으로 버림받은 것이고, 어떻게 보면 그녀가 그를 버린 것이나 다름없었다. 그가 누구인지 알면서도 찾지 않고 피해 다녔던 그때를 시작으로, 대헌에게 무수히 많은 잘못을 저질렀다.

그의 사랑을 부정했으며, 정절을 비웃었고, 나중엔 사랑한다는 말로 그를 묶어놓고는 실상 진정한 사랑을 단 한 번도 보여주지 않았다. 그녀는 말로만 사랑한다, 사랑한다 하면서 다른 남자 때문에 흔들렸고, 어려울 때 그의 도움을 거절했으며, 그에게 위로받기를 거부했다.

'내가 사랑받을 자격이 있는 여자인가? 그가 떠났다고 원망할 자격이 있나?'

후회는 속절없고, 깨달음은 절망을 불렀다.

'그에게 용서를 구할 기회가 올까? 아니면 이대로 영원히 그를 잃어야 하는 것일까?'

이대로 대헌 없이 어둠 속에서 숨을 쉴 수나 있을지 자신없었다. 그 없이 밥 먹고 일하고 잠을 자는 매일을 무사히 넘길 수 있을지……. 자꾸만 작아지고 두려워지는 그녀였다.

흐르는 눈물 사이로 하얀 종이가 눈에 들어왔다.

'그가 차마 남기지 못하고 간 말은 무엇이었을까? 나를 원망하는 말이었을까? 다시는 보고 싶지 않다는 잔인한 말이었을까?'

그녀는 손에 쥐고 있는 상자를 뚫어지게 바라보았다.

'그래, 그는 내가 먼저 손을 내밀어주길 기다리는 것인지도 몰라.'

이 반지는 절대 이별의 선물로 준비한 것이 아니었다. 그의 사랑이 가득 담긴 이 반지가 어쩌면 그에게로 그녀를 인도하고 있는지도 모르겠다. 대헌은 언제나 먼저 손을 내밀었고, 그녀를 위해 그 자신을 밀어냈으며, 그녀를 위해 살았다.

“이번엔 내가 그에게 먼저 손을 내밀 때야. 그는 받아줄 거야. 믿어. 그의 사랑을 믿어. 못난 나를 다시 한 번 보듬어 안아줄 거야. 이 반지가 그 증거야. 그럴 거야. 그래야만 해……”

진진은 상기된 얼굴에 번들거리는 눈물 자국을 만들면서 하염없이 중얼거렸다.

그녀는 몇 시간 만에 초췌해진 얼굴로 주주 총회에 참석했다. 단상 왼쪽이 그녀의 자리였다. 진진은 의자 팔걸이에 두 손을 꽉 움켜쥐고 상을 당한 사람처럼 칠흑 같은 검은 정장에 흑진주를 귀에 달고 있었다. 그녀의 어둠침침한 분위기에 주변 사람들이 쉽게 다가서지 못하고 있었다. 아직 30분도 넘게 시간이 남아 있었지만 그녀는 어수선한 회장에 돌부처처럼 꼼짝도 않고 그렇게 앉아 정면을 노려보고 있었다.

대헌의 휴대폰은 여전히 꺼져 있었다. 학교로 전화를 했지만 퇴직했다는 퉁명스러운 목소리만 들었을 뿐이었다. 일이 그녀가 생각하는 것보다 더 심각하게 돌아가고 있었다. 학교를 그만두다니……. 그는 단단히 결심한 것이다. 대헌은 철저히 그녀 앞에서 사라진 것이다. 그들이 처음 만난 날 이후 그녀가 그의 시선에서 완전히 사라졌던 것처럼.

대헌의 부모님은 아침부터 걸어온 진진의 전화를 다정히 받아주셨다. 두 분은 아무것도 모르는 것이다. 이제 어디에서 그를 찾는단 말인가. 아침 일찍부터 서울 시내에 있는 모든 호텔을 다 체크했지만 소득이 없었다. 그의 친구를 몇 명 알지만 연락처까지는 미처 알지 못했기 때문에 발만 동동 구르며 초조해하고 있었다. 몇 분 있으면 회사에서 쫓겨날 처지이지만 그녀의 머리 속엔 온통 대헌을 찾을 방법을 생각하고 있었다.

"뭘 그렇게 생각해?"

오늘 이도는 유난히 그녀의 눈치를 보고 있었다. 멍하니 그를 바라보았다. 그녀는 인형의 눈처럼 그 어떤 빛도 깃들어 있지 않은 죽은 눈을 하고 있었다. 그녀는 지푸라기라도 잡는 심정으로 이도의 팔을 움켜쥐었다. 어찌나 세게 잡았던지 이도가 고통의 신음을 흘릴 정도였다.

"진진, 아직 절망하긴 일러. 용기를 내."

"대헌이…… 대헌이 떠났어."

그녀의 말에 이도는 놀라했고 이어서 분노했다.

"네가 이렇게 힘든 때 널 떠났단 말이야? 대체 왜?"

분기탱천한 이도가 소리를 질렀지만 그녀는 그것도 인식하지 못하고 있었다.

"부탁 좀 할게. 그가 어디 있는지 좀 찾아줘. 응? 난 대헌 씨 없이는 살 수 없어."

이도는 갑자기 이성을 잃고 흐느끼기 시작하는 그녀의 뺨을 약간의 힘을 실어 토닥였다.

"약해지지 마, 네가 지금 이럴 때야? 정말 실망이다. 정신 똑바로 차리고 오늘 일을 견뎌. 그 자식 일은 그 후에 생각하는 거야. 알았지? 10분 남았어. 사람들이 속속들이 들어오고 있단 말이야. 고개를 꼿꼿이 들고 앞을 봐. 당당해지란 말이야. 이제 결전의 시간이야."

　끝내 진진이 이겼다. 뜻밖의 결과에 모두들 아연실색했다. 7%의 주식을 가지고 있던 화진 화장품 상속자가 그녀에게 표를 행사한 것이다. 그렇게 노력해도 꿈쩍도 하지 않던 신탁 책임자가 소유주의 뜻이라며 투표에 임한 것이다. 그녀의 진영은 잔치 분위기였다. 여기저기서 축하의 인사를 받고 있을 때 상록이 다가왔다.
　"축하해. 진심으로 축하해."
　"고마워요."
　그녀는 손을 내밀어 그에게 악수를 청했다. 마주 잡은 두 손에 힘이 들어갔다. 이젠 진정 서로를 축복해 줄 수 있는 사이였다. 그렇게 그들은 친구가 되었다. 이도가 심각하면서도 아리송한 얼굴로 다가왔다. 상록에게 형식적인 사과의 말을 남기고 진진을 구석진 곳으로 끌고 간 이도는 그녀의 얼굴을 두 손으로 감쌌다.
　"너도 모르고 있었지?"
　그녀가 무슨 말이냐는 듯 눈썹을 치켜뜨자 이도는 한숨을 내쉬었다.
　"화진 화장품 상속자라는 그 손자가 바로 강대헌이란다."

진진은 숨을 급하게 들이쉬었다. 정말이지 놀라운 일이었다. 죄의식과 함께 고마움이 밀려들었다. 대헌은 떠나는 순간까지 그녀를 위해 할 수 있는 최선을 다해준 것이다. 조금씩 일렁이기 시작하는 희망이 가슴속에서 넘실거렸다. 그녀는 이도의 팔을 움켜쥐면서 눈을 빛냈다. 아침에 눈을 뜬 이후 처음으로 생기를 되찾았다.

"이도야, 대헌이 날 기다리고 있어. 내가 먼저 손 내밀기를 어디선가 기다리고 있어. 이렇게 이곳저곳에 그의 마음을 남기고 떠났잖아. 이번엔 내가 그를 찾아야 할 차례야."

"그럼 뭘 기다리고 있어. 어서 찾아봐야지."

이도는 진진을 독려했다. 그녀는 웃고 있는 이도를 꼭 끌어안고 회의장을 뛰쳐나갔다.

"하느님, 감사합니다."

그가 완벽히 그녀를 포기한 것이 아니라는 사실에 세상의 모든 신들에게 감사하고픈 심정이었다. 가슴이 뭉클하고 뜨거운 기운이 온몸을 타고 돌았다. 뭐든지 할 수 있을 것같이 힘이 솟았다.

"조금만 기대려 줘. 내가 꼭 당신에게 갈게. 내 사랑 안에 당신을 포근히 감싸줄게. 외로워도 조금만 참아줘."

그러나 세상은 그녀의 마음먹은 대로 돌아가 주지 않았다. 그가 떠난 지 벌써 한 달이었다.

'그는 어디로 가버린 것일까?'

대헌이 그녀를 찾기 위해 몇 개월을 발버둥 쳤던 것처럼 그녀도 그만큼의 시간을 기다려야만 하는 것은 아닌지 불안하기 짝이 없었다. 그녀는 꼭꼭 숨어버린 대헌 때문에 애가 탔다.

'혹시 내가 착각을 하고 있는 것일까. 그는 더 이상 날 기다리거나 하지는 않는지도 모른다.'

그가 아직도 그녀를 사랑하고 있을 거라고 혼자만의 망상에 잠겨 있는 것은 아닐까 하는 생각이 들었다. 자신감은 일찌감치 달아나고 없었다.

그녀는 뒤늦게 그의 원룸을 생각해 내고 주주 총회 후 그의 집으로 가봤지만, 대헌은 없었다. 그곳에는 이미 다른 사람이 세를 들어 살고 있었다. 그가 졸업한 고등학교, 대학교 총동창회까지 동원해 그의 친구들 연락처를 알아냈지만, 아무도 대헌의 행방을 알지 못했다. 오히려 그녀에게 무슨 일인지 궁금해하는 그들 때문에 그녀는 고개를 숙여야 했다.

그가 근무하던 학교에도 찾아가 보고, 부모님도 만나뵈었다. 어떻게 된 일인지 묻지는 않으셨지만 그들의 자식이 어떤 사람인지 잘 아는지라, 이 모든 일의 원인을 그녀에게서 찾고 있다는 것을 알 수 있었다.

풀이 죽을 대로 죽어서 집을 나서는 그녀를 따라 나오신 대헌의 어머니가 그녀를 조용히 안아주셨다. 어머니의 품을 알지 못하는 진진은 따뜻한 그 품 안에서 하염없이 울었다. 어머니는 위로와 함께 충고도 잊지 않으셨다.

"진진을 만난 후로 내가 걱정한 것은 단 하나뿐이었어. 이렇게 말하긴 우습지만 대헌은 나와 대헌 아버지의 사회적 지위로 인해 둘 사이가 거의 주종 관계를 이루고 있다고 항상 생각했던 아이야. 그래서 나를 미워했고 아버지를 동정했지. 부부 사이는 아무도 모르는 거야. 보여지는 게 전부는 아니지. 하지만 아들의 눈엔 우리가 그런 식으로 보였던 것 같아."

진진은 어머니가 무슨 말을 하시려는지 잘 알았다. 그녀가 아직 아물지 않은 그의 예민한 부분을 계속 달구어진 쇠꼬챙이로 찔러댔던 것이다. 그에게 지은 잘못이 또 하나 늘었다. 그로 인해 그녀는 더 더욱 의기소침해졌다.

진진은 손가락에 끼고 있는 반지를 만지작거렸다. 너무나 아름답고 마음에 쏙 드는 반지였다. 사이즈도 검지에 딱 맞았다. 그녀는 똑같은 모양의 반지를 하나 더 만들었다. 남자가 끼기에 화려한 감이 없지 않지만 Matching Ling(커플링)으로 끼고 싶다는데 누가 뭐라 하겠는가. 대헌을 찾으면 꼭 나누어 끼리라 결심했다. 그러나 결심이 무색하게 대헌은 자취를 남기지 않았다. 반지를 준비해 놓은 그녀를 비웃듯 완벽하게 사라져 버렸다.

'대체 어디 있는 거니? 진심으로 날 더 이상 만나고 싶지 않았던 거야? 그래서 그렇게 찾을 수 없게 꽁꽁 숨어버린 거야?

밤이 깊어가고 있었다. 진진은 그가 남기고 간 **빳빳한** 면 시트를 품에 안고 소파에 웅크리고 앉았다. 8월의 어느 더운 여름밤이었다. 더위와 외로움에 지친 쓸쓸한 밤이었다.

지쳐 누워 있던 그녀는 초인종 소리에 벌떡 일어났다. 몇 초 간격으로 다시 초인종이 울렸다. 그녀는 초스피드로 현관까지 달려갔다. 떨리는 손으로 간신히 문을 열었을 때 그녀 앞에 서 있는 사람은 그녀가 기대한 사람은 아니었다. 그녀의 얼굴이 실망으로 일그러졌다. 진진의 아버지는 그 노골적인 표정에 잠시 주춤했다. 그녀는 힘없이 뒤돌아섰다.

"어쩐 일이세요, 이 밤중에?"

딸의 다 죽어가는 목소리에 진복태는 마음이 아팠다. 그녀에게 어떻게 말을 꺼내야 할지 난감하기만 했다.

"우선 좀 앉아라. 뭘 먹고는 사는 거냐?"

진복태는 피죽도 못 먹은 것 같은 딸의 몰골에 가슴이 답답하고 걱정이 앞섰다.

"애야, 아비가 너에게 용서를 구할 것이 있구나."

모든 것을 다 듣고 난 진진은 기절할 것 같은 얼굴을 했다. 안 그래도 핏기 하나 없던 얼굴이 이젠 아예 백지장 같았다. 진진이 고통을 가득 담고 원망하는 눈빛으로 그를 보았다. 그는 면목이 없어 고개를 들 수가 없었다.

"왜 그러셨어요? 돈이 그렇게 중요한가요? 저에게 한 번 상처를 주셨으면 되었지, 다시 한 번 이러신 이유가 뭐냐고요!"

진진은 울부짖었다.

"이해해다오. 우린 한번 시험을 하고자 한 것뿐이었다. 네가 진정 사랑받고 있는지 알고 싶었다. 일이 이렇게 되리라고는 정말 몰랐구나. 용서해다오."

"용서요? 그건 제가 할 수 있는 일이 아니에요. 용서는 대헌에게 구하세요. 아버지가 누구에게 이 잔인하고 치사한 행동을 하셨는지 잘 생각해 보시라고요."

그녀는 아주 오랫동안 아버지와 할아버지를 보고 싶지 않았다.

"아버지, 돌아가 주세요. 저 좀 눕고 싶어요."

그녀는 아버지를 배웅하지 않고 침실로 들어갔다. 이렇게 해서 대헌에게 지은 죄가 하나 더 추가되었다. 침대 끝에 걸터앉은 그녀는 절망하지 않기 위해 안간힘을 써야 했다.

제18장

Red Hot

정열은 강이나 바다와 가장 비슷하다
얕은 것은 소리를 내지만 깊은 것은 침묵시킨다

대헌이 런던의 가트윅 공항(Gatwick Airport)에 도착한 날은 한국을 떠난 지 정확히 35일째 되는 날이었다. 그는 프랑스 파리에서부터 시작해서 유럽의 여러 나라 여러 도시를 유레일패스를 구입해 기차로 여행했다. 각기 다른 나라가 철도로 연결되어 티켓 하나로 다 여행할 수 있다는 것이 참 실용적이라는 생각이 들었다. 역시 유럽은 하나의 공동체로 '따로, 또 같이'라는 말이 어울리게 잘 연결되어 있는 것이다. 7개 국가의 15개 도시를 여행하고 그는 다시 파리로 돌아갔다.

며칠을 고민 끝에 런던행 비행기에 오르면서 자신의 속보임을 비웃었다. 그는 진하를 통해 진진의 소식을 듣고 싶은 것이었다. 더 이상 모른 척 한가로운 여행을 할 수가 없었다. 사실 그는 아무 흥미 없이 이곳저곳을 헤매고 유명 관광지를 의무적으로 돌며 시간을 보냈다. 이번 여행이 허깨비 여행이라는 것은 그가 지나친 도시의 명소를 하나도 기억하지 못하는 것이 그 증거였다.

그는 런던의 공항에서 무려 30분 넘게 입국 심사를 받아야 했다. 입국 절차가 너무 까다로워서 쉽게 통과할 수 없었다. 돌아갈 항공권이 없는 대헌은 불법 노동자 취급을 받으며 귀찮은 질문을 받은 끝에 간신히 벗어났다. 실업자가 날이 갈수록 늘어나고 있는 나라이다 보니 EU국가 외의 나라에서 들어오는 사람들에 대해 우선 일할 우려가 있는지 없는지를 엄격하게 체크한다. 돌아갈 날짜가 찍힌 항공권이 없는 입국자는 우선 의심받는 것이 지금의 영국이라는 나라였다. 오픈티켓을 가지고 있었지만, 그것으로는 부족했다.

고초 아닌 고초를 겪은 후 그는 가트윅 익스프레스 열차로 빅토리아 역에 도착했다. 한동안 고심한 끝에 대헌은 공중전화 부스에 발을 들이밀었다. 먼저 어머니에게 전화를 걸었다. 떠나고 나서 지금까지 아무런 소식도 없는 아들을 무척이나 걱정하고 있을 것이다.

"어머니."

[대헌이니? 집 전화번호는 잊지 않았네?]

어머니의 퉁명스런 핀잔에 오랜만에 피식 웃음이 나왔다.

[하고많은 시간 놔두고 이 새벽에 꼭 전화를 해야겠니? 밥은
먹고 다니는 거냐?]

"제가 어린앤가요, 굶고 다니게."

[가출하는 어른도 있다디? 여하튼 사내놈이 그래서야 어디
믿고 살겠니? 진진이 팔자 폈지. 너 같은 남자 만나서 고생하느
니 차라리 잘된 거야.]

어머니의 무심한 말이 가슴에 꽂혔다. 그는 진진의 안부를 묻
고 싶은 걸 꾹 참고 있었다.

[그나저나 어디니?]

"지금 막 런던에 들어왔어요."

[그래? 학교도 집어치우고 간 여행이니 구경 잘하고 와라. 이
만 끊는다.]

"어머니?"

[아, 진진은 너무 잘 지내서 탈이니 걱정 말고, 돌아올 때 너
때문에 푹 늙어버린 엄마 선물이나 사 와.]

가차없이 전화가 끊겼다. 그는 기가 차서 전화기를 노려보았
다. 정말이지 곰살맞은 구석이라고는 눈곱만큼도 없는 어머니
였다. 잠시 후 그는 진진의 집 전화번호를 눌렀다. 전화 벨이 울
리고 곧바로 신호가 멈췄다.

[여보세요?]

서울은 지금 새벽 시간이다. 겨우 한 번 울리고 전화를 받다
니 이 시간까지 뭐 하고 있었던 걸까?

[여보세요? 대헌 씨?]

목이 메어 말을 할 수가 없었다. 그저 목소리나마 듣고 싶은 욕심에 무작정 전화기를 들었을 뿐. 막상 진진의 목소리를 듣자 당장 돌아가고 싶어졌다. 그녀 곁에 있고 싶었다. 대헌은 조용히 수화기를 내려놓았다. 유혹에 지지 않기 위해서 안간힘을 썼다. 입을 열면 무너져 버릴 것 같았다.

"잘 지내고 있는 거지? 밥도 잘 먹고, 일도 열심히 하고…… 그리고 나를 조금은 그리워해 주는 거지? 그렇게 믿어도 되지?"

돌아오지 않는 대답을 기다리며 그는 런던의 하늘을 하염없이 바라보았다.

호텔에 체크인하고 안내 책자에 써 있는 야간 관광에 나섰다. 그는 나이트 버스(Night Bus)에 올라타고 곧바로 눈을 감았다. 관광이 목적이 아니었다. 갈 곳이 없었다. 당장이라도 진하에게 연락을 하고 싶지만 두려운 마음이 앞서 그러지도 못하고 이렇게 흔들리는 버스 안에 앉아 있는 것이다.

왕복 운행하는 두 시간 반 동안 그는 진진을 생각하고 있었다. 나를 찾고 있을까. 내가 떠나서 조금은 슬플까. 그도 아니면 내가 떠나 홀가분한 것은 아닐까. 그 상록이란 자와 새로 시작하고 싶은 것은 아닐까. 온갖 잡념이 한 달 내내 그를 따라다녔건만 지치지도 않는지 아직도 그 생각만이 머리 속을 잠식하고 있었다.

3일 후, 대헌은 런던 탑 바깥의 조그마한 공원 벤치에 앉아 스콘과 함께 시원한 콜라 한 잔을 마시고 있었다. 탁 트인 시야에 템스 강과 타워 브리지가 내려다보였다. 그는 다리가 두 개로 나눠지며 배가 지나갈 길을 터주는 장면을 무표정하게 바라보았다.

오늘 아침 그는 어머니를 위해 웨지우드까지 직접 가서 그렇게도 좋아하시는 도자기 세트를 구입했다. 거기서 직접 한국으로 우송을 하고는 내친김에 진하에게 연락했다. 진하는 그의 전화에 펄쩍 뛰며 화를 냈다. 바로 런던으로 돌아오라는 닦달에 용무를 마치자마자 기차에 올라탔다. 한 시간만 기다리라는 진하에게 자신의 위치를 알려주고는 무작정 기다리는 중이었다. 진하의 반응으로는 아무것도 알 수 없었다. 진하가 올 시간이 가까워질수록 초조함은 배가되었다.

뒤통수에 느껴지는 가격에 고개를 돌렸다. 대헌은 한 대 더 치겠다는 제스처를 취하고 있는 진하를 보며 힘없이 웃었다.

"으이구, 등신."

진하는 옆에 털썩 앉으며 그의 손에 들린 콜라를 빼앗아 벌컥벌컥 마셨다. 그리곤 런던 탑 담벼락에 퍼져 있는 무성하고 짙푸른 넝쿨들을 한참 동안 바라보기만 했다. 그래도 화가 가라앉지 않는지, 진하는 다시 한 번 대헌의 뒤통수를 힘껏 쳤다.

"으이구, 등신."

대헌은 다시 씁쓸한 미소를 지었다. 그는 스스로 못나 빠져 도망쳤다는 것을 겨우 인정하고 있었다. 떠난 것이 아니라 도망친 것이다. 그녀에게서 들을지도 모르는 비정한 결별 선언으로부터 도망쳐 여기 낯선 나라 낯선 도시에까지 흘러들어 와 있는 것이다.

"지금까지 어디 있었던 거냐?"

"여기저기."

"런던엔 언제 온 거야?"

"3일 전에."

"으이구, 등신."

진하는 또다시 그의 뒤통수를 후려쳤다.

"왔으면 바로 연락할 것이지, 뭐가 그렇게 걸려서 이제야 연락한 거야. 그래, 사람들 다 놀라게 해놓고 여행하니 좋던?"

진하의 비아냥거리는 말속에서 한 자락 자신에 대한 연민이 느껴졌다. 대헌은 어깨를 으쓱했다.

"숙소가 어디야? 짐 챙겨서 내 아파트로 가자. 친구가 여기에 큼지막한 집이 있는데, 호텔에서 3일씩이나 묵다니, 너 돈 많다?"

그러더니 진하는 갑자기 자기 이마를 치며 소리쳤다.

"아차차! 그러고 보니 너 부자라며? 그 정도 재산이면 내 상속분과 비슷하겠던걸?"

대헌은 아무래도 표정 관리가 서툴렀다. 굳어지는 그를 보며 진하가 고개를 흔들었다.

"네가 갑자기 부자가 되었다고 해서 너에 대한 내 태도가 달

라지는 것은 아냐. 누나도 마찬가지고. 그건 너도 알겠지? 누나
는 너나 나와는 비교도 할 수 없는 재산을 가지고 있어. 굳이 네
것이 아니라도 이미 충분히 부자인데 그런 것에 좌지우지되지
는 않아. 그러니 그렇게 민감하게 반응할 필요는 없어.”

“……는?”

“뭐라고?”

“그…… 녀…… 는 잘 있지?”

그는 자신의 신발 끝을 뚫어지게 바라보며 진진의 소식을 물
었다. 두 손으론 무릎을 꽉 잡았다. 어떤 대답을 듣게 될지 알
수 없었기 때문이다.

‘그녀가 정말로 상록에게로 돌아선 것은 아닌지……. 자신을
잊고 행복한 생활을 하고 있는 것은 아닌지.’

“내 하나 묻자. 왜 떠나온 거냐? 무슨 일이 있었던 거야?”

고개만 흔드는 그를 한참 동안이나 노려보던 진하는 그를 일
으켜 세웠다.

“가자. 짐 옮기고 피카딜리 서커스에 놀러가자. 내가 오늘 거
나하게 한 턱 쏘마.”

대헌은 꼼짝도 안 하고 그대로 앉아 있었다. 그런 그에게 왜
그러냐고 물으려던 진하가 다시 고개를 설레설레 흔들었다. 진
하의 얼굴엔 어쩔 수 없는 놈이란 표정이 역력히 내비쳤다.

“누나는 잘 있어. 네깐 놈 없이도 잘 먹고 잘살고 있다고.
됐냐?”

　　진하는 그대로 멍하니 앉아 있는 그를 억지로 일으켜 어깨에 팔을 둘렀다.

　　"Let' s go!"

　　트라팔가 광장의 한 중간에 있는 동상들 옆에 앉아 대헌은 한가로이 인라인 스케이트를 즐기는 젊은이들을 구경하고 있었다. 한국의 학생들도 제법 눈에 띄었다. 워낙에 우리 나라의 배낭여행 족이 많은 현실이고 보면 관광 코스를 따라 여기까지 오는 것은 어쩌면 짜여진 수순이었다. 흑인 상인의 꼬임에 넘어가 머리 몇 가닥에 색색의 실을 넣어 땋은 여학생도 있었다.

　　영국의 날씨는 참으로 변덕스러웠다. 영국에서의 첫 대화는 의례 날씨에 관한 일이다. 그동안의 상식으로도 비가 잦은 곳이라는 것은 알고 있었지만, 그가 런던에 온 지 일주일이 되어가는 동안 맑은 날은 며칠 되지 않았다. 갑자기 소나기가 내리는 경우가 많아 항상 우산과 우의를 준비해야만 했다. 그는 어제 미처 아무런 준비도 없이 밖에 나왔다가 제법 쏟아지는 빗줄기를 고스란히 맞았다. 오늘도 설마 하고 나왔다가 한바탕 퍼붓는 빗방울 때문에 또다시 홀딱 젖어버리고 말았다.

　　연속 이틀을 비에 젖다 보니 몸에 조금은 그 증상이 나타나기 시작했다. 으슬으슬거리는 것이 꼭 감기가 오지 싶었다. 그 유명한 검은색 오스틴 택시를 타고 런던의 도시 중심에서 북쪽으로 약간 떨어진 곳에 위치한 리젠트 거리까지 가면서 그는 떨리

는 팔다리를 주체하지 못해 두 팔을 옆구리에 꼭 붙이고 견뎌야
했다. 급속도로 악화되는 몸의 컨디션 때문에 두 눈이 자꾸 감
겨왔다. 얼굴과 귓불에 피는 열꽃이 느껴졌다. 택시 운전사가
그를 의심스럽게 흘끔거렸다. 아마도 마약 중독자가 아닌지 의
심스러워하는 것 같았다.

그는 좀 과한 팁과 함께 택시비를 지급하고 진하의 아파트 앞
에서 내렸다. 고층 아파트는 아니지만 역사적 건물의 고풍스런
아파트 엘리베이터 앞에서 안도의 한숨을 내쉬었다. 엘리베이
터가 도착하자 그는 힘없는 몸으로 엘리베이터 문을 올리고 속
문을 옆으로 민 뒤에 올라탔다. F층에 도착해서 다시 수동으로
작동해서 문을 열자 진하의 아파트가 눈에 펼쳐졌다.

진하는 무용수답게 연습용 거울과 바가 한쪽 벽을 다 차지하
는 널따란 아파트 한 층을 다 쓰고 있었다. 곧바로 침대를 향해
걸어가던 그는 발걸음을 점차로 천천히 옮기다가 급기야 멈춰
섰다. 평소와 다른 어떤 것이 그의 신경을 건드렸다. 대헌은 눈
을 가늘게 뜨고 무엇이 달라졌는지 천천히 살펴보았다.

그가 사용하고 있는 침대의 침대 커버에 다시 시선을 주었다.
어디서 많이 본 것 같은 그 색과 문양에 눈을 크게 떴다. 욕실에
서도 시끄러운 물소리가 들려왔다. 진하는 오늘 밤 늦게 돌아온
다고 했다.

그는 벌컥벌컥 힘차게 뛰기 시작하는 심장을 움켜쥐듯 왼쪽
가슴을 주먹으로 꽉 눌렀다. 그렇게라도 하지 않으면 심장이 제

멋대로 몸 밖으로 뛰쳐나올 것만 같았다. 저 시트는 틀림없이 그가 진진의 집에 남겨놓고 온 것 중의 하나였다. 그것이 여기 자신이 자는 침대에 씌워져 있다는 것이 무엇을 의미하는지 즉시 깨달았다. 몸이 속절없이 흥분하기 시작했다. 아니, 흥분 정도로 표현하기엔 너무나 미약했다. 광분했다고 해야 할까?

'저 샤워 소리의 주인공이 진진이라면…… 그녀가 나를 찾아온 거라면…….'

대헌은 후들거리는 다리로 걸어가 침대에 주저앉았다. 욕실 문이 열릴 때까지 그렇게 앉아서 풀 먹인 면 시트의 까슬까슬한 감촉을 사랑스러운 듯 손으로 하염없이 쓰다듬고 있었다.

이윽고 큼직한 타월 한 장 달랑 걸친 진진이 하얀 수건으로 짧은 머리를 털며 나왔다. 그가 있는지 아직 모르는 듯 그녀는 냉장고로 걸어가 에비앙 생수 한 병을 꺼내 벌컥벌컥 들이켰다. 근 40일 만에 보는 그녀였다. 물기를 머금은 목덜미가 너무나 섹시해 보였다.

돌아서서 그의 쪽으로 걸어오던 그녀와 그의 눈이 마주쳤다. 그녀가 우뚝 멈춰 섰다. 저렇게 긴장한 그녀의 모습은 처음 보았다. 무슨 일에나 당당하고 여유있던 그녀는 어디로 사라졌는지, 그를 제대로 마주 보지 못하고 슬쩍 고개를 돌리는 모습에 마음이 아팠다.

"언제 왔어요?"

"내가 묻고 싶은 말이군. 여긴 어쩐 일이지?"

대헌은 그녀의 미적거림이 마음에 걸렸다. 그를 찾아 여기에 왔다면 그냥 그의 품에 뛰어들면 그만인 것을. 자존심 때문인가? 아니면 그의 반응을 알 수 없어하는 자신감의 부재인가. 언뜻 그녀의 손에서 빛나는 것이 눈에 들어왔다. 그것이 무엇인지 알게 되었을 때 온 마음이 기쁨으로 출렁였다. 그녀는 그가 남겨놓고 온 반지를 끼고 있었다. 그녀의 손에서 아름답게 반짝이는 그것이 그에게 서서히 웃음을 찾아주고 있었다.

그의 몸이 점점 더 뜨거워지고 있었다. 불덩어리를 삼킨 것처럼 뜨거운 몸이 또 너무나 추워 덜덜 떨리는 것을 막지 못했다. 아무래도 단단히 잘못 걸린 것 같았다. 그녀가 멈칫 서서 그의 눈치만 보고 있자, 그제야 그는 그녀가 왜 그러는지 알 수 있었다. 그녀는 그에게 사과를 하고 싶어하는 것이다.

'무엇을?'

그에게 그런 것은 중요하지 않았다. 그녀가 그를 찾아 여기 그의 앞에 있다는 것이 중요할 뿐이었다. 그는 한 발 그에게 다가서 준 그녀를 위해 또 한 번 먼저 손을 내밀기로 했다.

진진은 그녀를 향해 천천히 내밀어지는 그의 손을 보자마자 그에게 달려가 와락 안겼다. 쌍꺼풀 없이도 큼지막한 눈에 눈물이 맺혔다. 그의 품에 깊이 안긴 진진은 비로소 안도의 한숨을 내쉬었다. 진하에게서 전화를 받았을 때 그녀는 왜 진작 그 생각을 못했는지 한탄했다. 그녀에게 그를 찾으라는 신호는 많았다. 그가 남기고 간 반지며 주주 총회에 나타난 그의 대리인. 그

Red Hot 381

가 남기고 간 그의 소중한 침대 시트 등등. 어느 곳에나 그의 마음이 그녀 곁에 있음을 내비치고 있었는데, 그런 그가 그녀가 찾을 수 없는 곳에 있을 리가 없었다. 반드시 그녀가 찾기 쉽게 그녀 주변에 있을 거라는 사실을 간과했던 것이다.

"대헌 씨, 내가 잘못했어. 날 용서해 줘."

그녀는 더욱 꼭 껴안아주는 대헌에게 계속해서 사과의 말을 이었다.

"다시는 당신 무시하고, 내 마음에서 한쪽으로 제쳐 두는 일 없을 거야. 정말 미안해. 아버지 일도 미안하고……."

자신의 잘못을 마구 쏟아내고 있는 그녀의 말을 대헌이 막았다.

"당신이 지금 내 곁에 있다는 사실 외에 내게 중요한 것은 없어. 다른 것은 잊어, 사랑한다면 미안하단 얘기는 하지 않는 거라며. 우린 사랑하는 사이잖아. 안 그래?"

걸걸한 목소리로 대헌이 말했다. 어딘지 쉰 듯한 그 목소리가 더없이 매력적으로 들렸다. 진진은 강조하듯이 크게 고개를 끄덕였다.

"정말 사랑해. 당신 없인 이제 단 하루도 살 수 없어. 다시는 날 떠나거나 하지 마. 내가 아무리 큰 잘못을 저지른다 해도 내가 당신 사랑한다는 진실 하나만은 기억해 줘."

그녀는 강조하듯이 아주 큰 소리로 자꾸만 고백을 했다. 그녀의 품에서 대헌의 무게가 점점 가중되어 왔다. 대헌의 얼굴에 슬그머니 미소가 떠올랐다. 꿈적도 하지 않고 그녀를 껴안고 있는 대헌에게 키스를 바라듯 몸을 일으키고 입술을 내밀자 그의 몸이 힘없이 뒤로 넘어갔다.

"대헌 씨? 대헌 씨?"

몸을 흔들어도 보고, 얼굴을 때려보기도 했지만 대헌은 움직이지 않았다. 경황없는 와중에도 그의 얼굴이 붉게 달아오른 것이 꼭 독감을 앓는 어린애 같은 모습이라고 생각했다.

'독감?'

진진은 재빨리 그의 이마를 짚어보았다. 몸이 불덩이 같았다. 벌벌 떨고 있는 그의 몸을 시트로 감싸주고 그녀는 냉장고에서 얼음을 꺼내 얼음 주머니를 만들었다. 그녀는 펄펄 끓는 그의 이마에 얼음 주머니를 얹고 흐트러진 머리카락을 조심스럽게 쓰다듬어 주었다. 열에 들떠 있는 얼굴이 흡사 밖에서 뛰어놀다 들어온 장난꾸러기 같았다.

'이 사람을 얼마나 그리워했던가.'

그녀는 사람이 보고 싶어 미칠 것 같다는 느낌을 처음 알게 되었다. 깊은 숨소리를 내면서 잠들어 있는 대헌의 얼굴을 다시 한 번 애틋하게 만져 보았다. 그가 남겨놓고 간 면 시트들을 모두 빨아서 다시 풀을 먹여 다리면서 그녀는 그에 대한 그리움을 달랬다. 옛 여인들이 밤마다 다듬이질을 하며 길 떠난 낭군을 기다리는 심정을 알 것 같았다. 그 많은 것을 잠이 오지 않는 저녁마다 손으로 일일이 빨아서 아침 햇살에 널어놓았다가 다시 저녁에 들어와 풀을 먹여 다림질까지 마치고 나면 그때서야 한 층 마음이 안정되곤 했다.

마치 그렇게 하면 그가 더 빨리 돌아올 것만 같고, 또 그가 그녀의 정성을 칭찬해 줄 것만 같았다. 다림질 한 번 손수 한 적 없던 그녀에겐 매우 고된 일이었지만, 그의 온기가 그리운 밤에 그와 나누었던 사랑을 되새기며 잠 못 드는 밤에 그 모든 일들은 도리어 그녀를 잠들 수 있게 해주는 수면제였다. 지칠 대로 지친 몸을 잠시 누이고 아침이 오면 그녀는 또다시 처절한 그리움에 몸부림쳐야만 했다.

그녀는 고개를 흔들었다. 불과 어제의 일이었지만 다시 생각하고 싶지 않은 괴로운 기억이었다. 그녀는 누워 있는 대헌의 손을 꼭 잡았다. 의식이 없는 와중에도 그녀인 줄 아는 것인지 마주 잡아왔다. 진진은 그 손을 들어 올려 입술에 대었다.

"보고 싶었어."

그녀는 그 손을 쥐고 침대가에 얼굴을 대고 잠시 눈을 감았다. 새벽 비행기를 타야 했기 때문에 잠을 못 잔 데다가 비행기 안에서도 한숨 자지 못했다. 그가 누워 있는 옆에서 그녀도 오랜만에 깊은 잠에 빠져들었다.

다섯 시간 후, 진진은 아직도 열이 펄펄 끓고 있는 대헌 때문에 초조해졌다. 정신이 해롱거리는 가운데도 그녀의 손을 마주 잡은 손에서 힘을 빼지 않자 너무나 마음이 아팠다. 대헌 역시 그녀가 그를 찾지 않을까 봐, 그를 잊을까 봐 불안했던 것이 틀림없었다.

얼음 주머니를 몇 번째 바꾸고 땀에 젖은 옷을 여러 번 갈아입혔지만 옷뿐 아니라 시트까지 흥건하게 젖어버렸다. 잡힌 손을 간신히 떼어내고 그녀는 정성 들여 손질한 시트와 그의 옷을 가져왔다. 꼼짝도 하지 않으려는 그를 부축해 침대 아래에 뉘어 놓고 재빨리 침대 시트를 갈았다.

다음은 그의 옷 차례였다. 달라붙어 있는 하얀 셔츠를 벗겨내고 시원한 물수건으로 몸을 닦아주었다. 그의 눈이 슬그머니 떠졌다. 그녀는 아픈 외중에도 느껴지는 그의 끈적끈적한 눈빛에 실소했다. 애써 모른 척 이번에는 아까 전에 그녀가 갈아입혔던 얇은 팬티를 끌어 내렸다. 스르르 감기던 그의 두 눈이 다시 떠졌다. 이번에는 그 속에 더 노골적인 정염이 이글거리고 있었다.

그녀는 다시 한 번 시원한 물수건으로 그의 하체를 닦아 내렸다. 떨어져 있는 동안 제대로 챙겨 먹기는 한 건지……. 더욱 잘록해진 허리를 닦아주며 그녀는 속이 상했다. 천천히 손을 뒤로 해 탄탄한 엉덩이를 닦았다. 그녀의 눈앞에 적나라하게 노출되어 있던 그의 남성이 불끈 솟아올랐다. 그녀는 살짝 얼굴이 붉어졌다. 오랜만에 만져 보는 그의 몸이었다. 떨려오는 손을 천천히 앞으로 가져가 허벅지 안쪽까지 시원하게 닦아주었다.

"으음…… 더워……."

그의 입에서 더 큰 자극을 바라며 종용의 신음 소리가 흘러나왔다. 수건을 쥔 그녀는 그의 간절한 기대를 저버리고 무릎을 닦아주었다. 무릎 뒤에서부터 종아리로 다시 발목으로 내려가는 동안 그의 입에서는 절절한 신음이 계속해서 흘러나왔다. 모든 것을 마친 그녀의 손이 떨어져 나가자 항의하는 그의 남성이 그녀의 눈앞에서 요동 쳤다.

진진은 살짝 그것에 손을 대보았다. 다시 한 번 부르르 떠는 그것이 귀여워 이번에는 손으로 위에서 아래로 부드럽게 쓸어 내려보았다. 힘없는 그의 몸과는 다르게 힘차게 몸부림치는 그의 남성이 참으로 대조적이었다. 그녀도 한껏 달아올랐다.

"진진, 진진……."

대헌은 헛소리처럼 그녀의 이름을 중얼거렸다. 그를 닦아주면서 흥분하지 않았다면 거짓말일 것이다. 아픈 그를 위해 참아보려 했으나 그의 숨기지 않는 노골적인 반응은 그녀를 더욱 흥분시킬 뿐이었다. 그녀는 그를 부축해 침대에 간신히 올려놓았다. 떨어지려고 하지 않는 그 때문에 그녀도 침대에 몸을 뉘었다. 반듯하게 누운 그의 나체 위에 허벅지를 올려놓고 그녀는 그의 가슴을 살살 쓰다듬어 주었다.

그가 시트를 올려 덮으려는 그녀의 손을 잡아 자신의 남성에 올려놓았다. 뜨거운 손의 감촉이 더 이상 감기 때문에 열에 들뜬 것만은 아님을 말하고 있었다. 그녀는 그의 몸에 올라탔다. 여전히 그의 눈은 감겨 있었다. 그녀가 다음 행동을 취하지 않자 그의 눈이 다시 슬그머니 떠졌다. 그녀는 입고 있던 면 티셔츠를 어깨 위로 벗어 올렸다.

자그마한 젖꼭지가 욕망으로 인해 오뚝 솟아올라 있었다. 그것을 향해 고개를 들어보려던 대헌은 힘없이 다시 베개에 몸을 뉘었다. 심하게 든 감기가 그의 원기를 앗아간 모양이다. 애타게 호소하는 눈빛에 그녀는 상체를 기울여 그의 입에 가슴을 가져다 대었다. 혀로 조심스럽게 살짝 핥아보던 그가 성에 차지 않는지 그것을 덥석 입에 넣었다.

며칠 굶은 어린아이마냥 마구 빨아대는 그를 달래며 그녀도 쾌감의 신음을 흘렸다. 그녀는 그의 몸 위에서 자신의 몸을 쭉 폈다. 두 남녀의 몸이 마찰을 일으키며 성적 긴장감을 온몸으로 전달하고 있었다. 그녀의 입술이 단물을 찾는 그의 열려진 입술에 닿았다. 뜨거운 두 사람의 혀가 얽히고 두 사람의 손이 얽혔다. 깍지 낀 두 손에서 그리움이 느껴졌다. 격렬한 입맞춤에서 못다 한 사랑의 밀어를 내뿜고 있었다. 그렇게 그동안의 쌓인 욕망이 한꺼번에 쏟아져 나왔다.

"당신은 그냥 누워 있어. 내가 알아서 할게."

힘이 없어서 제대로 움직이지 못하는 그 대신에 그녀가 성급하게 그의 몸에 자신을 맞추었다. 그의 몸을 손으로 감싸고 그녀의 몸 깊숙한 곳에 품었다. 두 사람의 입에서 기쁨을 알리는 신음이 똑같이 흘러나왔다. 그녀의 격렬한 움직임에 따라 그녀의 몸도, 그의 몸도 땀에 절기 시작했다. 대헌은 몸이 자유롭지 못함이 안타까운 듯 계속해서 손으로 그녀의 엉덩이를 쓰다듬을 뿐이었

Red Hot 367

다. 폭풍이 지난 후 그녀는 그의 몸 위에서 선잠이 들었다.

　대헌은 그녀의 척추 뼈를 따라 등줄기를 사랑스럽게 쓰다듬으며 사랑의 여운을 즐기고 있었다. 그녀가 너무나 보고 싶었다. 그녀의 뜨거운 몸이 애가 타도록 그리웠다. 그녀의 따뜻한 온기에 굶주려 있었다. 그녀의 손을 들어 자신이 산 반지를 내려다보았다. 보석의 수가 많아서 검지에 맞게 제작되었지만 그녀에게 무척이나 잘 어울렸다. 그의 선택이 옳았던 것이다.
　"반지 고마워요."
　그의 가슴에 얼굴을 댄 채 진진은 계속 말했다.
　"그 반지가 없었다면 난 미쳐 버리고 말았을 거야. 너무나 아름다운 반지야."
　"그 반지는 당신 외에 누구도 가질 자격이 없어. 온전히 당신을 위한 내 사랑의 징표야. 받아줘서 고마워. 우리 더 이상 다른 말은 일체 하지 말자. 지금 이 순간이면 충분해."
　그의 말이 끝나자마자 그녀가 벌떡 일어났다. 그녀의 온기를 빼앗긴 그는 살짝 몸을 떨었다. 그녀는 자신의 나신을 의식하지 않고 곧바로 밖으로 뛰어나갔다. 뭔가 찾는 듯 둔탁한 소리가 나고 이윽고 그녀가 작은 상자를 들고 나타났다. 그녀는 풀썩 침대로 뛰어올라 그의 손에 상자를 쥐어주었다. 기대에 찬 눈빛으로 그를 올려다보는 초롱초롱한 눈망울을 바라본 후 그는 상자를 조심스럽게 열어보았다. 그곳에 다소곳이 꽂혀 있는 반지

하나. 그가 그녀에게 준 반지와 똑같은 반지. 그는 고개를 들어 그녀를 바라보았다.

"이…… 걸…… 어쩌라고?"

그는 조심스럽게 말을 꺼냈다. 그런 그를 보며 그녀는 기대에 어긋난 듯 입을 삐죽였다.

"어쩌긴 뭘 어째. 내가 커플링으로 하려고 하나 더 만들었지."

그의 얼굴이 미묘하게 일그러졌다.

"진진, 아무리 커플로 반지를 하고 싶다고 해도 이건 너무하다고 생각하지 않아? 이런 화려하고 여성스러운 반지를 어떻게 하고 다니란 말이야. 사람들이 뭐라고 하겠어?"

그녀가 애써 마련해 준 반지이니만큼 기쁘기 한량없지만 이걸 끼고 다니기엔 그가 아직은 덜 뻔뻔스러웠다.

'저런 보석이 무수히 박힌 반지를 어떻게 끼고 다니느냔 말이지. 내참, 진진은 정말 못 말린다니까.'

진진이 그녀답지 않게 진지한 눈빛으로 반지를 손에 들었다. 그는 바싹 긴장했다. 여기서 물러나면 끝장이었다. 버텨내리라. 그는 굳게 다짐했다.

"대헌 씨, 나와 결혼해 주겠어요? 부족한 것 많고 배울 것 많은 나이지만 당신과 더불어 한평생 믿고 의지하고 사랑하며 살고 싶어요. 내 청혼을 받아준다면 이 반지를 껴주세요."

그녀의 청혼에 그는 감동받았다. 그가 먼저 청혼하려고 했는데 진지하기 이를 데 없는 그녀의 청혼에 그는 두말없이 그 반지를 받아 들었다.

"당신과 함께라면 지옥이라도 따라가겠어. 살아가는 동안 많은 일들이 일어나겠지만 내가 당신을 사랑한다는 것 하나는 믿어도 좋아. 변치 않는 사랑으로 우리의 일생을 채워 나갈게."

그는 자신의 약지에 반지를 끼웠다. 딱 들어맞았다. 진진이 누구이던가. 그녀는 하나를 해도 딱 부러지는 여자였다. 그는 몸을 기울여 그녀에게 진한 키스를 했다.

그의 온몸이 남성적 활기를 되찾고 있었다. 그러고 보니 아까까지만 해도 힘 하나 없이 열만 펄펄 끓던 몸이 제대로 작동하고 있었다.

'격렬한 섹스가 감기를 몰아냈나 보다. 사랑을 나누는 것이 감기에 특효라면 예방에도 좋지 않을까?'

그는 음흉한 눈빛으로 진진을 바라보았다.

진진은 의미심장한 그의 미소에 뒤로 벌렁 드러누웠다. 두 팔을 벌려 그를 환영하면서 남몰래 미소 지었다.

'므흐흐흐, 성공! 내가 그렇게 나오는데 안 낄 수가 있겠어.'

그녀는 하고 싶은 것은 꼭 하고 마는 여자였다. 그가 그 화려한 반지를 끼고 다니는 한 그 어떤 여자도 그가 임자 있는 몸임을 한눈에 알게 될 것이다. 그녀는 제 것은 반드시 지키는 억척스런 여자였던 것이다.

3년 후, 인천 공항.

진진과 대헌은 지형과 함께 공항에 나와 있었다. 그들은 결혼과 동시에 진하가 가르쳤던 지형에게 가정을 주기로 마음먹었다. 결혼 3년 동안 지형은 그렇게 그들 품에서 자랐다. 그들의 자식으로 입적할 의향도 있었으나 어린 지형은 돌아가신 그의 부모님에 대한 기억을 또렷이 가지고 있었다. 사랑받았던 아름다운 기억을 가슴에 담고 있는 어린 소년은 아버지가 주신 성을 그대로 가지고 있기를 원했다.

진하가 그 소년의 천재성을 알아보고 키워주기를 바랐던 만큼 그들과 함께한 3년 동안 아이는 무럭무럭 자랐고 발레에 대한 실력도 월등한 성장을 했다. 똑똑하고 명랑한 아이는 이상하게도 진진의 아버지를 닮아 있었다. 아버지는 내심 자식들이 자신을 하나도 닮지 않은 것이 서운했던지 아이가 자신을 빼다 박았다는 소리를 듣게 되자 심히 기뻐하셨다. 두 할아버지의 귀여움을 독차지하는 동시에 친구 같은 보호자인 진진 부부와 생활하면서 아이 특유의 발랄함이 살아나자 지형은 너무나 사랑스러운 아이가 되었다. 내성적이던 아이는 이제 사랑을 충분히 받아 꽃처럼 활짝 피었다.

진진은 만삭의 배를 움켜쥐고 아까부터 느껴지는 진통을 무시했다.

"지형아, 내가 같이 가줘야 하는데 미안하구나. 할아버지라도 같이 가주시면 좋을 텐데 어쩌면 좋으니."

"걱정 마세요, 누나. 전 어린애가 아니잖아요."

진진은 지형이 또랑또랑한 목소리로 누나라고 부를 때마다 웃지 않을 수 없었다. 고 귀여운 입으로 기어이 누나란다. 옆에서 대헌이 눈을 굴렸다. 그도 그럴 것이 대헌에게는 언제나 아저씨였다. 그녀보다 대헌이 더 어리다는 것을 잘 알면서도 끝내 호칭을 바꾸지 않는 지형이었다. 결코 만만한 아이가 아니었다. 아이는 오늘 진하가 있는 런던으로 떠난다. 그곳에서 아이는 발레리노로서의 자신의 꿈을 마음껏 펼치게 될 것이다.

"형도 같이 못 가주는 것이 미안하다. 혼자서 정말 잘 갈 수 있겠니?"

"그럼요, 아저씨! 공항에 도착하면 진하 선생님이 절 마중 나와 계실 텐데 무슨 걱정이에요."

아저씨에 유독 힘을 실어 말하는 아이였다.

대헌은 밉살스럽다는 듯이 눈을 흘기면서도, 헤어짐이 아쉬워 지형의 머리를 자꾸만 쓰다듬고 있었다. 그들의 3년은 참으로 행복했다. 지형이가 이제 영국에 있는 발레 학교에 입학 허가를 받아서 유학길에 오른다. 언제 다시 돌아올지 모르는 먼 여행길이었다. 그녀가 만삭의 몸만 아니라도 같이 가련만. 안내방송이 울리고 있었다. 이제 정말 이별할 시간이었다.

아이의 눈에 마침내 눈물이 비치기 시작했다. 진진은 조여오는 배를 움켜쥐고 고통을 견디고 있었다. 그녀가 손을 내밀자 아이가 그녀의 품에 안겨왔다. 대헌이 뒤에서 그런 그들을 한꺼번에 감싸 안았다. 그들은 한동안 그렇게 있었다. 마침내 포옹을 풀었을 때 세 사람의 얼굴은 온통 눈물범벅이었다.

"사랑해요."

처음이었다. 그들이 끊임없이 애정을 표현했지만 단 한 번도 사랑한다고 말하지 않던 아이였다. 이제 이별의 순간에 사랑한다고 말하는 지형을 그들은 다시 한 번 따뜻하게 안아주었다.

"우리도 널 너무나 사랑한단다. 잊지 말아라, 우리가 너를 기다리고 있다는 것을. 누군가에게 기대고 싶을 때는 언제나 우리가 있다는 것을 절대 잊으면 안 돼. 알았니?"

고개를 끄덕이고 뒤돌아서 뛰어가는 지형을 말없이 배웅하고

돌아서는데 아직까지도 눈물을 비치고 있는 대헌이 눈에 들어
왔다.

'여기에도 애가 또 하나 있으니…… 쯧쯧.'

"당장 그 눈물 그치지 못해. 지금이 눈물이나 찔찔 짤 때인 줄
알아?"

그녀의 으름장에 대헌이 딸꾹질을 하기 시작했다.

'맙소사.'

그녀는 속으로 이마를 쳤다.

"배가 아파. 여기서 서울까지 가려면 한참이니까 어서 서둘
러."

냉정한 그녀의 말을 한참 뒤에서야 알아들은 대헌은 펄쩍 뛰
며 당황해했다. 무엇을 어떻게 해야 하는지 가르쳐 주었건만 그
녀의 배를 만지작거리며 호들갑만 떨고 있었다.

"차를 앞으로 대란 말이야. 이러고 있을 시간이 없어. 진통은
오래전부터 시작됐다고. 어서!"

그녀는 배가 아파오는 순간에 맞추어 감정을 실어 그의 엉덩
이를 제법 세게 쳤다. 그는 총알처럼 뛰쳐나갔다. 진진은 자고
로 남자와 북어는 3일에 한 번씩 손을 봐줘야 한다고 생각하며
아픈 와중에도 고개를 끄덕이고 있었다.

진통 간격이 제법 짧아진 것 같았다. 간밤에 내린 눈 때문에
한겨울의 도로는 온통 얼어붙어 있었다. 그녀는 빨리 달리고 싶
어도 사정이 되지 않아 애닳아하는 대헌을 노려보며 주기적으

로 소리치고 있었다.

"달려—!!"

그녀가 다니는 개인 병원에 도착했을 때에야 비로소 대헌의 호흡 곤란이 가라앉았다. 그녀의 상태를 본 오늘의 분만 담당의는 한 번 척 보고는 그냥 나가 버렸다. 황당한 대헌이 난동을 부리려 하자 간호사가 한심한 듯 그를 바라보며 말했다.

"아직 조금밖에 문이 열리지 않았어요. 자꾸 말 걸어주시고 진통 시간이 짧아지는지 체크하세요."

그 같은 요란한 남편들을 많이 봐왔던 베테랑 간호사는 콧방귀를 뀌고 나갔다.

"아니, 뭐 저런 사람들이 다 있어?"

진진은 한껏 열 내는 대헌을 달래서 옆에 앉히고 한숨을 내쉬었다.

'도대체 의지가 되어야 말이지. 못 말리는 어린애 같으니.'

환자복으로 갈아입고 관장을 하고, 키와 몸무게를 재고 하면서 천천히 분만 준비를 하는 동안 배는 점점 더 아파왔다. 드디어 견딜 수 없는 진통이 오기 시작하자 그녀는 마구 비명을 질러댔다. 옆에 앉은 대헌의 손목을 움켜쥐고 소리를 지르자니 간호사가 달려와서 당장 소리를 멈추란다. 소리를 내지 말고 이를 악물고 힘을 줘야 아기가 빨리 나온다나? 소리 지르면 힘만 빠지고 아기가 나올 힘을 낼 수가 없다는 것이다. 소리라도 지르면 조금은 나아지는 기분이었는데 그것을 못하게 하자 그녀는 있는 대로 성질이 나기 시작했다.

진통이 올 때마다 대헌을 움켜잡았지만 그것으로는 성에 차지 않았다. 걱정이 한껏 담겨 있는 대헌의 얼굴이 그리도 밉살스러울 수가 없었다.

"그런 표정을 한다고 내 고통이 없어지는 줄 알아?"

저도 모르게 대헌에게 소리를 질렀다. 그녀는 두툼한 파카를 입고 있는 그를 째려보았다.

'내가 이렇게 고통에 차 있는데 자신은 춥다고 파카를 입고 있다니. 그렇게 폭신한 옷을 입고 있으니 잡고 뒤틀어도 눈 하나 깜짝 안 하는 것이 아닌가.'

진진은 그의 몸을 온통 손톱으로 흠집을 내고 싶은 욕구를 뿌리치지 못했다. 다음번 진통이 올 때는 그의 목덜미를 노려야겠다고 생각했다.

'거기라면 옷으로 가려지지 않은 부분이니 그나마 조금은 생채기 내는 기분이 들겠지.'

진통을 기다리며 그의 목덜미만 계속해서 노려보자 대헌은 위험을 느꼈는지 목을 움츠렸다.

"옷 좀 벗어봐."

그녀의 말에 떨고 있던 대헌이 뜨악한 표정을 지었다. 진통이 너무 심해 정신이 나갔다고 생각하는 모양인지, 대헌이 그녀의 뺨을 손으로 살짝 쳤다.

'이게? 안 그래도 아파 죽겠는데……'

“그 파카 좀 벗어봐. 아무리 꼬집어도 느낌이 없잖아.”

그녀는 뒤로 주춤 물러서는 대헌을 보며 섬뜩한 미소를 지었다.

“안심해, 팔뚝만 살짝 꼬집을게.”

경악하는 그를 재촉해서 옷을 벗게 했다. 그와 동시에 지금까지와는 전혀 수준이 다른 진통에 그녀는 정신을 놓았다.

“아—악!!”

대헌을 꼬집겠다는 야무진 생각은 저만치 사라졌다. 오직 죽여달라는 말만이 하염없이 그녀의 입에서 흘러나왔다. 간호사들이 수시로 드나들면서 문이 얼마나 열렸는지 체크하고 있었다.

“제발 의사를 불러줘요. 아기 나올 문은 충분히 열렸으니 그만 좀 보고요.”

그녀가 악을 쓰자 곧바로 의사가 들어왔다. 다시 한 번 아기가 나올 문을 확인하던 의사는 간호사에게 분만실로 옮기라고 지시했다. 기가 막히게도 그녀를 침대와 함께 옮기는 것이 아니고 간호사 두 명이 그녀의 양 옆구리를 끼고 질질 끌고 분만실로 데리고 갔다.

‘다리가 풀리고, 죽기보다 더 힘든 고통에 시달리면서 어떻게 걸어가냔 말이야, 이 머저리 의사야.’

그 황당하고 우습기도 한 상황에 뒤틀리는 배를 움켜쥐고 실소하려는 순간, 어디서 나타났는지 그녀의 할아버지와 아버지가 짜잔 하고 나타났다.

"진진, 파이팅!"

질질 끌려 들어가는 그녀를 향해 쌍으로 소리치며 모션까지 취하자 그만 웃음을 터뜨리고 말았다. 분만 의자에 뉘어지고 마취를 하고 있었지만 그녀는 웃음을 그치지 못했다.

후에 들은 얘기지만 진삼봉 옹과 진복태의 하이 코미디에 그걸 지켜보던 다른 산모들까지 웃다가 그중 한 산모는 분만실에 들어오기도 전에 아이를 낳고 말았다고 했다.

대헌은 정말이지 십년감수했다. 진진이 진통을 겪고 있는 동안 그는 어찌할 바를 몰랐다. 그녀의 고통에 아무 도움이 되지 못하는 그 자신이 그렇게 미울 수가 없었다. 그녀가 파카를 벗어달라고 했을 때 그는 더욱 마음이 아팠다. 얼마나 고통스러우면 그런 생각까지 했겠는가. 그는 분만실에 거의 끌려 들어가다시피 하면서 꺼억꺼억 웃어대는 진진을 보고 눈이 휘둥그레졌다.

'너무 아파서 미쳐 버린 것은 아닐까?'

분만실 저쪽에서 계속 그녀의 웃음소리가 들리다가 잦아들었다. 5분도 안 되는 시간이 지나고 아이의 우렁찬 울음소리가 들려왔다.

'분만실에 들어간 산모가 진진밖에 없으니 저 아이는 그들의 아기이리라.'

그는 두 손을 힘껏 잡았다. 옆에서 장인어른이 그의 어깨를 토닥여 주었다.

"축하하네."

간호사가 나오고 건강하고 예쁜 딸을 낳았다고 말했다. 산모에 대해선 아무 말이 없자 그는 갑자기 불길한 생각에 몸을 떨었다.

"산모는요?"

"아직 나올 수 없어요. 피를 너무 많이 흘려서 빈혈이 심하게 왔어요. 지금 의자에 거꾸로 매달려 있습니다. 한 30분 후에나 나올 수 있을 것 같으니, 먼저 신생아실로 가셔서 아기를 기다리세요."

대헌은 가슴이 철렁 내려앉았다. 덜덜 떨리는 몸으로 간신히 서 있자 진진의 아버지가 간호사에게 자세한 것을 물었다. 심각한 것은 아니고 오늘 중으로 피를 수혈 받고 앞으로 한동한 빈혈 약을 꼬박꼬박 챙겨 먹으면 아무렇지도 않다고 말하고 나서야 간호사는 극성스런 그들에게서 풀려날 수 있었다.

아이는 누구를 닮았는지 도저히 알 수 없는 주름투성이에 새빨간 얼굴을 하고 있었다. 머리털도 하나 없고 밍밍한 게 꼭 치와와 같았다. 대헌은 차마 자신의 아이에게 못생겼다는 감상을 논할 수가 없었다. 그러나 핏줄은 어쩔 수 없는 것인지 조그마한 아이가 사랑스럽고 안쓰럽게 느껴졌다. 옆에서는 장인이 무슨 천하일색을 보는 듯한 눈빛으로 아이를 뚫어지게 바라보며 쉼없이 입을 놀렸다.

"이보게, 사위, 정말 예쁘지 않은가? 진진을 빼닮아서 앞으로 사내놈들 여럿 울리겠어."

"으익? 무슨 진진을 닮아요. 아무래도 장인어른을 닮아 인물은 좀 처지는 것 같은데요?"

"자네! 그게 딸에게 할 소린가? 인물이 처지다니! 우리 진진 어렸을 때하고 똑같구먼."

장인은 눈가에 눈물이 그렁그렁해서는 하늘을 올려다보며 중얼거렸다.

"여보, 우리 진이가 딸을 낳았소. 내 당신 보러 갈 때 잘 기억해 놓았다가 다 알려주리다. 조금만 기다려 주오."

"왼쪽 다리를 3㎝만 옮겨줘."

새벽 2시였다. 진진은 밤새도록 엉덩이에 베개를 대달라, 오른쪽 다리를 옆으로 몇 ㎝ 옮겨라 몸을 왼쪽으로 틀어줘라, 다리를 주물러라 쉬지 않고 주문을 해대고 있었다. 거기다 이 병원은 신생아실에서 목욕을 시킨 후엔 바로 부모에게 아기를 맡기기 때문에 대헌은 밤새 울어대는 아기까지 달래느라 실신 직전이었다.

그는 미역국을 못 먹는 그녀에게 억지로 한 숟가락씩 떠서 겨우 몇 숟가락 먹이고는 아이에게 2시간마다 우유를 타서 먹였다. 그녀의 화장실 시중까지 들면서 몸은 지쳤지만 마음은 너무나 행복했다.

아침이 밝아올 무렵, 겨우 잠든 두 모녀의 모습을 보면서 대헌은 뿌듯한 미소를 지었다. 그의 아내이고, 그의 아이였다. 대헌은 두 사람의 이마에 차례차례 입을 맞추었다. 그의 사랑을 느낀 것일까. 그렇게 뒤척이던 그들이 그 후로 아침이 올 때까지 깨지 않고 평안하게 잠을 잤다. 그제야 대헌도 한 소금 눈을 부쳤다. 내일이면 까다로운 두 모녀가 다시 그에게 온갖 주문을 해댈 것이다.

'힘을 모아야 한다, 힘을.'

그는 자면서도 비장한 각오를 다지고 있었다.

어느 날 문득 미치도록 글을 쓰고 싶었습니다. 그렇게 시작한 지 어언 5년. 이제 그 첫 결실이 세상에 선보이게 되었습니다. 습작으로 쓴 글들이 조금씩 쌓여갈 즈음, 처음으로 인터넷 연재에 대해 알게 되었고 그 첫 번째 소설이 바로 『RED HOT』입니다. 넷상에서 여러 훌륭한 작가 분들의 글을 읽으면서 제 글을 내놓기 부끄럽다고 느꼈고, 더 분발해야겠다고 다짐하곤 했습니다. 그럼에도 불구하고 이렇게 책이라는 이름으로 세상에 빛을 보게 되는군요. 아무리 생각해도 전 꽤 운 좋은 케이스인 것 같습니다.

『RED HOT』은 제목에서 느껴지듯이 나름대로 강렬한 느낌의 글입니다. 초기 한려친적인 분위기에서 사뭇 벗어난 소설을 읽고 싶은 열망이 이 글을 쓰게 된 배경이 되었습니다.
일반적 로맨스 소설에서 자주 등장하는 착하고 특별히 잘난 것은 없지만 사람을 끌어당기는 여자와 완벽하리만치 잘나고 부자이고 능

작가 후기

역있는 남자의 사랑 이야기에서 탈피하고 싶었죠. 또한 순종적이고 수동적인 여주인공들과는 반대로 남녀 관계나 사회 생활에서 능동적이고 주도적인 여주인공을 그리고 싶었습니다. 『RED HOT』의 여주인공인 진진은 그런 설정 하에 만들어진 캐릭터입니다. 그 넘치는 열정과 카리스마에 어쩌면 조금은 거북감 내지 반발심이 생기실지도 모르겠습니다. 그러나 작가의 입장에서 보자면 저 자신이 절대 그런 여자일 수 없는 현실이 진진에 대해 더욱 애정을 갖게 하는 것 같습니다. 어느 작가나 자신의 주인공을 사랑하겠지만 말이에요.

또한 주인공 두 사람을 중심으로 한 한정된 글보다는 조연들의 감정을 좀 더 살려 다양한 인간의 심리를 표현해 보고 싶은 의도도 『RED HOT』에 담겨 있습니다. 세상이 인정할 수 없고, 이해는커녕 비난이 빗발치는 사랑을 하는 제이미와 진희의 이야기에는 저의 개인적 관심이 듬뿍 담겨 있습니다. 진희 커플처럼 소외된 사람들에 대해 진지하게 논하고 싶었습니다란 로맨스 소설의 성격에 어긋나지 않을까 우려하며 수박 겉 핥기식으로 쓰고 말았습니다. 그 점이 못내 아쉬워요. 언젠가 기회가 된다면 좀 더 깊은 이야기를 쓰고 싶은 바람입니다.

영화 『자이언트』와 책 『앵무새 죽이기』에서처럼 주제는 한 가지인 것처럼 보이지만 그 안에 담겨 있는 다양한 차별받고 소외된 계층에 대한 이야기가 숨어있듯이, 저도 그런 글을 쓰고 싶었습니다. 물론 사람이 의도와 현실은 차이가 있고 제 글 솜씨로는 어렵겠다는 생각도 합니다. 그래도 조금씩이라도 그 흔적을 남겨보려 노력하겠습니다. 앞으로 쓰는 글들에도 작지만 그 색을 띠게 될 것은 저는 압니다. 그것이 그저 미미한 시도에 불과하더라도 말이에요.

Special thanks Ⅰ

　온라인상에서 인맥을 쌓기 시작한 지 1년 남짓 되었습니다. 글을 연재하는 동안 끊임없이 격려와 감상 주신 분들 진심으로 감사합니다. 특히 웅담샘님, been님, 바다님. 님들이 주신 사랑 깊이 간직하겠습니다. 보내주신 감상과 질책이 얼마나 큰 힘이 되었는지 말로 다 표현할 수 없을 정도입니다. 초보 작가에게 있어서 그것은 글을 계속 쓸 수 있는 힘이었고, 용기가 되었습니다. 감사합니다.

　또한 울산에 사는 키나 언니, 서울에 사는 지연이, 레인이, 플향기. 몇 번 만나지는 않았지만 얼마나 같은 정이 들었는지 모릅니다. 앞으로도 좋은 인연 오래오래 계속 되었으면 좋겠어요.

　저희 홈페이지 작가님들. 요즘 힘든 나날을 보내고 있는 날라리경, 동갑내기 로점, 알로하 언니, 규휘, 혜정이, 막내 일리까지… 언제나 좋은 모니터, 좋은 충고 감사합니다. 홈페이지가 문을 연 지는 얼마 되지 않았지만, 제법 많은 분들이 찾아주시니 정말 행복합니다. 홈페이지 번성하도록 우리 열심히 글 쓰자고요. 파이팅!!

우리 가족 모두에게 감사의 마음을 전합니다.

엄마가 컴퓨터 앞에 앉아 있는 동안, 말썽없이 혼자서 놀아준 사랑스런 우리 아들 지호. 엄마는 너에게 미안한 마음뿐이다. 좀 더 놀아주고 관심 갖고 지켜봐 주지 못한 점 언제나 미안하단다.

글 쓴답시고 밤늦게까지 혼자만의 시간을 보내고 집안일이나 모든 면에서 등한시하는 아내를 불평없이 지켜봐 준 남편에게도 미안하고 감사할 뿐입니다.

시부모님, 친정부모님, 그리고 책을 낸다고 기뻐해 주는 많은 식구들 정말 감사합니다. 일일이 거명하지 못한 점 이해해 주세요. 자랑스러워해 주시고 축하해 주시는 만큼이 좋은 글이 못 되는 것이 못내 죄송스럽습니다.

가족의 한 일원으로서 부끄럽지 않은 사람이 되도록 노력하겠습니다.

Special thanks II

위난히 눈이 많이 내린 겨울이었습니다. 이제 바람은 살랑살랑 햇볕은 따사로운 완연한 봄입니다. 이 책을 읽으시는 독자 분들이 마음에 언제나 화사한 봄이 가득하기를 바랍니다.